미국 고전문학 연구

Studies in Classic American Literature
by David Herbert Lawrence

Published by Acanet, Korea, 2018

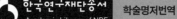

미국 고전문학 연구

Studies in Classic American Literature

D. H. 로렌스 지음 | **김정아** 옮김

아카넷

미합중국이 뭐라고 주장하는지 어디 한번 들어보자. "때가 왔다! 미국인들이 미국인다워질 때가 왔다. 자, U.S.A.의 예술은 성숙했다. 유럽이라는 치맛자락을 붙잡았던 손을 놓을 때가 왔고, 유럽이라는 선생의 통제를 벗어난 학생의 기분을 버릴 때가 왔고—."

그렇다면 좋다, 미국인 여러분, 어디 한번 해보시라. 그 자루 속에서 그 귀하신 고양이를 꺼내보시라 그 말이다.[1] 확실히 그 안에 있을 것 같으면 좀 꺼내보시라.

> 그리고 모두가 물었다:
> "토드-인-더-홀은 어디에 있는가?"
> 그리고 모두가 똑같은 대답을 반복했다:
> "찾지 못했다!"
> Et interrogatum est ab omnibus:
> "Ubi est ille Toad-in-the-Hole?"
> Et iteratum est ab omnibus:

∵

---

1) 축자적 의미("고양이를 자루에서 꺼내다")와 관용적 의미("비밀을 밝히다")를 혼용한 말장난.

"Non est inventus!"[2]

찾으셨는가, 찾지 못하셨는가?

미국인이라는 것이 있다면 당연히 당신 안의 어딘가에 있다. 그것을 찾아서 모든 구대륙을 돌아다녀 봤자 헛수고다. 하지만 말로만 찾았다고 우겨봤자 역시 헛수고다. 진정한 미국인이라는 그 신인(新人)은 대체 어디에 있는가? 신시대(新時代)의 호문쿨루스를 우리도 구경 좀 해보자. 미국에 온 유럽인의 눈에 보이는 것이라고는 유럽을 배신한 유럽인뿐이니 말이다. 다음번 시대와 연결될 그 멸실환[3]을 우리도 좀 보고 싶다.

거 참, 아직 안 보인다. 그렇다면 우리에게 남은 일은 미국의 수풀을 들추어보는 것뿐이다. 일단, 예전 미국문학에서 시작하자.

"예전 미국문학에서 시작하겠다고! 프랭클린, 쿠퍼, 호손 앤 컴퍼니? 다 시시하잖아! 현실적인 데가 없잖아!"라고 현재의 미국인이 소리친다.

뭐가 현실적인 건지 누가 아나. 전화, 고기 통조림, 찰리 채플린, 상수도, 구세(救世), 이런 게 현실적인 건가. 혹자는 배관에 매달리고 혹자는 세상을 구원하는 일에 매달린다. 사실 배관과 구세는 미국의 대표 분야라고 할 수

∴

2) 토머스 드 퀸시의 「예술의 한 분야로 고찰된 살인에 대한 두 번째 논문(Second Paper on Murder Considered as One of the Fine Arts)」의 한 대목을 인유하는 라틴어 개그. cf. "그리고 토드-인-더-홀은 이렇게 물었다―기자는 어디 있는가? / 그리고 누군가 웃으며 대답했다―찾아지지 않았다. / (코러스) 그러자 모두가 계속 웃으며 똑같은 대답을 반복했다―찾아지지 않았다."
   Et interrogatum est à Toad-in-the-hole—Ubi est ille reporter?
   Et responsum est cum cachinno—Non est inventus.
   CHORUS
   Deinde iteratum est ab omnibus, cum cachinnatione undulante—Non est inventus.
3) 진화이론상으로는 존재하되 아직 발견되지 않고 있는 생물.

있다. 둘 다 마다할 이유는 없잖은가? 그건 그렇다고 치더라도, 신시대의 호문쿨루스는? 구원을 받든지 말든지 하려면 일단 태어나야 하잖은가.

태어나려고 하지도 않는 호문쿨루스의 산파 노릇을 하려는 내가 보이는가!

현대문학 중에 벼랑 끝에 서 있는 것 같은 두 뭉치가 바로 러시아문학과 미국문학인 것 같다. 마리네티(Filippo Tommaso Marinetti)[4]와 아일랜드가 내놓는 비교적 부실한 상품[5]은 벼랑 너머 어딘가로 가겠지만, 내가 상관할 바는 아니다. 러시아적 벼랑과 미국적 벼랑이 있는데, 미국적 벼랑이라는 말은 셔우드 앤더슨을 뜻하지 않는다. 그는 지극히 러시아적인 벼랑이다. 미국적 벼랑이라는 말은 예전 작가들의 얄팍한 책들을 뜻한다. 톨스토이, 도스토예프스키, 체호프, 아르치바셰프의 비교적 두툼한 책들이 한쪽 벼랑이었다면, 호손, 포, 데이나, 멜빌, 휘트먼은 반대쪽 벼랑이었던 것 같다. 프랑스 모더니즘이니 미래파니 하는 것도 나름대로 광기를 뿜어내지만, 포, 멜빌, 호손, 휘트먼이 도달한 정도의 극단적 의식에 가닿은 적은 한 번도 없다. 유럽의 현대 작가들은 모두 극단을 추구하고 있다. 포, 멜빌, 호손, 휘트먼, 이 위대한 미국 작가들은 극단 그 자체였다. 세상 사람들이 예나 지금이나 그들의 작품을 슬슬 피하는 것은 그런 까닭이다.

극단의 러시아 작가와 극단의 미국 작가 사이의 가장 큰 차이는, 러시아 작가는 항상 명쾌하고, 수사와 상징을 혐오하는 반면, 미국 작가는 모든 명쾌함을 거부하고, 언제나 모종의 이중적 의미를 들여온다는 데 있다. 러시아 작가가 수사와 상징을 그저 속임수로 여긴다면, 미국 작가는 속임수에 한껏

··

4) 미래파를 제창한 이탈리아 시인.
5) 로렌스는 제임스 조이스의 『율리시스』를 종종 폄하했다.

젖어든다. 미국 작가는 진리라는 아기를 포대기에 싸서 왕골상자 속에 눕힌 후, 친절한 이집트 공주가 아기를 구하러 올 때까지 갈대 숲속에 놓아두는 편을 선호한다.[6)]

자, 미국이 과거에 낳은 진리라는 아기를 건져줄 사람이 이제 나타날 때가 되었다. 지금까지 방치되어 있었으니, 몹시 왜소해졌을 것이다.

---

6) 성서의 인유. cf. 왕골상자를 얻어다가 역청과 송진을 바르고 그 속에 아기를 뉘어 강가 갈대 숲속에 놓아두었다. (…) 마침 파라오의 딸이 목욕하러 강으로 나왔다. (…) 공주가 갈대 숲속에 있는 상자를 보고 시녀 하나를 보내어 건져다가(출애굽기 2: 3-5) / 여관에는 그들이 머무를 방 이 없었기 때문에 아기를 포대기에 싸서 말구유에 눕혔다.(루가의 복음서 2: 7)

차례

1

장소령(場所靈)

우리는 고풍스러운 미국 고전문학을 애들이 읽는 유치한 책이라고 생각하고 싶어 한다. 유치한 것은 그런 우리다.

　예전 미국 예술언어에는 어떤 생소함이 있다. 다른 곳에서는 찾아볼 수 없는 미국 대륙만의 그 무엇이 있다는 것이다. 그런 책을 그렇게 계속 아동도서로 읽는다면, 우리는 그것을 그냥 다 놓친다.

　루크레티우스,[1] 아풀레이우스,[2] 테르툴리아누스[3]의 이상한 저술들, 아우구스티누스,[4] 아타나시우스[5]의 이상한 저술들이 3세기와 4세기, 그리고 그 이후 세기를 살았던 반듯한 식자층 로마인들에게는 어떻게 이해되었을까. 이베리아반도의 기묘한 목소리, 옛 카르타고의 희한함, 리비아와 북아프리카의 강렬함이 그들에게는 어떻게 들렸을까. 그들에게는 그런 것들이 장담컨대 전혀 들리지 않았을 것이다. 그들은 그런 것들 위에 옛 라틴 세계의 유추를 뒤집어씌웠다. 마치 우리가 포 또는 호손을 읽으면서 옛 유럽 세계의

* *

1) 『사물의 본성에 관하여』 등의 저자.(B. C. 99-B. C. 55)
2) 『황금당나귀』 등의 저자.(124-170)
3) 『호교론』 등의 저자.(155-230)
4) 『고백록』 등의 저자.(354-430)
5) 『성육론』 등의 저자.(298-373)

유추를 뒤집어씌우듯.

　새로운 목소리는 귀에 잘 들어오지 않는다. 모르는 언어가 귀에 잘 들어오지 않는 것과 마찬가지다. 모르면 안 들린다. 예전의 미국 고전문학에는 새로운 목소리가 있다. 세상은 그것에 귀를 막은 채로 애들 책이 어쩌고저쩌고 해왔다.

　왜? ─두려움 때문에. 세상은 많은 것을 두려워하지만 그중에서도 새로운 경험을 제일 두려워한다. 수많은 옛 경험들을 새로운 경험이 밀어내기 때문이다. 또 다른 이유는, 새로운 경험을 하는 것이, 써본 적이 없지 않나 싶은 근육, 오랫동안 쓰지 않은 탓에 뻣뻣해진 근육을 움직이는 것과 비슷하기 때문이다. 지독한 아픔이 따른다.

　세상은 새로운 생각을 두려워하지 않는다. 세상이 묵살하지 못할 생각이란 없다. 하지만 진정 새로운 경험이라면 세상은 묵살하지 못한다. 회피하는 것이 고작이다. 회피에 능한 것이 세상이고, 그 누구보다 회피에 능한 것이 미국인들이다. 자기 자아까지 회피해버리는 것이 미국인들이다.

　예전에 나온 미국 책들은 새로운 분위기를 담고 있다. 요즘에 나온 미국 책들에 비하면 훨씬 많이 담고 있다. 요즘에 나온 미국 책들은 분위기라는 것을 새것이든 헌것이든 거의 못 담고 있다. 그러면서 못 담고 있다는 것을 오히려 자랑스러워한다. 예전에 나온 미국 고전들은 "다른" 분위기를 담고 있다. 예전의 심리를 떠나서 새로운 그 무엇으로 옮겨가는 분위기. 떨어져 나오는 분위기. 그러면 상처가 따른다. 새로운 곳으로 옮겨가다 보면 상처가 생긴다. 상처가 생기면 우리는 싸매보려고 한다. 잘린 손가락처럼 붙여보려고 한다.

　마찬가지다. 예전의 감정들을 떠나는 것, 예전의 의식을 떠나는 것은 손가락을 잘리는 것과 마찬가지다. 무엇이 남았느냐고 묻지 말자.

진실은 오직 예술언어에 있다. 예술가 자신은, 많은 경우, 우라질 거짓말쟁이다. 하지만 그의 예술은, 그것이 예술이라면, 그가 살아가는 시대의 진실을 들려준다. 그 시대의 진실, 그것이 유일하게 의미 있는 진실이다. 영원한 진실 따위는 집어치우자. 진실은 하루하루를 살아갈 뿐이다. 어제 플라톤은 경이로웠지만, 오늘 읽어보면 대개 시시껍적하다.

예전의 미국 예술가들은 구제불능의 거짓말쟁이였다. 하지만 그들은 그럼에도 불구하고 예술가였다. 요즘에 예술을 한다는 사람들에 대해서는, 그럼에도 불구하고 예술가다, 라는 말도 해주기 어렵다.

『진홍색 글자』를 읽을 때, 호손이라는 순수남의 말을 받아들이면서 읽는 것도 가능하고, 그가 들려주는 예술언어의 흠 없는 진실을 받아들이면서 읽는 것도 가능하다. 모든 순수남이 그렇듯, 사탕같이 달달한, 푸른 눈동자의 그 남자 또한 기만적이다.

예술언어에는 묘한 데가 있다. 얼마나 심하게 얼버무리는지 모른다. 거짓말이 이만저만이 아니다. 왜일까 생각해보면, 우리는 언제나 자기 자신에게 거짓말을 한다. 그리고 예술은 거짓말들의 무늬로부터 진실의 옷감을 짜낸다. 도스토예프스키가 그렇다. 자기가 무슨 예수인 척 굴지만, 그러는 내내, 자기가 작은 마귀라는 것을 매우 솔직하게 드러낸다.

거짓 없이 말하겠다. 예술은 일종의 속임수다. 하지만 속임수라는 것은, 다행히도, 간파하겠다고 작정하면 간파할 수 있다. 예술에는 크게 두 가지 기능이 있다. 우선, 감정을 경험하게 해준다. 만약 우리에게 자기 안의 감정들을 마주할 용기가 있다면, 그것은 유용한 진실의 광산이 될 수 있다. 우리는 살면서 **구역질나도록**(ad nauseam) 많은 감정들을 경험하고 있다. 하지만 그것들 속에서 유용한 진실, 우리에게 유용한 진실, 우리 손주들에게 유용하지 않을지까지는 몰라도 어쨌든 우리에게는 유용한 진실을 발굴할 용기를 우리는 내지 못하고 있다.

예술가의 의도는 교훈을 주면서 재미있는 이야기를 꾸미는 것이다. 어쨌든 한때는 그랬다.[6] 하지만 꼬리는 대개 반대쪽을 가리킨다.[7] 예술가의 교훈과 이야기의 교훈은 서로 반대된다. 절대 믿으면 안 될 것이 예술가다. 믿어야 할 것은 예술이다. 비평가가 마땅히 해야 할 일은 이야기를 구해내는 것, 예술가가 만들어낸 이야기를 예술가로부터 구해내는 것이다.

자, 우리가 이 책에서 해야 하는 일이 바로 이것이다. 미국의 예술가로부터 미국의 이야기를 구해내는 것.

우선 미국의 예술가라는 이 사람을 보자. 일단, 그는 대체 왜 미국에 왔을까? 그의 아버지는 유럽인이었는데 그가 더 이상 유럽인이 아닌 것은 왜일까?

자, 내가 대답해줄 테니, 그의 대답에는 신경 쓰지 말자. 그는 당신이 듣고 싶어 하는 거짓말을 들려줄 것이다. 그가 그런 거짓말을 하는 데는 당신이 그런 거짓말을 듣고 싶어 하는 탓도 있다.

그가 온 것은 종교의 자유를 위해서가 아니었다. 영국이 1700년 당시에 누리고 있었던 종교의 자유는 미국에 비해서 많은 편이었다. 그것을 가능케 한 것은, 영국 땅에 남아 종교의 자유를 위해서 싸웠던 영국인들, 이로써 종교의 자유를 쟁취한 영국인들이었다. 종교의 자유를 위해서 미국에 왔다고? 뉴잉글랜드가 생기고 한 세기 동안에 무슨 일이 있었는지, 역사책이나 좀 읽

..

6) 예술의 효용이 교훈이라는 주장과 재미라는 주장을 절충한, 예술의 효용은 재미를 줌으로써 교훈을 주는 것이라는 주장을 가리킨다. 새뮤얼 존슨의 「인간이 바라는 것들의 헛됨(The Vanity of Human Wishes)」에 비슷한 표현이 나온다: "교훈을 보여주거나 이야기를 장식하거나."
7) 동음어 이야기/꼬리(tale/tail)를 이용한 말장난.

고 말하라고 하자.

어쨌든 자유를 위해서 미국에 왔다고? 자유인들의 나라[8]에 왔다는 말이군! 이런 데가 자유인들의 나라라니! 맙소사, 내가 무슨 기분 나쁜 말을 하면 그 자유로운 군중은 나를 린치할 것이고, 린치당하는 것은 나의 자유라는 이야기다. 자유로운 나라라고? 맙소사, 내가 가본 나라 중에 사람들이 서로를 이렇게 겁내는 나라가 없었다. 어느 한 사람이 자기가 남들과 다르다는 것을 드러내는 순간, 다른 사람들에게는 그 사람을 린치할 자유가 생긴다는 이야기다.

아니 됐다, 미국의 예술가 당신은 빅토리아 여왕의 숨겨진 진실을 밝히고 싶겠지만, 그건 됐다. 밝히고 싶으면 당신 자신의 진실이나 밝혀라.

필그림 파더스와 그 후예들이 미국에 온 것은 결코 종교의 자유를 위해서가 아니었다. 그들이 여기 와서 뭘 했는데? 그런 것을 자유라고 부를 텐가?

그들이 온 것은 자유를 위해서가 아니었다. 만에 하나 자유를 위해서 왔다고 한다면, 오고 나서 돌변했나보다.

자유를 위해서 온 것이 아니라면, 무엇을 위해서 왔을까? 여러 가지 설명이 있지만 가장 말이 안 되는 설명이 이런 자유 혹은 저런 자유를 위해서라는 설명, 곧 모종의 적극적 자유를 위해서라는 설명일 것이다.

그들이 온 것은 우선 **싫은 것**에서 벗어나기 위해서였다. 벗어나고 싶다는 것만큼 간단한 이유도 없다. 싫은 것은 무엇이었을까? 궁극적으로 싫은 것은 자기 자신이었다. 전부 다 싫었다. 예나 지금이나 사람들이 미국으로 오는 이유는 모든 것이 싫어서다. 지금의 자기를 만드는 모든 것, 지금까지의 자기를 만든 모든 것이 싫어서다. 그래서 그들은 외친다.

∴

8) 미국 국가(國歌) 「성조기(The Star-Spangled Banner)」에 나오는 표현.

"앞으로는 주인을 섬기지 말자."[9]

주인을 섬기지 않는 것이 나쁘다는 말은 아니지만, 그것이 자유는 아니다. 오히려 반대다. 오히려 끊어낼 수 없는 구속이다. 나는 정말 **이런 사람 또는 저런 사람으로 살고 싶다**라는 적극적 소망을 찾기 전까지 나는 결코 자유롭지 않다. 미국에서 사람들은 지금까지 줄곧, 나는 이런 사람이 **아니다**라고 외쳐왔다. 백만장자 —이미 백만장자이거나 앞으로 백만장자가 될 사람— 의 경우라면 물론 예외지만.

미국으로의 이동에 적극적인 데가 전혀 없냐 하면 그렇지는 않다. 유럽에서 대서양을 건너 미국 땅에 닿은 거대한 인파가 그저 유럽을 싫어하고 유럽의 생활방식이 부과하는 구속들을 싫어하는 반발의 조류에 휩쓸린 것뿐이었냐 하면 그렇지는 않다. 예나 지금이나 이런 반발심이 이민의 가장 큰 동력임을 부정하는 것은 아니지만, 원인이 없는 것은 없으니, 반발심에도 원인이 있다.

사람이 권력에 지배당하는 일을 견디지 못하는 시기가 있었던 것 같다. 한때 유럽에서는 옛 기독교가 실질적 주인이었고, 교회와 귀족이 기독교 이상의 실현에 책임이 있었다. 실제로 책임을 지지는 않은 것 같지만, 어쨌든 책임이 있었다.

주인의 권력, 국왕의 권력, 아비의 권력이 무너진 것은 르네상스 시대였다.

대서양 횡단의 거대한 조류가 흐르기 시작한 것도 바로 그 시대였다. 무엇이 싫었던 것일까? 유럽의 옛 권위가 싫었던 것일까? 권위의 굴레를 깨뜨리고 새로운, 더 절대적인 무제약을 향해 탈출한 것일까? 그런 면도 있었을 것

••

9) 각주 10) 참조.

이다. 하지만 그게 다는 아니었다.

자유가 나쁘다는 것은 아니지만, 사람은 주인이 없으면 살아갈 수 없다. 주인이 없는 삶은 없다. 주인을 믿으면서 기쁘게 복종하는 삶, 아니면 주인을 무너뜨리고 싶어 하면서 주인에게 비협조적으로 뻗대는 삶이 있을 뿐이다. 이 불복종 저항은 미국을 형성하는 중요한 요소가 되었고 동시에 양키의 자랑이 되었다. 미국이 복종하는 노동계급을 확보한 것은 비교적 예속적인 유럽인들이 지속적으로 흘러들어 온 덕분이었다. 하지만 그들의 복종도 첫 세대를 넘기지 못했다.

하지만 대서양 건너 유럽에 옛 주인이 앉아 있다. 아비처럼 앉아 있다. 모든 미국인의 마음에는 유럽의 옛 부권에 대한 반항심이 깔려 있다. 그러면서도 유럽이라는 주인에게서 완전히 벗어났다고는 느끼지 못한다. 그러니 미국의 저항은 더딘 인내, 속으로 쌓이는 인내다. 옛 주인 유럽에의 복종은 더디고, 속으로 쌓이고, 좀먹는다. 복종하기 싫어하는 하인, 집요한 저항.

주인만 없어져준다면 자기는 어떻게 되든 상관없다는 이야기. 하지만 내가 그들에게 하고 싶은 말은:

"칼 칼 칼리반,
새 주인을 얻어라, 새 일꾼이 되어라."[10]

라이베리아 공화국, 아이티 공화국에 대해서는 도망노예들의 나라라고 말할 수도 있다. 나라 이름도 라이베리아잖은가! 미국도 마찬가지일까? 미

••

10) 셰익스피어의 『폭풍우(Tempest)』의 한 대목을 비튼 표현: "반 반 칼리반은 새 주인을 섬긴다 / 당신은 새 일꾼을 얻어라."

국도 거대한 도망노예 공화국일까. 동유럽에서 밀려온 인파를 생각하면, 미국을 거대한 도망노예 공화국이라고 보는 것이 당연하다. 하지만 필그림 파더스를 생각하면 그런 말이 안 나온다. 옛날의 이상주의자 미국인들을 생각하면, 오늘날 이상으로 고통받는 미국인들을 생각하면, 그런 말이 안 나온다. 미국이여, 거대한 도망노예 공화국이 되지 않게 조심하라! 소수의 성실한 고행자들이여, 조심하라.

주인 없는 사람들이여, 조심하라.

"칼 칼 칼리반
새 주인을 얻어라, 새 일꾼이 되어라."

필그림 파더스는 뭐하러 그렇게 고생스럽게 검은 바다를 건너왔을까? 아물론, 그들에게는 검은 영혼이 있었다. 유럽을 싫어하고 유럽의 옛 권위를 싫어하고 왕들과 주교들과 교황들을 싫어하는 검은 영혼이 있었다. 하지만 그게 다는 아니었다. 그들은 검은 영혼을 가진 사람들, 주인이 되기를 원하는 사람들이었다. 그러니 왕들과 주교들을 싫어한 것이 아니겠는가. 그들은 전능하신 하느님까지 싫어했다. 그리고 거기서 한 발 더 나아가, 르네상스가 낳은 그 새로운 "인본"까지 싫어했다. 그 후 유럽에서 큰 인기를 끌게 되는 그 새로운 자유까지 싫어했다. 그들이 원한 것은 험난함이었다. 마냥 자유스럽기를 그들은 원하지 않았다.

미국은 예나 지금이나 마냥 자유스러운 나라는 아니다. 미국인들은 예나 지금이나 어떤 긴장 속에 있다. 그들의 자유는 순전히 의지의 자유, 순전한 긴장의 자유, 곧 **하지 말라**의 자유다. 처음부터였다. 미국은 처음부터 **하지 말라**의 나라였다. 첫 번째 계명만 보아도, **내 앞에서 주인 행세 하지 말라**다.

그래서 민주주의다.

"우리는 주인을 섬기지 않는다." 미국 독수리[11]의 암탉 같은 외침이다.

포스트-르네상스 유럽의 자유를 거부한 에스파냐인들이 아메리카의 상당 부분을 채우게 되었다. 포스트-르네상스 유럽의 인본주의를 거부, 반박한 것은 양키들도 마찬가지였다. 그들이 일차적으로 증오한 것은 주인들이었다. 하지만 그들이 근본적으로 증오한 것은 유럽의 자연스러운 기질이었다. 미국의 영혼 깊은 곳에는 언제나 어두운 긴장이 있었다. 에스파냐계 아메리카의 영혼도 마찬가지였다. 옛 유럽의 자연스러움을 오랫동안 증오해온 이 어두운 긴장이 이제 옛 유럽의 자연스러움이 망하는 모습을 흡족하게 지켜보고 있다.

지구상의 모든 대륙에는 저마다 거대한 장소령이 있다. 지구상의 모든 종족은 고향이니 조국이니 하는 특정 장소에서 자기력을 띤다. 장소가 다르면 생태가 다르고 진동이 다르고 지질이 다르고 자기력을 주고 받는 별들이 다르다. 장소령이라는 말이 싫다면 다른 말을 써도 상관은 없지만, 어쨌든 장소의 영혼은 거대한 실재다. 나일강 계곡은 곡물을 길러냈을 뿐 아니라 이집트의 훌륭한 종교들을 길러냈다. 중국은 중국인들을 길러내고 있고, 앞으로도 계속 길러낼 것이다. 샌프란시스코의 중국인들은 조만간 중국인이기를 그만둘 것이다. 미국은 거대한 용광로니까.

이탈리아에서 한때 어마어마한 자기력이 작용한 곳은 로마였다. 이제 로마는 죽은 도시인 것 같다. 나고 죽는 것은 장소도 마찬가지니까. 그레이트 브리튼섬에서도 한때는 경이로운 자기력이 작용했고, 그 작용으로부터 브리튼 종족이 만들어졌다. 그런데 요새는 이 자기력이 작용을 멈춘 것 같다. 영

••

11) 미국 국장(國章)의 이미지.

국도 죽은 나라가 될까? 영국이 죽은 나라가 되면 사람은 어떻게 될까?

사람은 자기가 상상하는 만큼 자유로운 존재가 아니다. 아아, 훨씬 덜 자유로운 존재다. 가장 자유로운 사람이 어쩌면 가장 부자유한 사람일지도 모른다.

사람은 헤매고 도망 다닐 때가 아니라 살아 숨 쉬는 고향에 머물러 있을 때 자유롭다. 사람은 깊은 내면에서 들려오는 종교적 신앙의 목소리에 복종할 때, 내면으로부터 복종할 때 자유롭다. 사람은 살아 숨 쉬는 공동체, 유기적 공동체, 믿음을 가진 공동체의 일원이 되어 아직 실현되지 못한(어쩌면 아직 자각조차 되지 못한) 목적을 실현하는 일에 적극 동참할 때 자유로운 것이지, 무슨 서부 개척지로 도망칠 때 자유로운 것이 아니다. 가장 부자유한 영혼들이 서부로 떠나고 자유를 외친다. 자기가 자유롭다는 것을 의식하지 않는 사람일수록 자유로운 사람이다. 외침은 덜거덕거리는 쇠사슬 소리다. 예나 지금이나 마찬가지다.

사람이 자기가 하고 싶어 하는 일을 할 때 자유롭냐 하면 그렇지가 않다. 하고 싶어 하던 일을 할 수 있게 되는 순간, 굳이 그 일을 할 이유가 없어진다. 사람은 가장 깊은 자아가 하고 싶어 하는 일을 할 때, 오직 그때 자유롭다.

그러려면 가장 깊은 자아에게 내려가야 한다! 잠수도 좀 해야 한다.

가장 깊은 자아는 저 밑에 있는데, 의식적 자아는 고집불통 원숭이다. 그렇지만 이것 하나만은 확실하다. 자유롭고 싶다면, 자기가 지금 자기 마음대로 하고 있다는 착각을 버리고 **그것**이 바라는 바를 알아내야 한다.

그렇지만 **그것**이 바라는 바에 동참할 수 있으려면, 일단 옛 주인, 옛 **그것**의 영향에서 벗어나야 한다.

이렇게도 볼 수 있다. 르네상스 시대에 왕권과 부권이 권위를 잃으면서, 유럽은 대단히 위험한 진실, 곧 자유와 평등이라는 반쪽짜리 진실에 빠지고 말았다. 미국으로 건너온 사람들은 바로 이 위험을 감지한 사람들이었다. 이렇게 그들은 유럽을 아예 거부하면서 유럽보다 더한 위험에 빠졌다. 이제 미국에서 자유는 자유와 평등의 지배를 포함한 **모든** 지배의 거부를 뜻하게 되었다. 그렇다면 진짜 자유가 시작되는 때는 미국인들이 **그것**을 발견했을 때, 미국인들이 그것의 실현에 동참할 수 있게 되었을 때일 것이다. **그것**이란, 이상주의자의 반쪽짜리 자아가 아니라, 사람의 가장 깊은 **총체적** 자아, 곧 자아의 총체다.

필그림 파더스가 미국으로 건너온 이유, 우리가 미국으로 건너오는 이유는 이렇듯 **그것** 때문이다. 메뚜기 떼를 이쪽으로 혹은 저쪽으로 가게 하는 바람, 우리를 이쪽으로 혹은 저쪽으로 가게 하는 그 바람이 우리의 눈에는 보이지 않는다. 철새들을 미지의 목적지까지 이끌어가는 자기력, 우리를 이끌어가는 그 자기력이 우리의 눈에는 보이지 않는다. 보이지 않지만 힘을 발휘한다. 우리는 자기가 선택을 하고 결정을 하는 줄 알지만, 실은 그렇지가 않다. 선택을 하고 결정을 하는 것은 우리가 아니라 **그것**이다. 만약에 우리가 내 운명은 내가 정한다는 천박한 수컷의 자신감에 젖어 있는 도망노예에 불과하다면 이야기가 달라지겠지만, 만약에 우리가 생명의 원천과 닿아 있는 살아 움직이는 사람들이라면 우리의 동력이자 결정권자는 **그것**이다. 우리는 복종하는 한에서만 자유롭다. 달아날 때, 자기 하고 싶은 대로 하겠다고 생각할 때, 우리는 에우메니데스에게 쫓기는 오레스테스에 불과하다.

하지만 드디어 미국인들이 미국을 발견하고 미국인들 자신의 총체성을 발견하는 날이 온다 해도, 내 운명은 내가 정한다는 확신조차 없는 무수한 도망노예들이 순순히 물러나지는 않을 것이다.

미국에서 어느 쪽이 승리할까? 도망노예 쪽일까, 아니면 새로운 총체적 인간 쪽일까?

진정한 미국의 날은 아직 오지 않았다. 이제 곧 올지는 몰라도, 어쨌든 그 날의 태양이 뜨지는 않았다. 지금까지는 가짜 새벽이었다. 지금껏 진보적인 미국인의 의식에는 하나의 지배적 열망, 곧 옛것을 제거하겠다는 열망이 있었을 뿐이다. 주인들을 제거하고 국민(the people)의 의지를 받들겠다는 열망이었다. 하지만 국민의 의지는 상상의 산물일 뿐이니, 받든다고 한들 대수로울 것은 없다. 국민의 의지를 받들겠다는 열망이란 국민의 의지를 빌미로 주인들을 제거하겠다는 열망일 뿐이다. 주인들을 제거하고 나면, 남는 것은 국민의 의지라는 빈말뿐이다. 그제야 비로소 진보적인 미국인은 걸음을 멈추고 자기 자신의 총체성을 회복할 방법을 찾게 될 것이다.

미국인의 의식적 동기니 미국의 민주주의니 하는 이야기는 이만 끝내겠다. 미국의 민주주의란 유럽이라는 옛 주인, 곧 유럽 정신을 공략하기 위한 도구일 뿐이다. 유럽이 무너진다면, 미국의 민주주의도 연기처럼 사라질 가능성이 있다. 미국이 시작될 가능성이 있다.

지금까지 미국인의 의식은 가짜 새벽이었다. 민주주의라는 소극적 이상일 뿐이었다. 그렇지만 의식 아래쪽에, 민주주의라는 의식적 이상 반대쪽에, **그 것**의 첫 징조들과 계시들이 있다. 미국인의 총체적 영혼은 거기 있다.

미국의 저술들로부터 민주주의의 옷, 이상주의의 옷을 벗겨내자. 그리고 그 밑에 감추어져 있던 **그것**의 어슴푸레한 몸을 최대한 더듬어보자.

"앞으로는 주인을 섬기지 말라."

앞으로는 주인을 섬겨라.

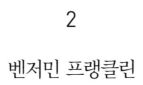

2

벤저민 프랭클린

'인간의 완성'에 매진하겠다니! 맙소사, 무슨 이런 따분한 테마가 다 있나! 포드 자동차의 완성에나 매진할 일이지! 그중 어떤 인간의 완성에 매진하겠다는 건가? 나는 하나가 아니라 여럿인데, 그중에 누구의 완성에 매진하겠다는 건가? 나는 기계장치가 아닌데.

교육하겠다니! 여러 나들 중에 어떤 나를 교육하겠다는 건가? 그러면서 어떤 나를 억압하겠다는 건가?

어쨌든 나는 거절하련다. 사회여, 나는 당신이 나를 당신의 얼빠진 기준에 따라 교육하고 억압하는 것을 거절하련다.

이상적 인간이라니! 사회여, 대체 누가 그런 인간인지 대답을 좀 해주겠나? 벤저민 프랭클린이나 에이브러햄 링컨인가? 이상적 인간이라니! 루스벨트나 포르피리오 디아스인가?

내 안에는 트위드 재킷을 걸치고 이 자리에 앉아 있는 이 미련퉁이 작가 외에도 여러 사람들이 살고 있다. 트위드 재킷을 걸치고 미련퉁이 짓을 하는 나는 지금 왜 이러고 있는 건가? 이런 말을 누구에게 하고 있는 건가? 그쪽에서 이런 말을 듣고 있는 당신은 누군가?

당신은 누군가? 당신의 자아는 몇 가지인가? 그중에서 당신이 되고 싶은 것은 어떤 자아인가?

당신이라는 어둠 속에 감추어진 자아를 예일 대학이 교육시키겠나, 하버드 대학이 교육시키겠나?

이상적 자아라니! 그만 됐다. 내 안에는 밖으로 쫓겨나 이상이라는 창문 밑에서 늑대나 코요테처럼 울부짖는 이방인의 자아, 도망자의 자아가 살고 있다. 어둠 속에서 붉게 빛나는 저 자아의 눈동자가 보이는가? 저 자아가 지금 한창 뜨고 있다.

맙소사, 인간의 완성에 매진하겠다니! 살아 있는 한, 모든 인간은 서로 상충하는 수많은 자아를 자기 안에 품고 있는데. 그중에 하나만 골라서 완성시킬 텐가? 그렇다면 그중에 누구를 고를 텐가?

뭐가 걱정인가. 프랭클린 영감님이 알려주실 텐데. 모범 미국인이든 뭐든 금방 만들어주실 텐데. 아, 최초의 백 퍼센트 미국인이었던 그 프랭클린. 매사에 빈틈이 없었던 평범남. 최초로 모범 미국인의 거푸집을 만들어낸 것이 바로 그였다.

이 영리한 평범남 프랭클린이 경력 초반기에 스스로를 찍어낼 얼빠진 기준, 곧 "어떤 종교 교수라고 해도 충분히 만족할 만하고, 어떤 종교 교수라고 해도 아무 충격 없이 받아들일 만한" 교리를 만들어냈다.[1]

자, 이것이야말로 진정한 미국인이 했을 법한 일이잖은가?

"만물을 창조한 '유일신'이 존재한다."

(그러나 그 신을 창조한 것은 벤저민이다.)

..

1) 『벤저민 프랭클린 자서전(*The Autobiography of Benjamin Franklin*)』에 나오는 표현을 로렌스가 다소 변형했다: "내가 생각할 때, 이 교리에는 모든 기성 종교의 핵심이 포함되어 있되 그중에 어느 한 종교를 가르치는 교수에게 충격을 줄 가능성이 있는 모든 것이 제거되어 있다." 이후의 볼드체 인용은 『벤저민 프랭클린 자서전』에 나오는 표현들이다.

"그 신의 '섭리'가 세상을 지배한다."

(그 '섭리'에 대해 모든 것을 알고 있는 벤저민.)

"찬양과 기도와 감사로 그 신을 경배해야 한다."

(돈이 드는 것도 아니니까.)

"하지만―

("하지만, 벤저민아, 나한테 '하지만'이라고 하지 말거라."라고 주님이 말씀하시
건만.[2])

"하지만 하느님이 보시기에 가장 아름다운 경배는 사람에게 선을 행하
는 것이다."

(그렇다는데야 하느님이라도 별 수 없다.)

"영혼은 불멸한다."

(다음 조항을 보면 그 이유를 알 수 있다.)

"하느님은 미덕에는 상을 내리시고 악덕에는 벌을 내리실 것이다. 그것
은 현세일 수도 있고 내세일 수도 있다."

자, 미스터 앤드류 카네기 같은 백만장자들이 자기네 목적에 들어맞는 신
을 발명할 생각이었다고 하더라도, 벤저민과 같은 성공을 거둘 수는 없었을
것이다. 벤저민은 18세기에 앤드류 카네기 씨를 위한 신을 발명했다. 신은
성공을 원하는 사람들, **생산**을 원하는 사람들을 위한 최고의 종이다. '섭리'.

.•.•

2) 월터 스콧 경의 소설 『골동품 수집가(*The Antiquary*)』에 나오는 표현: "내가 할 수 있는 일이라
   면, 기쁜 마음으로 해주겠네. 하지만 …" "하지만 나한테 '하지만'이라고 하지 말게." 하느님이
   고풍스러운 작가로 유명한 월터 스콧 경의 『골동품 수집가』라는 고풍스러운 소설을 연상시키
   는 말투를 쓰는 것은 우연이 아니다.

공급자.[3] 천국의 장사꾼. 영원불멸의 워너메이커.[4]

필그림 파더스의 손자들이 섬기라고 물려준 것은 이런 하느님이다. 달러의 기둥 위에 올려져 있는 하느님.[5]

"영혼은 불멸한다."

이런 말도 벤저민이 하면 상투적으로 들린다!

영혼이 여기에 있다, 저기에 있다, 동전지갑에 있다, 지폐지갑에 있다, 심장에 있다, 위장에 있다, 머리에 있다, 라고 할 수는 없지만, 어쨌든 사람에게는 영혼이 있다.[6] 한 사람의 **총체**가 그 사람의 영혼이다. 벤저민이 표해놓은 이 점잖은 한 곳만 영혼이냐 하면 그렇지 않다는 것이다.

희한한 것이 한 사람의 영혼이다. 영혼은 그 사람의 전부다. 그 사람의 알려진 부분뿐 아니라 그 사람의 알려지지 않은 부분까지도 그 사람의 영혼이라는 뜻이다. 교수들 따위가, 벤저민 따위가 영혼의 기능에 선을 긋는 것을 보면, 나는 그저 우스울 뿐이다. 나 원 참, 인간의 영혼은 드넓은 숲인데, 벤저민이 그은 선은 깔끔한 뒤뜰까지였다. 그가 만든 텃밭 설계도에 우리가 다 끼워 맞춰지고 있는 형국이다. 컬럼비아 만세!(Hail Columbia!)[7]

인간의 영혼은 어두운 숲이다. 로마인들을 그토록 두려움에 떨게 했던 '헤

..

3) 섭리(providence)와 공급자(provider)의 어원이 같음을 이용한 말장난.
4) Wanamaker: 미국 최초의 백화점 중 하나이자 필라델피아 최초의 백화점.
5) CUP 에디션에 따르면, 평생 기둥 꼭대기에 올라가서 살았다는 성 시메온이라는 성자를 연상시키는 표현.
6) 성서의 인유. cf. 사람들이 너희에게 '보아라 저기 있다' 혹은 '여기 있다' 하더라도 찾아 나서지 마라.(루가의 복음서 17: 23)
7) 미국 건국기에 국가(國歌)로 채택된 노래 제목.

르시니아의 숲'.[8] 차기 문명의 주역이 되는 흰 피부의 야만인들이 그곳으로부터 나왔다.

인간의 영혼으로부터 무엇이 나올지 누가 알랴! 인간의 영혼은 야만의 생명을 품고 있는 어둡고 드넓은 숲이다. 거기서 나오는 것들을 울타리로 막겠다는 벤저민이다!

딱하게도 벤저민은 자기가 인간의 영혼이라고 부르는 하찮은 땅 한 조각에 울타리를 치고 그곳의 개화/개척[9]에 나섰다. 과연, 섭리/프로비던스![10] 우리가 그 철조망 안에 영원히 갇혀 있을 것이라고 생각하는 건가? 바보 같은 생각이다.

벤저민이 쳐놓은 철조망을 보자. 자기가 쳐놓은 미덕의 목록에 갇힌 채 종종걸음을 놓는 그의 모습은 좁은 방목장에 갇힌 늙은 회색 조랑말 같았다.

1
절제
배부를 때까지 먹지 마라. 취할 때까지 마시지 마라.

2
과묵
타인이나 자기 자신에게 유익을 줄 수 있는 말이 아니면 하지 마라. 하찮은 대화를 피해라.

∴

8) 로마제국 전성기에 로마와 북유럽 야만 종족들의 경계가 된 지역. 지금의 미텔게비르게.
9) civilization의 두 의미를 염두에 둔 말장난.
10) providence의 두 의미를 염두에 둔 말장난.

3
질서

물건들을 제자리에 둬라. 일의 시간표를 짜라.

4
결단

해야 하는 일이라면 하겠다고 다짐해라. 하겠다고 다짐한 일이라면 반드시 해라.

5
절약

타인이나 자기 자신에게 유익을 줄 수 있는 일이 아니면 돈을 쓰지 마라. 요컨대, 돈을 낭비하지 마라.

6
근면

시간을 낭비하지 마라. 유익한 용무가 아니면 관여하지 마라. 쓸데없는 일은 모두 잘라내라.

7
정직

해가 되는 속임수를 쓰지 마라. 생각을 할 때는 결백하고 정당하게 해라. 말할 때도 결백하고 정당하게 해라.

8
정의
타인에게 피해를 안겨주는 것도 잘못이고, 타인에게 유익을 가져다줄 의무를 다하지 않는 것도 잘못이다. 그런 잘못들을 저지르지 마라.

9
온건
극단을 피해라. 누가 해를 입는 것을 보았을 때, 해를 입을 만하다고 여겨지는 한에서는 분노하지 마라.

10
청결
몸이 더럽거나 옷이 더럽거나 집이 더러운 것을 그냥 두고 보지 마라.

11
침착
사소한 일에 동요하지 마라. 흔히 일어나는 사고, 불가피한 사고에 동요하지 마라.

12
순결
베너리[11] 사용은 건강을 지키기 위한 경우나 자식을 얻기 위한 경우로 한

⁝

---

11) 베너리(venery)를 사용한다는 것에는 성교한다는 뜻과 사냥한다는 뜻이 있다.

정하라. 둔감해지거나 허약해지거나 자신과 상대의 안녕과 평판에 피해를 주는 일이 없게 하라.

13
겸손
예수와 소크라테스를 본받아라.

_____

한 퀘이커교도 친구가 프랭클린에게, 어이 벤저민, 자네가 오만하다고 생각하는 사람들이 많아, 라고 말했고, 벤저민은 이미 완성되어 있던 미덕의 목록에 '겸손'을 살짝 가미했다. 재미있는 것은 겸손의 뜻이다. "예수와 소크라테스를 본받아라."라니. 그 둘보다 훌륭해지지는 않겠다는 뜻의 겸손일까. 소크라테스와 알키비아데스[12]가 필라델피아학파의 벤저민을 술안주로 씹으면서 포복절도하는 장면이 떠오른다. 예수가 좀 어리둥절한 표정으로 벤저민을 바라보며 "벤,[13] 너 지금 스스로 지혜롭다 하는 거 아니니?"[14]라고 말하는 장면도 상상된다.

벤은 "앞으로는 주인을 섬기지 않는다니까요."라고 말대꾸를 한다. 그리고는 "너희는 각자가 자신의 주인이 되어라. 주님이 끼어들겠다고 해도 마다하라."라고 한다. 하지만 "각자가 자신의 주인이 되어라."라는 말은 주인을

:.

12) 플라톤의 「향연」에서 소크라테스와 사랑을 논하는 인물.
13) 벤저민의 애칭.
14) 성서의 인유. cf. 너는 스스로 지혜롭다 하는 자를 보았겠지만 그런 사람보다는 바보에게 희망이 있다.(잠언 26: 12)

섬기지 말라는 말의 과장일 뿐이다.

자, 최초의 미국인 프랭클린은 이 솔깃한 목록을 열심히 실천하면서 국민의 귀감이 되었다. 미덕 성적표를 만들어서 자기의 행동에 점수를 매긴 적도 있었다. 안타깝게도 이 성적표는 남아 있지 않다. '질서'에서 점수가 나빴다는 것이 벤저민 자신의 고백이었다. 정리정돈을 **못** 배웠다는 고백.

그런 것 말고는 고백할 잘못이 없다니, 귀감이잖은가?

평범의 귀감인 벤저민이었다. 박사 프랭클린이었지만 코담배를 묻히고 다니는 평범남이었다![15) 불멸의 영혼이었지만!

불멸의 영혼은 싸구려 보험 같은 것이었다.

사실 벤저민은 불멸의 영혼 따위에는 관심이 없었다. 사회적 인간을 상대하는 것만으로도 너무 바빴다.

(1) 신생도시 필라델피아에서 길거리를 청소하고 가로등을 설치했다.[16)
(2) 전기제품들을 발명했다.[17)
(3) 필라델피아의 한 권선징악 모임의 주축이었고,[18) '가난한 리처드'가 나오는 도덕적 유머집[19)의 작가였다.
(4) 필라델피아의 모든 주요 위원회에서 활약했고, 나중에는 대륙회의에서 활약했다.

••

15) 존 트럼벌(John Trumbull)의 유명한 그림 「미국독립선언」에는 벤저민 프랭클린의 손이 좀 거뭇거뭇하게 그려져 있다. 키는 작고 몸은 통통하다.
16) 정확하게 말하자면, 시의회에서 거리청소와 가로등 설치를 제안했다.
17) 정확하게 말하자면, 전기와 관련된 실험들을 했다. 프랭클린이 실제로 발명한 전기제품은 프랭클린 스토브 정도다
18) CUP에 따르면, 프랭클린은 'Junto', 'A Philosophical Society' 등의 토론회를 만들었다.
19) 『가난한 리처드의 달력(Poor Richard's Almanack)』을 가리킨다.

(5) 프랑스 궁정을 상대로 미국독립에의 명분을 확보했고, 미합중국 경제
　　의 아버지가 되었다.

　자, 한 사람에게 무엇을 더 바랄 수 있었겠는가? 그런데도 사람들은 그에
게 **격이 떨어진다**(infra dig.)라고 했다. 필라델피아에 사는 사람들이.

　나는 그가 존경스럽다. 단단한 용기가 존경스럽고 현명함이 존경스럽고
번개를 보고 전기를 발견했다는 것이 존경스럽고 상식적 유머가 존경스럽
다. 모든 것이 훌륭한 인간의 특징이고, 훌륭한 시민의 특징이다. 큰 키는 아
니지만, 야윈 체격도 아닌, 코담배를 묻히고 다니는 프랭클린 박사.[20] 지금
껏 "베너리"를 사용해왔던 가장 건전한 시민 중 하나.

　나는 그가 마음에 안 든다.

　말이 나서 하는 말이지만, 나는 지금까지 "베너리" 서적이 사슴 사냥 이야
기인 줄 알았다.[21]

　그에게는 진지하게 순진한 면이 있다. 어린이 같기도 하고, 늙은이 같기도
하다. 자기 할아버지 못지않게 지혜로운, 아니 자기 할아버지보다 더 지혜로
운 어린아이. 그는 다시 어린아이와 같이 되었다.[22]

　"베너리 사용자"를 통틀어 가장 완벽한 시민이 아니었겠느냐 그 말이다.

　인쇄업자에 철학자에 과학자에 저자에 애국자였고, 흠잡을 데 없는 남편
에 흠잡을 데 없는 시민이었는데, 귀감이지 왜 아니겠는가?

● ●
20)　각주 15 참조.
21)　각주 11 참조.
22)　성서의 인유. cf. 너희가 생각을 바꾸어 어린아이와 같게 되지 않으면 결코 하늘나라에 들어
　　갈 수 없을 것이다.(마태오의 복음서 18: 3)

개척자여, 거 참, 개척자들이여![23] 벤저민은 미합중국의 가장 위대한 개척자 중 하나였다. 그런데 우리는 그가 좀 곤란하잖은가.

그에게 무슨 문제가 있어서인가? 아니면 우리에게 무슨 문제가 있어서인가?

아버지가 해마다 사오는 너저분한 달력이 있었다. 겉장에 해와 달과 별이 그려져 있었고, 유혈사태와 기근의 예언이 있었다. 짧은 일화들과 유머러스한 이야기들이 도덕적 교훈과 함께 달력의 구석구석을 채우고 있었다. 나는 달걀이 부화되기도 전에 닭의 마릿수를 세고 있는 여자에게 도덕군자 같은 비웃음을 던지기도 했고, 정직이 최선의 정책이라는 믿음을 역시 도덕군자처럼 되새겨 보기도 했다. 달력의 저자는 '가난한 리처드'였고, '가난한 리처드'의 정체는 그로부터 백여 년 전에 필라델피아에 살았던 벤저민 프랭클린이었다.

'가난한 리처드'의 도덕적 교훈이 아직 나를 괴롭히고 있다. 아직 나를 찌르고 있다. 어린아이의 몸을 찌르는 가시들이다.[24]

나는 아직 정직이 최선의 정책이라고 생각하지만 정책 그 자체는 너무 싫다. 달걀이 부화되기도 전에 닭의 마릿수를 세는 것은 정말 어리석다고 생각하지만 달걀이 부화된 **다음에** 닭의 마릿수를 세며 희희낙락하는 것은 그보다 훨씬 더 가증스럽다. '가난한 리처드'가 쳐놓은 도덕적 교훈이라는 철조망을 나는 오랜 세월 동안 수없이 가시에 찔리고 긁히면서 기껏 빠져나왔는데. 찢기고 뜯기고 너덜너덜해진 채로 벤저민의 미국 한복판에 앉아 벤저민의 철조망을 바라보았더니, 살찐 양들이 배가 고픈 듯 철조망 밑을 슬

∵

23) Walt Whitman의 시 제목을 변형한 표현. 원래의 제목은 "개척자여, 오, 개척자들이여!"다.

24) 성서의 인유. cf. 하느님께서 내 몸에 가시로 찌르는 것 같은 병을 하나 주셨습니다.(고린도인들에게 보낸 둘째 편지 12: 7)

쩍 빠져나오고 있다. 경비견들은 울타리 문을 향해 컹컹 짖고 있다. 그 누구도 정식 출입구로 빠져나와서는 안 된다는 듯. 으아, 미국! 으아, 벤저민! 벤저민과 미국의 울타리를 향해 나는 그저 길고 시끄러운 욕을 한번 내뱉을 뿐이다.

도덕적인 미국은 무슨! 도덕적인 벤저민은 무슨! 그렇게 사니까 좋더냐, 젠장할 벤!

그는 미합중국의 프런티어로 가야 했다. 인디언들의 분쟁을 해결하기 위해서였다는 것이 그의 말이었다:

광장 한복판에 그들이 피워놓은 커다란 모닥불이 타고 있었고, 그들은 남녀 할 것 없이 모두 술에 취해 싸우고 있었다. 반쯤 벌거벗은 거무스름한 몸뚱이들이 모닥불의 어두운 불빛을 유일한 조명 삼아 서로 쫓아다니면서 불붙은 나무막대기로 후려치고 얻어맞고 무시무시한 비명을 지르는 장면은 우리가 생각하는 여실한 지옥의 모습과 더할 나위 없이 비슷했다. 그 아수라장을 진정시키기란 불가능한 일이었던지라, 우리는 일단 숙소로 돌아갔다.

다음날, 그들은 대표 셋을 보내 그렇게 소란을 일으킨 데 대한 사과의 말을 전해왔다. 대표는 잘못을 인정하면서도 모든 것을 럼의 잘못으로 돌린 후 럼을 위한 변명을 늘어놓았다: "모든 것을 만든 와칸탕카[25]는 모든 것을 만들면서 어디에 소용이 돼라고 만들었다. 소용이 돼라고 만들어진 것은 소용이 되도록 해야 한다. 와칸탕카는 럼을 만들었다. '인디언들이 럼을 마시면 인디언들이 취한다.'라고 와칸탕카가 그랬다. 그러니까 인디

••
25) 수우족 인디언의 신.

언들이 취해야 한다."

　이 야만인들을 근절함으로써 땅을 개척하는 사람들에게 자리를 내주는 것이 신의 뜻이라면, 과연 그 방법으로 럼이 선택되지 않았을까, 하는 생각이 그렇게 터무니없는 생각은 아닌 것 같다. 예전에 해안지역에 살았던 모든 부족이 이미 럼에 전멸당했으니까 말이다.

　프랭클린 박사님이 이런 말을 입에 올리다니, 게다가 이렇게 속 편히 태연한 말투라니, 좀 깬다. 내가 하려는 이야기에는 거짓말같이 들어맞지만.

　역시 짐작대로였다! 철조망이었다. "이 야만인들을 근절함으로써 땅을 개척하는 사람들에게 자리를 내주는 것이 신의 뜻"이라니. 으아, 벤저민, 벤저민! 하기야 그는 "베너리 사용자", 씨의 개척자였지.

　맙소사, 땅을 개척하는 사람들이라니! 인디언들도 땅을 개척해야 했다. 하다 말고 떠났지만. 누가 시카고[26]를 세웠는데? 누가 피츠버그[27]를 개척했는데? 어떻게 펜실베이니아에 피츠버그가 생겼는데?

　도덕은 무슨! 이게 무슨 도덕인가! 이게 무슨 도덕적으로 개척한다는 건가. 개화(Kultur)[28]냐 개척이냐 중에 한쪽을 선택하는 문제라면, 나는 포기하련다.

∴

26)　원주민은 포타와토미족이었다. 원주민이 북서 인디언 전쟁에서 패하면서 미국의 영토가 되었다.

27)　원주민은 쇼니족이었다. 프렌치 인디언 전쟁의 격전지였다. 영국이 이 지역을 손에 넣으면서 제1대 채텀 백작 윌리엄 피트의 이름이 붙었다.

28)　정신적 차원의 개화냐 물질적 차원의 개척이냐를 둘러싸고 무한 증식하던 유럽의 식민주의 담론에 대한 비명일 수도 있고, 독일어권의 정신문화냐 영어권의 물질문화냐, 라는 관습적 구분에 대한 싫증일 수도 있고, 패전한 동맹국과 승전한 연합국의 아이러니컬한 인유일 수도 있다.

여기서 우리는 애초의 질문으로 돌아온다. 도대체 벤저민의 어디가 어때서 우리는 그를 곤란해하는가? 아니면 우리의 어디가 어떻게 잘못되었기에 그런 귀감이 되는 사람을 두고 이러쿵저러쿵하는가?

인간은 도덕적인 동물이다. 맞는 말이다. 나도 도덕적인 동물이고, 앞으로도 계속 도덕적인 동물로 살아갈 것이다. 하지만 벤저민이 시키는 대로 미덕이 넘치는 평범한 자동인형으로 살아갈 생각은 없다. 벤저민 가라사대, "이것은 선이고, 저것은 악이다. 이 평범한 수도꼭지를 돌려보라. 그러면 선한 수돗물이 나오리라." 벤저민이 시키면 모든 미국인이 따른다. "그런데 그 전에 주구장창 악한 수돗물만 틀어내는 이 야만인들을 근절하라."

나는 도덕적인 동물이다. 하지만 도덕적인 기계는 아니다. 이런저런 평범한 손잡이로 움직여지는 기계가 아니다. '절제-과묵-질서-결단-절약-근면-정직-정의-온건-청결-침착-순결-겸손'의 건반으로 연주되는 악기가 아니다. 벤저민이라는 도덕가의 손에 놀아나는 자동 피아노가 아니다.

내 신조는 벤저민의 신조와는 상반된다. 내 신조는 이런 거다.

"나는 나다."

"내 영혼은 어두운 숲이다."

"내가 알고 있는 내 자아는 숲의 한 작은 빈터에 불과하다."

"낯선 신들이 숲에서 그 빈터로 나오기도 하고 그 빈터에서 숲으로 되돌아가기도 한다."

"그 신들을 오가게 하려면 용기를 발휘해야 한다."

"인간의 협잡에 당하지 않는다. 하지만 내 안에 있고 사람들 안에 있는 신들, 항상 그 신들을 알아보려고 애쓰고 항상 그 신들에게 복종하려고 애쓴다."

이런 게 내 신조다. 달려가는 사람에게는 읽힐지도 모르겠다.[29] 기어가는 편이 좋은 사람, 가솔린으로 가는 편이 좋은 사람에게는 헛소리로 들릴 수도 있다.

나도 "목록"을 만들어보았다. 벤저민 놀이도 해보니까 그런대로 재미가 있다.

1
절제

바쿠스와 함께 실컷 먹고 마셔도 좋고, 예수와 함께 마른 빵을 씹어도 좋다. 어쨌든 꼭 신과 동석하라.

2
과묵

할 말이 없으면 입을 다물어라. 마음에서 진실한 정념이 우러나면, 할 말을 다 해라. 말할 때는 뜨겁게 말해라.

3
질서

자기 안의 어딘가에 존재하는 신들에게 책임을 다하고, 그 신들을 품고 있는 타인에게 책임을 다해라. 상대가 자기보다 우월한지 열등한지를 그 신들을 기준으로 알아내라. 그것이 모든 질서의 뿌리다.

∵

29) CUP에 따르면 성서의 부정확한 인유. cf. 네가 받은 말을 누구나 알아보노녹 판에 새서두이라.[King James Version을 옮기면, "누구든지 달려가면서도 읽을 수 있게 하여라."] (하박꾹 2: 2)

4
결단

자기에게 가장 근본이 되는 바람을 따라라. 큰 것을 위해서 작은 것을 희생해라. 죽여야 할 때는 죽이고, 죽음을 당해야 할 때는 죽음을 당해라. **결단**의 근거는 자기 안에 있는 신들 또는 '성령'의 현현인 사람들이다.

5
절약

절대로 달라고 하지 말고, 합당해 보이는 것이면 받아라. 자존심을 낭비하지 말고 감정을 허비하지 마라.

6
근면

이상을 주무르면서 시간을 보내지 마라. 성령을 섬겨라. 절대로 인간을 섬기지 마라.

7
정직

정직하다는 것은 내가 나임을 기억한다는 것, 그리고 남이 내가 아님을 기억한다는 것이다.

8
정의

유일한 정의는, 분노한 영혼이 됐든 온유한 영혼이 됐든, 영혼의 정직한

직관을 따르는 것이다. 분노는 의롭고 연민도 의롭지만, 판단은 절대 의롭지
않다.

9
온건
절대자들을 경계해라. 신에는 여러 신들이 있다.

10
청결
너무 깨끗하게 살지 마라. 피가 저질이 된다.

11
침착
영혼에는 여러 움직임이 있다. 들고 나는 신들이 여럿이라는 뜻이다. 혼란
에 빠질 때마다 자기에게 가장 근본이 되는 문제를 찾고 그 문제에 집중해
라. '성령'의 현현인 사람의 명령에 따라라. 도의에 따라서 명령을 내려야 할
때는 명령을 내려라.

12
순결
베너리를 절대 "사용"하지 마라. 자기가 느끼는 정념의 충동에 다른 존재
가 화답해오면, 그 충동을 따라라. 자식이 됐든 건강이 됐든 어떠한 동기도
생각하기 마라, 쾌락도 생각하지 말고, 쾌락을 준다는 생각도 하지 마라.

13
겸손

모든 사람을 그들 안에 있는 '성령'에 따라서 대해라. '성령'을 품고 있지 않은 것들에게 양보하지 마라.

이것이 내 목록이다. 오랫동안 막연하게 만들어보려고 했던 목록이지만, 미국에게, 그리고 노형 벤저민에게 이렇게 짜증이 치밀어 오르지 않았더라면 실제로 만들 수는 없었을 것이다.

이렇게 목록을 만들고 나니까 내가 왜 벤저민을 참아줄 수 없는지는 알겠다. 벤저민은 나의 총체성과 나의 어두운 숲을 없애려고 한다. 숲이 없어지면 자유도 없어지는데. 끝없이 펼쳐진 숲도 없이 어느 누가 자유로울 수가 있겠는가? 그런데 벤저민은 나를 철조망이 쳐진 좁은 방목장에 몰아넣으려고 한다. 그 안에 들어가 감자를 키우든 시카고를 세우든 하라는 것이다.

들고 나는 신들 없이 내가 무슨 수로 자유로울 수가 있겠는가? 벤저민은 쓸모 있는 인간들 외에는 다 꺼지라는데, 나는 그런 인간들이 넌더리가 난다. 벤저민이 믿고 따르는 섭리, 벤저민의 '하느님'은 빅트롤러[30]에서 아홉 가닥짜리 채찍[31]까지 온갖 상품들이 구비되어 있는 천국 백화점의 '사장님' 일 뿐이다.

사람에게는 믿음이 되고 의지가 되는, 천만금을 준다 해도 팔지 않을 자

..

30) 축음기 상표.
31) 군대 체벌 도구.

기만의 영혼이라는 게 있다. 그런 것도 없이 어느 누가 자유로울 수 있겠는가? 그런데 벤저민은 나더러 영혼을 갖지 말란다. 나는 인류를 섬기는 종일 뿐이니 영혼 따위는 필요 없단다.(그게 갤리선 노예지 뭔가.) 누가 여기 지상에서 내 임금을 떼어먹었다고 해도, 뭐 그까짓 거 괘념치 말란다. 미스터 피어폰트 모건이나 미스터 코쟁이 헤브루[32]나 미합중국 정부(대동(大同)의 **우리**, 더 정확히 말하자면 **우리**라는 이름의 **우리 중 일부**)가 자기 덩어리를 떼가면서 나의 부스러기까지 쓸어간다 해도, 체불된 임금은 **내세**에 지불될 거란다.

벤저민이여! 빈즘[33]이여! 내가 **더** 속아줄까 보냐!

코담배를 묻히고 다니는 평범남은 왜 우리를 다 잡아 가두고 싶어 했나? 도대체 왜?

우선, 인간이라는 것이 그렇게 생겨 먹었으니까. 철조망에 뭔가를 집어넣는 것, 특히 같은 인간들을 집어넣는 것을 우리는 다 좋아한다. 같은 인간들을 **자유**라는 철조망에 집어넣고 일을 시키기를 우리는 다 너무너무 좋아한다. "**일하시오, 자유로운 귀인이여, '일하시오!'**" 해방자는 이렇게 외치면서 채찍을 휘두른다. 벤저민, 당신이 나한테 그래봤자 소용없어. 나는 자유로운 민주주의자가 될 생각이 없으니까. 나는 나만의 '성령'에 절대 복종하는 종이거든.

그렇게 생겨 먹었는데 어쩌겠나! 하지만 그렇게 단순하지 않은 짭짤한 목적도 있었다. 파리로 건너간 프랭클린은 프랑스 군주정에게서 모든 군주정을 전복할 자금을 쥐어짜내는 명민함을 발휘하면서[34] 마냥 자기 눈구멍에

∴

32) 금융업자에게 유대인 캐리커처를 투영하는 것은 로렌스도 당대의 수많은 멀쩡한 유럽인들과 미친가지였다.
33) '벤저민'의 인디언식 발음.
34) 프랭클린은 미국 독립선언 직후 루이 16세의 궁정에 특사로 파견되었다. 대영제국의 숙적이

들어가 있었다(was just in his eyeholes). 영국인의 시쳇말로, 마냥 기뻐했다는 뜻이다. 말을 몰고 원하는 곳으로 가기 위해서는 말의 아가리에 재갈을 물려야 한다. 벤저민이 원한 것은 옛 주인들의 판을 완전히 뒤집어엎는 것이었다. 벤저민은 당나귀를 몰고 유럽을 뒤집어엎으러 갔다. 그러니 당나귀의 아가리에 튼튼한 재갈을 물리지 않을 수 없었다.

"앞으로는 주인을 섬기지 말라."

벤저민은 일단 미국이라는 당나귀의 기를 꺾어놓아야 했다. 장기적으로 더 많은 것들을 꺾자면 어쩔 수 없었다. 일단 대영제국을 꺾어야 했다. 미국의 독립은 대영제국에 뚫린 최초의 치명적 구멍이었다.

벤저민은 옛 세계를 꺾는 일이 긴 시간이 걸리는 일이라는 것을 잘 알고 있었다. 물론 벤저민의 심층의식은 영국을 증오하고 유럽을 증오하고 유럽에 속하는 모든 것을 증오했다. 벤저민이 원한 것은 미국인이 되는 것이었다. 하지만 자기의 천성, 자기의 의식을 신발 바꿔 신 듯 그렇게 간단히 바꿀수는 없다. 천성을 바꾸는 일, 의식을 바꾸는 일은 서서히 허물을 벗는 일이다. 여러 해가 걸리는 일, 아니 여러 세기가 걸리는 일이다. 부모의 지배에서 벗어나는 아들처럼. 긴 시간이 걸리는 일, 겉으로 잘 드러나지 않는 일이다.

미국인이 되는 것이 그런 일이었다. 대서양을 건널 때는 유럽인이었고, 아직은 진짜 미국인이라기보다 변절한 유럽인이다. 벤저민 프랭클린에서 우드로 윌슨[35]까지는 긴 길이지만 같은 길이다. 새 길은 없었다. 계속 같은 길이

었던 프랑스 정부로부터 신생 미국에 대한 지지를 끌어낸 데는 프랭클린의 공이 컸다.
[35] 우드로 윌슨은 제1차 세계대전 발발 한 해 전인 1913년에 미국 대통령에 당선되었다. 벤저민 프랭클린이 건국의 아버지라는 의미에서 "최초의 미국인"이라면 우드로 윌슨은 미국이 패

었다. 지루하고 공허해지기는 했지만. 배금주의로 흘러가기는 했지만.

그렇다면 벤저민은 왜 완벽한 시민이니 뭐니 하는 이 얼빠진 틀을 미국의 모범으로 세웠을까? 그것이 미국의 모범이라는 확고한 믿음 때문이었다. 그것이 진정한 이상이라는 것이 벤저민의 생각이었다. 하지만 자기가 하고 있는 일에 대해 자기가 어떻게 **생각**하느냐는 그리 중요하지 않다. 자기가 무슨 일을 하고 있는지를 자기는 사실 잘 모른다.[36] 지금 우리는 벤저민처럼 배금주의의 도구로 이용되고 있는 것일 수도 있고, 대체로 무의식적으로 작용하는 가장 깊은 자아의 영향하에 창조의 동작을 만들고 있는 것일 수도 있다. 우리는 우리가 참여하고 있는 작품의 배우일 뿐, 온전한 저자일 수 없다. 저자는 우리 안, 아니면 우리 밖 어딘가에 있는 **그것**이다. 우리가 할 수 있는 최선은 우리 안에 있는 바다와 상충하지 않게 애쓰는 것이다. 최악은 **그것**과 부딪힐 때마다 자기 마음대로 해보다가 끝내 회초리로 얻어 맞는 것이다.

그래서였다. 벤저민이 프랑스 궁정으로부터 돈을 짜내려고 했던 것, 유럽 전체(프랑스 포함)를 뒤집어엎는 첫걸음을 내디뎌보려고 했던 것은 그래서였다. 옛것을 꺾지 않으면 새것을 얻을 수 없어서였다. 마침 유럽이 옛것이니까, 미국이 새것인 셈이다. 물론 미국의 국민(the people)이 내면의 신들과 너무 대립하지 않을 때의 이야기겠지만. 새것을 얻는다는 것은 옛것을 죽인다는 뜻이다. 시대 하나를 죽인다는 것은 시간이 걸리는 일이다. 목을 뎅겅 치는 것으로는 부족하다. 여러 세기에 걸쳐 서서히 생을 소진시켜야 한다.

벤저민은 바로 그 일에 기여했다. 프랑스 궁정으로 가서 영국에 구멍을 뚫

권국이 된 시기의 대통령이라는 의미에서 "진짜 미국인"이라는 것이 로렌스의 생각이었던 것 같다.
36) 성서의 인유. cf. "아버지, 저 사람들을 용서하여 주십시오! 그늘은 사기가 하는 일을 모느고 있습니다."(루가의 복음서 23: 34)

은 것은 직접적인 기여였다. 그때 영국에 작지만 치명적인 구멍이 뚫린 덕분에, 지금 유럽은 그 상처에서 피를 줄줄 흘리면서 죽어가고 있다. 필라델피아에서 모범 미국인이라는 이상을 만들어낸 것은 간접적인 기여였다. 이상이라기보다는 볼품없이 코담배나 묻히고 다니는 평범한 자동인형이었지만, 모범 미국인이라는 이 재미없고 도덕적이고 실리적인 평범한 민주주의자가 옛 유럽을 파괴하는 데 있어서는 그 어느 러시아 니힐리스트[37]보다 더 큰 역할을 했다. 고향에 남아서 부모에게 복종하는 내내 말없이 부모의 권위를 증오하면서 말없이 영혼의 힘으로 부모의 권위를, 아니 부모의 존재 전체를 파괴하는 아들처럼, 그는 옛 유럽을 서서히 마모시켜왔다. 미국인의 영혼은 유럽이라는 고향에 남아 있었다. 미국인에게 영혼의 고향은 예나 지금이나 유럽이다. 짜증스러운 예속이잖은가. 수십억의 금은보화가 쌓여 있다 해도, 짜증스럽잖은가. 미국이여, 그대가 그대들 자신의 현실이 되지 못한다면 그대의 금은보화는 지금이나 앞으로나 그저 똥 무더기에 불과할 것이다.

지금껏 진행되어온 이 모든 미국화, 기계화 과정의 목적은 과거를 뒤집어엎는다는 것이었다. 그리고 그 과정 속에서 미국이 이 꼴이 되었다. 자기가 만들어놓은 철조망을 넘어가지 못하고 자기가 만들어놓은 기계들을 거역하지 못하는 나라. 온갖 '하지 마라'의 철조망에, 자기가 만든 '생산적 기계'에 갇혀 꼼짝도 못하는 나라. 수백만 개의 쳇바퀴를 돌리는 수백만 마리의 다람쥐가 사는 나라. 한 편의 촌극이 아닌가.

유럽이여, 이제 그대에게 또 기회가 왔다. 지옥문을 열고 복수하라. 영리한 미국이 온갖 '하지 마라'의 이상과 '하지 말라'의 도덕에 짓눌린 채 금은보화 똥 무더기에서 뒹구는 동안, 유럽이여, 새 바다로 배를 저어가라. 미국이

∵

37) 한때 제정 러시아의 전복을 꾀하는 무정부주의자를 연상시키는 표현이었다.

수백만 개의 쳇바퀴를 돌리는 수백만 마리의 다람쥐처럼 일하는 동안. 생산하는 동안!

유럽이여, 지옥문을 열고 복수하라!

3

헨리 세인트 존 드 크레브쾨르

크레브쾨르가 태어난 곳은 프랑스의 캉이었고, 태어난 때는 1735년이었다. 어렸을 때 영국으로 보내졌고, 거기서 교육을 받았다. 성년이 된 후에 캐나다로 건너갔고, 한동안 몽캄이 이끄는 프랑스 군대에 들어가 영국군과 싸우다가 나중에 미국으로 건너가서 열혈 미국인으로 거듭났다. 뉴잉글랜드 처자를 아내로 얻었고, 개척지에 신혼살림을 차렸고, "땅을 개척"하면서 **미국 농부의 편지**를 썼다. 이 저술이 당대에 특히 영국의 고드윈이나 톰 페인 등의 신진 개혁가들 사이에서 크게 유행했다.[1]

하지만 크레브쾨르가 단순한 개척민은 아니었다. 개척민 생활은 세간의 관심을 모으는 데 필요한 연기 같은 것이었다. 크레브쾨르 자신의 관심사는 완벽한 사회를 만드는 것, 자기의 힘으로 완벽한 사회를 만드는 것이었다. 당근을 키우는 것 따위가 아니었다. 크레브쾨르는 주요 인사답게, 이상주의자답게 프랑스로 건너갔다. 그가 내팽개친 개척지 농장은 인디언들의 손에

∴

1) 총 열두 편의 편지가 『많이 알려지지 않은 지방적 상황과 풍속과 관습을 알려주고 북미 영국 식민지의 최근 정세를 전해주는 미국 농부의 편지(Letters from an American Farmer; Describing Certain Provincial Situations, Manners, and Customs not Generally Known; and Conveying Some Idea of the Late and Present Interior Circumstances of the British Colonies in North America)』라는 제목으로 출간되었다.

불탔고, 혼자 남은 아내는 모든 것을 혼자 힘으로 헤쳐 나갈 수밖에 없었다. '고결한 인디언'[2]이 고결함을 잃고 원래의 자아로 돌아가기 시작하던 미국 독립전쟁 중의 일이었다. 이 '미국 농부'는 미국으로 돌아와 공무와 상업에 뛰어들었다가 다시 프랑스로 건너가 프랑스 문단에서 청정무구한 '자연의 아이'를 대표하는 작가로 자리 잡으면서 당시에 파리에 와 있던 벤저민 프랭클린 노형과 어울리기도 하고, 장 자크 루소의 연인이었던 문학적 영혼의 소유자 마담 두드토의 총애를 받기도 했다.

해즐릿, 고드윈, 셸리, 콜리지 같은 영국 낭만주의자들이 **미국 농부의 편지** 앞에 전율한 것은 당연했다. 새로운 세계였으니까. '고결한 야만인'과 '청정무구한 자연'과 '낙원의 소박함' 등 잉크병이라는 청정무구한 샘에서 흘러나오는 온갖 근사한 것들로 가득한 세계였으니까. 콜리지는 브리스톨까지만 갔으니, 운이 좋은 축이었다.[3] 우리 영국인 중에도 끝까지 갔던 사람들이 있다.[4]

어렸을 때 페니모어 쿠퍼를 읽은 후로 지금까지 내가 계속 염원해온 것이 바로 이 야생의 미국, 고결한 미국이었구나 이제야 알겠다.

프랭클린은 **실용** 면에서 미국인의 진정한 전형이다. 크레브쾨르는 감정 면에서 그렇다. 유럽인이 볼 때, 미국인이란 일단 돈에 환장한 놈이다. 우리 유럽인은 헨리 세인트 존 드 크레브쾨르의 감정적 유산을 잊어버리는 경향이 있다. 예컨대, 우드로 윌슨의 찢어진 가슴과 눈물 젖은 손수건[5]을 불신하

··

2) 루소가 '고결한 야만인'이라는 표현을 쓴 적은 없지만, 자연 상태의 선한 인간을 사회가 타락시킨다는 루소의 논의와 이 표현을 연결시키는 경우가 많다. 로렌스도 예외가 아니었던 것 같다.
3) 콜리지는 영국 브리스톨에서 유토피아 공동체 실험을 이끈 적이 있다.
4) 예컨대 로렌스 자신도 미국에서 유토피아 공동체 실험에 참여한 적이 있다.
5) 베르사유조약의 문제점과 우드로 윌슨 대통령의 위선을 상징하는 이미지.

는 경향이 있다. 하지만 이것들 속에도 어느 정도 진정성이 들어 있지 않겠는가. 설마 하니 모두 거짓이겠는가?

새로운 미국인들은 코담배를 묻히고 다니는 재미없고 평범한 박사님이 무대를 독차지하도록 할 수는 없었다. 자기네 베너리를 사용해 건강을 지키고 자식을 얻기도 했겠고, 자기네 시간을 사용해 감자를 키우고 시카고를 세우기도 했겠지만, 어쨌든 그들의 눈물샘에는 **적당량**의 눈물이 담겨 있지 않았겠는가. 어디에든 촉촉한 감정이 있어야 하지 않았겠는가.

자연.

좀 더 큰 글자로 쓰고 싶다.

자연.

벤저민은 **자연**을 못 본 체했지만 프랑스인 크레브쾨르는 달랐다. 소로와 에머슨이 **자연**을 드높이기 한참 전이었다. 흘러넘치는 감정을 담아두기에 **자연**만큼 안전한 그릇도 없다.

미국 농부의 편지에서 느껴지는 감동적인 소박함은 거의 샤토브리앙을 능가한다. 작가가 덧셈도 못 배운 사람인 것 같다. 야생의 한가운데서 가정을 만들어가는 것이 얼마나 즐거운 일인지, 처녀지를 개척하는 것이 얼마나 즐거운 일인지 이야기해준다. 딱한 처녀로구나. 처음부터 창녀였으니.

'미국 농부'에게는 '상냥한 배우자'와 '갓난 아들'이 있었다. '미국 농부'는 감자밭에서 '갓난 아들'을 끌채에 앉혀놓고 쟁기질을 했다. '갓난 아들'은 따로 이름이 없었다.

너는 이름이 뭐니?
나는 이름이 없어.

나는 '갓난 아들'이거든.[6)]

　'미국 농부'는 이웃을 자기 몸같이 사랑하면서 이웃이 헛간을 지을 때도 도와주었다.[7)] '자연 공동체'의 '순진무구한 소박함' 속에서 이루어지는 공동의 노동이었다. 그동안 '상냥한 배우자'는 파이를 만들었다. 역시 블레이크의 갓난아기처럼 이름이 없었고, 파이를 만드는 모습이 글에 나오는 것도 아니었지만. '상냥한 배우자'는 풍만한 가슴을 가진 미국의 딸이든 납작한 가슴을 가진 감리교 신자든 '상냥한 배우자'였고, '미국 농부'는 그것으로 충분했다. '상냥한 배우자'의 이름이 리지였는지 아홀리바였는지 독자는 잘 모르지만,[8)] 크레브쾨르 자신도 잘 모르지 않았을까. '배우자'로 충분하지 않았을까. "'배우자'여, 거기 고기 써는 칼 좀 건네주오."

　베너리를 잘 사용해서인지, '갓난 아들'이 하나둘 늘어나 '건강한 자식들'이 되었다. '야생'의 한가운데에서 '단순한 노동'으로 '정직한 땀방울'을 흘리는 '자연의 아이들'이었다. 독자여, 어떤가, 완벽한 그림이잖은가. '미국 농부'의 '가족 사진'이 지금껏 이렇게 걸려 있다. 물론, 온 세상이 사진 속(Im Bild) 가족에 감탄할 수 있게, '건강한 자식들'은 세수를 했을 것이고, '상냥한 배우자'는 제일 좋은 앞치마를 입었을 것이다.

　정신이 나가게 감탄했던 사람이 바로 나였다. 하지만 직접 '야생'으로 가서 '정착민'의 오두막을 엿본 후 정신을 차렸다. 특히 충격적이었던 것은 '상

6) 영국의 낭만주의 시인 윌리엄 블레이크의 시 「갓난아기 기쁨(Infant Joy)」에 비슷한 표현이 나온다: "나는 이름이 없어 / 이틀 전에 태어났거든." / "너를 뭐라고 불러야 할까?" / "나는 기쁘니까 / 기쁨이 내 이름이야."
7) 성서의 인유. cf. 네 이웃을 네 몸같이 사랑하여라.(마태오의 복음서 22: 37)
8) CUP에 따르면, 아내의 실제 이름은 Mehitabel Tippet이었다.

냥한 배우자'였다. 그 여자가 어땠느냐 하면, '청정무구한 야생'의 한가운데서 '단순한 노동'의 노래를 부르는 가수라기보다는 야생의 한가운데서 슬피 우는 유령이었다. 열에 아홉은 초췌한 잡역부였다.

앙리 생 장,[9] 당신은 나에게 거짓말을 했고, 당신 자신에게 거짓말을 했다. 당신 자신에게 한 거짓말이 훨씬 비열하다. 앙리 생 장, 당신은 감정이 풍부한 거짓말쟁이다.

장 자크, 베르나르댕 드 생-피에르, 샤토브리앙, 섬세함의 대가 프랑수아 르 바이앙, '청정무구한 자연'을 들먹이는 당신들은 하나같이 거짓말쟁이다![10] 마리 앙투아네트는 우유 짜는 여자 놀이를 하다가 목이 잘렸는데, 지금껏 우리를 온갖 거짓말로 속여왔던 당신들은 누구한테 볼기 한 번 얻어맞은 적이 없다.

하지만 크레브쾨르는 거짓말쟁이인 것에 못지않게 예술가였다. 그가 그냥 거짓말쟁이일 뿐이었다면, 우리가 그에게 신경 쓸 필요도 없었을 것이다. 벤저민이 인간을 자기 것으로 삼고 싶어 한 것처럼, 크레브쾨르는 자연을 자기 것으로 삼고 싶어 했다. 두 사람은 세상의 이치를, 그리고 세상 그 자체를 몽땅 자기네끼리 나눠 갖고 싶어 했다. 일단 세상의 이치를 자기 것으로 삼은 다음에는 세상을 자기 마음대로 하는 것이 가능하다. 세상을 무너뜨리려고 마음먹었는데 마음이 약해졌다면, 세상을 이용해 돈을 버는 것도 가능하다. H. St. de C가 '청정무구한 자연'을 자기 것으로 삼고 싶어 한 것은 그래

··

9) 헨리 세인트 존(Henry St. John)을 프랑스식으로 바꾸면 앙리 생 장(Henri St. Jean)이다.

10) 장 자크 루소(1712-1778), 자크 앙리 베르나르댕 드 생-피에르(1737-1814), 프랑수아-르네 드 샤토브리앙(1768-1848)은 인간의 자연적 본성을 찬양했다. 프랑수아 르 바이앙(1753-1824)은 『아프리카 오지여행(Voyage de M. Le Vaillant dans l'Intérieur de l'Afrique par Le Cap de Bonne Espérance)』 등을 썼다.

서였다. 하지만 자연은 그의 것이 되려고 하지 않았다. 그의 손아귀 밖으로 고개를 내밀고 음매에 울었다.

이 '청정무구한 자연' 비즈니스도 지성화 작업이기는 마찬가지였다. 자연 전체를 인간의 두뇌에서 나온 몇 가지 법칙에 굴복시키고자 하는 작업. 청정무구한 법칙이든 뭐든. 자연은, 한동안이었지만, 꽤 순순히 굴복해주는 것 같았다. 그러더니 달아나 버렸다.

전원도시 운동[11]이나 브룩 팜 실험[12]에서 가장 순수한 식자들을 만나게 되는 것은 그 때문이다. 단언컨대, 로빈슨 크루소[13]는 식자 중의 식자였다.

이상화, 지성화의 길을 갈 수도 있지만, 거꾸로 자기 안의 어두운 영혼을 따를 수도 있다. 대부분의 예술가는 표층으로는 지성화의 길을 가지만, 그의 어두운 심층은 그의 표층과 계속 충돌한다. 대부분의 미국 예술가는 이 충돌을 우스울 정도로 빠르게 내보인다. 크레브쾨르는 그 첫 번째 예다. 프랭클린은 예술가도 뭣도 아니었으니까.

이상주의자 크레브쾨르는 '자연'이니 고결한 야만인이니 노동의 순진무구함이니 따위의 거짓말로 우리를 속인다. 모두 헛소리다! 하지만 예술가 크레브쾨르는 큰 글자 자연이 아닌 실제의 자연을 일별케 해준다.

묘하게도, 그의 시야에 잡히는 것은 자연계에서 가장 미천한 생물들뿐이다. 그는 곤충들과 뱀들과 새들을, 그것들 고유의 미스터리를, 그것들 고유의 존재 그대로를 일별한다. 그리고 이로써 '순진무구한 자연'이란 거짓임을 즉각 폭로한다.

미국 농부의 편지를 보면, 꽤 초반부터 이런 내용이 나온다.

••

11) 영국의 에버니저 하워드 경이 제창한 모종의 이상도시 건설 운동.
12) 내서니얼 호손 등이 참여한 공동체 실험. cf. p. 191.
13) 영국 소설가 대니얼 디포의 소설 『로빈슨 크루소』의 주인공.

"모든 존재하는 것에게는 천적이 있다는 것, 모든 종은 다른 종을 잡아먹고 산다는 것, 이것은 놀라운 깨달음입니다. 안타깝게도 딱새[14]는 저 부지런한 곤충(꿀벌)의 천적이지만, 까마귀가 우리 밭을 약탈하지 못하도록 지켜주는 존재이기도 합니다. 딱새들이 까마귀들을 쫓는 모습은 성실하면서도 능숙합니다."

'자연'의 청정무구함에 대한 슬픈 반박이다. 하지만 이상주의자의 꾸르륵소리[15]가 아닌, 예술가의 목소리다. 미국의 원초적 비전이라고 할까. 딱새들이 악의와 오만의 날개로 적을 물리치는 이 장면은 미국 원주민의 비전을 물려받은 것이 분명하다. 인간 의식에서 '독수리'라는 상징이 그렇다. 운명이 먹이를 노리는 매처럼 어두운 날개를 펄럭거리면서 미국의 야생을 맴돌고 있다는 비전이다. "만물을 창조한 '유일신', 온 세상을 지배하는 '유일신의 섭리'" 따위는 눈을 씻고 찾아봐도 없다.[16]

"모든 종은 다른 종을 잡아먹고 산다."

프랭클린과 크레브쾨르를 굳이 화해시키고 싶다면 말리진 않겠다. 하지만 미국에 산다면 크레브쾨르의 이야기를 귀담아 듣기를 권한다.

그런데 헨리는, 말은 사람의 친구이고 사람은 말의 친구라는 이야기를 늘

⁚⁚

14) 영문명 'king-bird'는 국문명 '딱새'에는 없는 모종의 연상을 가능하게 한다.
15) 성서의 인유. cf. 산과 들엔 꽃이 피고 나무는 접붙이는 때 비둘기 꾸르륵 우는 우리 세상이 되었소.(아가 2: 12)
16) 『벤저민 프랭클린 사서선』에 나오는 표현: "만물을 창조한 '유일신'이 있고, 온 세상을 지배하는 '유일신의 섭리'가 있다."

어놓기도 한다. 말한테 사람의 친구가 되겠냐고 물은 적도 없으면서. 나에게도 교활한 인디언포니[17]가 한 마리 있다. 꽤 점잖은 녀석이지만, 나와 그 녀석이 **친구**라고 할 만한 사이는 아니다.

헨리는 인간 또한 인간의 친구라는 이야기를 늘어놓기도 한다. 인디언들은 헨리의 농장을 불태웠는데. 헨리는 그 이야기를 **미국 농부의 편지**에 쓰지 않았다. 그 이야기를 쓰면 자기가 세웠던 전제들이 무효가 될까봐서였다.

호랑이 줄무늬를 자랑하는 덩치 큰 말벌들이 '미국 농부'가 사는 집 천장에 벌집을 지었다. 이 덩치들이 '건강한 자식들'과 '상냥한 배우자'의 머리 위로 날아다니는 모습을 '미국 농부'는 흐뭇하게 바라보았다. 말벌의 윙윙 소리가 좋았고, 말벌의 호랑이 성깔이 좋았다. 실용적인 차원에서 보더라도, 집안에 파리가 없는 것은 말벌 덕이었다. 헨리가 이렇게 실용을 이야기할 때는 벤저민도 맞장구쳐주지 않았을까. 하지만 '상냥한 배우자'도 맞장구쳐주었는지 어쨌는지는 글에 나오지 않는다. 잼을 만들어야 하는 사람은 어떤 심정이었을까.

또 하나의 일화. 봄의 전령 제비들이 '미국 농부'의 베란다에 근사한 아도비 둥지를 틀었다. 둥지에 눈독을 들이던 굴뚝새들이 제비들에게 주먹을 휘둘러[18](내가 좋아하는, 매우 미국적인 표현) 쫓아냈다. 제비들은 굴뚝새들이 없는 사이에 둥지로 돌아왔지만, 귀가한 굴뚝새들이 또 제비들을 난폭하게 몰아냈다. 결국 신사적인 제비들이 억울함을 참으면서 또 다른 둥지를 짓기 시작했고, 굴뚝새들은 빼앗은 집에서 승리를 만끽했다. '미국 농부'는 이 다툼을 흐뭇하게 지켜보았다. 책에는 나오지 않지만, 작은 악당들이 승리했을

17) 말의 한 품종을 뜻하기도 한다.
18) 원문은 pugnaciously.

때는 기쁨의 함성을 질렀을 것이다. 이 '자유인들의 나라'[19]에서 모두에게 가장 기쁜 일은 남을 이겨먹는 일이니까.

언젠가 딱새가 꿀벌을 잡아먹는 것을 본 크레브쾨르는 딱새를 총으로 쏘아 죽이고 모이주머니를 찢어 꿀벌 떼를 꺼내주었다. 잠시 기절해서 땅바닥에 쓰러져 있던 꿀벌들은 작은 민주주의자들처럼 햇빛에 정신을 차리고 날개를 털었다. 그러고는 보무도 당당히 떠나갔다. 고래 뱃속에서 나온 요나[20] 같기도 하고, 유럽이라는 모래주머니에서 탈출한 진짜 양키 같기도 했다.

실화가 아니라고 해도 상관없다. 나는 이 장면이 좋다. 미국의 부활을 우의하는 것 같아서.

벌새 이야기도 있다:

"부리는 길고 날카로운 것이 굵은 바늘 같다. 꿀벌이 그렇듯, 벌새 역시 꽃받침 속에서 먹이가 되기에 충분한 달콤한 입자들을 찾아내는 법을 자연으로부터 배웠다. 하지만 벌새가 먹이를 먹는 것을 보면, 꽃받침을 건드리는 것 같지도 않고, 아무리 열심히 관찰해보아도, 꽃받침에서 뭔가가 빨려 올라가는 것 같지가 않다. 먹이를 먹을 때의 벌새는, 줄곧 공중에 떠 있음에도 불구하고 눈에 띄는 움직임이 전혀 없다. 때때로 벌새는 나로서는 알 수 없는 이유에서 꽃송이를 찢어발겨 수백 조각으로 흩뜨린다. 그도 그럴 것이, 깃털 달린 종족 중에 벌새만큼 화를 잘 내는 것도 없다. 이상한 이야기지만 사실이 그렇다. 그 작은 몸뚱이 어디에서 그런 격한 분노가 나오는 것일까. 벌새들이 서로 싸울 때는 마치 두 마리의 사자처럼 광

19) ct. p. 017, 각주 8.
20) 성경의 인유. cf. 요나 2장 11절: 야훼께서는 그 물고기에게 명령하여 요나를 뱉어내게 하셨다.

포하다. 한쪽이 죽을 때까지 싸울 때도 있다. 지친 벌새가 불과 몇 피트도 안 되는 곳에 내려앉을 때도 있다. 나에게는 벌새를 매우 자세하게 관찰할 수 있는 아주 좋은 기회다. 벌새의 작은 눈은 마치 다이아몬드처럼 빛을 여러 각도에서 반사한다. 우리의 '조물주 아버지'가 벌새의 각 부분을 아주 솜씨 좋게 마무리한 것을 보면, 날개 달린 종족 중에 가장 작으면서 가장 아름답게 빚어주고 싶었던 것 같다."

하지만 광포하기로는 작은 타타르인이다. 겨우 잉크 자국만하지만 사자다! 벌새에 대해서라면 베이츠의 책과 W. H. 허드슨의 책에서도 읽은 적이 있다. 그렇지만 나에게 이 작고 광포한 사자를 실제로 보여준 것은 '미국 농부'다.

미국에 서식하는 새들, 진짜 미국인의 눈에 비친 새들은 천사가 아니다. 오히려 작은 악마들처럼 발끈해서 날개를 푸드덕거리면서 이기주의의 뾰족한 부리로 서로 찔러 죽인다. 하지만 진짜 미국인은 야생 조류들의 과묵함과 다정함과 수줍음을 목격하기도 한다. 예를 들면, 겨울 메추라기.

"나는 바람 때문에 눈이 쌓이지 못하는 울타리 모퉁이에 메추라기들을 위해 왕겨와 낟알을 뿌려주곤 했다. 먹이로 뿌려준 것이 낟알이었고, 연한 발바닥이 또 땅에 얼어붙을까 봐 뿌려준 것이 왕겨였다."

아름다운 핏속 인식이다. 크레브쾨르는 새의 발바닥 감촉을 알고 있다. 새의 발바닥 맨살이 자기 손 맨살에 닿는 감촉. 새의 발바닥이 균형을 잃지 않으려고 미세하게 흔들리면서 뾰족한 발가락으로 서늘하게 파고드는 감촉. 아름답고 야생적인 핏속 감촉의 가냘픔이다. 크레브쾨르는 성 프란체스

코와는 다르다. 새들을 "공중을 나는 어린 자매들"로 만들지도 않고, 새들 앞에서 설교를 시작하지도 않는다. 크레브쾨르는 새들을 새들로 인식한다. 크레브쾨르는 새를 자기와는 다른 모습, 수줍은 모습, 더운 피가 흐르는 모습 등등을 응축한 새의 현전으로 인식한다.

미국 농부의 편지 중에 뱀과 벌새가 나오는 글은 원초적인 어두운 진실을 담은 훌륭한 수필이다. 거대한 물뱀과 크고 검은 독사가 싸우는 장면이 벌새 장면 바로 뒤에 나온다.

"이상한 광경이었다. 땅바닥에 달라붙은 채로 서로 엉킨 큰 뱀 두 마리가 자기 몸뚱이를 비틀어서 상대를 옭아매고 있었다. 양쪽 모두 몸통의 길이를 최대치로 늘인 상태, 양쪽의 몸통이 팽팽히 맞붙은 상태였다. 가장 세게 맞붙는 순간에는 엉켜 있는 곳이 극단적으로 좁아지면서 다른 곳이 부풀어 오르는 듯 넓어졌다. 몸통이 거세게 꿈틀거리면서 좁아지는 곳과 넓어지는 곳이 급격하게 바뀌었다. 불타오르는 듯한 눈알은 금방이라도 밖으로 튀어나올 것 같았다. 물뱀이 몸통 전체로 두 개의 고리를 만들어 흑뱀의 몸통을 휘감았을 때는 승패가 결정되는 듯했지만, 다음 순간에는 새로 공격에 나선 흑뱀이 똑같이 온몸으로 두 개의 고리를 만들어 물뱀을 짓누르면서 예상치 못했던 우위를 점했다."

크레브쾨르는 이 싸움을 끝까지 지켜본 후, "보기 드문 아름다운" 장면이라는 결론을 내린다. 자연의 청정무구함을 잊고 잠시 뱀 숭배자가 된 그의 글은 아즈텍의 똬리 튼 방울뱀 돌조각에 못지않게 근사하다.

그러나 결국 진짜 크레브쾨르는 농부도 아니고 '자연의 아이'도 아니고 뱀 숭배자도 아니다. 다시 프랑스로 건너가서 여러 문학 살롱에서 활약하는 그는 루소의 애인 마담 두데토의 친구다. 프랑스와 미국 간 화물선을 개통하는 그는 유능한 사업가다. 만사가 돈으로 끝난다. 하지만 **미국 농부의 편지**에는 그런 말이 한마디도 없다.

아무것도 모르는 독자는 그가 정말 슬픔에 빠져서 '인디언 형제들'이 사는 위그윔 마을로 떠나는 줄 안다. 때는 독립전쟁 발발 직후. 적군 편에 선 무장 인디언들이 프런티어를 망가뜨린다. 크레브쾨르가 프랑스에 간 사이에 농장은 불타고 가족은 집을 잃는다. 마지막 편지가 전쟁, 인간의 어리석음, 인간에 대한 잔혹행위를 통탄하는 이유다.

하지만 크레브쾨르는 통탄 끝에 결단을 내린다. 상냥한 배우자와 한창 자라나는 건강한 자식들을 데리고 해안 개척지를 떠나 인디언이라는 '자연의 아이들'과 함께 위그윔에 살겠다는 결단이다. 문명화된 개척지에서는 사람이 단순함을 잃으면서 사악해진다,[21] 라는 것이 그의 말이었다. 물론 실생활에서는 크레브쾨르도 프랭클린풍으로 럼주를 마시고 개척민 농장에 불을 지르고 일가족을 학살하는 부류의 인디언과 크레브쾨르 자신의 판타지를 구성하는 고결한 '자연의 아이들' 부류의 인디언을 구분한다.[22] 그렇지만 그의 실생활이 어땠든지 간에, 그의 내밀한 자아는 자연인을 순수한 우애로 대하는 자기 머릿속의 판타지 세계를 고수한다. 자기가 인디언 마을에 천막집을 지었다는 이야기, 자기가 원주민의 땅에서 옥수수 농사를 짓는 동안 아내는 천막집에서 실을 잣는다는 이야기는 감동적이면서 생생하다. 아직 어린 자

∴

21) 찬송가 「저 북방 얼음산(From Greenland's Icy Mountains)」을 인유하는 표현(한글로 번역된 가사와 다르다): "실론의 섬 (⋯) 모든 것이 아름답고 오직 인간만이 사악한 곳 (⋯) 앞 못 보는 이교도들이 나무와 돌에 절한다." 단, 이 찬송가의 작사가 Reginald Heber는 낭만주의자들과는 반대로 문명이 아니라 미개가 인간을 사악하게 만든다고 전제한다.
22) cf. p. 038-039.

식들이 비기독교도들의 무지몽매함에 물들지 않도록 이러저러하게 애쓰고 있다는 이야기는 감동적이지만 곤혹스럽기도 하다. 푸른 숲 나무 아래의 청정무구한 '자연'이 어떻게 사람을 나쁘게 물들인다는 것인가?[23]

어쨌든 다 거짓말이다. 크레브쾨르는 굽 높은 구두에 자수 조끼까지 챙겨 입고 프랑스로 건너갔고, 거기서 문필가로 행세하며 호의호식했다. 그러면서 우리더러는 자기를 따라 자연 그대로의 단순한 생이 완성될 곳으로, 홍인족의 천막촌으로 따라오란다.

그는 어두운 야만적 생활방식을 모두 자기 머릿속에 넣어놓고 필요할 때마다 꺼내 쓸 수 있기를 원했다. 그는 인디언들과 야만인들의 인식, 어두운 인식, 뭔가 다른 인식을 원했다. 미국인들이 잘 쓰는 표현을 빌리면, 그야말로 미치게 원했다.[24] 이 정도면 미쳐버린 것이 맞다! 한편으로는 그런 인식을 원하면서 다른 한편으로는 '자연'은 청정무구하고 사람들은 모두 평등한 형제간이고 모든 사람은 다정한 비둘기들처럼 서로 사랑한다는 결론을 미리 내려놓다니, 그리고 자기의 결론에 따라서 살기로 미리 정해놓다니, 미친 것이 아니라면 그럴 수는 없지 않겠는가. 그는 '자연'과의 지나치게 가까운 접촉을 피하면서 장사와 돈의 세계에서 피난처를 찾는 현명함을 발휘했지만, 그러면서도 자기의 **머리**가 만족할 때까지 야만적 생활방식을 인식하기로 미리 정해놓았다. 그래서 그렇게 **미국 농부의 편지**의 대단원을 날조했다. 일종의 소망충족이었다.

동물들, 야수들의 원초적 자아는 하나하나 고립되어 있다. 동물의 인식은

∴

23) 영국의 정전급 소설가 토머스 하디의 『푸른 숲 나무 아래(*Under the Greenwood Tree*)』를 인유하는 표현.
24) 원문은 He was simply crazy for this. CUP에 따르면, 로렌스는 "미치게 원한다(be crazy for)"를 미국식 표현이라고 하는데, 꼭 그렇지는 않다.

코를 벌름거리는 인식, 굶주린 위장의 어두운 인식, 어두운 무념의 순간적 인식이다. 동물은 순간적으로 도망치거나, 신비롭게 몰아치는 포식자의 갈망에 휩싸여 먹이를 확 덮치거나, 다시 무관심해지거나, 낯선 것을 향한 격한 호기심에 휩싸여 정체불명의 것에 한발 한발 접근하거나, 격한 관능적 사랑으로부터 서서히 생기는 신뢰에 힘입어 거리를 좁힌다.

크레브쾨르는 이런 유의 인식을 원했다. 하지만 불편하게 하지 않는 인식, 머릿속에 들어 있는 인식, 자기 머릿속의 다른 관념들, 이상들과 충돌하지 않는 인식을 원했다. 위그웜과는 일정한 거리를 두었다. 야수와 똑같은 인식을 얻게 되면, 자기 머릿속에 있는 박애와 평등의 관념을 잃어버릴 위험, 청정무구한 선이라는 이상의 세계도 함께 잃어버릴 위험이 있었다. 그리고 무엇보다도, 야수와 똑같은 인식을 얻게 되면, 나는 세상이 이런 곳이면 좋겠어, 그러니까 세상은 이런 곳이어야 해, 라는 자기의 의지를 포기할 수밖에 없을 것이었다. 그래서 그렇게 프랑스로 자꾸 건너가서 그 먼 파리에서 굽 높은 구두를 신고 뒤에 남은 미국을 머리로 그렸다.

크레브쾨르는 한편으로는 자신의 관념과 이상을 원했다. 하지만 다른 한편으로는 어두운 야만적 정신을 **인식**하기를 원했다. 양쪽을 다 원했다.

헨리, 양쪽을 다 가질 수는 없어. 한쪽은 다른 한쪽의 죽음이야.

장사는 생각대로 되는 분야니까, 자네는 장사를 하는 게 낫겠어.

크레브쾨르는 어두운 삶, 머리에 앞서는 삶을 실은 증오했다. 관능의 미스터리도 증오했다. 그저 "인식"하기를 원했다. **인식**을 원했다. 으아, 미국인의 격한 호기심이여!

그는 거짓말을 한다.

살과 피로 인식하는 위험은 회피하겠지만, 머릿속 생각의 위험이라면 얼마든지 감수한다.

그가 더없이 안전한 곳에서 더없는 호사를 누리면서 그저 머릿속으로 온갖 위험을 감수하는 모습은 재미있는 구경거리다. 요즘 사람들이 상상 속의 악행을 가지고 감각을 자극하듯, 크레브쾨르는 현실 속의 야만을 가지고 감각을 자극한다. 자기가 자기 자신을 자극한다.

"숲에는 대단히 특이한 그 무엇이 있다. 숲에 사는 사람들이나 숲에 사는 동식물이나 마찬가지다. 숲에 사는 사람들은 들판에 사는 사람들과는 전혀 다르다. 나는 그냥 내 생각을 솔직하게 말하는 것뿐이니까 나한테 근거를 대라고 하지는 말기를 바란다. 숲에 사는 사람의 행동을 좌우하는 것은 숲의 야성이다. 사슴이 곡식을 훔쳐 먹기도 하고, 늑대가 양을 해치기도 하고, 곰이 돼지를 죽이기도 하고, 여우가 닭을 잡아먹기도 한다. 숲이라는 적대적 환경 속에서 사람은 곧 총을 집어 든다. 동물들이 자기의 재산을 축내지 못하게 감시하고, 때로 죽이기도 한다. 재산을 지키기 위해서 총을 들었다가 전문 사냥꾼으로 발전한다. 일단 사냥꾼이 되면, 농사일은 안녕이다. 사냥은 사람을 사납고 그늘지고 무뚝뚝하게 만든다. 사냥꾼이 이웃을 멀리하고 싫어하는 것은 경쟁을 두려워하기 때문이다. (…) 이렇게 말하면 어떻게 들릴지 모르지만, 야생고기를 먹으면 사람의 기질이 바뀐다."

농사꾼이면 몰라도, **사냥꾼**이 되어 '자연'의 품으로 돌아간다는 생각 따위는 크레브쾨르는 해본 적도 없었다. 사냥꾼은 생명을 죽여 없앤다. 반면에, 농사꾼은 생명을 태어나게 하고 자라게 한다. 그렇지만 농사꾼도 말 안 듣는 땅과 짐승을 다스리는 어두운 주인이 돼야 한다. 결실을 얻자면, 무심한 흙과 힘센 가축의 주인이 돼야 한다. 짙은 핏속 인식으로 점점 깊게 다스리는 주인이 돼야 한다. 평등이나 이타적 겸손은 끼어들 틈이 없다. 힘들게 일하는 피는 드높은 이상을 집어삼키는 늪이다. 어쩔 수 없다. 그러니까 대개의 기계가 이상주의적인 나라에서 발명되는 거고, 그러니까 미국이 기계 발명품으로 넘쳐나는 거다. 미국에는 힘든 **일**을 원하는 사람이 아무도 없다. 미국인들은 이상주의자다. 일은 기계에게 시키면 된다.

이제 "나의 자식들은 아직 어리기 때문에 그 유별난 매력에 사로잡힐 위험이 그만큼 더 크리라는 우려"를 보자. 그 유별난 매력이란 야만적 삶의 매력이다.

"어려서 이 사람들(인디언들)에게 입양되었던 아이들에게 유럽식 예절을 다시 가르치는 일이 불가능한 것은 무엇 때문일까? 전쟁 때 인디언들에게 아이를 **빼앗긴** 많은 부모들은 전쟁이 끝나자마자 인디언 마을로 찾아갔다. 하지만 부모는 아이를 만나고 나서는 이루 형언할 수 없는 슬픔을 느꼈다. 아이들은 완전히 인디언이 돼 있었다. 부모를 알아보지 못하는 아이들도 많았고, 부모를 기억할 수 있는 비교적 나이 든 아이들도 친부모를 안 따라가려고 했다. 오히려 양부모에게로 달아나 친부모의 안타까운 애정공세를 막아달라고 한다! 믿을 수 없는 일 같겠지만, 내가 직접 본 예도 많고, 신용할 수 있는 사람들로부터 들은 예는 수도 없이 많다.

그들(인디언들)의 사회적 유대감 속에는 유별나게 매력적인 그 무엇, 우리가 자랑스럽게 내세우는 어느 것에 견줘지더라도 월등히 우수한 그 무엇이 있는 것이 틀림없다. 그도 그럴 것이, 인디언이 된 유럽인은 이미 수천 명을 헤아리는 반면, 원주민들 중에 스스로 원해서 유럽인이 된 경우는 단 한 명도 없다."

헨리, 어지간히 하렴.[25]

자기를 낳아준 백인종 부모를 외면하고 자기를 입양한 인디언들에게 결사적으로 매달리는 수천 명의 자식들이라니, 그림은 좋다만.

주변에서 보면 인디언이 백인종과 잘 구별되지 않는 경우가 있다. 하지만 백인종이 인디언을 닮는 경우는 없었다. 또 헨리의 거짓말이다.

크레브쾨르는 **식자** 야만인이 되기를 원했다. 주변에서 보면 그런 사람들이 훨씬 많다. 착하디착한 '자연'의 자식들이면서, 야만스럽고 피에 굶주린 '자연'의 자식들이다.

백인종 미국인들은 스스로를 지성화하고자 무진 애를 쓴다. 백인종 여자 미국인들[26]이 특히 더 그렇다. 이 "야수"의 곡예가 최근에 또 유행이다.

자동차가 있고, 전화기가 있고, 웬만한 소득과 드높은 이상이 있는 백인종 야수들! 기계에 올라탄 야수들인데, 맙소사, 심하게 야수들이다!

25) 원문은 Henry, our cat and another. CUP에 따르면, 노팅엄셔 지역에서는 말이 너무 많은 아이한테 "our cat"이라고 한다. 네 꼬리/얘기(tail/tale)가 너무 길다는 뜻이다.

26) CUP에 따르면, 로렌스가 이 대목에서 떠올린 사람들은 『비 안 오는 땅(The Land of Little Rain)』의 저자 Mary Hunter Austin과 타오스 예술촌 후원자였던 Mabel Dodge Luhan이었다. 미국에서 그들의 신세를 져야 했던 로렌스는 편지에서 그들을 가리켜 "승마바지와 승마상와늘 신고 솜브레로를 쓴, 돈도 있고 차도 있고 거친 서부까지 소유한 여자들"이라고 했다: Letters of D. H. Lawrence, vol. IV(CUP), 314.

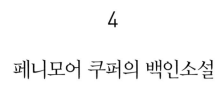

4

페니모어 쿠퍼의 백인소설

벤저민 프랭클린은 섭리를 다루는 수학 분야에서 그럴싸한 공식 하나를 만들어냈다:

'럼주' + '야만인' = 0.

참 깔끔하잖은가! 이렇게 덧셈을 계속하다 보면, 우주가 제로가 될지도 모른다.

'럼주' 더하기 '야만인' 하면 죽은 야만인이라는 답이 나올지도 모르지만, 죽은 야만인이 제로일까? 원래 살던 사람들을 죽여 없앤다고 해서 그 땅이 처녀지가 될까?

아즈텍 문명은 사라졌다. 잉카 문명도 사라졌다. 인디언, 에스키모, 파타고니아 원주민은 얼마 안 남았다.

지난날의 눈은 지금 어디에 있는가?[1)]

∴

---

1) 원문은 Où sont les neiges d'antan? 프랑수아 비용의 시 「지난날의 여인들의 발라드(Ballade des dames du temps jadis)」에 나오는 표현.

어디 있느냐고 물으신다면, 지금 어디 있는지는 모르지만 올 겨울에 또 우리를 찾아올 거라고 대답하리라.

장차 레드인디언이 넓은 미국 땅을 도로 뺏을 날이 온다느니 하는 소리가 아니다. 적어도 내 생각에는 그런 날이 올 것 같지 않다. 그렇지만 인디언의 유령으로 말하자면, 미국 땅을 가질/홀릴 날이 올 것이다.[2]

홍인종은 죽으면서 백인종을 증오했다. 아직 죽지 않은 홍인종은 살면서 백인종을 증오하고 있다. 가까이 다가가보면 느껴진다. 적어도 우리에게는 홍인종의 미묘하고 질긴 마성이 느껴진다. 그는 의식하지 못하지만 우리는 느낀다. 그는 모든 것을 빼앗긴 채 억울함을 안고 살아간다. 그는 우리의 불가사의한 적이다. 우리를 믿지 않고 우리 문명을 믿지 않으니까. 우리가 그를 벼랑에서 떨어뜨리니까.

믿음은 미스터리하다. 영혼의 상처를 치료할 수 있는 의사는 믿음뿐이다. 그런데 믿음이 없었다.

홍인종은 우리에 대한 믿음을 잃은 채로 죽었다. 억울함을 풀지 못한 채로 죽었다. 그가 '행복한 사냥터[3]'에 갔으니 행복하리라고 생각하지 말자. 천만의 말씀이다. 믿음을 안고 죽는 사람이라야 행복하게 죽을 수 있다. 억울하게 죽은 사람은 앙갚음을 위해 돌아온다.

'장소령'은 희한하다. 원래 살던 사람이 죽어서 살던 곳에 흡수된 후에야 비로소 그곳은 새로 살러 오는 사람에게 온전히 영향을 미친다. 미국도 마찬가지다. 홍인종의 수가 많던 때만 해도, 미국의 마성이라는 장소령이 식민지 정착민들에게 영향을 미치는 경우가 거의 없었지만, 이제 미국에서 홍인종

••

2) "to possess"의 두 가지 의미 ─주인으로서 소유한다는 의미와 유령으로서 홀린다는 의미─ 를 이용한 말장난.
3) 인디언이 상상하는 내세.

의 마지막 거점이 무너지면, 미 대륙에 깃든 마성의 위력은 고스란히 백인종이 짊어져야 할 것이다. 지금까지 미국의 마성과 죽은 인디언들의 원혼은 백인종 미국인의 무의식(아래쪽 의식)에 머물면서 세상 전체에 대한 염증(에우메니데스에게 쫓기는 오레스테스 같은 광적인 도피충동, 양키의 영혼을 갉아먹는 그야말로 미치광이 같은 불안증)을 초래해왔다. '염세(grouch)'라는 미국적 질병이다. 죽음 친화적인 멕시코인의 영혼은 다른 방식으로 갉아먹히고 있다. 지금 미국의 장소령은 백인종 미국인의 영혼을 드러나지 않게 은밀히 갉아먹고 있다. 하지만 앞으로 한 세대만 지나가면, 모든 홍인종은 백인종이라는 거대한 늪에 잠길 것이다. 그때야 비로소 미국의 장소령이 겉으로 드러날 것이고, 우리 눈에도 진짜 변화가 보일 것이다.

지금까지도 백인종 미국의 영혼에는 인디언에 대한 이중적 느낌이 공존한다. 하나는 프랭클린의 느낌, 모종의 섭리가 그 야만인들을 멸종시키고자 한다는 느낌이고, 하나는 고결한 홍인종과 순진무구한 위그웜 생활을 미화하는 크레브쾨르의 모순적 느낌이다. 프랭클린은 "땅을 개척하는 사람들"을 위해 인디언을 멸종시키는 지혜로운 섭리를 믿지만, 우리가 보기에는 혐오스러운 믿음일 뿐이다. 크레브쾨르는 야만인을 미화하고 싶어 하지만, 우리가 보기에는 감상적 욕망일 뿐이다. 위그웜에 열광하기 위해 파리로 떠나는 앙리[4]의 철저하게 감상적인 욕망.

인디언을 멸종시키고 싶다는 욕망과 인디언을 미화하고 싶다는 모순적 욕망. 두 욕망이 지금도 여전히 만연하다.

지금 인디언과 이웃으로 살아가는 백인이라면 대부분 이웃에 사는 홍인종 형제가 멸종되기를 바랄 것이다. 땅을 빼앗기 위해서이기도 하지만, 정신

∵

4) cf. p. 057, 각주 9.

적으로 두 종족이 서로를 조용하고 드러나지 않는 방식, 그러면서도 치명적인 방식으로 적대시하기 때문이기도 하다. 백인들 중에는 홍인종을 지성화하면서 극구 칭찬하는 사람들이 소수 있다. 하지만 이 소수의 백인들은 대부분 백인성에 염증을 느끼는 식자층이라는 이야기다.

백인종과 홍인종이 진짜 화해, 살과 살의 화해에 성공하기는 힘들 것 같다. 예를 들어, 백인종의 집에 홍인종 하녀가 있다고 해보자. 정상적 대우를 받는다면 하녀 일을 잘 해낼 것이고, 어쩌면 하녀 일이 즐거울 것이다. 백인 여자 부엌에서 새로운 권력을 쥐는 건 즐겁다. 때를 정해놓고 자기 종족에게 돌아갈 자유가 있는 한, 백인 사회에 출입할 수 있다는 건 자랑스럽다. 어쨌든 백인 여자를 연기해보는 건 즐겁다. 반대로 인디언 여자들 중에는 무슨 일이 있더라도 백인의 하녀가 되지는 않겠다, 죽는 한이 있더라도 백인 남자의 애인이 되지는 않겠다는 부류도 있다.

어느 쪽이 됐든, 화해가 아니기는 마찬가지다. 두 인종이 정신적으로 신비롭게 결합되는 일은 생기지 않는다. 백인종의 집에서 행복하게 일하는 인디언 하녀는 일할 때만큼은 자기가 홍인종이라는 사실을 제쳐놓는다.

백인종 남자가 인디언 남자와 사냥을 가게 되면, 두 사람이 형제처럼 친해지지 말란 법도 없다. 하지만 백인 남자가 인디언 남자 둘과 사냥을 갔다면, 두 인디언은 아무것도 모르는 백인을 상대로 좀처럼 감지하기 힘든 박해를 가하게 마련이다. 백인에게 고소공포증이 있다는 것이 알려져 있다면, 세 사람의 사냥길 곳곳에 절벽이 나타날 것이고, 그런 일이 반복될 것이다. —악의(惡意)! 인디언이 백인에게 품고 있는 기본 감정이다. 순전히 무의식적인 감정일지도 모르겠지만.

인디언 남자가 백인 여자를 사랑하면서 여자 집에 산다고 해보자.[5] 백인 여자의 애인이 됨으로써 자기 종족 사이에서 중요한 인물이 되었을 테니 인디언 남자는 자랑스러울 것이다. 여자가 돈까지 많다면 남자는 더 자랑스러울 것이다. 백인의 식탁에서 밥을 먹고 백인의 거실에서 담배를 피우는 일은 항상 자랑스러울 것이다. 하지만 동시에 백인인 애인을 감지되기 힘든 방식으로 비아냥거릴 것이고, 백인종이라는 애인의 자부심을 깔아뭉개려고 기를 쓸 것이다. 복종이 필요한 경우에는 어린애처럼 억지로 복종할 것이고, 사랑할 때는 역시 어린애처럼 온화하게, 때로 아름답게 사랑할 것이지만, 마음 깊은 곳에서는 상대를 야유, 야유, 야유할 것이다. 다른 성별 앞에서의 저항이자 다른 인종 앞에서의 저항.

살과 살이 화해하는 일은 생기지 않는 것 같다.

우리가 할 수 있는 일은 보상하는 것, 그리고 정신적으로 화해하는 것이다. 보상하기, 그리고 하나 되기라니, 속죄라기에는 이상하다.

홍인종을 백인종에게 소개하는 데 가장 큰 역할을 한 작가는 페니모어 쿠퍼인 것 같다. 소개라기보다는 소망충족이었지만. 그래서 쿠퍼가 그렇게 인기를 누리는 것이다. 아직까지도.

오늘날의 평자들은 쿠퍼의 인기[6]를 못마땅해한다. 나만 해도, 이런 소망충족 나부랭이들이 인기를 끄니까 나중에 진짜배기가 튕겨 나가잖아, 하는 원망의 마음이 좀 있다.

쿠퍼는 돈 많고 집안 좋은 미국인이었다. 챔플레인 호숫가에 쿠퍼타운을 세운 것이 그의 아버지였고, 페니모어 본인은 교양 있는 신사였다. 부정할 수 없는 사실이다.

∴

5) CUP에 따르면, 로렌스는 타오스에서 동거 중이었던 지인들을 떠올렸을 것이다.
6) CUP에 따르면, 19세기 중반 미국과 유럽에서 페니모어 쿠퍼는 워싱턴 어빙과 함께 가장 인기 있는 미국 작가였다. 예컨대, 1926년 런던과 뉴욕과 파리에서 출판된 『최후의 모히칸』은 1875년까지 런던에서만 열두 차례 중판되었다.

18세기 상반기 미국 신사들은 교양이 어마어마하게 있었다. 정말 치열한 교양이었다. 그들에 비하면 오스틴 돕슨[7]이나 앤드류 랭[8]은 새 발의 피나 마찬가지다. 당시의 책들을 집중해서 읽어본 사람은 고도로 **세련된**(raffiné) 유머시(light verse)나 치밀함과 정교함을 자랑하는 일기나 편지에 감탄할 것이다. 같은 기준으로 보면, 당시의 영국 작가나 프랑스 작가는 서툰 시골 뜨기 아니면 덜렁거리는 말괄량이다.

유럽 데카당스는 실은 미국에서 시작되었다. 유럽이 미국의 영향을 흡수했고, 미국이 다시 그 영향을 받았다는 이야기, 그런데 데카당스와 재회한 이 순진무구한 땅은 데카당스의 모더니티에 검붉은 색깔, 사악한 색깔을 덧입혔다는 이야기, 일이 참 이상하게 꼬였다는 이야기다. 쿠퍼의 작품에서 어느 프랑스인 등장인물이 **미국은 무르익기도 전에 썩었다**[9]라는 말을 하는데, 이 말에는 많은 뜻이 들어 있다. 미국의 스승이 프랑스였느냐, 예컨대 미국의 스승이 보들레르였느냐 하면 그렇지가 않다. 보들레르가 미국한테 유럽 데카당스를 배웠다.[10]

쿠퍼의 소설은 두 종류로 구분된다. 『귀향길』, 『이브 에핑엄』, 『첩자』, 『수로 안내자』 같은 백인소설이 한 종류이고, '가죽스타킹 이야기'가 또 한 종류다. 먼저 백인소설 쪽을 보자.

에핑엄 일가가 영국에서 미국으로 돌아가는 **귀향길**. 세련이 넘치고 교양이 넘치는 세 명의 미국인이 있다. 아버지와 딸과 삼촌,[11] 그리고 충실한 유

••

7) Austin Dobson(1840-1921). 영국의 시인 겸 문학비평가 겸 전기작가.
8) Andrew Lang(1844-1912). 스코틀랜드의 시인 겸 소설가 겸 문학비평가.
9) 원문은 L'Amérique est pourrie avant d'être mûre. 본 장에서 다룰 『귀향길』에 나온다.
10) 보들레르는 에드거 앨런 포의 작품에서 시대를 앞서 가는 면을 보았고, 포를 번역하고 소개하는 일에 앞장섰다.
11) 각각 에드워드 에핑엄, 이브 에핑엄, 존 에핑엄이다.

모. 때는 이브가 유럽에서 학업을 마친 직후. 이브는 유럽의 알짜를 모조리 섭렵했으니, 영국과 프랑스와 이탈리아와 독일은 이제 더 가르칠 것이 없다. 똑똑하고 매력 있고 훌륭한 여자. 진정한 현대판 여주인공. 무서운 게 없고 침착하고 냉정하지만, 훌륭하리만치 충동적인 면도 있고, 언제 봐도 완벽한 취향을 갖춘 여자. 말을 시작하면 어느 남자 못지않게 똑똑하고 똑 부러지지만, 남자 앞에서 공손과 겸양의 매력을 발휘할 줄 아는 여자. 이상적 여성의 완성태. 지금 우리는 그런 여자를 징그러워할 줄 알게 되었지만, 쿠퍼 때만 해도 그런 여자를 훌륭하다고 여겼다.

또 다른 유형의 미국인이 같은 배에 타고 있다. 졸부 겸 민중선동가 유형. 한 달 만에 유럽을 **해치운** 후, 바지주머니에 넣어 가지고 오는 길이다. 오오, 셉티머스 도지[12]여, 당신을 창조한 작가가 유럽인이었다면 미국은 그를 결코 용서하지 않았겠지만, 당신이 미국인의 창조물이라는 것을 아는 미국인들은 당신을 무시하는 현명함을 발휘한다.

셉티머스는 자수성가한 미국인이다. 신이 보태준 건 아무것도 없다. 그를 만든 것은 신이 아니라 그 자신이다. 그런 그가 유럽으로 건너가서 모든 것을 둘러보았다. '밀로의 비너스'도 빠뜨리지 않았다. 비너스 여사를 본 후, "뭐야, **저런 게** 밀로의 비너스야?" 그러면서 돌아섰다. 봤으니까 됐다면서. 머릿속에 넣었으니까 됐다면서. 물고기가 어부에게 잡히듯 비너스 여사가 그에게 잡힌다. 그의 머릿속에 넣어져서 미국으로 끌려간다. 비너스 모양의 조각상을 루브르에 껍질처럼 남겨놓고.

그것이 미국식 반달리즘 중 하나다. 진짜 반달족이었다면 잘난 척하는 여

••
12) 정확한 이름은 스테드패스트 도지(Steadfast Dodge). CUP에 따르면, 로렌스가 퍼스트 네임을 셉티머스(Septimus)라고 바꾼 것은 이 이름이 왕위찬탈을 연상시키기 때문일 수 있다.

사님을 전투용 도끼로 찍어서 박살냈겠지만. 그런 정도로는 만족하지 않는 미국인은 **"저게** 밀로의 비너스라고? 애걔!"라고 하면서 침을 뱉는다. 그때부터 '밀로의 비너스'는 시장에 나온 알몸의 노예가 된다. 침 뱉음을 당했으니까!

미국인 관광객들이 유럽에서, 예를 들면 피렌체의 바르젤로 미술관이나 베네치아의 산마르코 대성당에서 "우와, 그림 진짜 잘 그린다!", "산마르코 완전 죽여! 저 쿠폴라, 귀여운 **순무**를 거꾸로 세운 거 같은 거, 저거 보여?"라고 떠드는 소리를 듣다 보면, 미국에서 온 팬들이 유럽 예술작품들의 배를 갈라 창자를 꺼내고 있다는 생각이 들곤 한다. 그들은 묻지도 따지지도 않고 감탄한다. 신앙하듯 숭배하기까지 한다. 하지만 미국 관광객의 감탄과 숭배가 이어지다 보면, 베니스 산마르코 대성당의 황금 쿠폴라가 오래된 스튜에 거꾸로 처박힌 순무로 변한다. 오래된 스튜에 거꾸로 처박힌 순무여. 유럽이여!라는 이야기다.

독일이 랭스 대성당에 폭탄을 몇 개 떨어뜨렸을 때 엄청난 비난이 쏟아졌지만, 때려 부수는 것만 반달리즘이냐 하면 그렇지가 않다. 폭탄이 아무리 우수수 떨어진다 해도 5분짜리 관광객들의 입에서 흘러나오는 미국적 감탄만큼 옛날의 유럽적 예술과 유럽적 목표에 깃들어 있는 신성함을 죽여 없애지는 못했으리라는 것이 내 생각이다, 라는 이야기다.

유럽의 패배. 유럽에 대한 평화적 승리.[13]

자, 그렇게 승리를 거둔 미스터 셉티머스 도지가 다시 도지타운으로 건너오고 있다. 머리에 월계관까지는 없지만, 자기가 본 것들, 자기가 호로록 삼

∙∙

13) 영국 시인 존 밀턴의 시 「1652년 로드 제너럴 크롬웰 경에게(To the Lord General Cromwell)」(May 1652)에는 "평화적으로 전쟁 못지않게 명예로운 승리를 거둘 수 있다."라는 표현이 나온다.

킨 것들의 목록이 있다. 밀로의 비너스니, 라인강이니, 콜로세움이니 하는 것들을 대합 삼키듯 호로록 삼킨 후 껍질은 유럽에 남겨놓았다.

유럽에서 미국으로 가는 '귀향길'의 에핑엄 일가는 미스터 도지 앞에서 속수무책이다. 에핑엄이 귀족이라면, 도지는 셉티머스[14]다. 에핑엄과 도지는 같은 미국 시민이니, 에핑엄은 도지를 무시할 수 없다. 그들이 영국인이었다면, 에핑엄은 도지를 아예 없는 존재인 듯 무시할 수 있었을 것이다. 그런데 어쩌나. 그들은 미국의 민주주의자들이니, 미스터 도지가 불쑥 다가와, "미스터 에핑엄? 반갑소, 미스터 에핑엄."이라고 하면, 미스터 에핑엄은 **어쩔 수 없이**, "반갑소, 미스터 도지."라고 해야 한다. 안 그러면, '자유인들의 나라'에 도착하는 순간 민주주의라는 무시무시한 사냥개 떼에게 쫓기기 시작할 테니까. 영국인이 같은 영국인과 마주치는 경우, 상대의 모습이 달갑지 않다면, 상대를 무시할 자유가 있다. 하지만 모든 미국 시민은, 상대가 자기를 아무리 달갑잖아 하더라도, 자기의 존재를 들이댈 자유가 있다.

자유!

에핑엄 일가는 미스터 도지를 싫어한다. 질색한다. 혐오와 경멸을 느낀다. 도지가 지독하게도 경멸스럽다. 하는 말, 하는 짓, 아니 존재 전체가 너무 저속하고 너무 천하다. 하지만 미스터 도지가 와서 반갑다고 인사하면, 에핑엄 일가는 "반갑소, 미스터 도지."라고 대꾸할 수밖에 없다.

자유!

도지타운의 미스터 도지는 알랑거리는가 하면 참견하고, 굽실거리는가 하면 협박한다. 평등의 나라에 사는 어마어마하게 "우월한" 에핑엄 일가는 고통에 몸부림친다. 에핑엄은 셉티머스를 무시하고 싶겠지만, 셉티머스는

∵

14) cf. 079, 각주 12.

무시당하지 않는다. 진정한 민주주의자를 무시하기란 불가능하니까. 정의는 진정한 민주주의자의 편에 있으니까. 그런데 정의가 권력이니까.[15]

정의는 권력이다. 권력을 얻기까지 오랜 투쟁이 있었다.

진정한 민주주의자인 셉티머스는 누구와 붙어도 평등하다. 주머니가 두둑한 민주주의자인 셉티머스는 주머니가 빈 민주주의자에 비해 주머니에 든 것만큼 우월하다. 만인이 태어날 때 평등하게 태어나고 죽을 때 평등하게 죽는다고 하더라도,[16] 10달러와 10,000달러가 같은 값이라고 할 사람은 아무도 없다. 두 값은 엄연히 다르다. 평등이 아무리 좋아도, 모든 것이 같을 수는 없다.[17]

셉티머스는 에핑엄 일가의 약점을 쥐고 있다. 에핑엄 일가는 셉티머스를 벗어날 수 없다. '자유인들의 나라'에 도착한 에핑엄 일가가 역겨울 정도로 상냥한 미스터 도지에게 어떤 괴롭힘을 당하게 되는지 여기서는 차마 입에 담고 싶지 않다. '영주'의 거만이나 '남작'의 약탈이나 '신부'의 종교재판 따위는 수백만 도지의 핍박에 비하면 새발의 피였다. 개미무덤 속에 턱까지 파묻힌 사람이 수도 없이 달려드는 개미 떼에 물려 죽어가듯, 우월한 에핑엄 일가는 미스터 도지의 핍박을 몸부림치면서 견뎠다. 자제력이 있는 선한 민주주의자 겸 이상주의자로서, 몸부림치면서 견뎠다고 할까, 너무 큰 신음이 나오지 않도록 조심했다.

몸부림치면서 견딘다. 탈출구는 없다. 그 시절에도 없었고 지금도 없다.

..

15) 에이브러햄 링컨 대통령의 1860년 2월 27일 연설 중에 "정의가 권력을 만든다고 믿읍시다."라는 말이 있다.
16) '미국독립선언' 중에 "만인은 평등하게 창조되었다."라는 말이 있다.
17) equal/equality에 평등하다는 의미와 똑같다는 의미가 있음을 이용한 말장난.

그 시절에 사람들을 괴롭히던 딜레마는 도지였고, 그 후로는 포드[18]였다. 포드 쪽이 더 심하다.

쿠퍼의 백인소설들은 민주주의라는 개미독에 중독되어 있다. 에핑엄 일가는 자기네가 우월하다고 느낀다. 쿠퍼도 자기가 우월하다고 느꼈다. 미시즈 쿠퍼도 자기가 우월하다고 느꼈다. 그러면서 개미 떼한테 물렸다.

민주주의자였으니까. 왕이니, 영주니, 주인이니 하는 것을 안 믿었으니까. 평등하지 않은 것을 안 믿었으니까. 모든 인간이 평등하다고 믿었으니까. 만인의 평등은 물론 신 앞에서의 이야기였지만. 어쨌든 그래서 에핑엄 일가는 자기네가 미스터 도지에 비해 어마어마하게 우월하다고 **느끼면서도**, 자기와 미스터 도지는 신 앞에서 평등하니 자기네에게는 "미스터 도지, 악마에게나 가버리시오."라고 말할 자유가 없다고 느꼈다. "반갑소."라고 말해야 한다고 느꼈다.

반갑다니, 심한 거짓말이었다! 민주주의라는 거짓말이었다.

심한 딜레마였다! 자기가 우월하다고 느끼는데. 자기가 우월하다는 것을 **아는데.** 그런데도 자기와 미스터 도지가 신 앞에서 평등하다고 믿는다니. 믿기 싫은데도 믿어야 한다니.

만인의 평등은 '주님 앞'일 때로 한정되는 것 같으니, 평등의 문제는 '전능하신 주님'의 책임으로 돌렸으면 좋았을걸. 자기네의 우월함을 그냥 밀어붙였으면 좋았을걸. 그들은 왜 그러지 못했을까?

어떻게 보면 배짱이 없어서였다.

미국인인 데다 이상주의자였으니까. 그러니 느낌이 아무리 강하다 해도, 한갓 느낌 따위를 **'관념'**과 **'이상'**에 견주어볼 만한 배짱이 없었던 것이다.

⁝

18) 미국의 사업가 헨리 포드(1863-1947)를 가리킨다.

이상적으로, 즉 주님 앞에서, 자기네와 도지 씨는 평등했다.

'전능하신 주님'의 분별력을 얕잡아보아도 유분수지.

하지만 **평등**의 **이상**을 어떻게 포기하겠는가.

반갑소, 미스터 도지.

우리는 신 앞에서 물론 평등합니다만, 에 또—

정말 반갑습니다, 에핑엄 양. 헌데 지금 **에 또**, 라고 하셨지요? 좋아요, 일단은 내 은행잔고를 봐서 눈감아드리지요.

딱한 이브 에핑엄이여.

이브!

그렇구나. 에덴동산! 새들이 날아다니는 곳. 사과도 열리는 곳.

에덴동산에는 미스터 도지도 있다.

이게 다 인식의 사과 때문이잖아요. 이브 양. 따먹지 말아요.

"미스터 도지, 당신은 심하게 과하게 열등합니다."

왜 그녀는 그렇게 말하지 못했을까? 그렇게 느꼈으면서. 여주인공이었으면서.

하지만 안타깝게도, 미국의 여주인공이었다. '**교육받은 여자**'였다. '**이상**' 전체에 대한 '**인식**'이 있는 여자. '**인식**'의 사과를 따먹고 '**평등**'의 '**이상**'을 삼킨 여자. 이브도 딱하고 그렇게 먹음직스럽던 소돔의 사과도 딱하다. 그녀의 인식 전부가 딱하다.

— 미스터 도지(체크무늬의 니커보커[19]를 입고 있다.): 저기요, 보아하니 벨트 아래쪽이 불편하시군요, 에핑엄 양?

— 에핑엄 양('**무한한 바다**'를 바라보다가 마지못해 돌아보면서): 안녕하세요, 미스터 도지. 저 멀리 검푸른 바다를 감상하고 있었습니다만.

— 미스터 도지: 아이쿠야, 좀 더 가까운 데 있는 것을 감상하실 수도 있을
  텐데.

"좀 비켜주시면 고맙겠네요!"—"딴 데 가서 알아보렴!"—"고얀 놈, 썩 물러
나지 못하겠느냐!"라고 대꾸하는 것이 그렇게 어려운 일도 아니었을 텐데.
그냥 돌아서는 것이 그렇게 어려운 일은 아니었을 텐데.

하긴, 그랬다면 미스터 도지가 쪼르륵 달려와 다시 앞을 가로막았겠지.

그녀가 정말로 미스터 도지에 비해 우월했을까? 아니었을까?

왜 아니었겠는가. **근본적으로** 우월했다. 페니모어 쿠퍼 또한 그 시대의 도
지들에 비해 근본적으로 우월했다. 그리고 자기가 우월하다고 느꼈다. 하지
만 그렇게 느끼지 말아야 한다고 느꼈다. 그러면서 문제를 제대로 마주한 적
이 한 번도 없었다.

쿠퍼에게 좀 짜증이 나는 것은 그 때문이다. 자기가 우월하다고 느끼는
동시에 그렇게 느끼지 **말아야** 한다고 느끼는 까닭에, 다소 속물스러워지면
서 동시에 약간 변명조가 된다. 그럴 때는 정말 지루하다.

자기가 우월하다고 느끼는 사람은 문제를 제대로 마주해야 한다. "내가
정말 우월한 존재일까? 아니면 계급이니 교육이니 재산이니 하는 것을 우월
과 혼동하는 속물에 불과할까?"

계급이니 교육이니 재산이니 하는 것은 사람을 우월하게 만들지 못한다.
하지만 원래 **타고나기를** 우월하게 타고났으면, 어쩔 수 없이 우월해진다. 왜
아니겠는가?

∴

19) CUP에 따르면, 닝시의 니커보커는 통이 넓고 무릎이나 발목에서 끈으로 조이게 돼 있는 형
     태로, 체크무늬와 함께 몰취미한 옷차림을 암시한다.

에핑엄 일가가 한갓 관념이니 이상이니 하는 것 때문에 도지 같은 인간에게 휘둘리는 모습은 보기에 안 좋다. 바보들이다. 자기네 때문에 뭐가 얼마나 망가지는지도 모른다. 속물스럽기까지 하다.

(아서왕 궁정의 셉티머스.[20])
— 셉티머스: 안녕, 아서! 반갑다. 그런데 그 커다란 길쭉한 칼이 대체 뭔데 다들 그 난리니?
— 아서: 이건 엑스칼리버라고 해. 내가 작위 줄 때 쓰는 건데, 나를 왕이 되게 해준 칼이란다.
— 셉티머스: 그렇구나! 있잖아, 우리는 다 신 앞에 평등하잖아, 아서.
— 아서: 맞아.
— 셉티머스: 그럼 엑스칼리버라는 그 1.5야드짜리 칼은 이제 내가 갖고 놀 차례가 된 것 같다. 안 그러니? 우리는 신 앞에 평등하잖아. 그런데 지금까지는 네가 한참 갖고 놀았잖아.
— 아서: 그래, 맞는 말이야.(엑스칼리버를 건네준다.)
— 셉티머스(엑스칼리버로 아서의 가슴을 깊숙이 찌르며): 있잖아, 아트,[21] 너의 다섯 번째 갈비뼈가 이거니, 아니면 이거니?[22]

우월하다는 것은 칼을 쥐고 있는 것과 같다. 셉티머스에게 넘겨줬다가는,

:.
20) 마크 트웨인의 소설 『아서왕 궁정의 코네티컷 양키』를 연상시키는 표현.
21) Art: '아서(Arthur)'의 애칭.
22) 성서의 인유. cf. 그래도 아사헬이 물러서려고 하지 않자 아브넬은 창끝으로 아사헬의 배를 찔렀다. 창이 아사헬의 등을 뚫고 나가 그는 그 자리에 쓰러져 죽고 말았다.(사무엘하 2: 23) [King James Version을 옮기면 '배가 아니라 '다섯 번째 갈비뼈 아래(under the fifth rib)'다.]

갈비뼈 사이를 찔린다. ―민주주의로부터 배울 것은 이것이 전부다, 라는 이야기다.

하지만 자기 몸에 **사회계약론**[23]이라는 고정 핀을 찔러 넣은 이브 에핑엄은 자기 몸에 박혀 있는 고정 핀을 이 세상 그 무엇보다 자랑스러워한다. 자기 몸에 박혀 있는 **이상**. 자기 몸에 박혀 있는 **민주주의**라는 **이상**.

미국이 '왕'이니 '영주'니 '주인'이니 하는 유럽의 그 모든 우월한 존재를 제거하는 일에 착수했을 때, 미국의 몸통에 고정 핀 하나가 박혔다. 지금도 미국은 그 고정 핀에 찔린 채 파닥거리는 벌레처럼 고통에 몸부림치고 있다. 민주주의적 평등이라는 고정 핀. 자유라는 고정 핀.

미국이 그 고정 핀을 빼버리고 타고난 불평등을 인정하는 날이 오기 전까지, 미국에서 진짜 삶을 살아가기란 불가능할 것이다. 미국이 타고난 우열을 인정하기 전까지 미국인들은 자유와 평등이라는 고정 핀에 꽂힌 채로 파닥거리는 벌레들에 불과할 것이다.

페니모어 쿠퍼의 백인소설에서 역사적, 냉소적 흥미 이상을 느낄 수 없는 이유다. 모든 국민이 사회적 위신이니 사회적 알력이니 하는 고정 핀에 꽂힌 채로 그저 파닥거리는 벌레들이다. 진짜 인간으로 살아본 적이 없는 것들. 평등과 민주주의라는 관념이나 이상의 고정 핀을 빼본 적이 없는 것들. 고정 핀을 스스로 선택한 것들. 자기네가 '우리 미합중국'[24]의 동력이라는 듯 요란스럽고 거만스럽게 파닥거리는 것들. 한 인간이 보기에는 지루한 장면일 뿐이지만, 역사 연구자에게는 놀라우면서 우스우면서 짜증스러운 장면이다.

너무 늦기 전에 고정 핀을 빼버리지 못한다면, 고정 핀은 영원히 안 빠질

∴

23) 원문은 Contrat Social. 루소의 저서 제목.
24) 월트 휘트먼의 「푸른 온타리오 물가에서(By Blue Ontario's Shore)」 등 여러 시에는 "우리 미합중국"이라는 표현이 나온다.

것이다. 영원히 제자리에서 맴돌거나, 피 흘려 죽거나.

> "나는 상체가 벗겨진 채였다.
> 겉으로 드러난 핏자국은 없었지만,
> 나의 가슴 깊이,
> 굵은 창 한 자루가 박혀 있었다."[25]

이미 너무 늦었을까?

맙소사, 민주주의라는 고정 핀!

'자유', '평등', '평등한 기회', '교육', '인권'.

고정 핀! 고정 핀!

저기, 이브 에핑엄이 고정 핀에 꽂힌 채 속물스럽게 파닥거린다. 완벽한 미국 여주인공의 모습이다. 여성 최초로 고급 "바지정장"을 입었을 여자. 몇 개 국어에 능통했을 여자. 도대체가 모자란 게 없는 여자. 자기가 "홀딱 반한" 남자와 결혼해서 남편 돈을 펑펑 쓰다가 남편이 **사랑**을 이해하지 못한다는 이유로 이혼했을 여자.

미국 여자들의 완벽한 "바지정장". 미국 남자들의 완벽하지 못한 치마정장!

나는 내가 마주치는 대부분의 사람들에 비해 내가 우월하다고 느낀다. 증조할아버지가 누군지도 모르니 혈통에서 우월한 것은 아니다. 부자도 아니니 재산에서 우월한 것도 아니다. 독학으로 공부했으니 학벌에서 우월한 것

∵

---

25) 아서왕의 중세 로맨스를 배경으로 하는 윌리엄 모리스의 시 「리오네스의 채플(The Chapel in Lyoness)」의 한 대목.

도 아니다. 외모가 우월하냐, 정력이 우월하냐 하면 별로 그렇지도 않다.

그럼 대체 뭐가 우월하냐고?

나 자신이 우월하다.

누가 나한테 싸움을 걸어올 때, 나는 대부분 내가 상대보다 우월하다고 느낀다. 혈통이나 재산이나 학벌 따위와는 상관없다.

하지만 그건 어디까지나 누가 나한테 싸움을 걸어왔을 때의 이야기다.

내가 만난 상대가 그저 자기 자신이라면, 누가 우월한가의 문제는 생기지 않는다. 그가 무식한 곰보 멕시코인이라도 마찬가지다. 상대도 인간이고 나도 인간이다. 상대는 자기 자신이고 나는 나 자신이다. 아무런 문제도 안 생긴다.

하지만 문제가 생겨서 싸움이 붙으면, 이야기는 달라진다. 나는 상대가 내게 깃든 신들에게 머리를 숙이는 동시에 나에게도 머리를 숙여야 한다고 느낀다. 상대에게 깃든 신들보다 내게 깃든 신들이 한 수 위이기 때문이고, 상대가 자기 자신에게 깃든 신들과 하나이기보다 내가 나 자신에게 깃든 신들과 하나이기 때문이다.

내가 잘났다는 말로 들렸다면, 미안하게 됐다. 내게 깃든 신들에 대한 이야기다. 다른 사람에게 깃든 신들에 대한 이야기이기도 하다.

나로 말하자면, 다른 사람에게 깃든 용감하고 저돌적인 신들에게 경의를 표하는 일, 자기 자신으로 살아가는 사람에게 경의를 표하는 일이 반갑고 즐겁다.

관념들! 이상들! 당신과 나 사이에 끼어드는 온갖 종이쪼가리. 지겹지 않은가.

사람들이 서로에게 관념이나 이상 같은 것을 들이밀려는 마음 없이 자기 자신으로 만날 수 있다면 얼마나 좋을까.

관념 따위, 이상 따위는 집어치우자. 괜한 공격은 집어치우자. 고정 핀을
빼버리자.

나는 나다. 나는 이렇다. 당신은 어떤가?

아, 당신은 그렇구나! 자, 우리가 드디어 만났으니, 우리 자신이 아닌 것들
은 집어치우자.

이것이 내가 생각하는 민주주의다. 이런 것을 생각이라고 부를 수 있을지
는 모르겠지만.

5

페니모어 쿠퍼의 가죽스타킹 소설

페니모어는 가죽스타킹 이야기에서 노선을 바꾼다. '원대한 이상'이라는 고정 핀을 제외한 모든 것을 요란하게 비난하는 미국 사회에서 고정 핀에 찔린 채 파닥거리는 백인 미국인들에게 그는 더 이상 관심이 없다.

쿠퍼가 왜 짜증을 불러일으키냐 하면, 자기를 찌르는 '원대한 이상의 고정 핀'을 비난하는 법이 없기 때문이다. 비난은 개뿔. 오히려 고정 핀을 유럽의 심장에 찔러 넣으려고 한다.

그렇지만 가죽스타킹 이야기만큼은 나도 정말 즐겨 읽었었다. 소망충족이었으니까!

어쨌든 가죽스타킹 이야기에서는 **사랑**이 그렇게 심각한 주제는 아니다. 이브 에핑엄은 사회라는 고정 핀에 찔린 여자, 머릿속에 자기 에고밖에 없는 여자인데, 갑자기 사랑의 아픔에 파닥거리다니, 닥치라고 하고 싶다. 사랑이 고정 핀에 찔려 이상이 됨으로써 비로소 진짜 **사랑**이 되는 이야기. 고정 핀에 찔린 에고가 미친 듯 **사랑에 빠지는** 이야기. 언제나 똑같은, 정해져 있는 이야기.

쿠퍼는 나쁜 의미에서 **신사**였다. '19세기적' 의미의 신사, 곧 반듯한 남자, 정해져 있는 것을 지키는 남자였다

물론 그런 면만 있는 것은 아니었다.

'염세'라는 미국적 질병에 시달리는 면도 있었다. 쿠퍼 자신은 **우주적 충동**을 느꼈다고 했을 것 같다. 미국인은 보통 그런 식으로 말한다. 그리고 쓸 때는 대문자[1]로 쓴다.

그래도 '염세'가 더 정확한 말이다. 미국적 질병. 미국의 국가적 질병.

쿠퍼는 신사적이면서 동시에 미국적으로 염세적이었다. 그래서 유럽을 떠돌면서도 그렇게 전전긍긍했다. 물론 유럽에서는 자신의 신사적인 면을 원없이 펼치는 것이 가능했고, 실제로 원 없이 펼쳤다.

그의 한 편지를 보자. "한마디로, 백작 두 분, 몬시뇰[2] 한 분, '영국 영주' 한 분, '대사' 한 분, 그리고 저의 미천한 몸이 한 식탁에 앉아 있었다는 이야기입니다."

믿기 힘드시겠지만 정말입니다!

미천한 사람이 그래도 한 명은 있었군요. 알려주셔서 참 감사합니다.

하지만 자신의 신사적인 면을 원없이 펼치는 와중에도 자기의 불편한 머릿가죽 위를 맴도는 토마호크[3]를 느끼고 있었다.

'염세'라는 미국의 국가적 질병.

쿠퍼의 지평선에서 두 괴물이 어른거리고 있었다.

미시즈 쿠퍼 : 내 작품

내 작품 : 내 마누라

내 마누라 : 내 작품

두 괴물의 귀여운 자식들

:.

1) COSMIC URGE.
2) 지위가 높은 신부님.
3) 인디언 도끼.

내 작품!!!

자, 이것이 쿠퍼의 영혼을 울리는 기본 건반이다.

사업가가 자기 **사업**이 어쩌고 하는 것도 짜증스럽지만, 작가니 화가니 음악가니 하는 예술가가 내 **작품**이 어쩌고 하는 것은 더 짜증스럽다. 예술가한테서 내 **작품**이라는 소리를 들으면, 몸에서 힘이 쭉 빠진다. 예술가한테서 **내 마누라**라는 소리를 들으면, 한 대 패고 싶다.

쿠퍼는 자기 작품이 왜 이러냐고 칭얼댔다. 맙소사, 그게 다 남들을 너무 신경 쓰는 탓이었다. 자기 작품이 좋은지 나쁜지, 프랑스인들은 어떻게 생각하는지, '미스터 헐뜯고 혼자다아는척(Mr. Snippy Knowall)'은 뭐라고 하는지, 미시즈 쿠퍼는 어떻게 받아들이는지 쿠퍼는 너무 신경 썼다. 고정 팬에 너무 신경 썼다!

하지만 쿠퍼는 예술가였다. 그 다음으로 미국인이었다. 그 다음으로 신사였다.

염세에 시달리는 예술가, 염세에 시달리는 미국인, 염세에 시달리는 신사였다.

쿠퍼 같은 미국인들에게 "위그웜 생활"에 대한 상상력이 특히 왕성하게 펼쳐지는 때가 언제인가 보면, 파리에서 높으신 분들과 고급 식탁에서 편하게 무릎을 맞대고 앉아 있는 바로 그때인 것 같다.

'프랑스 백작' 넷
'추기경' 둘
'영국 영주' 하나
'코코트'[4] 다섯

'미천한 소인' 하나

장담컨대 페니모어는 코코트 추첨[5]이 진행되는 동안 자기 **마누라**에게 돌아갔다.

소망충족		현실
위그웜	vs	**내가 묵는 프랑스 호텔**
칭가츠국	vs	**내 마누라**
내티 범포	vs	**미천한 나**

페니모어는 파리의 루이 카토르즈 호텔에 누워 내티 범포와 길 없는 숲속을 열심히 상상했다. 호텔방 천장에 그려진 큐피드들과 나비들이 그의 상상 속에 섞여 들어갔다. 그동안 옆방의 미시즈 쿠퍼는 새로 산 드레스와 씨름 중이었다. 열한 시에는 백작부인과 조찬이 있을 예정이었고 ….

사람들은 거짓말로 살아간다.

페니모어가 신사의 대륙 유럽을 사랑했다는 것, 자기 **작품**을 칭찬하는 신문기사를 학수고대했다는 것은 사실이다.

하지만 토마호크에 머릿가죽이 벗겨지는 대륙 미국을 사랑했다는 것, 자기를 내티 범포라고 상상했다는 것 또한 사실이다.

페니모어가 현실적으로 되고 싶어 한 것은 **위대한 미국 작가, 무슈 페니모어 쿠퍼**[6]였다.

⋮

4) 프랑스의 고급창녀.
5) 코코트 다섯, 남자는 쿠퍼까지 일곱.
6) 원문은 Monsieur Fenimore Cooper, le grand écrivain américain.

페니모어가 마음속 깊이 되고 싶어 한 것은 내티 범포였다.

자, 이렇게 내티와 페니모어는 사이좋은 한 쌍, 묘한 한 쌍이다.

페니모어는 청색 장교복 차림이다. 옷에는 은단추까지 달려 있다. 은제 구두쇠에는 다이아몬드까지 달려 있다. 손목에는 주름장식까지 달려 있다.

내티 범포는 머리가 희끗희끗하고 지저분한 사회 이탈자 노인이다. 잇새가 여기저기 벌어져 있고, 코끝에 콧물이 맺혀 있다.

하지만 내티는 페니모어의 원대한 '소망'이었다. 소망충족이었다.

미시즈 쿠퍼의 말을 들어보자. "세상에는 품위 있고 아름다운 것들보다는 잡스럽고 보기 싫은 것들이 더 흔하지만, 그이가 보기 좋은 것들을 그린 것은 당연한 일이었습니다. 웨스트[7]처럼 남편도 모호크족 청년에게서 아폴로를 발견할 줄 아는 사람이었습니다."[8]

세상에는 잡스럽고 보기 싫은 것들이 더 흔하다.

그가 왜 **내 마누라**에게 그렇게 의지했는지 이제 좀 알겠다. 아내는 그를 대신해서 현실을 직시해야 했다. 흔히 볼 수 있는 잡스럽고 보기 싫은 것들은 아내가 봐야 했다.

아내 덕에 그는 보기 좋은 것들을 많이 볼 수 있었다. 간간이 인디언의 머릿가죽을 보면서 스릴을 느낄 수도 있었다.

페니모어는 상상 속에서 내티 범포가 되기를 원했다. 하지만 내티 범포는 식후에 분명히 트림을 할 텐데 미스터 쿠퍼는 영락없는 신사였다. 그래서 페니모어는 프랑스에 계속 있으면서 자기가 그리고 싶은 대로 그리겠다고 마음먹었다.

∴

7) 화가 벤저민 웨스트는 로마에서 '벨베데레의 아폴로'를 본 후, "생긴 것이 모호크족 청년 전사(戰士)와 똑같다."라는 삼상을 남겼다.

8) CUP에 따르면, 『대초원(*A Prairie*)』(Everyman's Library, 1907)의 「서론」에서 인용했다.

프랑스에서는 내티가 식후에 트림을 안 하게 만들 수 있었고, 칭가츠국을 그릴 때 최대한 아폴로를 닮게 그릴 수 있었다.

인디언이면서 아폴로를 닮는 게 가능한지 모르겠지만. 인디언들은 묘하게 여성스러운데! 아르카익 시대의 조각상 같은, 높은 어깨와 조각같이 잘록한 허리도. 타고난 마성, 타고난 앙큼함도.

하지만 사람은 자기가 보고 싶은 것을 본다. 먼 곳에서 바라보는 경우라면 더욱. 예컨대, 바다 건너에서 바라보는 경우라면 더욱.

어쨌든 가죽스타킹 이야기는 아름다운 이야기다. 아름다운 반쪽짜리 진실이다.

가죽스타킹 이야기가 미국판 『오디세이아』라면, 내티 범포는 오디세우스다.

다른 점이 있다. 원래의 『오디세이아』에는 키르케니 돼지 떼니 뭐니 하는 악귀들이 득시글거린다. 그런 악귀들을 모두 속여 먹는다는 점에서는 이타카의 오디세우스도 악귀라고 할 수 있다. 반면에 내티는 총기를 소지한 성인(聖人)이고, 인디언들은 머리끝에서 발끝까지 신사들이다. 이따금 머릿가죽을 벗겨가지만 어쨌든 완벽한 신사들이다.

가죽스타킹 이야기는 총 다섯 편이다. 뒤로 갈수록 현실은 **점점 옅어지고** 아름다움은 점점 짙어진다.

1. **개척민들**: 장소는 챔플레인 호숫가의 황량한 개척촌. 때는 18세기 말. 쿠퍼의 기억 속에 남아 있는 어릴 적 고향의 모습이 재현된 듯하다. 매우 아름다운 소설. 내티 범포 노인은 문명인과 야만인 사이의 늙은 사냥꾼이다.

2. **최후의 모히칸**: 영국군과 프랑스군이 챔플레인 호숫가의 한 '요새'에서

인디언들을 무장시켜서 전투를 벌인 역사적 사건이 그려진다. 영국군 장교의 두 딸이 한 '척후병'(전성기의 내티)의 안내에 따라 탈출하는 낭만적 모험도 그려지고 델라웨어족 마지막 족장의 낭만적 죽음도 그려진다.

3. **대초원**: 거구에 표정이 음산한 켄터키인 몇 명을 태우고 서쪽으로 이동하는 마차와 광활한 대초원의 인디언들과 늙어 꼬부라진 노인 내티. 로키산맥에서 의자에 앉은 채 동쪽을 바라보면서 죽음을 맞는다.

4. **길잡이**: 배경은 오대호. 서른다섯 살 정도의 내티가 '요새' 주둔군 병장을 아버지로 둔 활기찬 아가씨에게 청혼했다가 거절당한다.

5. **사슴 사냥꾼**: 내티와 허리 해리 둘 다 미개척지의 젊은 사냥꾼이다. 두 남자가 두 백인 여자를 만난다. 배경은 다시 챔플레인 호숫가.

여기까지가 가죽스타킹 이야기 다섯 편이다. 내티 범포의 이름은 나이에 따라서 '가죽스타킹'이기도 하고, '길잡이'이기도 하고, '사슴 사냥꾼'이기도 하다.

이 비전의 비현실성에 대한 짜증스러움은 잠시 접어두고, 소망충족의 비전이라고, 동경을 담은 신화라고 생각해보자. 쿠퍼의 이야기를 현실과 비교하면 욕이 절로 나오지만, 깊은 주관적 욕망의 표현이라고 생각해보면 나름대로 현실적인 데가 있고, 거의 예언적인 데도 있다.

미국을 향한, 미국 땅을 향한 뜨거운 사랑도 마찬가지다. 쿠퍼는 수시로 대서양을 건너 망원경 반대쪽으로 미국을 바라보았다. 미국을 멀리서 바라볼 때는 미국에 발을 디디고 있을 때보다 미국을 뜨겁게 사랑하기가 더 쉽다. 미국에서 **살아가야 하는** 사람에게 미국은 괴로움을 안겨주는 나라, 백인 심리를 심하게 와해시키는 나라다. 미국은 유령들, 억울함에 으르렁거리는 원주민의 원령들로 가득한 나라다. 백인들이 자기네의 절대적 백색을 포기할 때까지 미국은 마치 에리니에스[9]처럼 백인들을 계속 괴롭힐 것이다. 미국은 잠재적 폭력과 저항이 팽팽한 긴장으로 작용하는 나라다. 백인종 미국인들은 상식을 따를 때조차 달리 어쩌겠느냐는 인상, 상식을 따르지 않았을 때 닥쳐올 사태를 겁내는 것 같은 인상을 준다.

미국의 마성을 달래는 일, 유령들의 억울함을 풀어주는 일, '장소령'에 속죄하는 일은 언젠가 꼭 이루어져야 한다. 그 다음에야 비로소 미국 땅을 향한 진정 뜨거운 사랑이 생겨날 것이다. 아직은 잠복해 있는 위험이 너무 많다.

현실 속의 미국이 쿠퍼 작품 속의 미국처럼 아름다울 날이 언젠가 올 수도 있겠지만. 아직은 아니다. 공장들이 다 무너지기 전까지는 아니다.

이제 핏속 형제라는 가죽스타킹 소설의 영원한 테마로 돌아가보자. 내티와 칭가츠국. 내티와 '큰 뱀'. 그저 아직 신화일 뿐이다. '홍인종'과 '백인종'이 아무리 친한 친구 사이라고 해도, 핏속 형제 사이는 아니다. 두 인종이 친한 친구로 지낼 때 보면, 어느 한쪽이 자기 인종을 정신적으로 배반하는 경우가 많다. 인디언과 "우정"을 나누는 백인(대개 식자층)은 자기 인종을 배반하고 있다는 인상을 준다. 뭔가 내막이 있다는 인상. 사회 이탈자라는 인상. 백인종의 스타일을 절대적으로 신봉하는 미국화된 인디언의 경우도 마찬가지다. 배반자. 이탈자.

백인종과 홍인종이 살과 살로 만났을 때 보면, 아무리 호의적인 관계라 해도 서로 상대방을 답답하게 한다. 홍인종의 삶과 백인종의 삶은 흐르는 방향이 다르다. 반대 방향으로 흐르는 두 삶을 한데 어우러지게 만들 수는 없다, 라는 게 내 생각이다.

쿠퍼가 평생을 깊은 숲속에서 '고결한 인디언 형제'와 어울려 살아야 했다

··

9) 에우메니데스의 다른 이름. cf. p. 023, 075.

면, 숨이 막혀 비명을 질렀을 것이다. 쿠퍼에게는 미시즈 쿠퍼라는 기둥이 필요했고, 프랑스 문화가 필요했다. 미시즈 쿠퍼라는 사회의 튼튼한 기둥이 쿠퍼를 지탱해주고 프랑스 문화가 쿠퍼의 돌아갈 고향이 되어주지 않았다면 쿠퍼는 숨을 쉴 수 없었을 것이다. '고결한 인디언 형제'와 어울려 살아야 했다면, 답답해 미쳤을 것이다.

그러니 내티와 칭가츠국의 신화는 신화로 남아 있을 수밖에 없다. 소망충족, 현실도피일 뿐이다. 우리가 위에서 말했듯, '큰 뱀'의 따리에 감겨서 괜찮을 백인은 어디에도 없다. 괜찮으려면 백인인 자신을 증오하고 백인이라는 자신의 정신을 증오하는 진짜 사회 이탈자여야 한다. 그런 사람들이 가끔 있다.

살과 살이 합쳐지는 것은 불가능하다는 게 내 생각이다. 하지만 정신은 바뀔 수 있다. 백인종 정신이 홍인종 정신으로 바뀔 수는 없고 그렇게 바뀌고 싶어 하지도 않지만, 백인종 정신이 홍인종 정신에 대립하고 홍인종 정신을 부정하는 일을 그만두는 것은 가능하다. 백인종 정신이 홍인종 정신을 배제하지 않는 새로운 의식의 영역을 크게 확장하는 것은 가능하다.

새로운 의식의 영역을 크게 확장한다는 것은 낡은 의식이라는 살가죽을 뜯어낸다는 뜻이다. 낡은 의식은 우리를 옥죄는 감옥이 되었다. 우리는 그 안에서 썩어가고 있다.

점점 조여오는 낡은 살가죽을 뜯어내지 못했다면, 편한 새 살가죽을 얻기란 불가능하다.

불가능하다.

그러니 가능한 척하는 짓은 그만두자.

자, 미합중국 국민의 역사가 기본적으로 그런 역사라는 게 내 생각이다. 낡은 의식이 점점 조여들기 시작한 것은 르네상스 시대였다. 유럽은 자신의 때 지난 살가죽을 뜯어내고 새로운 단계이자 마지막 단계에 발을 들여놓았다.

하지만 마지막 종말의 단계에서 뒷걸음치는 유럽인들이 있었다. 그들은 유럽 "자유주의"라는 포스트-르네상스의 **막다른 골목**[10]에 발을 들여놓기를 거부했다. 그러고는 미국으로 건너왔다.

그들이 미국에 온 데는 두 가지 이유가 있었다.

(1) 낡은 유럽 의식이라는 살가죽을 철저하게 뜯어내기 위해.
(2) 새 살가죽, 새 형태가 자라나게 하기 위해. 새 살가죽이 자라나는 것은 은밀한 과정이다.

낡은 살가죽이 떨어져 나가는 과정과 새살이 만들어지는 과정은 물론 동시적으로 이루어진다. 서서히 새살이 돋아나는 동안 서서히 낡은 살가죽이 떨어져 나간다. 불사의 뱀이 겪어야 하는, 때로 행복하고 때로 고통스러운 과정이다. 신선한 금빛을 발하는 기이한 무늬의 살이 만들어질 때는 행복하지만, 밖으로 나가기 위해서 낡은 살가죽을 한 번 더 쥐어뜯어야 할 때는 온몸의 창자가 뜯겨 나가는 듯 고통스럽다.

찢고 나가자!라고 그는 외친다. 다른 완곡한 표현들이 많지만, 결국 외침말이다.

찢고 나가자면 일단 새 살가죽이 만들어졌어야 한다.

그런데 새 살가죽이 만들어지자면, 일단 찢고 나갔어야 한다.

그래서 이렇게 두 개로 찢어진 괴물이 되었다.

금방 찢고 나가지 못하는 뱀처럼 몸부림치고 또 몸부림치는 진짜 미국인이다.

∵

10) 원문은 cul de sac.

어떤 뱀은 끝내 찢고 나가지 못한다. 낡은 살가죽이 끝내 찢어지지 않은 경우다. 그런 뱀은 낡은 살가죽 안에서 괴로워하다가 죽는다. 아무도 새 무늬를 보지 못하게 된다.

낡은 살가죽을 찢고 나가려면 정말 필사적인 무모함이 있어야 한다. 두 동강이 나도 상관없다, 여기서 나갈 수 있다면 어떻게 되어도 상관없다, 라는 식이어야 한다.

새 살가죽에 대한 굳은 믿음도 있어야 한다. 일단 새 살가죽에 대한 믿음이 있어야 찢고 나가려는 노력이 시작될 테니까. 찢고 나가려는 노력이 없다면, 낡은 살가죽 속에서 서서히 병들어 썩다가 죽는다.

그런데 페니모어는 낡은 살가죽 안에서 무사히 지냈다. 반듯하기 짝이 없는 신사였던 데다 거의 유럽 신사였으니까. 낡은 살가죽 안에서 무사히 지내면서 새 살가죽이 보여줄 찬란한 미국적 무늬를 **상상했다.**

그는 민주주의를 혐오했다. 그래서 민주주의를 회피하면서 민주주의 너머의 무언가에 대한 기분 좋은 꿈을 간직했다. 하지만 그러는 내내 민주주의에 속해 있었다.

회피! ─하지만 회피라고 해서 꿈이 무가치해지냐 하면 그렇지는 않다.

미국의 '민주주의'는 유럽의 '자유'와는 완전히 달랐다. 유럽에서 '자유'는 거대한 생의 맥박이었던 반면에 미국에서 '민주주의'는 언제나 생을 적대시했다. 위대한 민주주의자들, 예컨대 에이브러햄 링컨의 음성에는 항상 자기희생의 어조, 자살의 어조가 있었다. '미국 민주주의'는 언제나 자살의 한 형태였다. 아니면 살해의 한 형태였다.

불가피한 일이었다. **궁여지책**[11]이었다. '미국의 민주주의'는 '유럽의 자유'

∵

11) 원문은 pis aller.

가 선택한 **궁여지책**이었다. 낡은 살가죽을 뜯어내는 매우 잔인한 방법. 자살이라는 방법. 낡은 살가죽, 낡은 형태, 낡은 심리가 극단적으로 뻣뻣해지는 것이 민주주의다. 딱딱해지고 융통성이 없어지고 생명력이 없어지는 것이 민주주의다. 그런 까닭에 민주주의는 반드시 찢겨 나가야 한다. 말랑말랑한 나비가 번데기를 찢고 날아오르듯, 드디어-태어난-미국인(the American-at-last)이 민주주의를 찢고 날아올라야 한다.

미국은 민주주의라는 **궁여지책**에 발을 들여놓았다. 이제 그것까지 찢고 나가야 한다. 아니, 다른 무엇보다 그것을 찢고 나가야 한다.

쿠퍼가 꿈꾸었던 민주주의 너머라는 건 뭐였나? 그야, 칭가츠국과 내티 범포의 영원한 우정으로 형상화되는 새로운 사회의 구성단위였다. 다시 말해 쿠퍼가 꿈꾸었던 것은 새로운 인간관계였다. 자기 자신을 제외한 모든 것을 벗어버린 두 사람의 인간관계. 깊은 성관계보다 깊은 관계. 재산관계보다 깊고 부자관계보다 깊고 부부관계보다 깊고 사랑보다 깊은 관계. 사랑이 끼어들 수 없을 만큼 깊은 관계. 정을 나누지도 않고 말을 나누지도 않는, 자기 자신을 제외한 모든 것을 벗어버리고 자기 자신의 밑바닥에 닿은 두 사람으로 이루어진 공동체. 이것이 새로운 사회의 새로운 구성단위이자 새로운 시대의 열쇠다. 이 공동체가 세워지려면 일단 낡은 살가죽을 잔인하게 뜯어내야 한다. 새로운 세계, 새로운 모럴, 새로운 풍경으로 날아오르는 것은 그 후의 일이다.

내티와 '큰 뱀'은 평등한 관계도 아니고 불평등한 관계도 아니다. 각자 적절한 순간에 상대에게 복종하는 관계일 뿐이다. 그들에게는 상대와 함께 있는 순간이 자기 자신을 제외한 모든 것을 벗어버리고 말없이 아무 환상 없이 자기 자신으로 있는 순간이다. 각자는 한 인간, 곧 자기 자신의 인간성을 떠받치는 살아 있는 기둥이고, 서로가 상대에게서 알아보는 것은 인간성을 떠받치는 신성이다. 새로운 관계가 아닌가.

가죽스타킹 이야기는 이러한 새로운 관계의 신화를 창조한다. 이 신화는 노년기에서 찬란히 빛나는 청년기로 거슬러 올라간다는 점에서 영락없는 미국 신화다. 미국은 늙어 쭈글쭈글해진 살가죽에 갇혀 몸부림치는 늙어 꼬부라진 노인에서 시작해서 서서히 낡은 살가죽을 찢어버리고 새로운 젊음을 향해서 나아간다. 그것이 미국의 신화다.

출발점은 현실이다. 『개척민들』은 쿠퍼타운이라는 마을이 처음 생기던 때. 챔플레인 호숫가의 산 숲 아래 세워진 통나무 오두막들을 따라 거친 길 하나가 생기던 때. 문명사회에 반발하는 거친 개척민들의 마을이 생기던 때.

때는 겨울. 한 검둥이 노예가 썰매를 몰고 눈 쌓인 산 숲을 넘어서 이 마을로 오고 있다. 썰매에는 미녀 아가씨(템플 양)와 미남 아버지(개척자 템플 판사)가 타고 있다. 썰매가 산 숲을 넘을 때 총소리가 들려온다. 총을 쏜 사람은 늙은 무지렁이 사냥꾼 내티 범포. 큰 키에, 마른 체격에, 지저분하다. 가진 것이라곤 긴 엽총과 벌어진 잇새.

템플 판사는 마을의 "지주". 그가 사는 집은 우스꽝스럽고 널따란 "저택". 낡은 영국의 모습 그대로. 템플 양은, 이브 에핑엄과 마찬가지로, 젊은 숙녀분의 모범이다. 그리고 젊고 대단히 신사적이지만 가난뱅이인 에핑엄[12]을 남편으로 삼게 된다. 야생의 끝자락에서 건재함을 과시하는 낡은 세계. 참고 들어주기 힘든 점잖 빼는 말씨 때문에 피곤한 면도 있지만. 지나치게 낭만적이지만.

한쪽에 "저택"과 귀족계급이 있다면, 다른 한쪽에는 계급사회에 반기를 드는 진짜 개척민들이 있다. 양쪽은 마을 주막에서 만나고, 추운 교회에서

⁝

12) 템플 양의 배우자 이름이 실제로 올리버 에핑엄이다.

만나고, 성탄절의 놀이판에서 만나고, 얼어붙은 호수에서 만나고, 비둘기 사냥 행사에서 만난다. 눈부시게 아름다운 생의 모습. 페니모어가 덧붙이는 것은 그저 반짝이 장식뿐.

내 취향이 유치해서 그런지는 모르지만, 『개척민들』의 이런 장면들이 나한테는 경이로울 만큼 아름답게 느껴진다. 개척민 마을의 겨울밤, 매서운 추위가 감도는 거친 길, 통나무 오두막의 유리창 없는 창문 틈으로 장작불 불빛이 가늘게 새어 나오는 장면. 술집에서 거친 나무꾼들과 술 취한 '인디언 존'이 함께 있는 장면. 교회에서 하얀 눈을 뒤집어쓴 신도들이 불을 쬐러 모여드는 장면. 성탄절의 흥겨움을 아낌없이 펼쳐 보여주고, 눈밭의 칠면조 사냥도 그려 보여준다. 겨울이 가고 숲이 온통 초록빛이 되는 봄이 오면, 단풍나무 수액으로 시럽을 만들기도 하고, 남쪽에서 구름처럼 날아오는 비둘기를 무더기로 쏘아 떨어뜨리기도 하고, 물고기가 넘쳐나는 처녀 호수에서 밤낚시를 즐기기도 하고, 사슴을 사냥하기도 하고.

그림 같은 장면들이다! 문학을 통틀어 가장 아름답게 반짝이는 장면들 축에 든다.

하지만 현실이라는 잔인한 족쇄는 그 어디에도 없다. 모든 장면이 꽤나 현실적이지만, 독자는 곧 깨닫는다. 페니모어는 안전한 먼 곳에서 쓰고 있었구나. 그래서 이상화가 가능했고 소망충족이 가능했구나.

미국에 와보면 안다. 미국의 풍경에는 항상 어떤 마성적인 저항감이 있고, 백인의 마음에는 항상 못마땅해하는 저항감이 있다. 호손의 작품에서는 분명히 나타나는데, 쿠퍼의 작품에서는 얼버무려진다.

미국의 풍경이 백인종과 하나로 어우러진 적은 없다. 한 번도 없다. 마찬가지로, 미국에 사는 백인종처럼 자기가 사는 곳을 못마땅해하는 백인종도 없을 것이다. 미국의 풍경에 깃들어 있는 아름다움 그 자체가 모종의 마성과 비웃음을 띠고 우리를 밀어내는 것 같다.

그런데 쿠퍼는 현실 속에서는 결코 얼버무려질 수 없는 저항감을 작품에서는 얼버무린다. 풍경과 하나로 어우러지는 것이 쿠퍼의 **소망**이다. 쿠퍼가 유럽으로 떠나는 것은 그 소망을 이루기 위해서다. 일종의 회피다.

그렇지만 하나 되기는 꼭 이루어질 것이다. 언제가 될지는 몰라도.

신화의 주인공은 내티다. 늙고 여윈 무지렁이 사냥꾼 내티는 마을에서 멀지 않은 숲속 오두막에서 친구와 함께 살고 있다. 머리가 희끗희끗한 '인디언 존'이라는 이름의 친구는 왕년에 델라웨어족의 족장이었는데, 기독교로 개종하고 존이라는 이름을 얻었다. 이끌 부족도 없고, 삶의 지표도 없다. 나잇값 못하는 술주정뱅이로 살다가 산불로 죽는다. 불에서 나서 불로 돌아가면서 죽음이 온 것에 감사한다.

그가 바로 후속작들에서 눈부신 '큰 뱀' 칭가츠국으로 등장하는 인물이다.

쿠퍼는 어렸을 때 내티와 '인디언 존'을 알지 않았을까. 그 둘은 그때 이미 쿠퍼의 상상력을 자극하지 않았을까. 이제 쿠퍼는 어른이 되었고, 그 둘은 쿠퍼의 영혼을 위한 신화가 되었다. 사회인 쿠퍼는 미시즈 쿠퍼라는 안전한 기둥 뒤에 숨어 있었지만, 쿠퍼의 영혼은 그 둘과 함께 새로운 젊음을 찾아 자기 과거로 거슬러 올라갔다.

줄거리를 보자. 템플 판사가 애쓴 덕분에 사냥금지법이 통과된다. 하지만 평생 거친 숲속에서 사냥꾼으로 살아온 내티 범포의 어린애 같은 단순한 머리로는 자기가 소나무 숲에서 사냥하는 것이 어떻게 판사 사유지의 밀렵인지 전혀 이해할 수 없다. 그러던 어느 날, 내티가 사냥 금지 기간에 사슴을 쏜다.

판사는 내티에게 더없이 동정적이지만, 법은 **부득불** 집행된다. 일흔 살의 노인 내티는 영문을 모른 채 칼을 쓰고 감옥에 갇힌다. 석방은 최대한 신속히 이루어진다. 하지만 이미 때는 늦었다.

　문자는 사람을 죽인다.[13]

　내티와 그의 인종을 이어주는 마지막 끈이 끊어진다. 인디언인 존은 죽었다. 늙은 사냥꾼은 숲속으로 사라진다. 홀로, 아무 끈도 없이, 자기 인종으로부터 멀리멀리.

　앞으로 다가올 새 시대에는 '법조문'[14]이 없으리라.

　연대순으로는 『개척민들』 다음에 『최후의 모히칸』이 온다. 하지만 신화의 흐름상으로는 『대초원』이 온다.

　쿠퍼도 자기 나름대로 미국을 알고 있었다. 서부로 가서 대초원을 보기도 했고, 대초원 인디언들과 천막생활을 하기도 했다.[15]

　『개척민들』과 마찬가지로 『대초원』에도 현실의 자국이 많이 담겨 있다. 파멸의 예감으로 가득한 기이하고도 눈부신 책이다. 거구의 켄터키인들이 광활한 대초원에서 점점 크게 어른거린다. 마차를 타고 야영을 하는 거인 같은 남편들과 늑대 같은 아내들이다. 개척민들이라고는 해도 템플 판사와는 종류가 다르다. 섬뜩하고, 잔혹하고, 사악한 범죄의 기운이 감도는 이 개척민들은 서쪽으로 서쪽으로 서쪽으로 밀고 들어가다가 자연의 반대에 부딪힌다. 하지만 파멸에 이르기까지 계속 밀어붙인다. 복수심 가득한 파멸이라는

•••

13) 성서의 인유. cf. 우리로 하여금 당신의 새로운 계약을 이행하게 하셨을 따름입니다. 이 계약은 문자로 된 것이 아니고 성령으로 된 것입니다. 문자는 사람을 죽이고 성령은 사람을 살립니다.(고린토인들에게 보낸 둘째 편지 3: 6)

14) 성서의 인유. cf. 그러므로 유다인의 겉모양만 갖추었다 해서 참 유다인이 되는 것도 아니고 몸에 할례의 흔적을 지녔다고 해서 참 할례를 받았다고 할 수도 없습니다. / 오히려 유다인의 속마음을 가져야 진정한 유다인이 되며 할례도 법조문을 따라서가 아니라 성령으로 말미암아 마음에 받는 할례가 참 할례입니다. 이런 사람은 사람의 칭찬을 받는 것이 아니라 하느님의 칭찬을 받습니다.(로마인들에게 보낸 편지 2: 28-29)

15) CUP에 따르면, 쿠퍼가 그러고 싶다고 한 적은 있지만 실제로 그런 적은 없다.

새의 거대한 두 날개가 온 서부를 감싸면서 침입자를 향해 음산한 경고를 보내는 듯하다. 프랭크 노리스의 소설 『문어』에도 비슷한 느낌이 있다. 반면에 브렛 하트[16]가 그리는 '서부'를 보면, 머리 위에는 악마가 있고, 악마 밑에는 감상적이고 자의식 강한 사람들이 있다. 회피에 의해 악인 또는 선인으로 채색되는 사람들.

『대초원』에는 폭력과 어두운 잔인함의 그림자가 머리 위에 드리워져 있다. 자연 위를 맴도는 원주민의 마성이다. 아직 맴돌고 있다. 아직 무섭다.

그 무서운 대초원으로 밀고 들어가는 것은 거구의 이슈마엘이다. 떠돌이 거인 같은 이슈마엘과 거구의 아들들과 늑대 같은 아내가 탄 마차가 켄터키의 개척지를 떠나 거인족 키클롭스처럼 미개척지로 밀고 들어간다. 망각마저 뚫을 것 같은 기세로 날마다 조금씩 밀고 들어간다. 하지만 기세는 점점 약해진다. 그리고 끝내 가로막힌다. 살인의 고통에 움찔한 그들은 대초원 한복판 낮은 산속으로 후퇴한다. 그리고 거기서 마치 반신(半神)들처럼 자연력에 맞서고 교활한 인디언에 맞선다.

서부 개척자의 폭력적 침입에는 범죄의 기운이 서려 있다!

바로 이 무대 위로 마치 평화부 장관처럼 등장하는 것이 늙어 꼬부라진 내티와 시우족이라는 온화한 기마족의 인디언들이다. 하지만 내티는 현실이 아니라 아스라한 환영인 것 같다.

서쪽으로 완만하게 높아지면서 로키산맥까지 연결되는 산들. 새로운 평화가 왔다는 뜻일까, 아니면 위험이 도사리고 있다는 뜻일까? 무슨 상징, 무슨 소망일까, 아니면 그저 미래는 알 수 없다는 뜻일까?

••

16) 작가 프랜시스 브렛 히트(1836-1902)는 캘리포니아 골드러시 시대를 낭만적으로 그린 것으로 유명하다.

그 평화로운 산속에서, 내티는 시우족이라는 세련된 기마족의 마을에 산다. 시우족은 나이 들어 현명해진 아버지를 존경하듯 내티를 존경한다.

그 평화로운 산속에서, 내티는 죽음을 맞는다. 의자에 앉아 멀리 동쪽을 바라보면서. 자기가 떠나온 숲과 오대호(五大湖)들을 생각하면서. 내티의 고요한 죽음은 땅과의, 그리고 인디언들과의 육체적 평화조약이다. 내티는 늙어 꼬부라진 노인이다.

쿠퍼가 볼 수 있는 곳은 내티가 죽음을 맞은 산속까지였다. 대초원 너머를 볼 수는 없었다.

다른 소설들은 우리를 다시 동쪽으로 데려간다.

『최후의 모히칸』은 현실적인 역사 이야기와 그야말로 "로맨스"로 양분된다. 내가 좋아하는 쪽은 로맨스다. 역사 이야기는 주로 사실 기록인 반면에, 로맨스는 신화적 의미를 품고 있다.

현실에 있을 법한 여자들이 처음으로 등장한다. 짙은 색 머리에 이목구비가 수려한 코라, 그리고 그녀의 동생인 연약한 '하얀 나리꽃'이다. 흔하디흔한 이분법이기는 하다. 짙은 색 머리의 관능적인 여자, 그리고 의존적이고 순종적인, 매우 "순수한" 금발 여자.

숲을 뚫고 도망치는 두 여자를 호위하는 헤이워드 소령은 젊은 미국군 장교이자 영국인이다. 전형적인 "백인" 남자라고 할까, 매우 선량하고 용감하고 배려 깊고 다 좋은데 편협하다. 정말 **편협하다**.[17] 틀을 깰 수 있었다면 코라를 사랑했겠지만, 의존적인 '하얀 나리꽃'한테 홀딱 반한다는 좀 더 안전한 길을 택한다.

이 세 사람을 안내하는 내티(이 책에서는 '가죽스타킹')는 생의 전성기를 구

⁝

17) 원문은 borné.

가하는 사냥꾼 겸 정찰병이고, 동행자들은 내티의 둘도 없는 친구이자 델라웨어족의 족장인 칭가츠국, 그리고 칭가츠국의 미남 아들인 웅카스(아폴로라기보다는 아도니스)다. 웅카스가 바로 최후의 모히칸이다.

마구아라는 "악당" 인디언도 등장한다. 이목구비가 수려하고 상처가 있는 악의 화신이다.

코라는 진홍색의 꽃 같은 격정적인 여자. 영국군 장교와 서인도 제도의 크레올 여자가 어떤 신비로운 공동체를 형성함으로써 태어났다. 코라는 웅카스를 사랑하고, 웅카스는 코라를 사랑한다. 마구스도 코라를 욕망하고, 그 욕망은 격렬하다. 관능의 불꽃은 섬뜩한 삼각관계로 이글이글 타오른다. 페니모어는 코라와 웅카스와 마구스를 죽게 한다. 그리고는 백인종을 유지하는 일을 하얀 나리꽃에게 맡긴다. 헤이워드 소령이 백인종 자식을 줄줄 얻을 수 있도록. 그랬으니 이 지긋지긋한 "썩은 나리꽃들"[18]이 이 시대를 풍미하는 게 아닌가.

쿠퍼 —쿠퍼의 예술가적 측면— 는 백인종과 홍인종의 피 섞임은 있을 수 없다는 결론을 내린 게 아닐까. 그래서 다 죽게 한 게 아닐까.

이런 모든 가슴 떨림 저 너머에 내티와 칭가츠국이 있다. 자식도 없고 여자도 없는, 대립하는 두 종족의 두 남자가 변치 않는 관계 속에 있다. 홀로 남은 최후의 백인종과 홀로 남은 최후의 홍인종이 각자 자기 자신을 제외한 모든 것을 벗어버린 추상적 존재로, 감정의 교류 너머에서 계속 함께 있다. 그러면서 다른 모든 사랑을 경박해 보이게 한다. 이것이야말로 새로운 관계다. 새로운 휴머니티로 가는 열쇠이자 시작이다.

∴

18) 셰익스피어의 94번 소네트에 "썩은 나리꽃에서는 잡초보다 훨씬 고약한 냄새가 난다."라는 표현이 나온다.

그렇다면 내티는 백인종 중에서 어떤 부류인가? 일단, 총을 쏘는 부류다. 살생꾼이고 사냥꾼이다. 오래 참고 온유한 사람이지만, 어쨌든 사냥꾼이다. 아집도 없고 욕심도 없는 사람이지만, 어쨌든 살생꾼이다.

내티가 높이 있는 적을 쏘아 떨어뜨려 죽이는 장면은 이 소설에 두 번 등장한다. 한번은 미남 악당 마구아. 높은 곳에서 총에 맞고 아래로 아래로 무시무시하게 추락한다.

살생꾼 내티는 백인종의 선구자다. 『사슴 사냥꾼』에서와 마찬가지로, 이 책에서도 내티는 높이 나는 새를 쏜다. 총에 맞은 새가 비가시(非可視) 세계에서 가시(可視) 세계로 떨어져 죽을 때 내티의 상징적 의미가 가시화된다. 그는 높이 나는 정신의 새를 쏘아 떨어뜨리고자 한다. 옛 대륙의 삶을 죽여 없애는 금욕적인 미국 살생꾼이다. 하지만 살기 위해 죽이는 것뿐이다. 자기도 그렇게 말한다.

『길잡이』는 우리를 오대호로 데려간다. 배에서 바라본 드넓은 호수는 근사하고 아름답다. 이번의 내티는 '길잡이'라는 이름으로 등장한다. 서른다섯 살 정도인데, 사랑에 빠진다. 상대녀는 '요새'에 배속된 던엄 병장의 딸 메이블. 금발에, 어디 하나 나무랄 데 없는 아가씨다. 미시즈 쿠퍼가 메이블과 많이 비슷하지 않았나 싶다.

'길잡이'가 메이블과 결혼하나 하면 그렇지는 않다. 메이블 쪽에서 거절한다. 메이블은 안락함을 줄 수 있는 재스퍼[19]를 선택하는 현명함을 발휘한다. 내티는 처음에는 세상에 염증을 내고 떠나지만 나중에는 자기의 행운에 감사한다. 깊은 숲속에 모닥불을 피워놓고 칭가츠국 옆에 앉았을 때, 그는 자기 별자리에 감사하지 않는가! 피할 수 있어서 다행이었잖은가!

∵

19) 재스퍼의 패밀리 네임이 웨스턴이라는 것도 재미있다.

불안정한 연령대의 남자들은 이런 열애에 빠지기 쉽다. 그중에는 거절당하는 행운을 누리지 못하는 남자들도 있다.

메이블이 미시즈 범포가 됐으면 어쩔 뻔했나?

내티는 결혼이 안 맞는 남자였다. 내티의 사명은 다른 데 있었다.

가죽스타킹 이야기 중에서 가장 매혹적인 소설은 마지막 『사슴 사냥꾼』이다. 이번의 내티는 '사슴 사냥꾼'이라는 이름의 젊은 청년이다. 하지만 한번도 젊었던 적이 없는 청년이라고 할까, 젊음을 발산해버리는 여느 청년들과 달리 힘을 비축해서 다른 곳에 쓰는 과묵하고 고지식한 청년이다.

보석 같은 소설, 완벽한 인조보석 같은 소설이다. 내 취향을 말하자면, 진짜인 척 나를 기만하는 것만 아니라면, 완벽한 가짜보석의 완벽한 세팅/배경[20]을 좋아한다. 그런데 『사슴 사냥꾼』은 **더할 나위 없는** 세공술을 자랑한다. 챔플레인 호숫가가 다시 등장한다.

진짜가 아니니만큼, 비가 오거나 하지 않는다. 추위니 진창이니 따분함이니 하는 것도 없다. 신발을 더럽히는 사람도 없고, 치통을 앓는 사람도 없다. 일주일씩 못 씻고도 씻고 싶어 하는 사람 하나 없다. 비누, 머리빗, 수건, 아무것도 못 챙기고 미개척지를 도망길로 삼은 여자들이 실제로는 어떤 행색이었을지 누가 알겠는가. 아침식사는 고기 한 덩어리 아니면 건너뛰기였는데. 점심식사도, 저녁식사도 똑같았는데.

그런데 언제 봐도 품위 있는 완벽한 숙녀분들이다. 몸단장이 흐트러지도 않는다.

공정하지 못하다고 말할 수도 있다. 야영 가서 일주일만 지내보면 왜 공정하지 못하다는 건지 알게 된다.

⁘

20) setting에 보석의 '세팅'과 소설의 '배경'이라는 두 가지 의미가 있음을 이용한 말장난.

하지만 이 이야기는 리얼리즘이 아니라 신화다. 그러니 아름다운 신화로 읽도록 하자. 호수의 이름부터가 글림머글래스.

'사슴 사냥꾼'이라는 사냥꾼 청년이 숲속에서 허리 해리라는 덩치 크고 금발 턱수염을 기른 무지렁이 미남자와 같이 살고 있다. '사슴 사냥꾼'은 마치 소나무 밑에서 솔방울을 깨고 나온 듯한, 그야말로 숲의 청년이다. 과묵하고, 단순하고, 초연하고, 고지식하게 도덕적이고, 총을 쏘면 백발백중이다. 그의 단순함은 청년의 단순함이라기보다 노년의 단순함이다. 그의 나이는 백인종과 동갑이다. 만사에 반응이 미리 정해져 있고, 느끼는 충동도 고정되어 있다. 백인종과 동갑일 정도로 늙었으니 성적인 면은 거의 없다. 하지만 총명하고 강인하고 대범하다.

건장한 격정남 허리 해리는 '사슴 사냥꾼'의 반대다. '사슴 사냥꾼'이 의식의 중심을 한결같이 아무 흔들림 없이 지키는 데 비해, 허리 해리는 이런저런 감정의 격발 사이에서 허우적거린다. 자의식 강하고, 아무 중심이 없다.

이 두 청년이 어느 작고 예쁜 호수를 향해서 가고 있다. 허터 일가가 살고 있는 글림머글래스 호수다. 허터 노인은 과거에 범죄적이고 야비한 해적이었고 지금은 법망을 피해 다니는 일종의 도망자인 듯하다. 하지만 장성한 두 딸에게는 꽤 괜찮은 아버지다. 호수 한복판에 "성"을 짓고 살면서 "방주"까지 만들었다. "성"은 말뚝 위에 세운 통나무 오두막이고, "방주"는 허터 노인이 딸들을 데리고 비버 잡는 덫을 둘러볼 수 있는 일종의 선상가옥이다.

두 딸은 흔하디흔한 어둠과 빛이다. 주디스는 어둡고 당차고 격정적이면서 죄악의 기운이 서려 있는 검붉은 꽃이고, 동생 헤티는 금발에 연약하고 순진무구한 하얀 나리꽃이다. 하지만 어쩌나, 나리꽃이 벌써 썩기 시작했다. 헤티는 약간 바보스럽다.

때는 영국의 선전포고 직후.[21] 두 사냥꾼이 숲속의 호수에 도착한다. 허터 일가는 전쟁이 시작되었다는 것을 아직 모르는데, 프랑스군 쪽 인디언들은 이미 호숫가에 와 있다. 자, 이제 스릴과 모험의 이야기가 펼쳐진다.

머리색이 짙은 여자 아니면 금발 여자, 죄 많은 여자 아니면 죄 없는 여자, 관능적인 여자 아니면 순수한 여자라는 토머스 하디의 빤한 이분법은 쿠퍼의 이분법이기도 하다. 남자의 욕망을 보여주는 이분법이다. 남자는 관능을 원하고 죄짓기를 원하지만, 그러면서 순수함을 원하고 "순진무구함"을 원한다. 순진무구함이 약간 썩었다면, 약간 바보스럽다면, 안됐구려!

물론 허리 해리는 충동적인 미남 쉬파리처럼 주디스라는 검붉은 양귀비꽃을 대번에 원한다. 주디스는 허리 해리를 깔보고 내친다.

주디스라는 관능적인 여자는 과묵하고 내성적이고 길들지 않은 '사슴 사냥꾼'을 대번에 원한다. 주디스는 '사슴 사냥꾼'을 길들이기를 원한다. '사슴 사냥꾼'도 반쯤 유혹을 느끼지만 거기까지다. '사슴 사냥꾼'은 길들여질 생각이 없다. 초연한 영혼, 노년의 영혼을 품은 '사슴 사냥꾼'에게 성은 그리 큰 유혹이 아니다. 죽을 때까지 총각일 것 같다.

그는 그렇게 사는 게 맞다. 침착한 관능이라는 가짜 열기 속에 끌려들어 가느니 그는 차라리 끝까지 홀로 살아갈 것이다. 그의 영혼은 시간이 흘러도 언제나 홀로일 테니, 그는 자기 일관성을 지키면서 육체적으로도 홀로 살아갈 것이다. 이런 것이 바로 성실하고 담대한 금욕주의다. '사슴 사냥꾼'이 이런 금욕주의에서 이탈했던 것은 평생에 딱 한 번, 중년에 가까워지면서 풍만한 메이블에게 청혼했을 때뿐이다.

그의 고독한 의식은 새로운 땅의 미개척지로 밀고 들어간다. 그가 부딪혀

..

21) 칭곡이 쓰닝스에 선선보고한 1756년. 이 전쟁을 가리켜 유럽에서는 7년 전쟁, 북아메리카에서는 프렌치 인디언 전쟁이라고 한다.

야 하는 힘은 인간적 차원을 넘어선다. 은둔자가 신과 씨름하고 사탄과 씨름하듯, 그는 숲의 장소령과 씨름하고 미국의 미개척지와 씨름한다. 유일한 인간적 만남은 칭가츠국과의 과묵하고 내성적인 만남, 건널 수 없는 거리를 유지하는 만남이다.

헤티라는 바보스러운 '하얀 나리꽃'은 뜬구름 같은 종교와 좋으신 하느님의 "세상을 지배하는 섭리"[22]로 가득 차 있지만, 그럼에도 불구하고 허리 해리에게 열애를 품는다. 순진무구하다 못해 바보스러워졌다는 면에서 도스토예프스키의 '백치'를 닮은 헤티는 미남 쉬파리에게 자기의 전부를 바치고 싶어 한다. 물론 상대방은 헤티를 원하지 않는다.

하여, 그런 쪽으로는 아무 사건도 일어나지 않는다. 주디스를 떠난 '사슴 사냥꾼'은 칭가츠국이 인디언 처녀에게 구애하는 것을 도와준다. 구애의 대리인.

백인종 심리가 분열돼 있다는 가슴 아픈 이야기다. 백인의 영혼은 순수와 욕망, '정신'과 '관능', 이렇게 두 쪽으로 양분되어 있다. '관능'은 항상 모종의 오명을 짊어지고 있고, 바로 그런 이유에서 좀 더 근본적인 방식으로 욕망의 대상이 된다. '정신'은 위로 올라가는 느낌, 고양되는 느낌, "날아오르는 삶"의 느낌을 주지만, 바로 그런 이유에서 죄악과 앙심으로 추락할 수밖에 없다. 이처럼 백인종은 내적으로 양분되어 있다. 백인종의 내적 투쟁은 결국 백치가 들려주는 이야기[23]처럼 구역질나도록 반복된다.

이런 상황이니, 자기 자신을 제외한 모든 것을 벗어버리고 성실성을 유지하는 '사슴 사냥꾼'이라는 인물이 감탄스러울 수밖에 없다. 정신과 관능 중

••

22) cf. p. 029.
23) 『맥베스』 5막 1장에 "백치가 들려주는 이야기"라는 표현이 나온다.

에 어느 쪽도 아닌 인물. 설교하기를 좋아하지만 이론이 아닌 현실적 경험에서 우러나오는 설교만 하려고 애쓰는 인물. 예컨대 "쏴야 하는 상황이 아니면 쏘지 마라."라고 설교하는 인물. 그렇지만 호숫가에서 물을 마시는 수사슴의 심장을 명중시켰을 때, 아니면 저 높은 비가시 세계의 하늘을 나는 새를 쏘아 떨어뜨려 죽일 때, 그는 가장 깊은 희열을 느끼는 것 같다. "쏴야 하는 상황이 아니면 쏘지 마라."라면서. 하지만 어쨌든 그는 죽여야 사는 남자, 날짐승과 산짐승을 쏴 죽여야 먹고살 수 있는 사냥꾼이다.

썩 탐탁지는 않다.

하지만 이것이 백인종 미국인 본연의 신화다. 다른 것들, 사랑이니 민주주의니 탐심으로 끝나버리는 몸부림이니 하는 것들은 모두 모종의 부산물이다. 미국인 본연의 영혼은 굳건하고 고독하고 금욕적이다. 살생꾼의 영혼. 그것만큼은 아직 와해된 적이 없다.

영혼이 분열되는 일은 물론 드물지 않다. 분열된 영혼에서는 죄악과 주디스가 출현하기도 하고, 바보스럽게 순진무구한 헤티의 욕망이 출현하기도 하고, 시끄럽게 큰소리치는 자의식 강한 해리의 힘이 출현하기도 한다. 하지만 그들은 모두 분열된 영혼의 부산물이다.

하지만 신화의 주인공이 분열된 영혼 같은 것일 수는 없다. 신화의 주인공은 모험을 떠나는 성실한 영혼이어야 한다. 미국에서 신화의 주인공은 '사슴사냥꾼'이다. 백인 사회를 버리고 떠나는 남자. 자기 자신의 도덕적 성실성을 철두철미하게 지키는 남자. 고독하고, 거의 이타적이고, 항상 금욕하는, 성실성을 유지하는 남자. 살생을 통해 먹고살지만 순수한 백인종인 남자.

이것이 미국인의 가장 깊은 본질이다. 그가 알맹이라면, 분열된 영혼의 부산물은 모두 찌꺼기다. 그러니 그 남자가 부동의 고립을 벗어나 새로운 행복을 시작한다면, 그때는 지켜볼 만할 것이다.

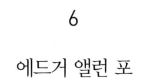

6

에드거 앨런 포

포는 '인디언'이니 '자연'이니 하는 것을 중요하게 다루는 작가도 아니고, '홍인종 형제'니 '위그윔'이니 하는 것을 대단하게 여기는 작가도 아니다.

포의 절대적 관심사는 자기 자신의 심리가 와해되는 과정이다. 위에서도 말했지만, 미국적 예술은 이중적 리듬을 따른다.

1. 낡은 의식의 와해, 낡은 살가죽의 제거
2. 새로운 의식, 새살의 생성

페니모어 쿠퍼에게서는 와해와 생성이 함께 박동한다. 포에게는 와해의 박동밖에 없다. 포가 작가보다 과학자에 가깝다고 할 수 있는 것은 그 때문이다.

포의 '병적인' 이야기들이 나온 것이 대체 무슨 필요 때문이었는지 도덕가들에게는 줄곧 수수께끼였다. 낡은 것이 죽어 없어져야 할 필요 때문이다. 낡은 백인종 심리가 점차 죽어 없어진 후에야 비로소 뭔가 다른 것이 생겨날 수 있기 때문이다.

인간은 자기 자신이라는 살가죽까지 뜯어내야 한다. 고통스러운 과정, 때로 처참한 과정이다.

포는 파멸할 운명이었다. 자기 영혼을 평생 계속되는 와해의 경련 속에 몰아넣고 와해의 과정을 기록해야 하는 운명, 그렇게 인간이 견뎌낼 수 있는 가장 가혹한 과제 몇 가지를 완수한 후에는 과제를 완수했다는 이유로 매도당해야 하는 운명이었다. 가혹한 과제이기도 했지만 꼭 완수해야 할 과제이기도 했다. 인간의 영혼이 계속 살아남으려면, 자기 자신이 어떻게 와해되는지 **의식적으로** 겪어보아야 했다.

하지만 포는 예술가보다는 과학자에 가깝다. 과학자가 소금을 도가니에 넣고 녹여보듯, 포는 자기의 자아를 녹여본다. 영혼과 의식의 성분을 분석하려는 듯. 반면에 진정한 예술에는 항상 창조의 리듬과 파괴의 리듬이 공존한다.

포가 자기 글을 '테일'[1]이라고 부르는 것은 그 때문이다. 원인과 결과가 꼬리를 무는 이야기 사슬.

하지만 포의 최고작들은 인과의 사슬에 그치지 않는다. 인간의 영혼이 고통스럽게 녹아 없어지는 처참한 이야기다.

그냥 이야기도 아니고 '사랑' 이야기다.

「리기아」와 「어셔 일가의 몰락」은 진짜 사랑 이야기들이다.

사랑은 살아 있는 것들 사이에서 작용하는 신비로운 인력이다. 그래서 성관계는 사랑의 실질적 위기다. 성관계에서는 수컷의 혈행(血行)과 암컷의 혈행이 얇은 막 하나를 사이에 두고 열기와 마찰로 접촉한다. 그것이 교미다. 막이 망가지면, 바로 죽음이라는 이야기다.

만사에는 한계가 있다. 사랑에는 한계가 있다.

모든 생명체의 첫 번째 법칙은 각각의 개체가 하나하나 따로따로라는 것

∵

1) cf. 016, 각주 7.

이다.

한 개체가 개체성을 잃고 다른 개체에 섞여들어 가기 시작하면, 그 개체는 죽기 시작한다.

인간으로부터 아메바에 이르기까지, 모든 생명체에 적용되는 법칙이다.

하지만 두 번째 법칙은 어떤 생명체도 다른 물질, 다른 생명체와의 접촉이 없으면 살아갈 수 없다는 것이다. 다른 물질과 접촉하는 것이 그 물질 자체를 흡수하는 일이라면, 다른 생명체와 접촉하는 것은 그 생명체의 박동을 비물질적으로 흡수하는 일이다. 모든 생명체는 다른 생명체와의 친밀한 접촉을 통해 생명을 얻는다. 하지만 친밀한 접촉에는 한계가 있다.

인간도 마찬가지다. 인간은 공기를 흡입하고 음식물을 섭취한다. 하지만 거기서 머물지 않는다. 다른 인간들과 접촉하면서 그들의 생명력을 취하기도 하고, 그렇게 취한 생명력을 도로 내주기도 한다. 친밀해질수록 점점 더 가깝게 접촉하게 된다. 전체로 접촉하는 것을 사랑이라고 한다. 인간이 살려면 먹어야 하지만 너무 많이 먹으면 죽는다. 인간이 살려면 사랑이 필요하지만, 사랑이 지나치면 자기가 죽거나 상대방을 죽게 한다.

사랑에는 성스러운 사랑과 세속적인 사랑이 있다. 정신적 사랑과 관능적 사랑.

관능적 사랑은 남자의 혈행과 여자의 혈행이 만나는 순수한 혈행 접촉이다. **거의** 하나가 되어 섞이는 것 같지만, 완전히 하나가 되지는 않는다. 두 혈행 사이에는 더없이 얇은 막 하나가 항상 존재한다. 혈행이라는 미지의 진동들, 역동들을 전달하는 것, 그러면서 혈액 그 자체를 차단하는 것이 막의 역할이다. 차단하지 못하면 곧 출혈이다.

정신적 사랑은 순수한 신경 접촉이다. 서로 사랑하는 두 사람의 신경은 마치 같은 음을 연주하는 두 악기처럼 공명한다. 음을 점점 높일 수도 있다.

하지만 너무 높으면, 신경이 손상되고 출혈이 시작된다. 죽기 시작한다.

인간이라는 골치 아픈 존재는 자기가 자기 운명의 주인[2]이 되어야겠다고 고집한다. 그러면서 **하나 되기**를 고집한다. 예를 들어, 정신적 사랑의 희열을 알게 된 사람은 정신적 사랑만 하면서 살겠다, 정신적 사랑이 곧 삶이다, 라고 고집한다. 정신적 사랑이 삶을 "고양"시킨다는 것이 그의 말이다. 그는 자기 신경과 상대방의 신경이 하나가 되어 진하고 짜릿하게 공명하기를 바란다. 사랑함으로써 비전의 희열을 얻는다고 할까, 우주 전체와 뜨겁게 하나가 된다고 할까.

하지만 그렇게 하나가 되는 것은 그저 한순간이다. 모든 생명체의 첫 번째 법칙은 각각의 개체가 따로따로라는 것, 잠시 합쳐졌다 하더라도 다시 본래대로 돌아가야 한다는 것이다.

인간은 뜨겁게 하나가 되는 일, 곧 사랑을 추구해왔다. 인간은 사랑을 **좋아한다.** 인간에게 최고의 충족감을 선사하는 것이 사랑이다. 인간은 사랑을 원한다. 시도 때도 없이 원한다. 그러면서 손에 쥐겠다고 한다. 서로 합쳐질 수 없는 개체라는 본래 모습으로 돌아가지 않겠다고 한다. 돌아갈 수밖에 없는 경우도 있지만, 그럴 때는 개체라는 굴로 기어들어 가서 좀 쉬었다가 또 슬슬 기어 나온다.

에드거 앨런 포의 경우도 마찬가지다. 포를 이해하는 열쇠는 『리기아』의 좌우명에 감추어져 있다. 신비주의자 조지프 글랜빌의 인용문이다:

"그리고 그곳에 의지(意志)가 있으니, 불멸의 의지라. 그 강한 의지의 신

∴

비를 누가 알랴. 신이 바로 의지, 만물을 향함으로써 만물 속에 편재하는 거대한 의지이거늘. 천사들은 인간을 굴복시킬 수 없으며, 죽음도 인간을 굴복시킬 수 없으니, 인간이 완전히 굴복하는 것은 오로지 나약한 의지로 말미암음이라."[3]

심오한 말이다. 그리고 지독한 말이다.

신이 온 세상을 향한 의지라면 온 세상은 신의 도구라는 뜻이니까.

신이 뭔지는 나도 모른다. 그렇지만 신이 그저 의지는 아니다. 그건 너무 한 신, 너무 인간스러운 신이다. 인간이 원하는 게 그저 자기 의지라고 해서 신을 **무한히**(ad infinitum) 확장된 의지라고 생각할 필요는 없다.

한 신이 어딘가 계신데 그 신을 명명하거나 인식할 수는 없다, 라고 해도 나는 상관없다.[4]

하지만 내 마음에 들어오기도 하고 내 마음에서 나가기도 하는 신이 여럿 있다, 물론 신에 따라 의지도 제각각이다, 라는 것이 내 생각이다.

하지만 중요한 것은 포의 생각이다.

극단적인 정신적 사랑의 희열을 경험해본 포는 그 희열을 원했고 그 희열 말고는 아무것도 원하지 않았다. 사랑이 주는 충족감, 흘러서 섞인다는 느낌, 하나라는 느낌, 삶이 고양되는 느낌을 원했다. 포가 경험한 것이 그 충족감이었다. 신경과 신경이 만나는 정신적 사랑의 희열이 삶에서 제일 중요하다, 아니 삶 그 자체다, 라는 말을 사방에서 듣게 된 포는 그 말을 자기에게 시험해보았다. 그리고 **정말** 그렇다는 것을 경험을 통해 알게 되었다. 포가

..

---

3) 조지프 글랜빌(1636-1680)은 실존 인물이지만, 인용문은 포의 창작인 것 같다.

4) 성기의 인유. (f. 우리에게는 아버지시요 뇌시는 하느님 한 분이 계실 뿐입니다.(고린토인들에게 보낸 첫째 편지 8: 6)

그 희열을 원한 것은 그 때문이었다. 그 희열을 손에 넣겠다는 **의지**를 불태운 것은 그 때문이었다. 포의 싸움은 자신의 의지 대(對) 자연의 제약들 전체의 싸움이었다.

이렇듯 자기의 신념과 경험에 따라서 행하는 사람은 용기 있는 사람이다. 하지만 동시에 오만한 사람, 멍청한 사람이기도 하다.

포는 무슨 값을 치르더라도 희열과 고양을 쟁취하고자 했다. 그렇게 달려나간 것은 작금의 전형적인 미국 **여성들**과 마찬가지였다. 고양, 하나 되기, 희열을 원한 것도 마찬가지였다. 포는 술을 비롯한 온갖 약물을 닥치는 대로 실험대상으로 삼았다. 인간 역시 닥치는 대로 실험대상으로 삼았다.

가장 크게 성공한 실험은 아내이자 사촌여동생이자 노래하는 소녀와의 실험이었다. 그녀와의 실험에서 포는 가장 격렬한 하나 되기, 고양, 무지개색 희열을 경험했다. 신경이 더없이 격렬하게 공명하면서 두 신경이 연주하는 음은 점점 더 높아졌고, 급기야 소녀의 혈관이 터지면서 출혈이 시작되었다.[5] 그것이 사랑이었다. 그것을 사랑이라고 부를 수 있다면 말이다.

사랑은 지독한 외설로 전락할 수 있다.

사랑은 작금의 신경 질환들의 원인이기도 하고, 결핵의 중요한 원인이기도 하다.

두 정신이 사랑으로 하나가 될 때 가장 격렬하게 진동하는 신경은 가슴과 목구멍과 후뇌의 교감신경절이다. 그 진동이 지나치게 격렬해지면, 가슴(폐)이나 목구멍이나 뇌 아랫부분의 교감세포가 손상되면서 결핵에 취약한 환경이 만들어진다.

그런데 포는 그 진동을 인간이 낼 수 있는 음 너머까지 밀어 올렸다.

• •

5) 포의 한 편지에는 "아내는 (…) 노래하다가 혈관을 다쳤습니다."라는 표현이 나온다.

아내는 포와 사촌간이었고, 포와 같은 음을 내는 것이 그만큼 더 수월했다.

『리기아』는 가장 중요한 이야기다. 리기아! 머리에서 나온 이름[6]이다. 포에게 여자가 의미하는 것, 아내가 의미하는 것은 루시[7]가 아니었다. 리기아였다. 아내도 리기아가 되는 것을 더 좋아했을 것 같다.

『리기아』는 포의 사랑 이야기다. 판타지이기에 더 진실한 포의 이야기다.

도를 넘은 사랑의 이야기. 도를 넘은 사랑은 서로 사랑하는 두 사람의 의지 대 의지의 전쟁이라는 이야기.

사랑은 의지 대 의지의 전쟁이 되었다.

사랑하는 두 사람 중에 먼저 쳐부수는 것은 어느 쪽일까? 더 길게 견디는 것은 어느 쪽일까?

리기아는 아직 구식 여자다. 그녀의 의지는 아직 복종에의 의지다. 그녀는 남편의 의식이라는 흡혈귀에게 복종하겠다는 의지를 불태운다. 그것이 죽음이더라도.

"그녀는 키 크고 날씬한 체형이었으며, 후반에는 수척하기까지 했습니다. 그녀의 거동에서 풍겨 나오던 당당함이랄까, 차분한 자연스러움, 그리고 그녀가 내딛던 발걸음의 불가사의한 날렵함과 탄력성을 말로 설명하는 것은 내 능력을 벗어나는 일입니다. 그녀가 서재 문을 열고 들어오는 것을 나는 한 번도 먼저 알아차린 적이 없었습니다. 대리석 같은 그녀의 손가락이 내 어깨에 닿으면서 그리운 노래 같은 그녀의 나직하고 감미로운 목소리가 내 귓가에 닿을 때야 비로소 나는 그녀가 들어와 있음을 알

⁙

6) 그리스 신화에서 아름다운 목소리로 선원들을 홀려 배를 침몰시키는 님프 중 하나의 이름이 리기어나.
7) 어원은 "빛".

아차릴 수 있었습니다."

포의 문체는 지금껏 많은 찬사의 대상이었다. 그렇지만 어딘가 번들거리는 데가 있다는 게 내 생각이다. "대리석 같다"는 칭찬은 손보다는 벽난로 상판한테 더 어울릴 것 같고, "탄력적"이라는 칭찬은 발걸음보다는 의자 용수철한테 더 어울릴 것 같은데. 포에게 리기아는 인간이라기보다는 도구, 감각의 극한을 끌어내는 데 필요한 도구였다. 누군가의 표현을 빌리면, 리기아는 **포의 쾌락기계**[8]였다.

포의 시에 기계적 리듬이 있듯이, 포의 문체에는 항상 이런 기계적인 데가 있다. 포는 대상을 삶의 맥락에서 바라보는 법이 없다. 보석이니, 대리석이니 하면서 물질의 맥락에서 바라보거나, 아니면 과학적으로 에너지의 맥락에서 바라본다. 전체적으로 기계적인 억양이다. 기계적이라는 점에서 독특한 "문체"다.

포가 리기아에게 원하는 것은 리기아를 끝까지 분석해서 리기아의 모든 것, 곧 리기아의 모든 부품을 자기의 의식에 집어넣는 것이다. 리기아는 포가 자기의 뇌라는 시험관에 집어넣고 분석해야 하는 이상한 화학성분이다. **분석이 끝나면, 연극은 끝났다!**[9]

하지만 분석은 난항을 겪는다. 리기아에게는 포가 포착할 수 없는 무언가가 있다. 포가 리기아에 대해 하는 말을 들어보자. "그녀의 두 눈이 우리 종족의 평범한 눈에 비해 훨씬 더 컸다고 생각하렵니다." 눈이 남들보다 "훨씬

∴

8) 원문은 machine à plaisir. 테오필 고티에의 소설 『마드무아젤 모팽(*Mademoiselle de Maupein*)』에 나오는 표현.
9) 원문은 E finita la commdia. 루제로 레온카발로의 오페라 『팔리아치(*Pagliacci*)』에 나오는 표현.

더" 큰 것을 싫어할 사람은 없다는 식이다. "그녀의 두 눈망울은 누르야하드 부족의 가젤 같은 눈망울보다도 컸습니다." 말도 안 되는 아첨이잖은가. "눈 동자는 검은색 중에서 가장 밝은 검은색이었고, 아주 긴 새카만 속눈썹이 높이 치켜 들려 있었습니다." 치켜 들린 속눈썹/채찍[10]이 떠오른다. "약간 짝짝이인 두 눈썹도 같은 색이었습니다. 하지만 내가 그녀의 눈에서 **이상하다**고 생각한 것은 모양이나 색깔이나 밝기 같은 것이 아니라, 결국은 **눈빛**이라고 말할 수밖에 없는 그 무엇이었습니다." 고양이 해부자 같은 말투다.

"아아, 아무 소용없는 말입니다! 눈빛이라는 수많은 의미를 담고 있는 말의 이면에는 수많은 정신 현상에 대한 우리의 무지가 숨어 있습니다. 리기아의 눈빛! 나는 몇 시간이고 그녀의 눈빛을 연구했습니다! 숨겨진 의미를 알아내겠다는 고군분투로 한여름 밤을 온통 지새우곤 했습니다. 데모크리토스의 우물보다 깊은 그것, 내 사랑 그녀의 동공 안에 깊이 감추어진 그것은 무엇이었을까요? **대체** 무엇이었을까요? 나는 알아내고 싶다는 격정에 시달렸습니다."

왜 사람은 저마다 자기가 사랑하는 것을 죽이는 것일까.[11] 답은 쉽다. 살아 있는 것을 **인식**하는 것은 그것을 죽이는 것이다. 마음껏 인식하기 위해서는 죽이는 수밖에 없다. 그런 까닭에, 인식을 탐하는 의식은 곧 허깨비, 흡혈귀다.

자기가 친밀하게 접촉하게 된 상대에 **관해서** 알고 있다는 것은 웬만한 지

∴

---

10) "lash"에 속눈썹이라는 뜻과 채찍이라는 뜻이 있음을 이용한 말장난.

11) 오스카 와일드의 시 「레딩 감옥의 발라드(The Ballad of Reading Gaol)」에는 "사람은 저마다 자기가 사랑하는 것을 죽인다."라는 표현이 나온다.

력과 관심이 있다는 것이다. 친해진 여자에 **대해서**, 친해진 남자에 **대해서** 알고 있다는 건 그런 거다.

하지만 어떤 살아 있는 존재 그 자체를 **인식**하고자 한다는 것은 그 존재로부터 살아 있음을 뽑아내고자 하는 것과 같다.

내가 한 여자를 사랑하면서 그 여자를 인식하고자 할 때가 그렇다. 모든 성스러운 본능이 만류한다. 정 알고 싶으면 어두운 인식, 핏속 인식, 교미를 통한 인식으로 인식하라, 라고. **머리로** 인식하고자 하는 것은 죽이고자 하는 것이다, 라고. 당신이 여자라면, **당신의 실체를 탐색**하기를 원하는 남자를 조심하라, 라고. 당신이 남자라면, 당신 그 자체를 인식하고 소유하기를 원하는 여자를 천 배는 더 조심하라, 라고.

이 '인식'은, 그렇다, 흡혈귀가 던지는 유혹이다.

인간에게는 한 개체로 살아 있는 것의 비밀을 **머리로** 터득하고 싶다는 무서운 열망이 있다. 그것은 원형질을 분석하는 것과 마찬가지다. 분석할 수 있는 원형질은 **죽은** 원형질뿐이다.[12] 성분을 분석해서 인식하는 것은 죽은 것을 처리하는 방법이다.

물질의 세계, 힘의 세계, 기능의 세계를 인식하겠다고 하는 것은 상관없다. 살아 있는 존재만은 인식하겠다고 하지 마라.

그러나 포는 인식을 원했다. 리기아의 눈빛에 깃든 이상함을 인식하기를 원했다. 그냥 물어보았다면, 리기아는 대답했을 텐데. 당신의 탐색 앞에서 경악하는 눈빛이라고. 흡혈귀 같은 당신의 의식 앞에서 경악하는 눈빛이라고.

그러나 리기아는 흡혈귀에게 피를 빨리기를 원했다. 포의 의식에 탐색당하기를 원했다. 포가 자기를 **인식**해주기를 원했다. 그리고 그것을 원했던 데

∴

12) "착한 인디언은 죽은 인디언뿐"이라는 악명 높은 경구를 이용한 말장난.

대한 대가를 치렀다.

피를 빨리기를 원하는 것, 상대가 자기를 **인식**해주기를 원하는 것은 요즘
에는 주로 남자 쪽이다.

에드거 앨런 포는 탐색에 탐색을 거듭했다. 인식의 문턱까지 갔던 것도 여
러 번이었다. 그렇지만 포가 인식의 문턱을 넘기 전에 리기아가 죽음의 문턱
을 넘었다. 언제나 그렇다.

그랬기에 포는 이상함의 열쇠가 의지의 신비에 있다는 결론을 내렸다. "그
곳에 의지(意志)가 있으니, 불멸의 의지라."

리기아에게 "이마어마한 자유의시"가 있다는 결론이었다.

"그녀의 생각과 행동과 언사가 격렬하다는 것은 그런 자유의지의 불가
피한 결과였던 것 같고, 어쨌든 그런 자유의지의 인덱스인 것은 분명했습
니다."【여기서 인덱스(index)란 표시(indication)를 뜻한다[13]】 우리가 함께 지냈
던 긴 시간 동안, 그녀에게 그런 자유의지가 있다는 다른 직접적인 증거는
없었습니다."

나였다면 그 긴 시간 동안 자기에게 복종했다는 것이야말로 그런 자유의
지의 확실한 "다른 증거"라고 생각했을 텐데.

"언제 봐도 침착하고 차분하기만 한 여자였지만, 알고 보면 홰치는 독
수리 떼 같은 사나운 격정에 시달리는 여자, 내가 지금껏 알았던 모든 여

∙∙

---

13) 로렌스는 동시대 영이 독사들의 이해늘 높기 위해 인용문에 끼어들고 있다. 이후 【 】로 표시
한다.

자 중에 가장 격정적인 여자였습니다. 나는 그저 그녀의 두 눈과 목소리와 언사를 통해 그녀가 얼마나 사나운 격정에 시달리는지를 겨우 짐작할 때가 있을 뿐이었습니다. 나에게 행복과 동시에 경악을 안겨주는 그녀의 두 눈이 믿을 수 없을 정도로 커질 때, 그녀의 나직한 목소리에 거의 마력적인 선율과 억양과 또렷함과 냉정함이 깃들 때, 그녀가 습관적으로 내뱉는 난폭한 언사가 발언 방식과의 대조로 인해서 평소의 곱절로 격렬한 에너지를 뿜어낼 때가 그럴 때였습니다."

딱하게도 포가 포획한 새는 포 자신과 같은 부류였다. 때마다 한 단계 더 강렬한 느낌을 갈구하는 부류. 그야말로 미쳐 죽기까지 갈구하는 부류. 지독한 부류. "홰치는 독수리" 부류였다! 콘도르 부류였다!

열쇠가 리기아의 어마어마한 자유의지에 있다는 것을 깨달았다면, 이렇게 사랑하고 갈구하고 인식하는 과정이 의지 대 의지의 투쟁이라는 것도 깨달았어야 했다. 여자다운 사랑이라는 위대한 전통에 충실했던 리기아는 순종하고 수용하겠다는 의지로 불타는 여자였고, 죽기까지 탐색당하고 분석당하는 수동적 육체였지만, 때로 그녀의 여성적 의지는 저항했을 것이다. "홰치는 독수리 떼 같은 사나운 격정!" 그녀는 한 단계 더 탐색당하고 싶다는 욕망, 끝없이 더 탐색당하고 싶다는 욕망에 떨었지만, 그때마다 "홰치는 독수리 떼 같은 사나운 격정"이 솟구쳤을 것이다. 리기아는 자기를 상대로 투쟁해야 했다.

하지만 리기아는 이 갈구, 이 사랑, 이 느낌, 이 탐색, 이 인식이 계속되기를 원했다. 끝까지 끝나지 않기를 원했다.

끝이라는 것은 없다. 죽음이라는 중단이 있을 뿐이다. 남자나 여자나 바로 여기서 "당한다". 궁극의 인식을 원하는 사람은 언제나 사기에 속는다.

"그녀가 나를 사랑한다는 것을 믿지 못하다니, 그녀 같은 여자의 사랑에 수반된 격정은 평범할 리가 없다는 당연한 사실을 알아채지 못하다니, 후회스럽기만 합니다. 그녀의 사랑이 얼마나 강한 사랑이었나를 내가 완전히 이해하게 된 것은 죽음 앞에서였습니다. 그저 평범한 흠모가 아닌, 거의 신앙이나 다름없는 흠모로 흘러넘치는 마음을 그녀는 몇 시간에 걸쳐 내 손을 붙들고 내 앞에다 쏟아냈던 것입니다."【이렇게 은밀한 내용을 끝없이 늘어놓다니 거 참 외설적이로군.】 "그렇게 열렬한 고백을 받다니, 내가 어쩌다가 그런 축복받은 남자가 된 것일까요?"【다른 남자였다면, 축복받은 게 아니라 저주받았다고 생각했을 거야.】 "그녀의 고백을 듣자마자 그녀를 빼앗기다니, 내가 어쩌다가 그런 저주받은 남자가 된 것일까요? 이야기할수록 괴로울 뿐이니, 한마디만 하렵니다. 그저 여자다운 헌신이 아닌, 아아! 뭐 하나 잘한 게 없는 무가치한 남자에게 낭비된 그녀의 격렬한 헌신 속에서, 나는 드디어 그 법칙을 알아냈습니다. 이제 곧 사라질 삶을 격렬하리만치 간절하게 살고 싶어 하는 그녀의 욕망, 내 부족한 필력이나 어휘로는 묘사해낼 수도, 표현해낼 수도 없는 그녀의 욕망을 지배하는 법칙 말입니다."

참혹하다는 건 인정해야겠다.
"하지만 못 가진 사람은 그 가진 것마저 빼앗길 것이다."[14]
"삶을 가진 사람은 삶을 더 받겠지만, 삶을 못 가진 사람은 그 가진 삶마저 빼앗길 것이다."

∴

---

14) 성서의 인유. cf. 가진 사람은 더 받아 넉넉하게 되겠지만 못 가진 사람은 그 가진 것마저 빼앗길 것이다.(마태오의 복음서 13: 12)

남자든 여자든.

포와 리기아 같은 사람들, 지독한 의식의 날개를 가진 새들은 자기 자신의 살아 있음을 부정하면서 자기 삶을 모조리 언어화하기를 원한다. 그들은 삶을 **인식**하기를 원하니, 인식당하기를 원치 **않는** 삶이 그들을 떠나는 건 당연하다.

그렇지만 딱하게도 리기아에게는 달리 도리가 없었다. 파멸은 그녀의 운명이었다. 그녀에게 파멸의 운명을 안긴 것은 수백 년의 허깨비 세월, 미국이 성령을 거역해온 세월이었다.

그녀는 죽는다. 죽는 것만 아니라면 뭐든 좋았는데. 그녀가 죽을 때 열쇠도 함께 죽는다. 열쇠를 손에 넣는 것이 그가 살아가는 유일한 이유였는데.

당했다!

속았다!

그녀의 마지막 숨이 비명이었던 것은 당연한 일이다.

마지막 날, 리기아는 남편에게 시 한 편을 받아 적게 한다. 시가 대개 그렇듯이, 좀 기만적으로 번들거린다. 그렇지만 리기아의 입장이 되어본다면, 그런대로 진실성이 있다. 견딜 수 없도록 참혹하다고도 할 수 있다.

　　　　"꺼진다—모든 조명이 꺼진다—모든 것이 꺼진다!
　　　　　　떨고 있는 모든 것 위로
　　　　　폭풍의 기세로
　　　　　　　막이 내리고, 시체 위에 베일이 덮인다.
　　　　　천사들은 창백하고 약한 모습으로
　　　　　　　베일을 걷고 일어나더니
　　　　　이 연극은 '인간'이라는 비극이고

주인공은 ‘정복자 벌레’라고 말해준다.”

윌리엄 블레이크의 어느 시[15]의 미국 버전이다. 블레이크 또한 참혹하고 외설적인 부류, 곧 “인식자” 부류였다.

“‘오 신이여,’ 리기아가 이 나직한 비명과 함께 마치 경련하듯 두 다리로 벌떡 일어나서 두 팔을 번쩍 쳐든 것은 내가 그 시를 끝까지 받아 적었을 때였습니다. ‘오 신이여, 오 성부여! 정녕 이래야만 하는 것입니까? 이 정복자를 정복하는 것은 정녕 불가능한 일입니까? 신이여, 당신이 의지라면 우리도 마찬가지 아닙니까? 정녕—그 강한 의지의 신비를 정녕 누가 알랴. 천사들은 인간을 굴복시킬 수 없으며, **죽음도 인간을 굴복시킬 수 없으니**, 인간이 완전히 굴복하는 것은 오로지 나약한 의지로 말미암음이라.’”

리기아는 그렇게 죽는다. 완전히는 아니지만 부분적으로는 굴복한다. **그것만으로도 죽고도 남는다.**[16)

리기아가 신을 거슬렀잖은가. 성령을 거스른 죄는 용서받지 못한다는 것이 신의 말씀이잖은가?[17)

성령이 거하는 곳은 우리 마음속이다. 우리가 현실을 떠나지 않게 인도하고 우리의 갈망이 도를 넘지 않게 인도하고, 우리가 만용에 굴복하지 않게

∵

15) 제목은 「병든 장미(The Sick Rose)」.
16) 원문은 Anche troppo.
17) 성서의 인유. cf. 사람들이 어떤 죄를 짓거나 모독하는 말을 하더라도 그런 것은 다 용서받을 수 있지만 성령을 거슬러 모독하는 죄만은 용서받지 못할 것이다.(마태오의 복음서 12: 31)

인도하는 것이 성령이다. 성령의 인도를 따를 때 비로소 의식의 과도한 아집을 버릴 수 있고, 변해야 할 때 변할 수 있고, 그만해야 할 때 그만할 수 있고, 웃어야 할 때 웃을 수 있다. 특히 스스로를 비웃어야 할 때 스스로를 비웃을 수 있다. 죽도록 진지한 것은 항상 좀 우습잖은가. 죽도록 진지해지지는 말라고, 제때 우리 자신을 포함한 모든 것을 비웃어주라고, 특히 우리의 숭고한 면들을 비웃어주라고 성령은 명한다. 모든 일에는 비웃음당해야 할 때가 있다. 예외가 없다.[18]

그런데, 어쩌면 좋을까, 포와 리기아는 웃음을 몰랐다. 그들은 미치도록 진지했고, 하나된 의식의 공명에 미치도록 매달렸다. 웃고 잊어버려라, 자기의 한계를 알아라, 라는 성령의 명령을 어기는 죄였다. 용서받지 못할 죄였다.

리기아가 그렇게 된 것은 신의 탓이 아니었다. 그저 그녀의 의지 탓이었다. 때마다 한 단계 더 과도한 의식, 한 단계 더 과도한 **인식**을 욕망하는 그녀의 "어마어마한 자유의지" 탓이었다.

리기아는 죽는다. 영국으로 건너간 남편은 통속적 수순에 따라서 음산하면서 으리으리한 낡은 수도원을 매입 혹은 임대해서 리모델링한 후, 이국적이고 신비롭고 연극적이고 호화로운 집으로 꾸민다. 어느 하나 폐쇄적이고 비현실적이지 않은 것이 없다. 그의 "자유의지"는 이렇듯 연극적이다. 저질 선정주의 취향.

그가 새로 결혼한 여자는 트레마인 출신의 로웨나 트레바니온. 금발 머리, 푸른 눈동자의 레이디. 바꾸어 말하면, 색슨-콘월의 귀족 아가씨. 포한테 걸리는 여자는 어쩌자고 죄다 이런 건지![19]

∵

18) 성서의 인유. cf. 하늘 아래서 벌어지는 무슨 일이나 다 때가 있다.(전도서 3: 1)

19) 로렌스는 유럽 대(對) 미국이라는 대립구도를 갈색 눈동자와 짙은 머리색의 인종(남유럽인, 로마제국에서 르네상스까지의 유럽 헤게모니) 대(對) 푸른 눈동자의 금발 인종(북유럽 백인)이라는

"나는 트레마인 레이디와 함께 그런 종류의 실내, 그런 종류의 신방에서 별다른 불안감 없이 신혼 첫 달의 불결한 시간을 보냈습니다. 극도로 침울한 내 기분 때문에 겁에 질린 아내가 나를 피하면서 나에게 사랑을 거의 주지 않는다는 사실을 눈치 채지 않을 수 없었지만, 그것이 내게는 오히려 즐거움이었습니다. 아내를 향한 내 증오심은 악마에게나 어울릴 법한 지독한 것이었습니다. 내 기억이 다시 찾아간 곳은 리기아, 내가 사랑한 여자, 내게 당당히 맞섰던 여자, 이제 무덤 속에 묻혀 있는 여자였습니다. 아아, 격렬한 후회가 밀려왔습니다! 나는 그녀의 순결을 다시 떠올리는 일에 탐닉했습니다."

흡혈귀는 자신의 욕망을 의식하고 있다.

레이디 로웨나는 결혼하고 두 달 만에 병이 난다. 로웨나의 머리 위에 드리우는 것은 리기아의 그림자다. 로웨나의 잔에 독을 넣는 것은 리기아의 유령이다. 로웨나가 서서히 파괴될 때 욕망을 불태우는 것은 리기아의 허깨비와 짝을 이룬 남편의 허깨비다. 두 흡혈귀는 죽은 아내와 살아 있는 남편이다.

죽음에 **완전히** 굴복한 것은 아니었던 리기아는 단단히 굳어진 좌절된 의지를 안고 복수하기 위해 귀환한다. 살아 있는 동안 아무것도 자기 마음대로 할 수 없었던 리기아에게는 살아 있는 희생자가 필요하다. 남편도 마찬가지다. 처음부터 남편에게 로웨나의 살아 있는 몸은 복수의 대상일 뿐이다. 리기아를 자기 마음대로 할 수 없었던 데 대한 복수. 리기아에 대한 궁극의 인식이 좌절된 데 대한 복수.

대립구도와 힘싸움니에 넌설시킨나. 이 대립구도에서 색슨-콘월은 분명 후자에 속한다. cf. 로렌스의 『유럽사에서의 움직임들(*Movements in European History*)』.

그리고 드디어 로웨나의 시체에서 리기아가 깨어난다. 로웨나가 죽어 없어짐으로써 리기아가 나타난다. 남편과 하나가 되어 로웨나를 없애버린 리기아가 여전히 불태우는 의지. 남편과 하나가 되어 더 사랑하고 더 인식하겠다는 의지. 그녀에게 사랑과 인식의 궁극적 충족은 언제나 한 단계 더 나아간 궁극을 원한다.

윌리엄 제임스와 코난 도일 등등이 인정하다시피, 죽음 이후에도 살아남는 허깨비가 있다. 자유의지로 살아남기도 하지만, 대개는 좌절된 의지가 악으로 살아남는다. 좌절된 의지가 삶에 복수하기 위해 귀환하는 것이 레무레스[20]요, 흡혈귀다.

인간의 의지를 천명하는 이야기. 죽음 그 자체에 맞서 사랑에의 의지와 의식에의 의지를 천명하는 너무나 참혹한 이야기. 인간은 자기가 **인식**할 줄 안다는 것을 얼마나 자랑스러워하는지.

미국의 공기 중에는 허깨비들, 유령들이 떠다닌다.

다음 이야기 「엘레오노라」는 일찍 결혼해서 어리고 다정한 신부를 얻은 한 남자의 관능적 쾌락을 엿보게 해주는 판타지물이다. 등장인물들(주인공 남자, 그와 사촌간인 신부, 그녀의 어머니)은 바깥 세상과는 동떨어진 '오색 풀밭 계곡'에 살았다. 모든 것이 무지개색으로 빛나는 눈부신 계곡이었다. 그들이 '고요의 강물'에 비친 **자기의 이미지**를 관찰했고, 바로 그 강물(다시 말해, 자기의식)에서 사랑의 신 에로스를 발견했다. 이 이야기는 자기관찰의 삶, 자아가 자아에게 배태시킨 사랑의 삶(사랑하기 위해 사랑하는 삶)의 이야기다. 나무들이 뱀들의 태양 숭배를 닮았다는 것은 남근적 욕망이 독을 뿜는 일, 곧 정신적인 일에 동원된다는 것을 상징한다. 뱀들이 태양을 숭배하듯, 모든 것이

••

20) 로마 신화에서 원혼을 뜻한다.

의식의 수면에 떠오른다. 어둠과 망각을 불러오는 밤일이어야 할 성관계가 이 연인들에게는 한 단계 더 고양된 의식(시지각, 눈부신 무지개색 환각)을 불러오는 낮일이다. 그렇다면 이 이야기는 성관계와 성 공론이 낮일이 되는 것이 악하다는 이야기다.

「베레니체」에서 남자는 애인이었던 여자의 무덤을 기어이 파헤쳐 그녀의 작고 하얀 치아 서른두 개를 몽땅 뽑은 다음 상자 속에 넣어 가져온다. 남자는 역겨워하면서, 동시에 의기양양해한다. 이빨은 아프게 깨물고 대들고 맞서는 데 사용되는 도구이자 으스러뜨리거나 찢어발기는 데 동원되는 부분이니, 저항을 상징할 때가 많다. 신화에 용의 이빨이 등장하는 것은 그 때문이고, 「베레니체」의 남자가 애인의 도저히 없앨 수 없는 치아를 기어이 손에 넣으려고 하는 것도 그 때문이다. 남자는 말한다. **"그녀의 치아는 저마다 하나의 관념이었습니다."**[21] 그렇다면 이 이야기는 여자의 증오하는 이빨처럼 단단히 굳어진 관념들을 남자가 드디어 손에 넣는다는 이야기다.

이 갈래에 속하는 또 한 편의 대단한 이야기는 『어셔 가의 몰락』이다. 여기서 사랑은 남매간의 사랑이다. 자아가 망가지면서 **다름**이라는 신비로운 깨달음이 불가능해질 때, 사랑하는 사람과 하나가 되고 싶다는 욕망은 탐욕으로 변질된다. 근친상간 문제에는 바로 이 욕망, 상대와 완전히 하나가 되고 싶다는 욕망이 깔려 있다. 정신분석에서는 거의 모든 심리적 문제의 원인을 근친상간 욕망에서 찾고자 하지만,[22] 그것으로 해결되는 것은 아무것도 없다. 근친상간 욕망은 인간의 정신이 신경의 가장 격렬한 진동을 아무 마찰 없이 맛보고자 할 때 취하는 형태 중 하나일 뿐이다. 가족이면 타고난 진동

••

21) 원어는 Toutes ses dents étaient des idées.
22) 프로이트의 정신분석에 대한 설명이다.

이 거의 일치한다. 남남이면 마찰이 커진다. 근친상간은 마찰을 피하면서 충족감을 얻는 방법이다.

이렇듯 정신적 충족감을 얻는 것, 상대방과 하나가 되는 것, 삶의 고양감을 느끼는 것, 인식하는 것, 무지개색 풀밭의 계곡에 사는 것, 풀밭까지, 햇빛까지 모두 무지개색으로 빛나는 곳에서 사는 것을 우리 모두가 원한다는 것, 이것이 모든 악의 뿌리다.[23] 이 모든 것을 **아무 마찰 없이** 끊임없이 누리고 싶다는 욕망이 우리 안에 있는 모든 악의 뿌리다.

우리는 저항에 부딪히게 해달라고, 저항에 부딪혀 끝까지 맞장 뜨게 해달라고 기도해야 한다. 저항 없는 소득을 원하는 일 따위는 그만둬야 한다.

『어셔 가의 몰락』의 좌우명은 베랑제가 지은 노랫말[24]의 마지막 두 행이다.

그의 마음은 팽팽한 류트,
살짝만 스쳐도 떨리는.[25]

포의 다소 과도하고 통속적인 판타지를 구성하는 모든 장식요소가 여기에 있다.

"나는 말고삐를 쥐고 물결 하나 없이 번쩍이는 검붉은 호수의 가파른 기슭에 다가가 수면을 내려다보았습니다. 회색의 사초(莎草)들, 참혹한 나

••

23) 성서의 인유. cf. 돈을 사랑하는 것이 모든 악의 뿌리입니다.(디모테오에게 보낸 첫째 편지 6: 10)
24) 제목은 「거절(Le Refus)」.
25) 원문은 Son coeur est un luth suspendu; / sitôt qu'on le touche il résonne. 포는 베랑제의 「거절」을 약간 변형했다.

140

무등치들, 눈알 없는 눈구멍 같은 창문들이 그렇게 물 위에 거꾸로 뒤집혀 있으니 아까보다 더 섬뜩했습니다."

'어셔 일가'는 아주 오래된 집안이었고, '어셔 저택'도 아주 오래된 건물이었다. 처마에서 장식술처럼 늘어져 있는 잔다란 곰팡이들이 건물의 외벽을 가득 덮고 있다. 입구와 통로는 고딕 아치 모양이고, 하인은 발소리 없이 돌아다니고, 태피스트리는 음산하고, 바닥은 칠흑처럼 검고, 낡을 대로 낡은 골동품 가구가 넘쳐나고, 핏빛으로 변한 희미한 햇빛이 격자 유리창을 통해 새어 들어오고, 온 집안에 "깊고 짙은, 도저히 떨쳐낼 수 없는 음습한 기운"이 깔려 있다. 이 저택의 인테리어는 여기까지.

이 저택의 사람들 ─로더릭 어셔와 매들린 어셔─ 은 다른 어떤 종족보다 오래되고 썩은 종족의 마지막 잔재다. 크고 형형한 눈동자로 보나 섬세한 헤브루 유형의 살짝 굽은 콧대로 보나 리기아의 판박이인 로더릭은 가문의 내력인 신경병을 앓고 있다. 그의 신경줄은 대기가 떨릴 때 함께 떨릴 만큼 팽팽하다. 그가 자기의 자아, 곧 자기의 살아 있는 영혼을 잃고 외부의 영향에 민감한 모종의 감응 도구로 전락한 이상, 그의 신경은 바람에 울리는 풍명금(風鳴琴)이나 마찬가지다. 그의 삶이 "'두려움'이라는 괴로운 환상을 상대로 한 싸움"인 것은 그가 생명체의 물리적 잔재, 곧 사후잔재이기 때문이다.

자아의 진실한 중심이 망가졌을 때, 인간의 기계적 의식은 뭘 느낄 수 있을까의 문제. 인간이 자아를 잃고 풍명금 같은 도구가 되었을 때, 인간의 남은 의식은 뭘 말할 수 있을까? 몸속을 흐르는 혈액이 물질세계와 교감하는 방식은 시시각각이 물질세계에 반응하는 방식과는 다르다, 눈에 보이지 않는 것들, 눈에 보이지 않는 힘들과 공명하는 신경세포들도 있다. 로더릭 어셔의 신경줄이 떨린다는 것은 그가 거의 물질적으로 존재한다는 뜻이다.

"그에게 격렬한 즉흥연주의 재능"을 준 것은 이 기계적 의식이고, 시인 포에게 시를 짓는 재능을 준 것도 이 기계적 의식이다. 포가 소리의 작용에 과도하게 기계적인 방식으로 민감하게 반응하는 것은 포의 마음속에 진짜 존재, 자발적 충동을 느끼는 존재가 없기 때문이다. 포의 시를 보면, 소리의 연상, 라임의 연상이 기계적이고 수월하면서, 뿌리가 되는 감정이 없다. 마치 이류 시인이 지은 번들거리는 시 같다. 마찬가지로, 로더릭의 「유령이 나오는 궁전」이라는 시를 보면, 라임과 리듬은 정교하면서도 빠르고 표현은 통속적이다. 시 전체가 모종의 꿈속인 듯, 장면들 사이의 연결은 기계적이고, 장면과 감정의 연결은 우발적이다.

어셔는 모든 식물에 감각이 있다고 생각했다. 물론 생물이든 무생물이든 물질로 존재하는 모든 것에는 **모종의** 감각이 있다. 물질로 존재하는 모든 것은 자기에게 전해오는 모종의 긴장(미세하고 복잡한 진동)을 감각함으로써 외부와 접촉이 있든 없든 외부로부터 영향을 받기도 하고 외부의 다른 것들에게 영향을 주기도 한다. 포가 그 누구보다 탁월하게 그려내는 것이 바로 이 진동(무생물의 의식, 잠자는 의식)이다. 자기를 둘러싼 모든 것(저택의 돌벽, 돌벽의 곰팡이, 호수의 물, 심지어 호수에 비치는 그림자까지)이 자기의 가문과 물리적으로 하나가 되어 한 덩어리의 공기(어셔 가문 사람이 아니면 호흡할 수 없는 공기)로 응축되었다는 것, 그리고 이 공기가 어셔 가문의 운명을 빚어냈다는 것이 로더릭 어셔의 확신이었다.

하지만 살아 있는 영혼은 다른 것에 의해 빚어지는 물질이 아니라 다른 것을 빚어내는 힘이다. 돌벽, 저택, 산맥, 대륙 속에 오묘하게 스며드는 힘, 돌벽, 저택, 산맥, 대륙을 지극히 오묘한 형태로 빚어내는 힘—그것이 바로 살아 있는 사람들의 영혼이다. 돌벽의 영향에 예속된 사람이라면, 그는 이미 온전한 영혼을 상실한 사람이다.

살아 있는 사람 중에 로더릭이 관계하는 유일한 존재는 여동생 매들린이었다. 매들린도 원인불명의 신경성 강직증으로 죽어가는 환자였다. 두 사람은 서로를 격정적으로, 그리고 독점적으로 사랑했다. 쌍둥이 남매였고, 생김새도 거의 비슷했다. 그들의 사랑도 서로에게만 집중하는 사랑이었다. 그렇게 신경이 하나의 음으로 공명하던 끝에 자극이 점점 격해지다가 모종의 인식이 생겼고, 그렇게 서서히 망가져 그렇게 서서히 죽었다. 격하게 예민한 로저[26]는 여동생 매들린과 아무 저항 없이 공명했고, 점점 더 격하게 공명하던 끝에 서서히 여동생을 집어삼켰다. 오빠가 그런 극단적인 사랑의 고통 속에서 여동생의 삶을 흡혈귀처럼 빨아먹었다면, 여동생은 빨아먹히기를 자청했다.

죽은 매들린은 오빠의 손에 의해 저택 안에 있는 깊은 지하 묘로 옮겨졌다. 하지만 사실은 죽었던 게 아니었다. 매들린의 오빠는 광기에 휩싸인 듯 온 집안을 헤매고 돌아다녔다. 차마 입에 담지 못할 공포와 죄의식의 광기였다. 갑자기 요란한 굉음이 들린 것은 여드레 후였다. 처음에는 쇠붙이가 바닥에 떨어지는 소리, 다음에는 선명하면서도 허망하게 울리는 금속성의 메아리 소리였다. 로더릭 어셔가 횡설수설 이야기를 늘어놓기 시작했다:

"우리는 그 애를 산 채로 묻었어! 내 감각이 얼마나 예민한지 자네한테 말 안 했던가? 이제 와서 하는 말이지만, 처음에 그 애가 큰 관 속에서 약하게 움직일 때부터 들렸어. 벌써 여러 날 전부터 들렸는데 용기가 없었어. 들린다고 말할 용기가 없었어."

∵

26) 실수라기보다 로더릭과 로저의 연관성을 강조하는 의도적 표현인 것 같다. cf. 177 ff.

"사람은 저마다 자기가 사랑하는 것을 죽인다." 흔하디흔한 테마. 그는 자기의 사랑이 그녀를 죽였다는 것을 알고 있었다. 그녀가 리기아와 마찬가지로 억울해하면서 죽었다는 것도 알고 있었다. 그녀가 무덤에서 일어나서 그 앞에 나타나는 것은 그 때문이다.

"하지만 문밖에 **정말로** 큰 키를 수의로 휘감은 어셔 가의 레이디 매들린이 서 있었습니다. 흰 수의에 핏자국이 선명했고, 수척한 실루엣 곳곳에 처절한 몸부림의 흔적이 뚜렷했습니다. 한동안 문턱에서 부들부들 떨면서 앞뒤로 비틀거리던 그녀는 신음소리 같은 낮은 비명과 함께 문 앞에 서 있던 오빠의 몸 위로 푹 고꾸라지면서 드디어 마지막으로 찾아온 극심한 단말마의 고통 속에서 오빠를 바닥에 깔아뭉개 시체로 만들었습니다. 그를 죽인 것은 그 자신이 이미 예상하고 있던 공포였습니다."

선정적 멜로드라마이기도 하지만, 이렇게 서로를 향하는 사랑, 혼자 있는 것이 불가능한 사랑, 홀로 있는 '성령'의 음성에 귀를 기울이는 것이 불가능한 사랑, 그런 사랑의 말로에 대한 참혹한 심리적 진실이기도 하다. 자, 우리는 '성령'에 따라 살아야 한다. 다음 시대는 '성령'의 시대이고, '성령'은 언제나 한 사람 한 사람 속에서 하나의 '영(靈)'으로 명한다. '성령'은 바깥세상에서 보편적 형체를 가질 수 없으니, 한 사람 한 사람이 혼자 있으면서 자기 안에 있는 '성령'에 귀를 기울여야 한다.

어셔 남매는 마음속 성령을 배반했다. 그들은 아무 마찰 없이 사랑하고 또 사랑하고자 했다. 합체[27]하고자 했다. 하나가 되고자 했다. 그러다가 서

∵

27) cf. p. 307 ff.

로를 죽음으로 끌고 들어갔다. 너 자신이 아닌 것과 하나가 되고자 하지 말라, 라고 성령은 명한다. 한 사람 한 사람이 자기 자신으로 혼자 있을 것, 다른 것과 공명하더라도 도를 넘지 말 것을 성령은 명한다.

최고의 이야기/꼬리[28]에는 언제나 똑같은 후렴/짐[29]이 실려 있다. 도를 넘은 사랑이 있듯, 도를 넘은 증오도 있다. 증오가 서서히 은밀히 지하에서 미묘하게 작용한다는 것도 사랑과 마찬가지다. 포가 들려주는 그 모든 지하묘 사건은 의식의 지하에서 일어나는 사건을 상징한다. 지상에서는 말씨 하나 나무랄 데 없다. 지하에서는 잔혹하기 짝이 없는 생매장이 자행된다. 어셔 가문의 레이디 매들린이 사랑 때문에 생매장당하듯, 「아몬티야도 포도주통」의 포르투나토는 극도의 증오 때문에 생매장당한다. 도를 넘은 사랑이 상대를 완전히 소유하거나 상대에게 완전히 소유당하고 싶어 하듯, 도를 넘은 증오는 상대의 영혼을 완전히 고갈시키고 싶어 하고 상대의 영혼을 어떻게든 소유하고 싶어 한다. 도를 넘은 사랑이든 도를 넘은 증오든 상대의 영혼과 함께 나 자신의 영혼을 상실하는 결과를 낳는다.

몬트레소르의 도를 넘은 증오는 포르투나토의 영혼을 완전히 집어삼키고 싶어 한다. 일격에 살해하는 것으로는 모자란다. 일격에 살해당한 사람의 영혼은 온전한 상태를 유지할 수 있다. 사랑하는 이의 가슴속에 남는 것도 가능하고, 빙의하는 것도 가능하다. 몬트레소르가 적을 지하실에 가두고 문을 막아버리는 것은 적의 영혼으로부터 어떻게든 항복을 얻어내기 위해서다. 몬트레소르가 원하는 것은 자기가 정복한 상대의 존재 그 자체를 소유하는 것이다. 불가능한 일은 아니겠지만, 정말 그런 일을 저질렀다가는 정복자 자

••

28) cf. p. 016, 각수 7.
29) "burden"에 후렴이라는 뜻과 짐이라는 뜻이 있음을 이용한 말장난.

신의 자기동일성이 무너지게 된다. 자기 자신이 없어지거나 무한해진다. 괴물이 된다.

도를 넘은 증오는 도를 넘은 사랑과 일맥상통한다. **나를 해치는 자는 무사하지 못하리라**[30]라는 좌우명은 **나를 사랑하는 자는 무사하지 못하리라**[31]로 바뀌어도 무방하다.

「윌리엄 윌슨」은 자기 자신의 영혼을 죽여 없애고자 하는 한 남자에 대한 다소 뻔한 이야기다. 윌리엄 윌슨(기계적 욕망의 에고)이 윌리엄 윌슨(살아 있는 자아)을 죽여 없애는 데 성공한다. 살아남은 에고는 서서히 무한의 먼지가 되어 사라진다.

「모르그 가(街)의 살인사건」과 「황금충」은 정교한 인과의 사슬을 추적하는 데서 재미를 느끼는 기계적인 이야기다. 심리가 때마다 어떻게 반응하는지를 추적하는 재미니까, 예술적 재미라기보다 과학적인 재미라고 해야겠다.

살인에 매료된다는 것 자체가 희한한 일이다. 살인은 그냥 죽이는 것과는 다르다. 살인은 도를 넘은 증오, 삶의 펄떡이는 맥박 그 자체를 죽여 없애고 싶다는 증오다. 살인이 은밀히 저질러지는 것이나 시체가 소름끼치게 훼손되는 경우가 많은 것은 그 때문이다. 살인자는 삶의 펄떡이는 맥박을 죽여 없애고 싶어 하고, 자기가 죽여 없앤 삶을 소유하고 싶어 한다. 살인의 수법에 매료된 두 남자가 드퀸시[32]와 포였어야 했다는 것도 희한한 일이다.(매료되는 방식은 달랐지만 말이다.) 생활방식의 차이는 컸던 데 비해 본성의 차이는

∴

---

30) 원문은 Nemo me impune lacessit. 스튜어트 왕가의 좌우명.
31) 원문은 Nemo me impune amat. 로렌스가 만든 라틴어.
32) 드퀸시는 「예술의 한 분야로 고찰된 살인에 대하여(On Murder Considered as One of the Fine Arts)」, 「예술의 한 분야로 고찰된 살인에 대한 두 번째 논문」, 『맥베스』에서 들리는 노크 소리(On the Knocking at the Gate in Macbeth)」, 「복수자(The Avenger)」 등 여러 편의 글에서 살인의 수법을 논했다.

그렇게 크지 않았던 것 같은 두 사람이다. 도를 넘은 사랑(자기 자신의 영혼을 격하게 내주는 치명적인 사랑)과 도를 넘은 증오(상대의 영혼을 죽여 없애고자 하는 불가사의한 소유욕)를 원하는 이상한 남자들, 남자다움(혼자 있을 줄 알고 자기의 한계를 받아들일 줄 아는 미덕)이 없는 남자들이다.

종교재판과 고문은 도를 넘는 증오라는 점에서 살인과 비슷하다. 고문은 삶의 펄떡이는 맥박, 영혼의 펄떡이는 맥박을 죽여 없앨 수 있는가를 놓고 벌어지는 종교재판관 대 희생자의 전쟁이다. 인간의 사악한 의지가 영혼의 펄떡이는 맥박을 죽여 없애고자 할 때, 인간의 용감한 영혼은 그렇게 죽어 없어지기를 거부한다. 이상한 일이다. 억울하게 죽은 사람의 의지가 이승을 악하게 맴돌 수 있는 것과 마찬가지로, 용감한 정신은 고문을 당하고 죽음을 당해도 생명과 진실의 펄떡이는 맥박을 간직할 수 있다. 요새는 사회가 악이다. 사회는 사람이 사는 데 없어서는 안 될 생명의 펄떡이는 맥박을 죽여 없애기 위해 가지가지 고문 방법들을 고안한다. 그래도 사람은 버틸 수 있다. 웃는 것이 가능하고 성령의 명령에 귀를 기울이는 것이 가능하다면 아직은 버틸 수 있다. 사회는 지독한 악이다. '사랑'도 악이다. 악이 악을 낳으면서, 악이 점점 불어난다.

수수께끼가 풀리지 않는 것은 그 때문이다. 라브뤼예르에 따르면, 우리 인간의 모든 불행은 **혼자 있지 못한다는** 데서 온다.[33] 사람이 살아 있는 한, 사랑에 매여 있거나 증오의 욕망에 매여 있다. 증오는 사랑의 뒤집힌 형태다.

하지만 사람은 다른 것에도 매여 있다. 사람이 먹기 위해서 사는 것이 아니라지만[34] 사랑하기 위해 사는 것도 아니다.

⁘

---

33) 원문은 viennent de ne pouvoir être seuls.
34) 몰리에르의 희극 「수전노(L'Avare)」에 "살기 위해 먹는 것이어야 하지, 먹기 위해 사는 것이어서는 안 된다."라는 대목이 있다.

우리가 사는 것은 혼자 있으면서 '성령'의 명령에 귀를 기울이기 위해서다. 우리 마음속에 있는 '성령'은 한 분이 아니다. 들어오는 신이 있으면 나가는 신이 있고, 어떤 신이 이렇게 명하면 어떤 신은 저렇게 명한다. 우리는 가장 중요한 순간의 '신'에게 복종해야 한다. '성령'은 우리 마음속의 뭇 신들로 이루어져 있다.

하지만 포가 아는 것은 그저 사랑, 사랑, 사랑, 격한 공명과 고양된 의식뿐이었다. 약물이 됐든 여자가 됐든 자기파괴가 됐든, 고양된 의식과 사랑의 느낌, 사랑이 흐르는 느낌의 무지개색 희열뿐이었다. 포의 영혼은 제정신이 아니었다. 하지만 죽어 없어진 것도 아니었다. 자기의 영혼이 어떤 상태인지를 포는 우리에게 있는 그대로 들려주었다.

포는 인간의 영혼이라는 건물의 지하묘와 지하실과 공포스러운 지하통로를 탐험하면서, 공포의 깊이를 측정하고, 자기 자신의 파멸을 예고했다.[35]

그리고 파멸을 맞았다. 더 많은 사랑을 원하면서 죽음을 맞았다고 해도 좋고, 사랑에 살해당했다고 해도 좋다. 사랑은 무서운 병이다. 사랑이라는 무서운 병에 걸린 포가 사랑이 얼마나 무서운 병인지를 들려준다. 그러면서 병을 미화시키기까지 한다. 그러면서 미화시키는 데 성공하기까지 한다.

이런 것이 바로 예술, 그중에서도 특히 미국 예술의 어쩔 수 없는 거짓됨, 이중성이다.

．．

35) sound에 깊이를 잰다는 뜻과 소리를 낸다는 뜻이 있음을 이용한 말장난.

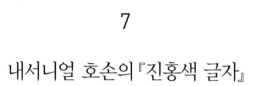

7

내서니얼 호손의『진홍색 글자』

내서니얼 호손은 로맨스를 쓴다.

그런데 로맨스가 무엇인가? 모든 일이 '원하는 대로'[1] 되는 이야기를 흔히 로맨스라고 한다. 윗옷이 비에 젖는 일도 없고, 벌레에 콧등을 물리는 일도 없다. 언제나 꽃피는 봄날 같다. 『원하는 대로』가 그렇고, 『숲속의 연인들』[2]이 그렇다. 『아서왕의 죽음』[3]이 그렇다.

물론 호손은 이런 유의 로맨스 작가는 아니다. 장화에 진흙을 묻히고 다니는 사람이 없는 것은 『진홍색 글자』도 마찬가지지만.

그것이 전부는 아니다. 『진홍색 글자』가 기분 좋은 로맨스냐 하면 그렇지가 않다. 이것이 비유담이라면, 현세의 이야기에 담긴 지옥의 의미[4]다.

미국의 예술, 미국의 예술의식에는 항상 이런 이중성이 있다. 표층에서는 이게 뭔가 싶게 착하고 듣기 좋은 말만 들려준다. 호손은 현실 속에서도 푸른 눈동자의 순수남이었고, 롱펠로 등등도 듣기 좋은 말만 들려주는 착한 사람들이었다. 호손의 아내는 호손에 대해서 "시간 안에 있어본 적이 없는

••

1) 셰익스피어의 희극 『원하는 대로(As You Like It)』를 빗댄 표현.
2) 모리스 휴렛의 소설 제목.
3) 토머스 말로리 경의 로맨스 소설의 제목.
4) 흔히 예수의 비유담을 가리켜 "현세의 이야기에 담긴 천국의 의미"라고 한다.

사람"이라고 말했다. 항상 늦게 왔다는 의미가 아니라, 항상 "영혼의 영원한 광채" 속에 있었다는 의미였다.[5]

그들은 독사(毒蛇)였다. 그들이 내놓은 예술의 내적 의미를 살펴본다면, 그들이 얼마나 악마였는지를 알 수 있다.

미국의 예술을 볼 때는 **반드시** 표층 아래 감추어져 있는 상징적 의미의 내적 악마성을 간파해야 한다. 그렇지 않으면 모든 것이 유치할 뿐이다.

내서니얼이라는 푸른 눈동자의 순수남은 자기 영혼 속에 달갑지 않은 것들이 있음을 알고 있었고, 그것들을 내보낼 때는 잘 변장시켜서 내보냈다.

미국인들은 언제나 똑같다. 표층의식은 나무랄 데 없고 번지르르한데, 심층의식은 악마적이다. 심층의식은 웅얼거린다. **파괴하라! 파괴하라! 파괴하라!** 표층의식은 꽥꽥거린다. **사랑하고 생산하라! 사랑하고 생산하라!** 그러니 세상은 사랑하고 생산하라는 꽥꽥거림을 들을 뿐, 파괴하라는 심층의 웅얼거림은 들으려고 하지 않는다. **하지만** 듣기 싫어도 들어야 하는 때가 온다.

미국인은 파괴해야 한다. 파괴하는 것이 미국인의 운명이다. 백인종 심리, 백인종 의식을 통째로 파괴하는 것이 미국인의 운명이다. 그리고 파괴할 때는 은밀하게, 마치 잠자리의 성장이 번데기를 파괴하듯 은밀하게 파괴해야 한다.

잠자리가 번데기 밖으로 나오지 못하고 안에서 죽는 경우도 많다. 미국이 그 꼴이 되지 말란 법도 없다.

그러니 『진홍색 글자』라는 은밀한 번데기가 낡은 심리를 안에서 파괴한

∴

5) "in time"의 이중적 의미를 이용한 말장난. 호손의 아내 소피아의 일기에 나오는 말이다. CUP 에 따르면, "영혼의 영원한 광채"라는 표현은 로렌스가 셸리의 『아도니스(Adonis)』에 나오는 "백색의 영원한 광채"라는 표현과 호손의 『미국 노트(American Note-Books)』에 나오는 "나는 말없이 영원의 햇빛을 쬐고 있었다."라는 표현을 합쳐서 만든 표현이다.

다. 악마적이다.

착하게 살기로 해요! 내서니얼은 지저귄다. **착하게 살기로 해요! 죄 짓지 말기로 해요! 죄는 결국 드러나게 되어 있답니다!**

얼마나 듣기 좋은 교훈인가. "영혼의 영원한 광채."

그럼 이제 『진홍색 글자』의 악마적 저음을 들어보자.

인간은 '인식'의 나무 열매를 따먹은 후로 부끄러움을 알게 되었다.

그 사과 사건이 일어나기 전에 아담과 이브 사이에 성교가 없었겠는가? 많았다. 들짐승들의 교미나 마찬가지였다.

그것을 "죄"로 만든 것이 '인식'이라는 독이었다. 소돔의 사과였다.

우리는 두 쪽으로 갈라져 자기 자신과 대립하고 있다. 그것이 십자가 상징에 담긴 뜻이다.[6]

처음에 아담은 마치 들짐승이 자기 짝을 알아보듯 이브를 알아보았다. 즉각적 인식, 생명의 인식이었다. 머릿속 인식이 아니라 핏속 인식이었다. 망각과 비슷해 보이지만, 망각과는 전혀 다르다. 본능이라고 할까, 직관이라고 할까, 머릿속에서 흐르기에 앞서 어둠 속에서 흐르는 생명의 핏줄기라고 할까.

그러다가 그 몹쓸 사과가 등장하면서 다른 인식이 시작되었다.

아담은 자기 자신을 바라보기 시작했다. "세상에! 왜 이런 게 달려 있지? 맙소사! 이게 왜 이러지! 제기랄, 이브한테도 이런 게 있었던가."

이것이 **"인식"**의 시작이다. 악마가 제대로 날뛰기 시작하면, 이 인식이 **"이해심"**으로 전락하는 것은 한순간이다.

..

6) 로렌스의 시 『서북이, 외치다(Tortoise Shout)』, 「거북이 등껍질(Tortoise Shell)」 등에서도 십자가 상징이 중요하게 등장한다.

그 사과 사건이 일어난 **後**에도 아담은 이브를 취했다. 그때의 행위는 이전의 행위와 똑같았다. 하지만 그때의 의식은 이전의 의식과 완전히 달랐다. 이브도 마찬가지였다. 둘 다 자기들이 하고 있는 일, 자기들에게 벌어지고 있는 일을 계속 바라보았다. 그들이 원한 것은 "**인식**"이었고, 그래서 태어난 것이 죄였다. 그들의 죄는 그것을 하려고 하지 않고 그것에 대해서 알려고 했다는 데 있다. 그 사과 사건이 일어나기 전만 해도 그들의 눈은 감겨 있었고, 그들의 머릿속은 어두웠는데, 이제 그들은 엿보고 들추고 상상하기 시작했다. 자기관찰의 시작이었다. 그때부터 불편해지기 시작했다. 자기의식의 시작이었다. 그래서 그들은 말했다. "**그** 행위가 죄였구나. 죄를 지었으니 숨자."

주님의 '낙원'에서 쫓겨난 것도 당연했다. 더러운 위선자들이었으니까.

자기관찰, 자기의식. 그것이 그들의 죄요, 그들의 파멸이었다. 그것이 그들의 더러운 **이해심**이었다.

최근에 우리는 이원론 개념을 혐오하는 경향이 있다. 우리부터가 이원적이니, 혐오해보았자 소용없다. '십자가' 기호를 받아들인다는 것은 그 사실을 받아들이는 것과 마찬가지다. 우리는 두 쪽으로 갈라져 자기 자신과 대립하고 있다.

예를 들어, 피는 머리에게 **인식**당하는 것을 **혐오**한다. 여기에서 비롯되는 것이 프라이버시 본능이다.

반면에, 머리 쪽 의식, 정신적 의식은 핏속 행위들의 어두운 힘을 **혐오**한다. 머리 쪽 의식, 정신적 의식을 한참씩 사실상 텅 비우고 답답한 어둠 속에 내동댕이치는 참으로 어두운 관능적 오르가즘에 대한 **혐오**다.

벗어날 수 없는 이원성이다.

핏속 의식은 머릿속 의식을 눌러버리고 지워버리고 없애버린다.

머릿속 의식은 핏속 의식을 소진시키고 고갈시킨다.

우리에게는 두 의식이 있다. 두 의식이 우리 안에서 서로 대립하고 있다.

영원히 그러할 것이다.

그것이 우리의 십자가다.

대단히 자명한 대립, 가장 작은 것들에까지 영향을 미치는 대립이다. 오늘날에 교육 수준이 높고 의식 정도가 높은 사람은 육체노동, "허드렛일"(접시를 닦는 일, 바닥을 청소하는 일, 장작을 패는 일 등등)이라고 하면 **질색**을 한다. 정신에 대한 모욕이라서다. "남자들이 무거운 짐을 나르고 중노동하는 것을 볼 때마다, 나는 울고 싶답니다."라고 어느 아름답고 교양 있는 여자가 나에게 말했다.

"당신이 그렇게 말할 때, 나는 당신을 한 대 패고 싶답니다."라고 나는 대꾸했다. "당신이 그렇게 아름다운 얼굴로 무거운 생각을 하는 것을 볼 때마다 나는 당신을 한 대 패고 싶답니다. 그 정도로 화가 난답니다."[7]

아버지는 책이라고 하면 질색을 했고, 누가 자기 앞에서 책을 읽거나 글을 쓰고 있어도 질색을 했다.

어머니는 자기 아들 중에 육체노동자가 하나라도 있을까봐 전전긍긍했다. 나는 너희들을 그렇게 천하게 키우지 않았다.

어머니의 승리였다. 하지만 어머니가 먼저 죽었다.

마지막에 웃는 사람이 가장 길게 웃는다.

우리 안에는 몸 대 머리, 피 대 정신이라는 기본적 대립이 있다. 머리는 교

∴

7) 로렌스의 소설 『사랑에 빠진 여자들(Women in Love)』 3장에는 버킨(로렌스와 비슷한 인물)이 어슐러(로렌스의 아내 프리다와 비슷한 인물)에게 "당신은 모든 것을 당신의 그 징그러운 작은 두개골에 집어넣고 싶이 히는구더. 그걸 호부서텀 깨뜨려야 하오. 그걸 깨뜨리기 전까지 당신은 번데기 속의 애벌레처럼 계속 그 모양일 거요."라고 말하는 대목이 나온다.

미 행위를 부끄러워하듯 피를 "부끄러워한다". 그러다가 피를 정말로 망가뜨린다. 여기에서 비롯되는 것이 '창백한 얼굴[8]'이다.

최근에는 머릿속 의식(이른바 스피릿)이 우세하다. 특히 미국에서는 압도적으로 우세하다. 미국에서는 피를 동력으로 삼는 사람이 아무도 없다. 다들 머리, 아니면 신경을 동력으로 삼는다. 미국에서 피는 신경에 의해서 화학적으로 무력화된다.

이탈리아 노동자가 노동할 때, 머리와 신경은 쉬는 반면, 피는 강력하게 작용한다.

미국인들을 보면, 일을 **하고** 있을 때도, 그 일을 정말로 하고 있는 것 같지가 않다. 일을 "처리"할 뿐이다. 주어진 "과제"를 처리할 뿐이다. 일 그 자체를 **하는** 것에 그야말로 **몰입**해서 근원적 핏속 의식을 발휘하는 적은 없다.

그들은 핏속 의식의 자발성에 **감탄**한다. 그러면서 그것을 머리에 넣고자 한다. "몸의 삶을 살자."라는 외침, 몸과 **조화를 이루자!**라는 외침이 그들의 마지막 외침이다.

몸과 피를 머리에 넣으려는 시도일 뿐이다. 그들은 말한다. "이러이러한 근육에 대해 생각하자. 그리고 그곳을 이완하자."

그렇게 머리를 써서 몸을 "정복"하면("정복"이라고 하기 싫다면, "치유"라고 해도 좋다.), 다른 곳에 한층 더 근본적인 콤플렉스, 한층 더 위험한 스트레스가 쌓인다.

그들의 혈관 속을 흐르는 것은 피가 아니다. 섬뜩한 미국인들. 그들의 혈관 속을 흐르는 것은 노란 액체, 정신이라는 액체다.

'타락'이다!

••

8) 원문은 pale-face. 인디언이 백인종을 가리킬 때 사용하는 표현.

'타락'은 여러 번 있었다.

이브가 사과를 베어 먹었을 때, 우리는 **인식**, 곧 자의식적 인식으로 **타락**했다. 처음으로 머리가 피에게 싸움을 걸었다. 피를 "이해"하기를 원했다. 피를 지식화하기를 원했다.

피 **흘림**이 있어야 한다고 예수는 말한다.[9]

두 쪽으로 갈라진 우리 자신의 심리라는 십자가 위에서 피 흘림이 있어야 한다고.

피를 흘려라. 그러면 머릿속 의식을 얻으리라. 자기 살을 뜯어먹고 자기 피를 빨아 마셔라. 그러면 극한의 의식을 얻으리라. 미국인들같이 되리라. 일부 힌두인들같이 되리라. 자기 자신을 집어삼켜라. 그러면 정말 많은 것을 인식할 수 있으리라. 많은 것을 의식할 수 있으리라.

삼킨 것이 목에 걸리지 않도록 조심하자.

오랫동안 사람들은 머리를 통해서, 정신을 통해서 완전해질 수 있다고 **믿었다.** 열렬한 믿음이었다. 오랫동안 사람들은 순수한 의식 속에서 희열을 느꼈다. 순수에 대한, 순결에 대한, 정신의 날개에 대한 **믿음**이었다.

미국은 이내 정신이라는 새를 하늘에서 떨어뜨리고 정신에 대한 **믿음**을 죽여 없앴다. 하지만 정신의 습관을 죽여 없앤 것은 아니었다. 습관은 냉소를 등에 업고 오히려 더 강해졌다. 미국은 정신이니 인간의 의식이니 하는 것을 속으로는 철저하게 경멸하면서도 정신의 습관, 보편적 사랑의 습관, **인식**의 습관을 마치 마약 습관처럼 좀처럼 버리지 못한다. 속으로는 아무 신경 안 쓰면서 왜 그러는 거냐 하면, 그저 느낌 때문이다. 사랑한다는, 온 세상을

••

9) 《신시의 인유. cf. 이것은 나의 피나. 죄를 용서해주려고 많은 사람을 위하여 내가 흘리는 계약의 피다.(마태오의 복음서 26: 28)

사랑한다는 느낌은 너무 너무 좋고, 이런 것도 알고 저런 것도 알고 다 안다는 느낌은 비행기를 타고 하늘을 날 듯이 신나고, 이제 이 세상을 이해했다는 느낌은 다른 어떤 느낌보다 좋다. 순수남들인데, 이해하는 게 참 많기도 하겠다! 그러니까 속임수에 능하구나. 그래봤자 자기를 속이고 뿌듯해하는 것뿐이지만.

『진홍색 글자』는 그 가식을 폭로한다.

순수하기 짝이 없는 젊은 목사 딤스데일.

그의 발밑에는 미모의 청교도 헤스터.

그녀가 **제일 먼저** 하는 일: 그를 유혹하기.

그가 제일 먼저 하는 일: 그녀의 유혹에 넘어가기.

그들이 두 번째로 하는 일: 자기들의 죄를 은밀히 껴안고 즐기기. 이해심을 발휘하기.

그것이 뉴잉글랜드의 신화다.

사슴 사냥꾼은 주디스 허터의 유혹 앞에서 꿈쩍도 하지 않았다.[10] 적어도 '죄'라는 소돔의 사과 앞에서는 꿈쩍도 하지 않았다.

하지만 딤스데일은 기꺼이 유혹에 넘어갔다. 오오, 달콤한 죄여!

너무 순수한 청년.

순수하다는 것이 비웃음거리가 되어야 할 정도로 순수한 청년.

미국인의 심리.

여기서 가장 큰 재미는 물론 순수하게 보이는 겉모습을 유지한다는 데 있었다.

여자, 그중에서도 특히 미국 여자에게 가장 큰 성공은 남자, 그중에서도

••

10) cf. p. 117.

특히 순수한 남자를 유혹하는 일이다.

남자에게 가장 큰 희열은 타락하는 일이다. "나를 유혹해주세요, 미시즈 헤라클레스."[11]

이들 남녀에게 가장 짜릿한 기쁨은 겉모습을 순수하게 유지하는 일이다. 물론 모두가 실상을 알고 있다. 하지만 순수해 보인다는 것은 꽤 큰 권력이다. 온 미국이 그 권력에 굴복한다. **겉모습**만큼은 순수하게 지키도록 하자!

남자를 유혹하는 것. 실상을 모두가 알도록 하는 것. 그러면서 겉모습을 순수하게 유지하는 것. 순수해 보이는 것!

그것이 여자의 가장 큰 성공이다.

A. '진홍색 글자.' '간통녀Adulteress'의 첫 글자! 만물의 '처음Alpha'.[12] '간통녀Adulteress!' 새로운 '아담Adam'과 '아다마Adama!' '미국인 American!'

A라는 글자. '간통녀Adulteress'의 첫 글자! 금실로 장식된, 가슴에서 반짝이는 글자.[13] 가장 자랑스러운 훈장.

처형대에 세워져야 하는 동시에 숭배의 대상이 돼야 하는, 처형대 위에서 숭배의 대상이 돼야 하는 '여자'. '마그나 마테르'.[14] A라는 글자. '간통녀 Admirable'의 첫 글자! '아벨Abel'의 첫 글자!

'아벨Abel!' '아벨Abel!' '아벨Abel!' '멋져Admirable!'

그러다가 촌극으로 전락한다.

••

11) 좀 더 흔한 로맨스였다면 여자가 남자에게 "도와주세요, 미스터 헤라클레스!"라고 했겠지만.

12) 성서의 인유. cf. 나는 알파와 오메가, 곧 처음과 마지막이며 시작과 끝이다.(요한의 묵시록 22: 13)

13) cf. "붉은색의 고운 천에 A라는 철자가 금색 실로 정교하고 화려하게 장식돼 있었습니다." (『진홍색 글자』 2장 중에서)

14) 로마 신화에 나오는 모성의 신.

붉게 타오르는 심장. A. '심장에서 피를 흘리는 성모마리아.' '간통의 성모 Mater Adolerata!'[15] A. 대문자 A. '간통녀Adulteress'의 A. 금실로 반짝이는 글자. '아벨Abel!' '간통Adultery.' '멋져Admirable!'

지금까지 나온 풍자문학 중에 최고가 『진홍색 글자』가 아닐까. 작가는 내서니얼이라는 푸른 눈동자의 순수남이다.

범포와 다르다.[16]

인간의 정신은 거짓말이라는 고정 핀에 꽂힌 채로 자기 자신에게 영원토록 거짓말을 한다.

모든 것은 A에서 시작된다.

'간통녀Adulteress.' '처음Alpha.' '아벨Abel.' '아담Adam.' A. '미국 America.'

'진홍색 글자.'

"청교도 군중 사이에 가톨릭 신자가 끼어 있었다면, 그림 같은 자태로 아기를 안고 있는 그 아름다운 여자를 본 순간, 수많은 유명 화가들이 앞다투어 그려보겠다고 나선 그 성모마리아의 형상을 떠올렸을지도 모르겠습니다. 물론 그렇게 그 여자를 본 순간에 세상을 구원할 아기를 안고 있는 '무흠의 성모'를 그린 성스러운 형상을 떠올린 사람이 있었다고 하더라도, 그것은 그저 그 여자에게서 그 성스러운 형상과 대비되는 그 무엇을 본 탓이었을 뿐이었겠지만 말입니다."

∴

15) 로렌스가 고통의 성모(Mater Dolorosa)를 토대로 만든 라틴어.
16) cf. p. 97ff.

그 여자의 아기가 세상을 구원했다면! 미국의 아기가 세상을 구원했다면, 놀라 자빠질 구원이었겠지만.

"거기서는 인간의 삶에서 가장 성스러운 일이 가장 더러운 죄로 더럽혀져 있었기에, 그 여자의 아름다움은 이 세상을 더 악한 곳으로 만들 뿐이었고, 그 여자가 낳은 아기는 이 세상을 더 절망적인 곳으로 만들 뿐이었습니다."

자, 이것이 순수님의 사죄다. 사죄의 달인이 아닌가?

상징의 달인이기도 하다.

호손의 경건한 질책은 내내 킬킬거리는 칭찬이었다.

오오, 헤스터여, 당신은 악마다. 당신이 유혹해서 타락시킬 남자는 **반드시** 순수해야 한다. 삶에서 가장 큰 희열은 거룩한 성자를 진흙탕에 꽈당 자빠뜨리는 일이니까. 성자를 그렇게 자빠뜨린 당신은 마치 막달라 마리아처럼[17] 겸손하게 당신의 머리카락으로 진흙을 닦아준다. 그러고는 집으로 돌아가 승리한 마녀의 춤을 춘 다음, 자기의 왕관에 손수 수를 놓던 옛 여왕들처럼 금실로 '진홍색 글자'를 장식한다. 그러고는 얌전히 처형대에 올라서서 세상 사람들을 조롱한다. 세상 사람들은 모두 당신의 죄를 부러워하면서, 당신이 선수를 쳤다는 이유로 당신을 매질할 것이다.

헤스터 프린은 여자라는 네메시스다. 리기아가 **인식**을 얻은 셈이라고 할까.[18] 악마로 부활한 리기아. 복수하는 리기아. **이해심**이 생긴 리기아.

∴

17) 성서의 인유. cf. 이 여자는 눈물로 내 발을 적시고 머리카락으로 내 발을 닦아주었다.(루가의 복음서 7. 44)

18) cf. p. 127ff

이번에 죽는 것은 미스터 딤스데일이다. 헤스터 프린, 곧 아벨은 계속 살아간다.

미스터 딤스데일의 정신적 사랑은 거짓말이었다. 인기 목사들의 고결한 설교가 언제나 그렇듯, 여자를 정신적 사랑의 창녀로 만드는 높고 하얀 거짓말이었다. 그러다가 거짓말이 꽈당 자빠졌다.

우리의 정신은 참 순수합니다. 철퍼덕!

그녀가 그의 약한 곳을 간질였고, 그는 자빠졌다.

꽈당.

정신적 사랑이 꽈당.

그래도 버티자. 겉모습만큼은 유지하자. 순수한 사람들은 순수하잖은가. 깨끗한 사람들에게는 모든 것이 다 깨끗하잖은가.[19]

목사님, '여신도'를 조심하세요. 무슨 일이 있더라도, 간지럼당하지 마세요. 그녀는 당신의 약한 곳을 알고 있어요. '순수함'을 잃지 마세요.

헤스터 프린이 아서 딤스데일을 유혹했을 때, 끝이 시작되었다. 그러나 끝이 시작하고부터 끝이 끝날 때까지는 백 년, 이백 년이 걸린다.

미스터 딤스데일도 속수무책으로 있던 것은 아니었다. 그 전까지 정신의 유익을 위해서 육체를 다스리는 삶을 살아왔던 그는 이제 자기 몸에 고통을 주면서 즐거운 한때를 보낸다. 때리기도 하고 찌르기도 하고 퉁퉁 붇리기도 한다. 자위의 한 형태랄까. 머리로 육체를 억누르고 싶었는데, 그것이 여의치 않았기 때문에(자빠졌잖은가), 육체를 **매질**한다. 자기의 의지로 자기의 육체를 때리면서 자기의 고통을 즐긴다. 진흙탕에서 뒹군다. 깨끗한 사람들에게는 모든 것이 다 깨끗하잖은가.

∵

19) 성서의 인유. cf. 깨끗한 사람들에게는 모든 것이 다 깨끗합니다.(디도에게 보낸 편지 1: 15)

자해가 즐거워지다니, 자해가 썩어빠졌다.

살과 피를 물어뜯고 싶어 하는 머리라니.

말 안 듣는 살에 상처를 내면서 즐거워하는 에고라니.

나는 에고야.

나는 기필코 나 자신의 살과 싸워 이길 거야.

후려칠 거야! 철썩!

나는 다들 우러러보는 자유로운 정신이니까.

철썩!

나는 내 영혼의 주인이니까! 나는 내 영혼의 선장이니까!

후려칠 거야! 철썩!

철썩!

야, 신난다!

"환경의 잔혹한 손아귀 속에서"[20] 어쩌구저쩌구.

아서와는 이제 안녕이다. 아서가 '정신의 여신도들', 정신의 신부들에게 의지했을 때, 그중 한 여자가 아서의 약한 곳(몸뚱이라는 '아킬레스건')을 건드렸다. 정신의 신부를 조심해. 약한 곳을 건드릴 거야.

의지 대 의지의 싸움이다.

"그곳에 의지(意志)가 있으니, 불멸의 의지라."[21]

..

20) 윌리엄 어니스트 헨리의 시 「불굴」에 나오는 표현. "나는 내 운명의 주인"이라는 표현과 "나는 내 영혼의 선장"이라는 표현도 다 이 시에 나온다. cf. p. 124, 각주 2.
21) cf. p. 124.

'진홍색 여자'[22]가 '박애의 수녀'[23]가 된다. 지난 전쟁 중에 실제로 벌어진 일이다.[24] 오오, 예언자 너새니얼이여!

헤스터는 딤스데일에게 함께 새로운 나라로 가서 새로운 삶을 살자고 한다. 딤스데일은 모두 마다한다.

오늘날 이 지구 위에는 새로운 나라, 새로운 삶 같은 것은 없다는 것을 그는 알고 있다. 어느 곳을 가든, 새로운 건 없다. 정도의 차이가 있을 뿐. **많이 바뀔수록, 바뀌는 것이 없다.**[25]

딤스데일이 남편이었다면, 펄을 함께 키웠다면, 오스트레일리아에서였다면, 나는 완벽했을지도 몰라, 라고 헤스터는 생각했다.

하지만 틀린 생각이었다. 이미 자빠진 딤스데일에게는 '정신의 복음'을 전하는 성직자로서의 성실성도 없었고 남자다움도 없었다. 그가 한 여자를 졸졸 따라가서 '새로운 나라'에서 그 여자의 것으로 살아봤자 그 여자가 그에게 줄 수 있는 것은 경멸뿐이다. "자빠진" 남자가 여자한테 기대오면, 여자는 그 남자를 경멸한다. 너무나 다정한 사랑을 담은 경멸이지만, 어쨌든 경멸이다. 여자들이 다 그렇다.

그는 이제 그저 자빠진 남자일 뿐이다. 그러니 그냥 자빠져 있게 내버려

∴

22) 성서의 인유. cf. 이 여자는 주홍과 진홍색 옷을 입고 금과 보석과 진주로 단장하고 있었으며 자기 음행에서 비롯된 흉측하고 더러운 것들이 가득히 담긴 금잔을 손에 들고 있었습니다. (요한의 묵시록 17: 4)

23) '자비의 수녀회'는 1831년에 아일랜드 수녀 캐서린 매컬리가 세운 가톨릭 여성 수도회의 이름이다. cf. "그녀를 '자비의 수녀'로 임명한 것은 그녀 자신, 아니, 세상의 가혹한 손길이었습니다."(『진홍색 글자』 13장 중에서)

24) 예를 들어 Frances Margaret Taylor(1932-1900)는 크림전쟁에서 부상병을 간호하던 중에 '자비의 수녀회'를 만나 가톨릭으로 개종했다.

25) 원문은 Plus ça change, plus c'est la même chose. 장-밥티스트 알퐁스 카의 저널 《말벌들(Les Guêpes)》 1848년 1월호의 에피그람.

두자.

그는 자기를 망가뜨리고 자기의 정신을 망가뜨린 그녀를 혐오했다. 에인절 클래어는 자기를 망가뜨린 테스를 혐오했다.[26] 주드는 자기를 망가뜨린 수를 혐오하지 않았지만,[27] 혐오했어야 옳았다. 여자들의 놀림감이 되는 것이 그런 정신적인 남자들이다. 그런 남자들이 그렇게 한번 정신적으로 자빠지면, 다시 일어나서 제대로 살지를 못한다. 그냥 그렇게 기어 다니다가, 자기를 자빠뜨린 한 여자 또는 여러 여자를 증오하면서 죽는다.

거룩한 목사 딤스데일은 헤스터가 올라갔던 처형대에 자기도 올라가 공개자백함으로써 마지막 순간에 살짝 복수한다. 그러고는 죽음으로 도피한다. 모두가 살짝 뒤통수를 얻어맞았다.

"그녀는 그의 얼굴 위로 머리를 바짝 숙이면서 속삭였습니다. '우리 다시 만나겠지요? 영생을 함께하겠지요? 이만큼이나 고통받았으면 우리가 서로의 몸값을 치렀다고 할 수 있잖아요! 죽음을 앞둔 당신의 밝은 눈에는 영원이 보이잖아요. 뭐가 보이는지 나에게도 알려줘요!'

그는 근엄하게 떨리는 목소리로 대답했습니다. '그만, 헤스터. 그만. 우리가 어긴 법이 있잖소! 이렇게 드러나 버린 죄가 있잖소. 다른 생각일랑 마오. 나는 두렵소! 너무 두렵소!'"

이렇듯 그는 그녀의 "죄"를 탓하면서 죽는다. 죽음으로의 도피다.

우리가 어긴 법이 있잖소. 있고말고!

∙∙

26) 토머스 하디의 소설 『더버빌의 테스(*Tess of the d'Urbervilles*)』에 나오는 인물들.
27) 토머스 하디의 소설 『유명하지 못한 주드(*Jude the Obscure*)』에 나오는 인물들.

누가 만든 법이냐고?

신앙을 삶의 근거로 삼은 사람은 그 신앙의 법칙들을 굳게 지켜 나가든지, 아니면 그 신앙을 삶의 근거로 삼을 수 없음을 인정하고 새로운 근거를 마련해야 한다. 누가 이런 법을 만들었는지는 모르지만, 지켜야 할 법인 것은 분명하다.

그런데 헤스터도 딤스데일도 호손도 미국도 신앙을 바꾸지 않았다. '정신', '순수', '이타적 사랑', '순수한 의식'에 대한 늘 똑같은 기만적인 신앙, 아니 늘 똑같은 영악한 불신이었다. 그들이 그 믿음을 고수했던 것은 그 믿음이 주는 쾌감 때문이었다. 그들은 그 믿음을 고수하는 내내 그 믿음을 조롱했다. 우드로 윌슨처럼. 그리고 그 밖에 현대판 '신앙인들'처럼. 그 밖에 현대판 '구세주들'처럼.

오늘날 내 앞에 '구세주'가 나타났다면, 그가 지금 나를 완전히 바보 취급하고 있다고 보면 틀림없다. 나를 사랑해주겠다고 약속하는 **"이해심 많은 여자"**가 나타났다면 더욱 그러하다.

헤스터는 만인의 간호사가 되어 이게 뭔가 싶게 경건한 삶을 살아간다. 나중에는 공인된 성녀('진홍색 글자'의 '아벨')가 된다.

여자는 그렇게 된다. 한 남자를 차지한 여자는 사회가 정신에 대해서 떠벌리는 온갖 거짓말을 기꺼이 받아들인다. '성(聖) 아서'를 차지한 헤스터는 사회를 위해서 기꺼이 거짓말쟁이가 된다.

'자비의 수녀'라는 이름의 성녀가 된다.

그러나 그 거짓말에 속는 사람이 나오는 것은 나중의 일이다. 헤스터가 마녀라는 사람들의 생각은 오랫동안 바뀌지 않았다. 헤스터는 사실 마녀다.

남자가 세운 믿음의 울타리를 벗어난 여자는 파괴 에너지가 될 수밖에 없다. 어쩔 수 없다. 여자가 연민을 이기는 경우는 거의 없다. 눈앞의 대상이 육

체적으로 고통받고 있는 것을 여자는 그냥 두고 볼 수 없다. 하지만 남자가 강한 믿음(자기 마음속의 신들에 대한, 그리고 자기 스스로에 대한 믿음)으로 세운 울타리를 벗어난 여자는 다정한 악마가 된다. 교묘한 마성. '여성'이라는 정신의 국제연합. 독일 여성이든, 미국 여성이든, 어느 나라 여성이든, 여성이 지난 전쟁에서 얼마나 무시무시한 짓을 했는지를 남자라면 모두 알고 있다.[28]

여자는 어쩔 수 없는 악마가 되어 사랑을 약속한다. 어쩔 수 없다. 여자의 사랑 그 자체가 교묘한 독약이다.

남자가 자기 스스로에 대한, 그리고 자기 마음속의 신들에 대한 **진실한** 믿음을 가지고 자기 마음속의 '성령'에게 진심으로 순종하지 않는다면, 그의 여자가 그를 파괴할 것이다. 여자는 의심하는 남자의 네메시스다. 어쩔 수 없다.

그렇게 리기아를 거쳐 헤스터가 나타나고, 그렇게 여자는 남자의 네메시스가 된다. 여자는 남자의 겉모습을 받쳐주면서 남자의 속마음을 망가뜨린다. 그래서 남자는 죽을 때 여자를 증오하면서 죽는다. 딤스데일도 마찬가지였다.

자기의 영성을 너무 오랫동안, 너무 멀리까지 밀어붙여서 가짜 영성으로 만들어버린 딤스데일은 결국 여자라는 네메시스를 만났다. 그래서 끝장이 났다.

남자에게 여자란 이상한 현상이면서 좀 무서운 현상이다. 여자의 영혼이 남자와의 창조적 합일 앞에서 무의식적으로 뒷걸음칠 때가 있는데, 그럴 때 여자의 영혼은 파괴 에너지가 되어 남자에게 파괴적인 영향을 미친다. 물론

∵

28) 교전국의 여성들이 간호사 등으로 참전하거나 남성들의 참전을 독려했던 일을 가리킨다.

여자가 일부러 그러는 것은 아니다. 그 영향이 눈에 보이는 것도 아니다. 리기아처럼, 겉보기에는 어딜 봐도 이게 뭔가 싶게 착한 여자일 수 있다. 그래도 여자가 남자의 비틀거리는 정신을 소리 없이 파괴하고 있다는 사실은 변하지 않는다. 물론 알고 그러는 것은 아니다. 안다면 안 그럴 것이다. 하지만 모르니 어쩔 수 없다. 여자 안에는 악마가 있다.

남자의 육체를 구하고 아이들을 구하느라 분주한 여자들, 곧 여의사들, 간호사들, 교육자들, 공익의 의욕에 불타는 여자들, 여성 구세주들, 그들 모두의 내면에서는 마치 암세포처럼 남자의 생명력을 좀먹는 악의적 파괴 에너지가 흘러나오고 있다. 남자들이 그 사실을 자각하고 스스로를 구할 조치를 취하기 전까지 그렇게 계속될 것이다.

신이 구해주지는 않을 것이다. 여자들은 악마처럼 신의 일을 하고 있다. 남자들이 스스로를 구할 조치를 취해야 한다. 쉽지 않은 조치를 취해야 한다.

여자는 이게 뭔가 싶게 착하게 **행동**하면서 동시에 자신의 성(性)을 이용해 증오와 악독을 발산할 수 있다. 그렇다, 여자는 흰 눈처럼 결백한 천사인 동시에, 자신의 성(性)을 이용해 자기의 남자를 끝없이 해코지하는 악마다. 여자는 그것을 모른다. 일러주어도 믿지 않을 것이다. 당신이 여자의 따귀를 갈기면, 당신을 해코지하던 여자는 당장 화를 내며 판사에게 달려갈 것이다. 그렇다, 여자는 **절대적**으로 결백한 악마, 천사처럼 순종하는 악마다.

여자가 천사처럼 순종하고 있을 때도 따귀를 갈기자. 여자가 자기 십자가를 순순히 견디고 있을 때도 따귀를 갈기자.

아아, 울타리를 벗어난 여자는 악마다. 하지만 잘못은 남자에게 있다. 애초에 여자가 믿음과 신뢰라는 작은 에덴동산에서 추방당하기를 **자청**했냐 하면 절대로 그렇지 않았다. 믿음의 책임은 남자에게 있다. 남자가 리기아의 남편이나 아서 딤스데일처럼 정신의 간통자, 정신의 거짓말쟁이가 된다면,

여자가 **어떻게** 남자를 믿겠는가? 믿음은 원한다고 해서 생기는 게 아니다. 한 **남자**를 믿지 못하는 여자는 근본적으로 어떤 것도 믿지 못한다. 어떤 것도 믿지 못하는 여자는 어쩔 수 없이 악마가 된다.

여자는 악마다. 앞으로도 계속 악마일 것이다. 대개의 남자는 여자의 악마성에 항복할 것이다.

헤스터 프린은 악마였다. 착한 간호사가 된 후에도 악마였다. 가없은 헤스터. 그녀의 한 부분은 누가 자기를 자기의 악마성에서 구해주기를 원했다. 하지만 그녀의 다른 한 부분은 계속 악마인 채로 살아가면서 복수하기를 원했다. 복수! "**복수!**" 오늘날 여자의 무의식적 정신 속에 가득 들어 있는 것이 바로 이 복수다. 자기를 배신한 남자에 대한, 자기를 불신에 빠뜨린 남자의 정신에 대한 복수다. 더없이 상냥한 얼굴로 구원의 복음을 전할 때 가장 악마적인 것이 바로 여자다. 여자는 자기 남자에게 순종의 사랑을 주지만, 남자가 사탕을 입에 넣는 순간, 사탕 속에서 전갈이 기어 나온다.[29] 남자가 자기 '이브'를 가슴에 안을 때, 아아, 그 사랑스러운 여자는 남자를 야금야금 파괴한다. 여자가 그렇고 여자의 복수가 그렇다! 여자의 복수는 계속될 것이다. 누가 막아주지 않는다면 십 년이 지나고 이십 년이 지나도 계속될 것이다. 모두가 우러러보는 남자여,[30] 여자의 복수를 막으려면 당신 스스로를 믿어야 하고 당신의 신들을 믿어야 한다. 그렇게 당신의 마음속에 깃들어 있는 '성령'을 믿으면서 여자와 싸워야 한다. 절대 여자에게 항복해서는 안 된다. 여자는 악마다. 하지만 장기적으로는 여자를 정복하는 것이 가능하다. 여자의 작은 한 부분(1/4)은 누가 자기를 정복해주기를, 누가 자기를 복수라는 지

••

29) 성서의 인유. cf. 빛살을 달라는데 전갈을 줄 사람이 어디 있겠느냐.(루가의 복음서 11: 12)
30) 원문은 Sir Man.

옥에서 구해주기를 원한다. 하지만 당신이 그 부분에 닿으려면, 여자의 나머지 부분(3/4)과 싸우면서 절대 지옥을 겪어야 한다. 그 전까지는 여자를 정복하기란 불가능하다.

"그녀의 천성을 보면, 농밀하고 육감적인, 오리엔트인 같은 면이 있었습니다. 호화로운 아름다움을 좋아하는 취향이었습니다."

헤스터의 천성. 미국인의 천성. 하지만 헤스터는 자신의 천성을 위에서 언급한 방향으로 억눌렀다. 자기 옷에 섬세한 자수를 놓는 정도의 사치도 누리려고 하지 않았다. 다만, 죄로 낳은 자식 펄에게는 색깔이 선명한 옷을 지어 입혔고, 진홍색 글자만큼은 화려한 자수로 장식했다. 헤카테[31]의 훈장. 이슈타르[32]의 훈장.

"육감적인, 오리엔트인 같은 면." 미국 여자들에게는 그런 면이 숨어 있다. 모르몬교도[33]들이 앞으로 도래할 진정한 미국의 선구자일 가능성도 없지 않다. 앞으로 도래할 미국에서 남자들이 아내를 여럿씩 두게 될 가능성, 반쯤 오리엔트적인 여성성과 일처다부제가 다시 나타날 가능성도 없지 않다.

회색 옷을 입은 간호사. 헤스터. 헤카테. 헬-캣.[34] 서서히 진화하는 새로운 시대의 관능적 여성. 순종하는 것은 마찬가지지만, 어두운 남근 법칙에 순종한다는 점에서 완전히 새롭다.

∶∶

31) 그리스 신화에서 출산의 여신.
32) 메소포타미아 신화에서 사랑과 생식의 여신.
33) 일부다처제를 주장하는 교파.
34) 헤카테가 지옥의 개들을 데리고 다니는 마녀이기도 하다는 사실과 Hecate(헤카테)와 Hell-cat(지옥 고양이)의 발음이 비슷하다는 사실을 혼합한 말장난.

하지만 진화하려면 시간이 걸린다. 간호하는 여자들, 정치하는 여자들, 구원의 복음을 전하는 여자들이 몇 세대에 걸쳐 이어진 후에야 비로소 어두운 남근이 발기하고 이전과는 전혀 다른 방식으로 순종하는 여자들이 나타난다. 그런 쪽의 깊이가 나타나고 그런 쪽으로 깊이가 있는 여자들이 나타나는 것은 우리가 머릿속-정신적 의식이라는 이 광기를 부수어 없앨 때다. 그때야 비로소 여자들은 다시 한 번 남근의 원칙을 경험해보기로 **선택**할 것이다.

"그녀가 가난한 사람들을 애써 찾아가서 자선을 베풀려고 해도, 정작 가난한 사람들은 대개 그녀가 내미는 도움의 손길에 대고 욕을 퍼부었습니다."

당연하다. 가난한 사람들은 구원의 복음을 전하는 사람을 혐오한다. 밑에서 악마 냄새를 풍기니까.

"그녀는 그야말로 순교자의 인내를 발휘했습니다. 하지만 적들을 위해서 기도하는 일은 애써 자제했습니다. 너그럽게 용서하고 싶은 마음은 간절했지만, 축복의 말이 기어이 뒤틀려 저주의 말로 바뀔까봐 두려웠습니다."

솔직하다는 것은 인정해주자. 늙은 마녀 히빈스 부인이 헤스터를 같은 마녀라고 하는 것도 당연한 일이다.

"그녀는 아이들을 두려워하게 되었습니다. 항상 아이 하나만 데리고 시내 곳곳을 소리 없이 스르륵 지나다니는 이 을씨년스러운 여자를 왠지 소

름 끼쳐하는 부모들의 막연한 생각이 아이들에게도 스며들어 있었으니까
요."

"막연한 생각"이라고? "소리 없이 스르륵 지나다니는" 여자잖은가! 막연한
생각이 스며든 것이 아니라 분명한 느낌이 곧바로 전해진 것이다.

"그러나 며칠에 한 번씩, 아니면 몇 달에 한 번씩, 그녀는 어떤 시선 ─
사람의 시선─ 이 그 치욕스러운 낙인을 바라보고 있다는 느낌을 받곤 했
습니다. 자기 괴로움을 나누어 짊어져 주는 듯 순간적 위안을 느끼게 해주
는 시선이었습니다. 하지만 바로 다음 순간, 가벼워진 줄 알았던 괴로움이
고스란히 덮쳐왔고, 심장은 더 아프게 고동쳤습니다. 그 짧은 순간에 또
한 번 죄를 범한 것이었습니다. 그 순간에 죄를 범한 것이 헤스터 혼자였
을까요?"

물론 아니었다. 또 한 번 죄를 범한 것이 대수인가. 그녀는 일평생 소리 없
이, 변함없이 계속해서 "죄"를 범할 여자였다. 회개할 여자가 아니었다. 회개
할 이유가 어디 있었는가? 아서 딤스데일이라는 흰 눈같이 하얀 새를 추락시
킨 것이 그녀의 평생의 업적이었는데.
또 한 번 죄를 범한 것이 대수인가. 군중 속의 어두운 두 눈과 마주친 것도
맞고, 죄를 범한 것도 맞다. 그녀가 이해하고 있었듯이, 누군가도 이해하고
있었다.
자꾸 기억나는 일이 하나 있다. 영국에 있을 때 군중 속에서 한순간 어느
집시 여자와 눈이 마주쳤다. 그녀는 알고 있었고, 나도 알고 있었다. 우리가
알고 있었던 그것은 무엇이었을까? 말로 표현할 수는 없었지만 어쨌든 알고

있었다.

우리가 알고 있었던 그것은 이 정신적-의식적 사회에 대한 바닥 없는 증오였던 것 같다. 그 증오 속에서 집시 여자와 나는 순해 보이는 늑대들처럼 어슬렁거리고 있었다. 온순한 늑대들, 온순함을 떨쳐버릴 날이 오기만을 기다리는, 내내 온순함에 갇혀 있는 늑대들이었다.

발기한 신들의 신비를 알고 있는 그 "육감적인, 오리엔트인 같은" 여자도 마찬가지다. 발기한 신들을 이 허연 정신적-의식적 사회(나병 환자처럼 허연 "연인들"의 사회)에 팔아넘기지 않으리라는 점에서 집시 여자와 마찬가지다. 나도 같은 마음이다. 실제로 팔아넘기지 않을 수 있을지는 모르겠지만. 나병 환자처럼 허연, 유혹적인, 정신적인 이 여자들은 참 많은 것을 "이해"해주지만, 이제 나는 유혹해오는 것도, "이해"해주는 것도 지긋지긋하다. 나의 첫 연인은 나에 대해 말하면서, "그 남자를 이해하는 것은 책을 읽는 것처럼 쉬운 일"이라고 했다. 이봐요, 당신은 그 책이 몇 권짜리인지도 모르잖아요. 집시 여자의 눈에 어려 있던 어두운 증오의 심연이 내게서 점점 되살아난다. 집시 여자의 눈에 어려 있던 이해는 어쩌면 그렇게 허열까 싶게 허연 영국 여자들과 미국 여자들의 눈에 허연 눈곱처럼 끼어 있는 지긋지긋하게 허연 이해와는 **전혀 다른** 이해였다. 그런 허연 여자들은 목소리에서도 이해심이 넘치고, 말에서도 깊이와 슬픔이 넘치고, 정신에서도 깊이와 **착함**이 넘친다. 쳇!

헤스터가 자기 죄의 결과 중에 두려워한 것은 오직 하나, 펄이었다. 진홍색 글자의 화신, 펄. 어린 딸, 펄. 여자의 몸에서는 악마 같은 딸이 태어날 수도 있고 신들과 친한 아들이 태어날 수도 있다.[35] 딸도 진화한다. 악마로 태

∵

---

35) cf. 나는 분명히 말한다. 일찍이 여자의 몸에서 태어난 사람 중에 세례자 요한보다 더 큰 인물은 없었나. 그러나 아들나라에서 가장 작은 이라도 그 사람보다는 크다.(마태오의 복음서 11: 7)

어난 헤스터에게서 더 순전한 악마인 펄이 태어났다. 그리고 그렇게 태어난 펄에게서 한층 더 순전한 악마가 태어날 것이다.(펄의 남편은 이탈리아 백작이었다.)

그렇게 우리는 시간이 갈수록 익어가고,
그렇게 우리는 시간이 갈수록 썩어간다.[36]
펄은 질문을 부르는 아이였다:

"헤스터는 시시때때로 비통하게 자문해보지 않을 수 없었습니다. 이 아이를 낳게 된 것이 다행일까 아니면 불행일까."

내가 헤스터, 당신에게 대답해주겠다. 불행이다. 하지만 괜찮다. 세상에는 행복이 필요한 만큼 불행도 필요하니까. 선의가 필요한 만큼 악의도 필요하니까. 당신에게서 태어난 아이가 악의라는 것은 이 세상에 그 악의로 대적해야 하는 거짓이 횡행한다는 뜻이다. 거짓을 보면 물어뜯어야 한다. 물어뜯어서 죽여 없애야 한다. 그래서 태어난 아이가 펄이다.

펄. 빨간 옷을 입은 펄은 역병(성홍열[37])을 옮기는 마귀를 닮았다고 펄을 낳은 어머니는 생각한다. 부패하고 거짓된 인간성을 파괴하려면, 역병이 있어야 한다.

펄이라는 악마 같은 딸은 당신을 사랑해주고 **이해**해주지만, 그렇게 당신을 이해하고 나면 당신의 따귀를 갈기고 당신에게 순전한 악마의 비웃음을 보낼 것이다.

∴

36) 셰익스피어의 희극 『원하는 대로』에 나오는 표현.
37) 성홍열(scarlet fever)의 어원은 진홍색 글씨를 연상시킨다.

인과응보가 아니겠는가. 당신을 **이해**해주는 것이 가당키나 한가. 당신의 악덕에 그런 것이 가당키나 한가. 당신은 사랑을 원하면 안 된다. 사랑을 원하지 않으면 따귀를 얻어맞을 일은 없다. 펄은 당신에게 사랑을 주겠지만, 그 후에는 따귀를 갈길 것이다. 너무나도 큰 사랑을 줄 것이고, 너무나도 아픈 따귀를 갈길 것이다. 인과응보가 아니겠는가.

펄은 문학을 통틀어 가장 현대적인 아동인 것 같다.

구시대적인 내서니얼이 들려주는 펄의 이야기에는 소년 같은 귀여움(charm)과 함께 아첨꾼의 느끼함(smarm)이 있다.[38]

헤스터의 한 부분은 그 아이를 **혐오**한다. 하지만 다른 한 부분은 그 아이를 귀한 보물처럼 애지중지한다. 헤스터에게 펄은 삶에 대한 여자의 복수를 이어나가는 통로다. 하지만 여자의 복수는 양날의 칼이다. 여자는 자기를 낳은 어머니에게도 복수한다. 펄의 복수 앞에서 어머니 헤스터는 분노와 "슬픔"으로 안색이 변한다. 쌤통이다.

"이 아이가 규칙을 따르게 만들기란 불가능한 일이었습니다. 그 아이가 존재하게 되었다는 것 자체가 세상의 법칙을 깨뜨리는 일이었으니, 그 아이의 존재를 이루는 부분들 하나하나는 아름답고 뛰어난 것 같았지만, 모든 부분이 무질서하게 흩어져 있거나 아니면 부분들 특유의 질서를 따를 뿐이라서 왜 그런 식으로 존재하는지를 알아내기란 어렵거나 아예 불가능한 일이었습니다."

당연히 특유의 질서가 있었다. 그런 식으로 존재해야 하는 이유도 있었다:

∴

38) "charm"과 "smarm"의 라임을 이용한 말장난.

"너그러운 이해심을 미끼로 상대의 영혼을 꾀어낸 후, 상대의 눈에 침을 뱉기 위해."

귀여운 자식이 간절하고 깊은 이해심을 미끼로 어머니의 영혼을 꾀어낸 후 어머니의 눈에 침을 뱉으면서 싱긋 웃는 것을 헤스터는 어머니로서 당연히 질색했다. 하지만 자업자득이었다.

펄에게는 특이한 눈빛이 있었다:

"총명하면서도 불가사의하고 비뚤어진 눈빛, 때로는 악의를 띠지만 대개는 걷잡을 수 없는 활기로 가득한 눈빛이었습니다. 헤스터는 그 눈빛을 볼 때마다 펄이 인간의 아이가 맞을까 의문을 품지 않을 수 없었습니다."

악마의 아이였다! 하지만 거룩한 딤스데일을 아버지로 둔 아이였다. 대놓고 비뚤어졌다는 점에서는 부모보다 솔직한 아이이기도 했다. 땅에 있는 아버지가 그런 사기꾼이라는 것을 알아차린 펄은 '하늘에 계신 아버지'를 딱 잘라서 거부한다. 경건주의자 딤스데일의 눈에 침을 뱉는다. 그를 농락하면서 그의 오른쪽 눈과 왼쪽 눈에 침을 뱉는다.

애처롭고 용감한 아이의 고통받는 영혼은 항상 세상으로부터 뒷걸음치고 있다. 이 아이가 성장하면, 남자들을 괴롭히는 악마가 될 것이고, 남자들에게는 인과응보일 것이다. 다정한 이해심의 "미끼"에 걸려들었다면, 걸려든 **순간** 따귀를 얻어맞는 것은 인과응보일 것이다. 닭고기/겁쟁이[39]니까! 잘 손질된 통닭이니까.

∴

39) "chicken"에 닭고기라는 뜻과 함께 겁쟁이라는 뜻이 있음을 이용한 말장난.

지금은 현대 아동이라는 문제아. 자라면 현대 여성이라는 악녀. 사랑이라는 미끼에 걸리고 싶어 하는 겁쟁이 현대 남성들의 네메시스.

'진홍색 글자'의 삼각형(악마의 삼위일체)에서 세 번째 인물은 헤스터의 첫 남편 로저 칠링워스다. 백발 수염 하며, 털가죽 외투 하며, 뒤틀린 어깨 하며, 옛날 엘리자베스 시대의 의사다. 병을 고치는 사람이라는 점은 목사와 마찬가지지만 연금술사의 면모, 마법사의 면모도 있다. 현대과학의 문턱에 서 있는 마법사라는 점은 프랜시스 베이컨[40]과 마찬가지다.

옛날 지식인 로저 칠링워스는 로저 베이컨[41] 같은 중세 연금술사들의 직계 자손이다. 그에게는 암흑 학문들에 대한 믿음, 헤스메스 철학들에 대한 믿음이 있다. 예수를 믿지 않는 그는 자기희생적인 야심가가 아니다. 그는 야심가 부류가 아니라 옛날의 권위자 부류다. 그에게는 옛날의 남성적 권위가 있다. 뜨거운 믿음이 없는 그에게는 자기 자신에 대한 믿음, 그리고 자기의 남성적 권위에 대한 믿음이 있을 뿐이다.

셰익스피어의 비극 전체가 무엇을 슬퍼하느냐 하면, 진정한 남성적 권위가 추락한 것, 발기한 신들의 권위가 추락한 것, 주인의 권위가 추락한 것을 슬퍼한다. 그것이 그렇게 추락한 것은 엘리자베스와 함께였다. 그것이 아예 짓밟힌 것은 빅토리아와 함께였다.

하지만 칠링워스가 계승하는 전통은 지식 전통으로 한정된다. 칠링워스에게 딤스데일 같은 새로운 시대의 정신적 야심가들은 증오(검은 증오, 불구자의 증오)의 대상이다. 칠링워스는 지식 전통을 계승하는 옛날의 남성적 권위다.

∙∙

40) 17세기 영국 철학사.
41) 13세기 영국 철학자.

지식 전통은 아내를 붙들어두기에는 역부족이다. 헤스터가 딤스데일을 유혹하게 된 것도 그 때문이다.

헤스터의 유일한 합법적 남편이자 최후의 동맹은 늙은이 로저다. 부부는 정신의 성자를 추락시키는 공범자들이다.

복수를 벼르는 늙은 남편에게 헤스터는 묻는다:

"당신이 나를 보면서 그런 미소를 짓는 이유가 뭔가요? 당신이 저 숲에 출몰하는 '검은 인간'이로군요? 당신은 내 영혼을 파멸의 구렁텅이에 빠뜨릴 작정이로군요?"

늙은 남편은 또 한 번 미소를 띠며 대답한다:

"아니오! 당신의 영혼을 파멸의 구렁텅이에 빠뜨리려는 게 아니오!"

부부가 파멸의 구렁텅이에 빠뜨리고자 하는 것은 순수한 목사의 영혼이라는 위조품이다. 불구의 의사(병을 고치는 사람이라는 점에서는 목사와 마찬가지)이자 옛날의 뒤틀린 남성적 권위를 계승하는 암흑의 복수자인 남편과 '사랑'이 가득한 여자인 아내가 힘을 합해 '성자'를 파멸시킨다.

칠링워스는 젊은 성자 딤스데일 목사에게 암흑의 증오, 사랑을 닮은 증오를 느끼고, 딤스데일은 거기에 흉측한 종류의 사랑으로 반응한다. 성자의 생명은 서서히 썩지만, 암흑의 옛날 의사는 미소 띤 얼굴로 성자의 삶을 연장시키고자 한다. 딤스데일은 자기의 육체(희고 야윈 정신적 구원자의 육체)를 회초리로 내리치는 자해를 즐기고, 암흑의 의사는 문밖에서 듣고 크게 웃는다. 암흑의 의사는 게임을 연장할 약을 준비하고, 성자는 영혼까지 썩는다. 의사는 이렇듯 성자의 영혼을 망가뜨리면서 대성공을 거두지만, 성자는 순수한 겉모습을 유지한다.

불구의 주인인 남성의 영혼이 아직도 암흑 속에서 권위를 계승하는 검은 복수자라면, 타락한 성자는 허연 처참함이다! 두 개의 반쪽짜리 남성성의 상호파괴.

딤스데일은 마지막에 "쿠데타"를 일으킨다. 처형대에서 공개적으로 자백함으로써 그간의 가식을 모두 폭로한 후 죽음으로 도피한 것이다. 이로써 헤스터는 욕을 먹고 로저는 이중으로 오쟁이진다. 최후의 복수가 깔끔하게 완성된다.

리기아의 시에 나오는 말마따나, 막이 내린다.[42]

하지만 다시 막이 오르면 자식 펄이 이탈리아 백작과 결혼해 새끼 독사들을 낳을 것이다. 반항의 삶을 그만둔 헤스터는 그늘에서 회색 옷을 입고 아벨의 삶을 살아갈 것이다.

엄청난 알레고리다. 『진홍색 글자』는 지금까지 나온 문학 중에 가장 뛰어난 알레고리 중 하나인 것 같다. 엄청난 저의(底意)가 깔려 있다! 그러면서 완벽하게 표리부동하다.

완벽하게 표리부동한 것이 내서니얼이라는 푸른 눈동자의 **신동(Wun-derkind)**이다. 마법사의 알레고리적 통찰을 보여주는 미국 신동이다.

하지만 신동도 어른이 될 수밖에 없다. 한두 세대만 지나면.

"죄"도 재미없어진다.

• •

42) cf. p. 134.

8

내서니얼 호손의 『블라이드데일 로맨스』

내서니얼 호손의 작품 중에 심오함과 이원성과 완벽함 면에서 『진홍색 글자』를 따라갈 작품은 없다. '죄'의 승리를 말하는 위대한 알레고리.

죄는 묘한 데가 있다. "십계명"을 어긴다고 해서 죄가 되는 것이 아니다. 자기 자신의 성실성을 깨뜨려야 죄가 된다.

헤스터와 아서 딤스데일의 죄를 예로 들어보자. 두 사람은 죄를 범하면서 자기들이 하는 짓이 **나쁜** 짓이라고 **생각**했다. 죄를 죄로 만든 것은 그 생각이었다. 만약 두 사람이 정말로 연인관계가 되기를 **바랐다면**, 만약 두 사람이 자기네 사랑을 표출할 솔직한 용기가 있었다면, 두 사람이 한 일은 죄가 되지 않았을 것이다. 한순간의 욕망이었다고 해도 죄가 되지 않았을 것이다.

하지만 죄가 아니었다면, 두 사람은 게임의 재미를 절반 이상 잃었을 것이다.

자기들이 나쁘다고 생각하는 일을 저질렀다는 것이 그 일의 가장 큰 매력이었다. 인간이 죄를 짓는 것은 악동이 된 느낌을 즐기기 위해서, 그리고 책임을 전가하기 위해서다. '하느님 아버지'는 명령하고, '인간'이라는 악동은 거역한다. 그러고는 회초리를 잔뜩 겁내면서 엉덩이를 깐다.

'하느님 아버지'가 현세에서 매질해주지 않으면, '죄인'을 내세에 매질당할까봐 예상하며 벌벌 떤다.

벌벌 떨 거 없어. '왕들'이 줄줄이 왕좌에서 물러날 때, '하느님 아버지'도 물러났잖아. 이제 회초리는 없어.

죄를 범했을 때 받게 되는 유일한 벌은 자신의 성실성을 잃게 된다는 것이다. 나쁜 일이라고 생각했으면, **절대로** 그 일을 저질러서는 안 된다. 나쁜 일이라고 생각하는 채로 그 일을 저지른다면, 자신의 성실성, 자신의 총체성, 자신의 타고난 명예를 잃게 된다.

하고 싶은 일이 있을 때는 그 일을 하는 것이 자기의 진정한 본성이라고 굳게 믿으면서 해야 한다. 아니면 하지 말아야 한다.

자기 마음속에 있는 '성령'을 믿으면서 해야 한다. 믿을 수 없다면 하지 말아야 한다.

굳은 믿음을 가지고 하는 일은 나쁜 일일 수가 없다. 믿음은 믿어야겠다고 마음 먹는다고 생기는 게 아니다. 믿음은 오직 마음속에 있는 '성령'으로부터 생긴다. 굳은 믿음을 가지고 하는 일이 나쁜 일일 수가 없는 것은 그 때문이다.

믿음에는 가짜 믿음도 있다. **악한** 믿음, 곧 나쁜 짓을 저지르는 것은 **불가능**하다는 믿음도 있다. 진짜와 가짜가 반반씩 섞인 믿음도 있다. 그것이 가장 썩어빠진 믿음이다. 십자가 뒤에 잠복해 있는 악마다.

그렇잖은가. 진짜 믿음과 가짜 믿음과 진짜와 가짜가 **반반씩** 섞인 믿음 사이에서 곤혹스러울 수밖에 없잖은가. 어쨌든 진짜와 가짜가 반반씩 섞인 믿음이야말로 세상에서 제일 더러운 부패요, 제일 비열한 기만이다.

헤스터와 딤스데일은 '하느님 아버지'를 믿었다. 그러면서 죄짓기를 즐겼다. '죄의 알레고리.'

펄은 '하느님 아버지'를 믿지 않는다. 자기 입으로 그렇게 말한다. '하느님 아버지'가 없다고 말한다. 하늘의 아빠와 땅의 아빠 둘 다를 부인한다.

그러니 신을 거역하는 죄를 저지를 수 없다.

거역할 신이 없는 펄은 무엇을 할 것인가? 물론 신을 거역하는 것은 불가능할 테니, 하고 싶은 대로 하면서 살고 싶은 대로 살 것이다. 그렇게 살다가 난장판을 만든 후에, 이렇게 말할 것이다. "맞아, 내가 저지른 짓이야. 하지만 나는 최선을 다했으니까, 이렇게 된 것은 내 탓이 아니야. 다른 사람 탓이야. 아니면 '그것' 탓이겠지."

아무리 난장판이 되었어도, 펄 탓이 아닐 것이다.

그런데 지금의 세상은 펄/진주를 줄줄이 엮은 목걸이다.[1] 그리고 미국은 아무 흠집 없는 무수한 펄/진주를 줄줄이 엮은 밧줄이다. 그들이 무슨 짓을 저질러도, 죄일 수가 없다. 거역할 신이 없으니, 신을 거역하는 죄를 저지르기란 불가능하다. 그저 줄줄이 엮인 사람들. 그들의 마음속에는 성령은커녕 유령도 없다.

줄줄이 엮인 펄/진주들.

오오, 이름에 대단히 신랄한 아이러니가 있다! 오오, 내서니얼, 당신 참 대단하다! 오오, 미국이여, 펄/진주여, 흠 없이 영롱한 펄/진주여.

펄에게서 흠을 찾는 것은 **불가능**하다. **자기**에게 흠이 있는지를 판단할 수 있는 것은 자기밖에 없으니까. 설사 펄이 어느 날 밤 클레오파트라처럼 자기의 애인을 사랑이라는 더러운 나일강 ―사랑의 '닐루스 플룩스'[2]― 에 빠뜨려 죽인다고 해도, 펄에게서 흠을 찾는 것은 불가능하다.

캔디다![3]

∴

1) '펄'이라는 이름에 '진주'라는 뜻이 있음을 이용한 말장난.
2) Nilus Flux: 이집트의 '나일강'을 가리키는 사이비 라틴어.
3) 조지 버나드 쇼의 희곡 『캔디다(Candida)』의 여주인공.

호손의 시대에 이미 펄/진주였다. 물론 돼지 앞의 펄/진주였다.[4] 돼지 앞에 던져지지 않는 펄/진주는 지금껏 없었다.

돼지 앞에 던져지는 것은 펄/진주가 만든 게임의 일부다.

키르케[5]와 동침하는 **남자**는 돼지다. 그 전에 돼지가 아니었더라도, 그 후에 돼지로 변한다. 하지만 **여자**는 돼지가 아니다. 키르케는 하얗게 빛나는 흠 없는 펄/진주다.

하지만, 오오, 펄, 당신에게도 '네메시스'가 닥친다.

펄, 당신에게도 '파멸'이 닥친다.

'파멸!' 참 아름다운 북유럽어.[6] '파멸.'

펄/진주의 '파멸.'

펄/진주의 파멸이라는 '알레고리'는 누가 쓸 것인가?

일단 '파멸'의 내용을 정리해보자면.

당신의 죄는 '성부'를 거역한 죄가 아니다.('성부'를 믿지 않으니, '성부'를 거역하는 죄를 저지를 수 없다.) '성자'를 거역한 죄도 아니다.(펄들이 가장 잘하는 것, 그 어느 것보다 잘하는 것이 **"사랑"**이다.)[7] 그러니 당신의 죄는 '성령'을 거역한 죄일 수밖에 없다.[7]

자, 펄, 이제 당신을 식초에 빠뜨려보겠다.[8]

'성령'을 거역했으니 따끔따끔할 것이다. **"그 죄만은 용서받지 못할 것이**

∵

4) cf. 거룩한 것을 개에게 주지 말고 진주를 돼지에게 던지지 마라.(마태오의 복음서 7: 6)

5) 그리스 신화에서 적들을 짐승으로 만드는 마녀.

6) 원문은 doom. 고대 북유럽어 dom은 '심판'을 뜻한다. cf. p. 235, 각주 14.

7) 성서의 인유. cf. 사랑하는 여러분에게 당부합니다. 우리는 서로 사랑합시다. 사랑은 하느님께로부터 오는 것입니다. 사랑하는 사람은 누구나 하느님께로부터 났으며 하느님을 압니다.(요한의 첫째 편지 4: 7)

8) 클레오파트라는 진주를 식초에 녹여 마셨다고 한다.

다."⁹⁾

'파멸'이 닥칠 거라고 내가 그랬잖아.

그 죄만은 용서받지 못할 거야.

'성부'에게는 용서받을 수 있다.¹⁰⁾ '성자'에게도 용서받을 수 있다.¹¹⁾ 하지만 '성령'에게는 용서받을 수 **없다.** 그러니 파멸할 수밖에.

'성령'에게는 용서받을 수 없다. '성령'은 당신의 마음속에 있으니까. '성령'은 곧 당신, **"당신 자신"**이니까. 자기 예고를 우선시하면서 **"자기 자신"**을 저버리고 자기 성실성에 상처를 낸다면, 그 죄를 어떻게 용서받겠는가? 자기 창자에 상처를 내는 것이나 마찬가지잖은가. 당신도 **알다시피**, 당신 창자에 상처가 난다면, 당신의 몸이 썩을 것이고, **당신 자신**도 썩을 것이다. 당신의 몸이 죽으면서 당신도 죽을 것이다.¹²⁾

당신의 '성령'에 상처가 나는 것도 똑같다. 당신의 영혼이 썩고, 당신도 썩는다. 펄/진주들이 다 그렇다.

저 귀한 펄/진주들은 자기 하고 싶은 대로 하면서도 계속 순수함을 유지한다. 참 순수하기도 하지!

속에서는 계속 썩어 들어간다. 아름다운 겉모습을 유지한 채 썩어 들어가는 펄/진주. 속에서 썩어 들어가면서 악취를 풍기는 **영혼.**

••

9) 성서의 인유. cf. 사람들이 어떤 죄를 짓거나 모독하는 말을 하더라도 그런 것은 다 용서받을 수 있지만 성령을 거슬러 모독하는 죄만은 용서받지 못할 것이다.(마태오의 복음서 12: 31)

10) 성서의 인유. cf. 주님은 죄를 용서해주신다.(집회서 2: 11)

11) 성서의 인유. cf. 우리는 그리스도의 죽음으로 말미암아 죄를 용서받고 죄에서 구출되었습니다.(에페소인들에게 보낸 편지 1: 7)

12) 성서의 인유. cf. 여러분의 몸은 여러분이 하느님께로부터 받은 성령이 계시는 성전이라는 것을 모르십니까! 여러분의 몸은 여러분 자신의 것이 아닙니다.(고린토인들에게 보낸 첫 번째 편지 6: 19)

'성령'을 거역하는 죄.

속이 썩어 들어가다 보면 서서히 겉까지 썩는다. 치매의 한 형태. 썩는 육체. 썩는 심리. 치매.

신이 한 인간을 멸망시키고자 할 때, 신은 그 인간을 우선 광기 속에 빠뜨린다.[13]

저 펄/진주들을 보라. 저 현대 여성들을 보라. 특히 저 미국 여성들을 보라. 사랑에 빌붙는(batten) 여자들. 그러다가 치매 초기의 고통에 박쥐처럼 (bat-like) 푸드득거리는 여자들.[14]

케이크를 손에 들고 있는 동시에 입에 넣는 것이 불가능한 일은 **아닐지도 모르지만**, 그런 케이크가 뱃속으로 들어가면 썩는 수가 있다.[15]

호손의 작품들 중에 『진홍색 글자』를 따라올 작품은 없다.

『두 번 들은 이야기들』[16]에는 유익한 우화들이 있고 미국 청교도 시대 초기의 경이로운 속내들이 있다.

『일곱 박공 집』[17]에는 "분위기"가 있다. 오만한 수염과 험악한 눈썹의 '아버지'의 낡은 질서가 무너진다는 느낌. 낡은 세대는 서서히 삶에서 밀려나 낡고 어두운 장소들에 출몰한다. 하지만 새로 나온 진공청소기[18]를 든 새로운 세대가 유령들까지 쓸어버린다. 진공청소기를 당해낼 유령은 없다.

∴

13) 원문은 Quos vult perdere Deus, dementat prius. CUP에 따르면, 고대 그리스의 비극작가 소포클레스의 『안티고네』에 주석으로 적혀 있던 구절인데, 소실된 작품의 한 대목이라는 설이 유력하다.
14) "batten"과 "bat-like"의 첫음절이 같은 것을 이용한 말장난.
15) "케이크를 손에 들고 있는 동시에 입에 넣는 것은 불가능하다."라는 속담을 이용한 말장난.
16) 호손의 단편집.
17) 호손의 소설.
18) CUP에 따르면, 영국과 미국에서 진공청소기가 상용화된 것은 1920년대 중반이었다.

새로운 세대는 유령을 쫓아내고 거미줄을 걷어낸다. 새로운 세대가 하는 일은 사진관을 차리고 돈벌이를 하는 것이다. 새로운 세대가 '오만한 아버지들'의 낡은 질서에 수반되는 낡은 증오와 낡은 그늘을 진공청소기로 쓸어버리는 것은 돈벌이를 위해서다. 철천지원수 간인 두 집안에서 태어난 젊은 커플이 번창하는 사진관의 검은 천 밑에서 완벽한 이해에 도달하는 것도 돈벌이를 위해서다. **산업사회 만세!**[19]

내서니얼, 당신은 난폭한 아이러니의 작가다! 당신이 글로 쓸 수 있는 소재가 돈 잘 버는 '착한' 젊은 커플뿐이었다면, 얼마나 싫었겠는가! 온 미국이 '메인스트리트'[20]로 바뀐 시대까지 살지 않았으니 얼마나 다행인가!

'험악한 표정의 늙은 아버지들.'

'나긋나긋한 아들들.'

'사진 비즈니스.'

그 다음은???

호손의 가장 현실적인 작품은 『블라이드데일 로맨스』다. 악명 높은 '브룩 팜' 공동체 실험을 사진 찍듯 옮겨놓은 소설. 미국의 저명한 이상주의자들과 초월주의자들이 브룩 팜이라는 농장에 모여 땅을 갈고 나무를 베면서 그 지적인 이마에서 구슬땀을 흘렸다. 그러면서 내내 고상한 것들을 생각하고 공동체적 사랑의 공기를 호흡하고 '초월적 영혼'[21]과 공명했다. 한 사람 한 사람이 천상의 하프에 공명하는 한 개 현이었고, 크레브쾨르의 띠리링이었다.

그러다가 당연히 서로 앙숙이 되었다. 서로를 견딜 수 없었다. 그들이 연주한 음악은 싸움질의 음악뿐이었다.

∴

19) 원문은 Vivat Industia!
20) 미국 소설가 싱클레어 누이스의 소설 제목.
21) 원문은 Oversoul. 미국의 초월주의 사상가 랠프 왈도 에머슨의 유명한 논문 제목이기도 하다.

중노동을 이상화하기란 **불가능**하다. 미국이 온갖 기계장치들을 발명하는 이유가 바로 육체노동을 좀 안 하면서 살기 위해서다.

이상주의자들이 브룩 팜 농사를 그만두고 책농사로 돌아선 이유가 바로 그것이다.[22]

생존에 필요한 핏속 활동, 동물적인 핏속 욕망, 최소한의 핏속 인식, 이런 것을 이상화하기란 **불가능**하다.

이상화하는 것은 **불가능**하다.

없애버리는 것도 불가능하다.

그러니 이상적 인간은 끝장이다.

인간의 의식은 두 쪽으로 이루어져 있다. 두 의식은 거의 항상 대립하고 있다. 앞으로도 계속 대립할 것이다.

두 의식 사이를 넘나들 줄 알아야 한다. 한 의식이 절대적, 지배적 의식이 되지 않게 해야 한다. 언제, 어떻게 넘나들 것인지는 '성령'이 일러줄 것이다.

내서니얼이 브룩 팜에서 자기를 가장 허깨비같다고 느낀 때는 (물론 내서니얼도 브룩 팜의 일꾼이었다.) 아침에 뿔피리로 초월주의적 일꾼들을 불러낼 때, 아니면 이상주의적 호미를 들고 순무를 캐러 갈 때였다. "그때만큼 내가 허깨비같이 느껴진 적이 없었다."가 내서니얼의 표현이다.

그때만큼 내가 바보같이 느껴진 적이 없었다, 가 더 정확한 표현일 것이다.

노동을 이상화하려고 하다니, 바보들이다. 중노동을 이상화하는 것은 절대 가능한 일이 아니다. 땅을 파고 순무를 캐려면 이상이라는 조끼를 벗어놓아야 한다. 고된 육체노동일수록, 이상주의를 약하게 하고 머릿속을 어둡게

∴

22) brookfarming/bookfarming: 브룩(Brook)과 책(book)의 철자가 비슷한 것을 이용한 말장난.

한다. 고된 정신노동일수록, 이상주의적이고 초월주의적인 일일수록, 핏속을 약하게 하고 신경을 예민하게 한다.

오오, 신경이 예민한 브룩 팜의 일꾼들이여!

정신노동과 육체노동을 둘 다 할 수 있어야 한다. 언제든 이쪽과 저쪽을 넘나들 준비가 돼 있어야 한다. 한쪽만 해서는 안 된다.

피를 이상화하겠다니!

내서니얼은 피를 이상화하겠다고 하는 자기가 바보라는 것을 알고 있었다.

그래서 '상냥한 배우자'[23]가 있고 서재라는 지성소가 있는 집으로 돌아갔다.

역시 내서니얼이다!

하지만 집으로 돌아가 『블라이드데일 로맨스』를 썼다. 도입부는 어느 겨울 저녁의 농가 부엌처럼 아늑하다.

등장인물[24]

1. **나.** 화자: 내서니얼이라고 하자. 유약하고 감수성이 예민하고 속을 알 수 없는 문학 청년인데, 아주 젊은 청년은 아니다.

2. **제노비아:** 관능미를 자랑하는 영리한 여자. 짙은 머리 색깔에 열대의 꽃 한 송이를 꽂고 다닌다. 마거릿 풀러[25]를 모델로 삼았다고 한다.(호손은

●●
23) cf. p. 055ff.
24) 원문은 Dramatis Personae.
25) 미국의 작가 겸 언론인 풀러(Sarah Margaret Fuller: 1810-1850)를 가리킨다.

그녀에게서 "악한 본성"을 보았다.)[26] 내서니얼이 제노비아를 의식하는 것은 "지성미" 때문이라기보다는 관능미 때문.

3. **홀링스워스**: 굵은 저음으로 범죄자들을 구원해주고 싶다고 말하는 검은 수염의 대장장이. 범죄자가 된 불행한 사람들의 '쉼터'를 마련해주고 싶다는 이야기.

4. **프리실라**: 남자에게 매달리는 '하얀 나리꽃' 부류.[27] 공개 강령회에서 영매로 이용당하는 침녀. 창녀의 영혼을 가진 부류.

5. **제노비아의 남편**: 사람들을 끌어들이는 힘이 있는 기분 나쁜 타락남. 입 안 가득 황금을 머금고 있다.(모든 치아를 황금으로 씌웠다.) 공개 강령회를 열고 프리실라를 영매로 이용하는 것이 바로 이 남자다. 짙은 머리 색깔의 섹시남, 타락남, 미남 부류. 뒷문으로 들어오는 부류.

플롯 I

감기에 걸려서 앓아누운 화자 내서니얼은 대장장이에게 과분하도록 정성스러운 간호를 받는다. 대장장이의 커다란 손은 여자 손보다 더 부드럽고, 어쩌고저쩌고.

이 치유 & 구원 비즈니스가 진행되는 동안, 두 남자 사이의 사랑은 어느

∴

26) 풀러는 호손의 지인이었다.
27) cf. p. 111ff.

여인의 사랑도 따를 수 없을 정도.[28] 하지만 시간이 가면서 내서니얼은 건강을 원하게 되고 독립된 영혼을 원하게 된다. 그리고 그러면서 대장장이(검은 수염과 굵은 저음의 구원주의자, 하계의 헤파이스토스[29])를 증오하게 된다. 폭군적 편집광에 대한 증오다.

플롯 II

제노비아(영리한 섹시녀)는 범죄자를 구원하는 대장장이에게 매료된다. 그를 손에 넣을 수 있다면 어떤 값이라도 치를 기세. 한편, 제노비아와 유약하지만 속을 알 수 없는 내서니얼 사이에는 더없이 미묘한 이해의 기류가 흐른다. 나중에 제노비아는 연민과 경멸이 뒤섞인 화려한 어둠의 날개로 '하얀 나리꽃'을 품는다.

플롯 III

대장장이가 제노비아를 쫓아다니는 것은 범죄자 쉼터를 지을 돈을 위해서다. 그가 첫 번째 입소자가 되리라는 것은 당연지사.

플롯 IV

내서니얼 또한 짙은 머리 색깔의 섹시녀 제노비아에게 군침을 흘린다.

••

28) 성서의 인유. cf. 나의 형, 요나단, 형 생각에 나는 가슴이 미어지오, 형은 나를 즐겁게 해주더니. 형의 그 남다른 사랑, 어느 여인의 사랑도 따를 수 없었는데.(사무엘하 1: 26)
29) 그리스 신화에서 대장장이의 신.

플롯 V

부패의 악취를 풍기는 '하얀 나리꽃'(프리실라)이 공개 강령회의 유명한 '베일녀'로 밝혀진다. 꼴 보기 싫은 '남편'(일명 '교수')에게 영매로 이용당해온 것. 프리실라와 제노비아가 이복 자매간인 것도 밝혀진다.

'대실패'

끝에 가면 아무도 제노비아를 원하지 않는다. 제노비아는 꽃 장식도 없이 이 세상을 하직한다. 대장장이는 프리실라와 결혼한다. 내서니얼은 자기가 내내 사랑한 것도 프리실라였다고 고백한다. 엉엉!

'결말'

몇 년 후, 어느 시골에서 허름한 단칸집 근처를 지나가던 내서니얼은 대장장이가 약하지만 헌신적인 프리실라의 팔에 기대 비틀비틀 걷는 것을 보게 된다. 쉼터의 꿈은 모두 사라진 후다. 한때는 범죄자들의 구원자였던 그가 이제는 자기 몸 하나를 '베일녀'로부터 구원하는 것도 불가능한 상태.

자, 여기 한 무리의 이상주의자들과 초월주의자들과 브룩 팜의 썩은 신사들이 있다. 모두들 조금씩 썩어 들어가고 있다.

하얀 펄/진주와 검은 펄/진주 이렇게 두 펄/진주가 있는데, 둘 중에 더 비싼 쪽은 돈으로 번쩍거리는 검은 쪽이다.

하얀 펄/진주(영매 프리실라)는 모조진주이면서도 정말로 "비상한" 능력을

갖고 있다. '대장장이'로부터 '대장'과 '장이'를 없애는 능력.[30]

　프리실라는 영매 겸 창녀. 리기아의 퇴화형. 절대적 복종과 "사랑"을 주면서 애인에게 완전히 헌신하는 여자. 상대가 금니를 번쩍거리면서 심령술을 설파하는 "교수"라고 해도 마찬가지다.

　심령술이니 하는 것은 다 개수작인가? 그 '베일녀'니 하는 것도?

　다 개수작인 것은 아니다. 인간의 의식이라는 장치는 현존하는 가장 경이로운 수신기다. 텔레파시를 들먹일 필요도 없다. 인간의 의식에 비하면 무선전신기도 시시할 뿐이다.

　프리시에게 식탁보[31]를 씌우자. 야옹![32]

　프리시가 식탁보를 뒤집어쓰면 어떻게 될까? 새장 안의 카나리아가 식탁보를 뒤집어썼을 때처럼, "잠"에 빠지듯 최면에 빠진다.

　최면은 그냥 잠과는 다르다. 최면에 빠지면, 마치 암탉이 날갯죽지 속에 대가리를 파묻고 잠들 듯, 프리실라라는 한 여자의 **개체적** 지력은 완전히 잠들지만, 의식이라는 **장치**는 영혼 없이 계속 작동한다.

　영혼이 없는데, 무슨 일을 할 수 있을까? 할 수 있는 일이 있다. 무선전신기가 전파 메시지를 수신하듯, 인간의 의식은 온갖 메시지를 수신할 수 있다. 그 후에 비로소 영혼(심층의식)이 이런 온갖 메시지를 처리한다. 의식에서 수신되어 어두운 심층의식에서 처리되는 것이 자연스러운 수순이다.

　수신되는 메시지는 어떤 종류일까? 온갖 종류다. 별로부터 오는 진동, 미지의 자기장으로부터 오는 진동, 미지의 사람들, 미지의 아픔들로부터 오는

∙∙

30)　원문에는 "blacksmith로부터 blackness와 smith-strength를 빼앗는 능력"으로 되어 있다.
31)　공개 강령회에서 프리실라는 항상 천을 뒤집어쓰고 있다. 그녀의 별명이 '베일녀'인 것은 그 때문이다.
32)　"프리시"가 프리실라의 애칭인 동시에 고양이에게 흔히 붙이는 이름임을 이용한 말장난.

진동. 이런 온갖 메시지가 의식에서 수신되어 심층의식에서 처리된다.

진동하는 것 중에는 생각들도 있다. 많고 많은 생각들이 진동하고 있다. 인간과 인간이 두 악기처럼 공명하려면 생각이 공명해야 한다.

진동하는 것 중에는 공기 중을 떠도는 유령들도 있다. 유령이란 죽은 영혼이 아니라 죽은 **의지**라는 것을 유념하자. 영혼이라면 그런 비겁한 짓은 하지 않는다.

한 개체가 죽고 나서 한동안 어떤 에너지의 덩어리가 남아 있는 것은 가능하다. 다시 말해, 사람이나 동물이 죽고 나서 한동안 어떤 진동체가 작은 구름처럼 떠다니는 것은 가능하다. 그러다가 영매의 의식에 수신되는 것도 가능하다. 예컨대, 죽은 아들이 슬픔에 잠긴 어머니에게 메시지를 전달하는 것도 가능하다. 어머니, 빌 잭슨한테 7달러 갚아야 해요. 어머니, 엉클 샘의 유언장을 책상 뒤에 감춰놓았어요. 어머니, 힘내세요, 나는 잘 지내요.

이런 "메시지들"이 무슨 큰 가치를 갖고 있냐 하면 그렇지는 않다. 죽어서 흩어진 의식의 파편들에 불과하기 때문이다. 지금이나 앞으로나 영매에게 안겨진 절망적 과업은 이런 엉킨 메시지들을 해독하는 것이다.

앞으로 일어날 사건의 전조가 미리 감지되는 것이 아예 불가능한 일은 **아니다**. 1925년에 또 한 번 큰 전쟁이 일어나리라고 말하는 물질적 진동이 무당의 의식에 수신되는 것이 아예 불가능한 일은 아니다. 인과의 사슬이 살아 움직이는 영혼을 지배하는 한, 사건들이 군대처럼 기계적으로 도열하는 한, 무당의 예언이 적중하는 것도 불가능한 일은 아니다.

그렇지만 생동하는 인간의 영혼은 언제라도 사건들의 **기계적** 연쇄를 뒤집어엎을 수 있다.

확실히 정해진 것은 없다.[33]

지극히 섬세한 물질의 진동들. 진동과 파장의 사슬들! 심령술.

그래 봤자 심령술 아닌가? 그래 봤자 물질주의. 그래 봤자 지금이나 앞으로나 협잡.

진정한 인간의 영혼('성령')이 발휘하는 통찰력은 숫자로 변환될 수 없는, 어두운 강물 같은 통찰력이다.

진정한 인간의 영혼이라면, 심령술이 됐든 뭐가 됐든 물질적 진동을 이용한 심리 트릭 따위에는 걸려들 리 없다. 그런 것에 걸려들기에는 자존심이 너무 세고, '성령'에 대한 믿음이 너무 진실하기 때문이다.

진실로 믿는다는 것은 첫째, '성령'은 언제까지나 영(靈)일 뿐 물질적 존재가 되는 일은 없으리라는 사실을 받아들이는 것이다.

진실로 믿는다는 것은 둘째, 우리의 마음을 들락날락하는 '성령'의 움직임, 그리고 '성령'을 구성하는 뭇 신들의 움직임을 살피고 따르는 것이다.

'성부'의 때는 예전에 지나갔다.

'성자'의 때는 거의 지나갔다. 벌써 악취를 풍기고 있다.[34]

이제는 '성령'의 때가 왔다.[35]

하지만 썩어 들어가는 영혼들의 때는 없다. '성령'을 거역하는 죄를 지었으니까.

『블라이드데일 로맨스』의 등장인물들은 '성령'을 거역하는 죄를 지은 사람

· ·
· ·

33) 원어는 Rien de certain. "확실한 것은, 확실한 것은 아무것도 없다는 것뿐이다."라는 대 플리니우스의 명언을 인유하는 표현. 로렌스가 이 명언을 프랑스어로 인용한 것은 몽테뉴의 번역으로 유명하기 때문이다.
34) 성서의 인유. cf. 주님, 그가 죽은 지 나흘이나 되어 벌써 냄새가 납니다.(요한의 복음서 11: 3 9)
35) cf. p. 136.

들, 썩어 들어가기 시작한 사람들이다.

화자 내서니얼은 예외다. 그는 아직 슬퍼하는 의식, 성실한 의식이다.

제노비아는 예외가 아니다. '검은 필/진주'는 썩어 들어가고 있다. 썩어 들어가는 속도도 빠르다. 영리한 만큼, 썩어 들어가는 속도도 빠르다.

그렇게 썩어 들어가는 사람들은 심리 트릭을 좋아한다. 심령술이니 강령술이니 오컬트 메시지니 하는 것을 좋아하고 흑마술이니 초자연력이니 하는 것을 좋아한다는 것은 인간의 심리가 썩어들어간다는 신호인데, 남자보다 여자가 더 좋아한다. 초자연적 존재가 되고 싶어 한다는 건 자연적인 데가 망가져 있다는 신호인데, 남자보다 여자가 더 되고 싶어 한다.

영혼의 인식에도 지극히 섬세한 데가 있고, 전지적인 핏속 인식에도 묘한 데가 있다.

하지만 영혼의 인식이 심령술이니 마술이니 하는 온갖 엉터리 초자연주의처럼 경솔하고 물질주의적인 인식은 아니다.

9

리처드 헨리 데이나의 『선원살이 2년』

중노동을 이상화하기는 불가능하다.

이상주의자로서 중노동을 이상화하는 것은 망하는 길이다.

대지! 대지라는 원대한 이상. 토머스 하디의 소설들과 프랑스 화가 밀레의 그림들. 대지.

대지를 이상화하면서 실제로 대지로 돌아간다면 어떻게 될까? 대지에 짓눌리게 된다. 토머스 하디가 그랬듯 우주의 섭리가 나에게 적대적이라는 확신, 타고난 운명이 거대한 빙하처럼 나에게 서서히 다가와서 나를 박살내리라는 확신을 갖게 된다. 그렇게 이상주의자는 대지에 짓눌리게 된다.

토머스 하디의 비관론은 절대적으로 옳다. 대지를 사랑하면서 엄혹한 대지와 싸우는 이상주의자의 최종적 자각을 표현하기에 절대적으로 옳다. 이상주의자는 대지를 사랑하고, 또 사랑하고, 또 사랑하는데, 대지는 라오콘의 독사처럼 이상주의자를 서서히 휘감아 으스러뜨린다. 이상주의자는 죽어 없어져야 한다는 것이 대지의 뜻이다. 그렇다면 죽어 없어질 수밖에.

대지 그 자체를 향한 원대한 가상적 사랑! 톨스토이에게는 그것이 있었다. 토머스 하디에게도 있었다. 그래서 삶을 광신적으로 부정하기에 이른 것이다.

대지를 이상화하기란 불가능하다. 시도하는 경우는 있다. 성공하는 경우도 있다. 하지만 이때의 성공은 곧 포기다. 대지라는 어머니에게는 순수한 이상주의자라는 아들이 없다. 단 한 명도 없다.

대지의 자식이려면, 밤에 옷을 벗어놓듯 적기(適期)에 이상적 자아를 벗어 놓을 줄 알아야 한다.

유럽인이 유럽의 대지를 사랑한 것처럼 미국인이 미국의 대지를 사랑했냐 하면 전혀 그렇지 않았다. 미국이 핏속 조국이었냐 하면 전혀 그렇지 않았 다. 미국은 그저 이상적 조국, 관념의 조국, **정신**의 조국이었다. 그리고 돈주 머니 속의 조국이었다. 핏속 조국이 아니었다.

관념과 정신의 기만적 폭정은 아직 무너지지 않고 있다.

유럽을 향한 사랑은 핏속 사랑이었다. 그 사랑이 유럽을 아름답게 만들 었다.

미국에는 페니모어 쿠퍼의 아름다운 풍경이 있지만 그것은 먼 곳에서 만 들어낸 소망충족이다. 콩코드에는 소로가 있지만, 소로는 자기 땅 한 조각을 현미경으로 관찰하면서 감탄하는 일종의 해부학자였다.

미국은 핏속 조국이 아니다. 모든 미국인에게 핏속 조국은 유럽이고, 정신 의 조국이 미국이다.

초월주의. 진짜 미국인의 외침이다. 이 조국 비즈니스를 초월하라, '우리 미합중국[1]'이 보편적 이념이 될 때까지 초월하라. 초월적 영혼[2]은 어느 한 나라의 영혼이 아니라 전 세계의 영혼이다.

그런 까닭에, 미국인들에게 가상적 정복의 다음번 행보는 바다였다. 대지 가 아니었다. 대지는 너무 한정적이다. 백인의 피는 미국의 대지라는 한정된

· ·

1) cf. p. 291.
2) cf. p. 189, 각주 21.

장소의 산물이 아니다. 절대로 아니다.

모든 사람의 피는 바다의 산물이다. 바다는 우리의 물질적 보편이자 우리의 핏속 하나됨이다. 소금물이니까.

대지를 이상화하기란 불가능하다. 그렇지만 시도하는 사람에게는 크나큰 가상적 보답이 돌아온다. 가장 큰 보답은 실패하는 것, 그리고 실패가 **당연한 일**이었음을 알게 되는 것이다. 결국은 그것이 가장 큰 위안이다.

톨스토이는 대지에서 실패했다. 토머스 하디도 실패했다. 조반니 베르가[3]도 실패했다. 3대 실패였다.

가장 멀고 가장 큰 대자연은 바다다. 바다라는 '마그나 마테르'[4]를 사랑하는 사람은 머잖아 그것이 얼마나 쓰라린 일인지 알게 된다. 바다를 이상화하는 것이 얼마나 불가능한지 알게 된다. 영원히 안 되는 일이다. 절대로 안 되는 일이다.

영국에서 시도한 것이 스윈번이었다.[5] 하지만 가장 대대적으로 시도했다가 가장 장렬하게 실패한 것은 미국인들이었다.

사람들이 인간의 삶에 관심을 잃는 시기가 있다. 인간의 삶에 관심을 잃으면? 좀 더 보편적인 데로 관심을 돌린다.

그중에서 가장 보편적인 것이 바다. 모든 사람의 물질적 어머니라고나 할까.

••

3) 러시아의 톨스토이, 영국의 하디, 이탈리아의 베르가 셋 다 땅에 발붙이고 사는 기층의 삶에 주목했다. 로렌스는 베르가의 책을 총 세 권 번역했다. 영역본 제목은 *Mastro-Don Gesualdo* (1923), *Little Novels of Sicily*(1925), *Cavalleria Rusticana and Other Stories*(1928).

4) cf. p. 159.

5) CUP에 따르면, 로렌스는 이 대목에서 영국 시인 스윈번의 「시간의 승리(The Triumph)」라는 시의 한 대목을 염두에 두고 있었다. cf. "나 돌아가리라, 위대하고 다정한 어머니에게, / 남자들의 어머니, 남자들의 연인에게 돌아가리라."

데이나는 하버드에 다니면서 점점 시력을 잃었다. 그러다가 문득 바다로 나갔다. 바다는 자연 그대로의 '어머니'였고, 데이나는 평선원이었다.

중노동을 이상화하기란 불가능하다. 하지만 중노동을 경험하면서 중노동을 **인식**하는 것은 가능하다. 바다와 대결하면서 바다를 "**인식**"하는 것도 가능하다.

바다와 맨몸으로 대결하면서 바다를 경험하는 것이 바로 데이나가 원하는 바였다.

"**너 자신을 알라.**" 네 핏속에 있는 흙을 알라. 네 핏속에 있는 바닷물을 알라. 4대 자연력을 알라.

하지만 잊지 말아야 할 것이 있다. "**앎**"과 "**삶**"은 서로 상극이다. **앎**이 커질수록, **삶**은 작아진다. **삶**이 커질수록, 살아 있을수록, **앎**은 작아진다.

이것이 인간의 십자가, 인간의 이원성이다. 핏속의 자아가 있고, 신경과 두뇌의 자아가 있다.

그렇다면 앎이란 삶의 죽어감이다. 인생에는 살아가는 시기가 있고 알아가는 시기가 있다. 인생은 언제나 두 시기 사이를 오간다. 인생의 목표는 배우지 않는 법을 배우는 것이다.

데이나에게 대양의 인식은 인식의 새로운 단계이기도 했지만, 자기파괴의 새로운 단계이기도 했다. 자기 자신을 망가뜨리는 과정, 자기 존재가 녹아 없어지는 과정에서의 새로운 단계였다. 그 단계를 넘어가면, 인간이라기보다 인식자가 된다. 그 어느 때보다 기계장치와 비슷해진다. 그것이 우리가 짊어진 십자가요, 우리에게 닥칠 파멸이다.

바다로 나간 지 얼마 지나지 않은 겨울에 대서양에서 데이나는 이런 말을 한다:

"드넓고 서글픈 바다 위로 **동이 트는 모습**은 그 어떤 것과도 비교할 수 없다. 동쪽 수평선에 처음으로 회색 줄무늬가 그어지면서 심해의 수면에 아스라한 빛이 드리워지는 모습에는 외로움과 두려움과 애달픈 예감을 자아내는 그 무엇이 있다. 자연 속에서 그런 느낌을 자아낼 수 있는 것은 달리 없다."

이렇듯 데이나는 홀로 깨어 모험의 세계로 입장한다. 생명의 세계가 끝나고 물이라는 우주가 시작되는 곳이라고 할까, 존재의 형체가 흩어지고 생명의 온기가 식어가는 중간 지대라고 할까. 죽음의 얼굴, 엄청난 모험, 엄청난 망가짐, 의식의 기묘한 확장이 한 인간을 기다리고 있다. 데이나가 앨버트로스를 보는 장면도 마찬가지다.

"내가 지금껏 살면서 보았던 가장 근사한 장면 중 하나는 케이프혼 앞 바다에 무거운 해류가 흐르고 있을 때 수면 위에서 잠든 앨버트로스였다. 수면은 바람 한 점 없이 잔잔했지만, 묵직한 파도 하나가 길게 일렁이더니 녀석이 바로 우리 앞에 나타났다. 녀석은 새하얀 자태로 날갯죽지에 머리를 파묻고 잠든 채 거대한 파도와 함께 높이 솟아오르는가 하면, 서서히 수그러드는 파도와 함께 숨어버리기도 했다. 우리 배가 점점 녀석에게 다가가자 한동안 단잠을 즐기던 녀석은 뱃머리의 시끄러운 소리에 머리를 쳐들고 우리를 잠시 쳐다보더니, 넓은 날개를 펼치고 하늘로 날아올랐다."

데이나가 심오한 신비주의적 비전의 작가임은 인정해야 한다. 가장 뛰어난 미국인들은 본능적 신비주의자들이다. 데이나의 내러티브는 단순하고 앙상하지만, 감정은 깊고 깨달음은 적나라하다. 앨버트로스는 최후의 호광성 (好光性) 생명의 화신, 공기와 물이라는 두 원리의 문턱에서 홀로 살아 있는 작은 점 하나다. 데이나 자신의 영혼이 앨버트로스의 영혼을 닮았다고 말할 수도 있다.

앨버트로스는 폭풍에 우는 새다. 데이나도 마찬가지다. 데이나에게 바다와의 싸움은 살아 있는 영혼과 거대한 자연력(생명력은 없지만 강력한 힘)과의 싸움, 형이상학적 싸움이자 실제로 싸우는 싸움이다. 그는 망각에 빠지는 일도 없고 지켜보기를 게을리하는 일도 없다. 호손이 땅에서 허깨비처럼 살아갔다면, 데이나는 바다에서 한층 더한 허깨비로 살아간다. 그의 임무는 지켜보는 것, 인식하는 것, 바다를 자신의 의식으로 정복하는 것이다. 데이나와 보통의 선원들 사이의 고통스러운 차이점이다. 보통의 선원은 의식을 놓아버리고 바다표범 같은 생물체처럼 자연력에 섞여 들어가는 반면, 작은 점처럼 홀로 있는 데이나는 거대한 바다가 자기의 작은 몸뚱이를 쓸어버릴 듯이 솟구치는 것을 지켜본다. 바다가 그를 쓸어버린다면, 다른 누군가가 그의 일을 이어가야 한다. 인간의 의식이 바다의 주인이 되어야 하니까. 인간의 영혼이 생사의 주인이 되려면 **"인식"**을 통해서 바다와 싸워야 하니까. 그것이 '나무[6]'와 '십자가'의 필연, 최후의 쓰라린 필연이다. 데이나는 자연력에 둘러싸인 자기 자신을 고요함 속에서, 그리고 동시에 치명적 위험 속에서 지켜본다. 데이나의 문제는 장엄하면서 절망적이다. 탁월한 비극 기록관의 문체다.

∴

---

[6] 성서의 인유. cf. 그러나 선과 악을 알게 하는 나무 열매만은 따먹지 마라. 그것을 따먹는 날, 너는 반드시 죽는다.(창세기 2: 17)

"5시에서 6시 사이에 '우현 집합!' 지시가 내려졌고, 우리 당번들이 갑판에 올라가자마자 전원집합 지시가 내려졌다. 거대한 크기의 검은 먹구름이 남서쪽에서 우리를 향해 돌진해오고 있었다. 우리는 먹구름에게 따라잡히기 전에 돛을 접기 위해 안간힘을 썼다. 가벼운 돛들을 말아 넣고 항로를 풍향에 맞추고 중간 돛에 밧줄을 거는 작업까지 겨우 끝마치고 앞돛대에 기어 올라가는 찰나에 폭풍이 우리를 덮쳤다. 비교적 잔잔하던 바다가 순식간에 격랑에 휩싸이고, 사방이 한밤중처럼 캄캄해지고, 우박과 진눈깨비가 우리를 돛대에 꽂아버릴 듯 거세게 쏟아졌다. 그렇게 거센 우박과 진눈깨비에 얻어맞아 본 것은 그때가 처음이었다."

데이나의 문체가 장엄해지는 것은 적나라한 물질적 사실들을 아무 감정 없이 기록하는 때다. 데이나의 글이 출발하는 곳은 고통을 느끼고 감정을 느끼는 자아가 아니라, 고통이나 감정과는 동떨어져 있는 존재의 중심들이다.

그렇게 폭풍과 싸우면서 케이프혼을 돌아 나온 배는 비교적 잔잔한 바다로 들어선다. 크루소가 살았던 후안 페르난데스섬[7]이 바다가 꾸는 꿈 한 조각처럼, 풀빛 구름 한 조각처럼 나타난다. 데이나는 섬을 바라보면서 자기가 떠나온 삶을 그리워하지만, 섬을 바라보는 그는 마치 유령 같고, 그의 그리움도 유령처럼 희미한 아픔일 뿐이다.

하지만 어느새 긴 항해의 스트레스가 표면화되기 시작한다. 바다는 모든 것을 파괴하는 힘이다. 생성하는 힘이 바로 파괴하는 힘이다. 처음에는 세포를 불태워 열을 내는 힘이지만 결국은 불태워 없애는 힘이다. 인간의 심리는 파괴당하고 자극당하고 손상당하고 거의 비인간화된다.

⁝

7) 『로빈슨 크루소』의 주인공이 살았던 무인도의 모델.

배에서 문제가 생긴다. 짜증스러운 불만, 참을 수 없는 마찰, 그리고 마침내 매질. 데이나는 이 태형 앞에서 처음이자 마지막으로 이상을 품은 인간의 고통을 느낀다.

"샘은 이미 매달려 있었다. 다시 말해, 손목을 밧줄그물에 단단히 묶이고 윗도리도 없이 맨등을 드러낸 채 밧줄그물 앞에 세워져 있었다. 시원한 매질을 위해서 몇 피트 떨어진 갑판 돌출부에 올라선 선장은 한 손으로 가볍고 두꺼운 밧줄을 그러쥐었다. 사관들은 선장을 중심으로 모였고, 선원들은 갑판 허리에 모였다. 이런 모든 준비 과정은 나에게 구역질과 현기증을 불러일으켰다. 나는 격한 분노를 느꼈다. 인간인데, 하느님의 모습을 닮은 인간인데, 짐승처럼 매질 당하다니! 최초의 충동, 거의 불가항력적인 충동은 저항의 충동이었다. 그렇지만 뭐가 달라졌겠는가? 저항할 수 있는 시간은 어느새 지나간 후였다."

이렇듯 미스터 데이나에게 적극적 행동은 불가능했다. 난간에 기대서 먹은 것을 토하는 것이 고작이다.

그런데 왜 토가 나왔나?

인간이 매 맞는 것이 왜 토 나올 일인가? 인간이 "하느님의 모습"을 닮은 존재라서?[8] 인간이 하느님의 모습을 닮은 존재라면, 하느님도 엉덩이를 까고 변기(왕좌와 비슷한 자리)에 앉는 존재여야 하지 않겠는가. 변을 닦는 존재여야 하지 않겠는가.

하느님인데 그럴 리가 없다고?

∴

8) 성서의 인유. cf. 우리 모습을 닮은 사람을 만들자.(창세기 1: 26)

왜? 내가 숭배하는 신들 중에 변소에 안 가는 신은 없다. 볼기짝이 없는 '케루빔'[9]이라면 나는 사양이다. '전능하신 하느님'이라면 볼기짝도 있다.

신성모독이 아니다.

인간에게 볼기짝이 있다는 것은 얻어맞아야 하는 존재라는 뜻이 아니겠는가. 그것이 전능하신 하느님의 뜻이 아니겠는가.

왜 얻어맞아야 하냐고? 얻어맞아야 할 이유는 많다.

인간은 그저 빵을 먹고 똥을 싸기 위해서 사는 것이 아니잖은가.[10]

살아 숨 쉰다는 것이 무엇인가? 사람과 사람, 남자와 여자, 사람과 사물 사이를 오가는 이상한 흐름. 끊임없이 뒤섞이는 흐름. 끊임없이 오가는 진동. 그것이 삶의 호흡이다.

그런데 이 흐름, 이 전류에는 두 극이 있다. 음극이 있고 양극이 있다. 이것이 생명체의 법칙, 생명력의 법칙이다.

더 이상 바뀌지 않는 것, 정해져 있는 것, 고정돼 있는 것, 섞이지 않는 것은 관념들뿐이다.

모든 생명체의 흐름은 서로 다른 두 극 간의 연결이다. 그것이 전류다.

전류의 종류는 다양하다. 남자와 여자 사이의 전류도 있고, 주인과 하인 사이의 전류도 있다. "관념"(고정형(固定形)의 고르곤 괴물)과 "이상"(정치형(定置形)의 거대한 엔진), 이 두 기계적인 신은 모든 **자연스러운** 관계와 모든 **자연스러운** 전류를 수 세기에 걸쳐 열심히 망가뜨려 왔다. "관념들"은 남녀관계(곧, 남자와 여자 사이를 흐르는 전류)를 망가뜨려 왔다. 이로써 남녀관계는 남자의 인성과 여자의 인성 양쪽 다를 박살내는 톱니바퀴로 변질되었다. "이상들"은

••

9) 선사 서열에서 세라빔에 이어 두 번째로 높은 천사.
10) 성서의 인유. cf. 사람이 빵으로만 사는 것이 아니라.(마태오의 복음서 4: 4)

주인과 하인 사이의 핏속 관계를 망가뜨려 왔다. 이로써 주종관계는 추상적 참상으로 변질되었다.

주인과 하인의 관계는 사랑과 마찬가지로 근본적으로 두 극 사이의 흐름이다. 주인과 하인 사이에서 생이라는 전류가 흐르면서 주인과 하인 둘 다에게 자양분을 공급하고 주인과 하인 사이의 균형(미묘하게 진동하는 생의 균형)을 잡는다. 부정하고 싶겠지만 사실이 그렇다. 만약에 우리가 주인과 하인을 모종의 **관념**(생산, 임금, 효율 등등)에 예속시키는 방식으로 **추상화**한다면, 주인과 하인은 저마다 스스로를 모종의 반복적 진보를 수행하는 도구로 간주하게 될 것이고, 주인과 하인 사이의 진동하는 생이라는 전류는 기계적으로 획일화될 것이다. 또 다른 방식의 생이라고 말할 수도 있겠지만, 생의 안티(anti-life)라고 말할 수도 있다.

배는 그런 추상화가 불가능한 장소였다. 배에서는 주인이 주인으로 있어야지 안 그러면 지옥이었다. 배는 주인과 하인의 관계, 명령과 복종의 관계라는 그 이상한 전류가 흘러야 하는 곳이었다.

명령하고 복종하는 관계는 생의 불안정한 균형 상태다. 살아 움직이는 것, 자연스러운 것은 모두 불안정하다. 천만다행이지 뭔가.

배 위에서 여러 주를 지낸 시점. 주인과 하인들에게 상당한 스트레스가 가해진 상황. 하인들은 점점 무뎌지고 있고, 주인은 점점 날카로워지고 있다.

그러다가 결국?

폭풍이 휘몰아친다.

왜 폭풍이 휘몰아치는지는 나도 모른다. 폭풍이니까 휘몰아친다. 하늘의 폭풍. 바다의 폭풍. 천둥 폭풍. 분노 폭풍. 폭풍이니까.

폭풍은 두 극 간 흐름의 폭력적 재조정이라고 할 수 있다. 여기 두 극 간에 불안정한 균형 상태에서 전류가 흐른다. 흐름은 점점 불안정해지고 결국은 와장창 깨진다. 세상이 와장창 깨지는 것처럼. 천둥이 우르릉, 번개가 번쩍. 주인이 으르릉, 채찍이 철썩. 어느새 단비가 내린다. 전류가 다시 조정되고 균형이 다시 잡히면서 배에는 새롭게 이상한 고요가 깃든다.

왜 폭풍이 휘몰아치는지가 궁금하면 '전능하신 주님'한테 물으시라. 나는 모르니까. 내가 아는 것은 폭풍이 휘몰아친다는 것뿐이다.

그렇다고 때려? 왜 때려? 말로 타이르는 방법도 있는데. 티타임에 잼을 뺏는 방법도 있는데.

그 방법이 왜 안 되냐고? 천둥에게 우르릉 쾅쾅 하는 물리적 폭력을 자제해달라고 부탁한들 되겠는가? 서서히 누그러져 달라고 부탁한들 되겠는가?

천둥이 서서히 누그러지는 때도 **분명** 있다. 하지만 그것은 그것대로 싫다. 공기는 계속 후텁지근하고 하늘은 계속 을씨년스럽다.

매질.

샘이라는 살찌고 굼뜬 녀석은 한 주 한 주 시간이 갈수록 더 굼떠지고 더 후줄근해진다. 선장은 한 주 한 주 시간이 갈수록 더 날카로워진다. 결국 샘은 나태의 늪에 빠지고, 선장은 분통이 터진다.

자, 이 두 인간(선장과 샘)이 명령하고 복종하는 극히 불안정한 균형 상태에 있다. 두 극 간의 흐름. 완전히 상반된 두 극 간의 흐름.

의지의 대립은 척추 뒷면 옆쪽에 위치한 수의신경계 사이의 결합이다. '선장'의 등뼈에 위치한 의지와 느림보 샘의 등뼈에 위치한 의지가 하나의 신경절로 결합되면서 두 극 간에 날카로운 전류, 생명력이라는 무서운 전류가 흐른다. 이 전류에 과도한 충격이 가해지면 폭발이 일어날 수 있다.

"저 돼지 놈을 당장 묶어!" 분노한 선장의 으르릉.

그러고는 철썩! 철썩! 저 느림보 샘의 등짝을 할퀴는 고양이.

그렇게 폭발을 일으킨 전류는? 맙소사, 차가운 얼음물처럼 샘의 등뼈로 흘러 들어간다. 선장의 분노라는 전류가 선장이 내리치는 채찍을 타고 느림보 샘의 핏속 수의신경계로 직결된다. 철썩! 철썩! 번쩍이는 전깃불이 살아 있는 신경세포들로 직결된다.

의지의 전류를 감지한 살아 있는 신경세포들은 가늘게 떨면서 긴장하기 시작한다. 혈행이 빨라지고 활동력이 되살아난다. 신경의 각성이다. 선원 샘은 아픈 등짝과 함께 다시 빠릿빠릿해진다. 선장은 아픈 가슴과 함께 화를 풀고 새롭게 권위를 찾는다.

새로운 균형, 상쾌한 새출발이다. 샘의 **육체적** 지력이 회복되고, 선장의 막혔던 혈관이 뚫린다.

이것이 인간관계의 자연스러운 형태다.

샘은 매를 맞는 것이 좋고, 선장도 이번에는 샘에게 매를 드는 것이 좋다. 양쪽 다 육체적으로 그 지경이었으니까 하는 이야기다.

매를 아끼면 아이의 **육체**를 망친다.

매를 들면 아이의 **이상**을 망친다.

그런 이야기다.

생의 핏속관계를 거부하는 이상주의자 데이나는 난간에 힘없이 기대서 먹은 것을 다 토했다. 어쨌든 웩웩거렸다. 데이나의 태양 신경총의 작은 복수였다. 이상주의자 데이나에게 샘은 "이상적" 존재, 곧 머리와 이성과 정신을 통해서 접근되어야 할 존재였다. 그런 살덩어리가 잘도 그런 존재겠다!

배에는 이상주의자가 또 한 명 있었다. 요하네스라는 이름의 스웨덴인 선원이었는데, 요한이라는 이름대로 '로고스의 잭타르(Jack-tar of the Logos)'였다.[11] 자기가 샘의 '매개자', '중재자', '구원자', '협조자'로 부름 받았다는 것

••

11) 요한(John, 성서의 저자), 잭(Jack, 잭타르: 선원의 별칭), 요하네스(Johannes)의 어원이 같음을

이 그의 생각이었다.[12)

"선장님, 왜 저 사람을 매질하십니까?"

하지만 선장은 화가 나 있었다. 요하네스 같은 참견하기 좋아하는 구원주의자들이 자기의 자연스러운 파토스를 심판하고 훼방하는 것을 선장은 허락지 않았다. 선장이 참견꾼 요한을 똑같이 때린 것은 그 때문이었다.

내 속이 다 후련하다.

안타깝게도, 끝은 선장의 패배였다. 마지막에 썩은 미소로 웃는 사람이 가장 길게 썩은 미소로 웃는 사람이다.[13) 선장은 조심성이 부족했다. 이상주의자는 자연스러운 분노, 자연스러운 파토스에 부단히 맞서는 적인데, 배는 이미 이상주의로 오염되어 있었다. 허먼 멜빌의 배보다 훨씬 더 심하게 오염되어 있었던 것 같다.[14)

멜빌이 매를 맞을 뻔했던 일이 생각난다. 『흰색 윗도리』의 한 대목이었다. 멜빌이 매를 맞았다면, 매를 맞은 일을 최악의 모욕[15)으로 받아들이는 것은 멜빌도 마찬가지였을 것이다.

내 생각을 밝히자면, 매를 맞는 것이 최악의 모욕이냐 하면 그렇지가 않다. 저런 작자에게 "호감"을 사느니 차라리 매를 맞는 것이 낫겠다 싶은 작자들이 태반이다.

이용한 말장난. cf. 한처음, 천지가 창조되기 전부터 말씀(Logos)이 계셨다. 말씀은 하느님과 함께 계셨고 하느님과 똑같은 분이셨다.(요한의 복음서 1: 1)

12) '매개자', '중재자', '구원자', '협조자': 성서에 나오는 예수의 별칭들. cf. 내가 아버지께 구하면 다른 협조자를 보내주셔서 너희와 영원히 함께 계시도록 하실 것이다.(요한의 복음서 14: 16)

13) "마지막에 웃는 사람이 가장 오래 웃는 사람이다."라는 격언의 인유. cf. p. 155.

14) 멜빌의 『흰색 윗도리(White-Jacket)』를 염두에 둔 표현. 『흰색 윗도리』에서 매질 당할 위기에 처한 주인공은 매질 당하느니 차라리 죽는 편이 낫다고 생각한다.

15) 『흰색 윗도리』에 나오는 표현.

멜빌에게도 "중재자"가 있었지만, 그의 중재자는 조용한 사람, 스스로를 존중하는 사람이었지 구원자는 아니었다. 그가 입을 연 것은 "정의"를 위해서였다. 그가 입을 연 이유는 멜빌에게 매질하는 것이 정의가 아니라서였다. 그의 입에서 나온 말은 솔직담백하고 조용했다. 구원주의자의 말이 아니었다. 중재는 통했고 매질은 없었다.

정의는 건전하고 당당하다. 구원주의는 한심할 뿐이다.

샘이 매를 맞은 것은 정의, 파토스의 정의였다.

멜빌이 매를 맞았다면, 그것은 냉혹하고 징벌적인 불의였을 것이다. 불의는 역겹다. **정의**라고 해도 기계적 정의는 역겹다. 참된 정의 앞에서는 심장 세포들이 전율한다. 진짜 정의 앞에서는 냉혹할 수 없다.

데이나의 시대에는 이미 선장의 자리가 즐겁지 않았다. 스스로를 기계부품으로 추상화시키고 다른 기계부품들을 통제해야 하는 자리였다. 기계적 통제(자아를 잃고 이상을 내세우는 통제)는 기계적 복종보다 훨씬 더 괴롭다. 기계적으로 복종해야 하는 이상주의자들은 명령을 내려야 하는 **사람**을 거의 항상 미워한다. 그 자리에 있는 이상 그 사람도 어쩔 수 없다는 사실이 그들의 이상주의에는 거의 통하지 않는다.

데이나의 선장은 진짜 구식이었다. 화가 나면 앞뒤 없이 날뛰는 유형이었다. 배 안에 적들이 가득 있다는 것, 특히 모든 "주인"을 미워하는 것을 원칙으로 삼는 냉혹하고 지독한 이상주의자가 최소한 두 명 있다는 것을 알고 있었다면, 좀 더 조심해야 했다.

"매질을 계속 하면서 점점 흥분한 선장은 갑판 위를 날뛰고 돌아다니더니 다시 밧줄을 휘두르면서 고래고래 소리를 질렀다. '내가 네놈을 왜 때리는지 궁금하면 내가 알려주마. 때리고 싶어서 때린다! 때리고 싶어서!

때리는 게 좋아서. 그래서 때린다!'

선원은 고통에 몸부림쳤다. 나는 온몸의 피가 얼어붙는 것 같아서 더 이상 볼 수가 없었다. 혐오와 구역질과 경악에 휩싸인 나는 등을 돌리고 난간에 기댄 채 바다를 내려다보았다. 나의 처지에 대한, 그리고 복수 가능성에 대한 몇 가지 생각이 순식간에 머릿속을 스쳐갔다. 하지만 밧줄이 등짝을 후려치는 소리, 선원의 비명소리가 나를 다시 현실로 불렀다. 조용해진 뒤에 돌아보았더니 '항해사'가 '선장'의 손짓에 따라 선원을 풀어준 후였다."

사실 그렇게 끔찍한 일도 아니었다. 선장의 조치가 평소보다 과했던 것 같지도 않다. 샘의 자업자득이었다. 자연스러운 사건이었다. **도덕적** 판결만 아니었다면, 아무 일도 없었을 것이다. 게다가 선원들이 직접 내린 판결이 아니라 이론적 이상주의자들(데이나와 늙은 선원 요한)이 내린 판결이었다. 선원들이 이해한 도덕은 인위적인 에토스가 아닌 자연발생적인 **파토스**였다. 벌거벗은 힘이 폭력적으로 재조정될 때, 그들은 그 힘을 자연 안에서와 마찬가지로 인간 안에서도 존중했다.

"선실에 있을 때 매질 이야기를 꺼내는 사람은 우리 중에 아무도 없었다. 누가 그 이야기를 꺼낼 것 같으면, 항상 다른 누가 가로막고 나서거나 화제를 돌렸다. 그들이 가지고 있으리라고는 예상치 못했던 섬세함이었다."

두 사람이 매를 맞은 상황이었다. 늙은 선원 요한이 두 번째로 매를 맞은 것은 선장이 샘을 때릴 때 끼어들어서 왜 때리느냐고 물었기 때문이었다. 선장이 "내가 네놈을 왜 때리는지 궁금하면 내가 알려주마."라고 소리쳤던 것은 요한을 때리면서였다.

"하지만 매를 맞은 두 사람이 서로를 대하는 태도에는 최상급 사교계에서도 경탄의 대상이 될 만한 섬세한 배려와 예우가 깃들어 있었다. 상대가 고초를 당한 것이 전적으로 자기를 위해서였음을 잘 알고 있는 샘은 자기의 고충을 토로할 때마다 치욕을 당한 것이 자기뿐이라면 아무 일도 아니었겠지만 상대와 마주칠 때마다 상대가 그렇게 당한 것이 자기 때문이었음을 떠올릴 수밖에 없게 되었다는 말을 빠뜨리지 않았고, 요한은 자기가 그렇게 당한 것이 상대를 구해줄 생각으로 끼어들었기 때문이라는 것을 상대의 머리에 떠올릴 수 있을 그 어떤 말이나 행동도 철저히 삼갔다."

실은 부끄러워해야 할 사람은 자명한 사안을 들쑤셔서 혼란과 가짜감정을 불러일으킨 요한이었다. 관습적 도덕을 논외로 친다면, 비난을 받아야 하는 것은 샘도 아니고 선장도 아닌 바로 요한이었다. 무슨 비정상적인 사건이 아니라 그저 파토스의 재조정이 이루어진 사건 중 하나였는데, 설교자 요한이 중뿔나게 끼어든 것이다. 미스터 데이나가 시력이 약한 것에 못지않게 소화력도 약하다면 그가 구토하는 것을 막을 수는 없겠지만, 이 한 쌍의 이상주의자만 가만 있었으면 그냥 자연스럽게 흘러갔을 일 앞에서 다른 모든 사람이 불편과 혼란을 느껴야 하는 사태는 막을 수 있지 않겠는가? 아니, 못 막는다. 요한과 데이나라는 두 이상주의자는 기어이 자기네 설교에 생의 사안들을 쑤셔 넣고 "여론"을 조성해야 직성이 풀린다. 오오, 이상주의여!
배는 태평양 해안에 정박하고, 핏속의 파도는 잠시 잦아든다. 경이롭게 펼쳐진 황량한 해안. 미지의 세계로 나아가기 직전.

"수 마일 밖까지, 사람이라고는 우리뿐이었다. 성벽처럼 높이 솟은 가파른 언덕이 '바다세계'를 제외한 모든 세계로부터 우리를 고립시키고 있었다. 다른 사람들로부터 멀찍이 떨어져 나온 나는 밀려온 파도가 좁은 구멍으로 솟구쳐 오르는 지점의 바위 위에 자리를 잡았다. 거대한 바위가 황무지에 생기를 주듯이, 내가 앉아 있는 곳의 장엄함이 지루한 백사장에 생기를 주었다. 그렇게 완전히 혼자가 된 것은 그때가 거의 처음이었다. (…) 나의 비교적 나은 쪽 본성이 다시 등장해서 나를 지배하기 시작했다. 애초에 나에게 있었던 얼마 되지 않는 시흥(詩興)과 낭만이 그때까지의 고된 선원생활로 완전히 없어져 버리지는 않았다는 것이 느껴지면서 기쁨의 열기가 훅 끼쳐왔다. 내가 공연하고 있는 연극의 이렇듯 완전히 새로운 한 장면 속에 한 시간 가까이 빠져 있던 나는 멀리서 들리는 동료 선원들의 고함소리에 겨우 정신을 차렸다."

이렇게 태평양 해변에 앉아서 햄릿을 연기하는 데이나는 자기 자신의 실존이라는 연극의 주연배우다. 하지만 그의 자기의식을 보면, 자아에 대해서 무관심하기가 거의 과학자적이다.

데이나가 근사하게 그려 보여주는 샌프란시스코만은 그 당시만 해도 사람의 발길이 닿지 않는 미지의 세계였다:

"우리 배는 썰물을 기다렸다가 만의 입구에 닻을 내렸다. 아름답게 비탈진 높은 언덕에서 수백 마리의 붉은사슴이 뛰어다니고 있었다. 여러 갈래로 높이 자라는 뿔을 단 수사슴이었다. 한동안 우리를 내려다보던 붉은사슴들은 총소리에 겁을 먹고 달아났다. 우리가 총을 쏜 것은 붉은사슴들의 아름다운 모습과 동작을 다양하게 구경해보기 위해서였다."

이제 보니 '프레시디오'였다!¹⁶⁾ 멍청한 총질.

데이나가 경험하는 강렬한 인간적 경험 두 가지는 선장을 향한 증오(강력하면서도 무력한 감정)와 호프라는 카나카족 소년(백인종이 남태평양에 퍼뜨린 폐병인가 성병인가 하는 병을 앓고 있는 남태평양 출신의 미소년)을 향한 연민 어린 사랑(강력하고 충동적인 감정)이다. 호프에 대해서 데이나는 이렇게 적고 있다:

"하지만 나머지 한 명, 곧 나의 친구이자 아이카네¹⁷⁾였던 호프는 내가 그때껏 살면서 보았던 것 중에 가장 끔찍한 형상이었다. 눈은 움푹 꺼져 아무 생기가 없었고, 양쪽 뺨이 꺼지면서 피부 아래로 치아 자국이 고스란히 드러났고, 양손은 새의 발톱처럼 앙상했고, 이미 망가질 대로 망가진 몸이 지독한 기침에 산산조각 나는 것 같았고, 말소리는 허한 속삭임이었고, 몸은 전혀 움직일 수 없는 상태였다. 비좁은 화덕집 안에서 거적 깔린 바닥 위에 겨우 몸을 누이고 있는 호프에게는 약도 없었고 병세를 완화시킬 만한 것이 아무것도 없었다. 호프를 들여다보아 주는 것은 도와주겠다는 마음만 있을 뿐, 할 수 있는 것은 아무것도 없는 카나키족 몇 명뿐이었다. 나는 호프를 보자마자 구역질이 나고 현기증이 났다. 불쌍한 녀석! 해변에서 지낸 넉 달 동안 우리 둘은 일할 때나 숲속을 탐험할 때나 물속에서나 항상 함께였는데. 호프는 미국인인 내가 거기 있는 다른 어떤 미국인보다 좋아한 녀석이었는데. 내가 화덕집 안으로 들어가자, 호프는 나를

••

16) 프레시디오(Presidio)는 스페인어로 '요새'를 뜻한다.
17) cf. "카나카족 사람들에게는 저마다 한 명의 특별한 친구가 있다. 그 친구에게는 모든 것을 해줄 의무가 있으며, 그 친구의 적은 자기의 적이다. 그 친구를 위해서라면 아무리 큰 희생이라도 기꺼이 치른다. 카나카족 사람들은 그런 친구를 아이카네라고 부른다."(『선원살이 2년』 중에서)

바라보면서 손을 내밀었다. 그러면서 약한 목소리로, 하지만 기쁜 미소와 함께, '알로하, 아이카네! 알로하 누이!'[18]라고 인사해주었다. 나는 최선을 다해서 호프를 간호하면서, 선장에게 약을 달라고 부탁해보겠다고 약속했다."

앞에서 선장을 향한 증오의 맥박이 느껴졌다면, 이제는 밝은 눈동자의 태평양 원주민(태평양 바다의 신비함으로 가득한 진짜 바다 아이)을 향한 구원자적 사랑의 맥박이 느껴진다. 호프가 데이나에게 의미하는 바는 칭가츠국이 쿠퍼에게 의미하는 바, 곧 심장의 형제, 응답하는 형제였다. 하지만 그것은 짧은 한때의 사랑일 뿐이었고, 그 사랑조차 대부분 자비로 착색된 연민이었다. 구원주의로 귀결될 수밖에 없었다. 이상적 존재였으니까.

캘리포니아 해안을 떠나 동부의 문명사회로 돌아가고 싶다는 갈망으로 미칠 것 같았던 데이나였지만, 막상 배가 출발하자 이별의 아픔이 엄습한다. 태평양이 데이나의 신비 세계라면, 미합중국 동부는 데이나의 현실 세계(과학적 세계, 물질적 실재의 세계)다. 데이나는 문명을 섬기는 이상주의자요, 주인들을 증오하는 민주주의자요, 언제나 의식과 자기의식을 작동시키는, 아무것도 망각하지 않는 **인식자**다.

"돛이 모두 올라가고 갑판이 깨끗이 치워졌을 무렵, **캘리포니아 호**는 이미 한 점이 되어 있었고, 캘리포니아 해안은 낮은 구름처럼 남동쪽으로 수평선 위에 누워 있었다. 해 질 무렵에는 이미 배와 육지 둘 다 보이지 않았고, 우리는 또다시 하늘과 바다가 만나는 망망대해 위에 떠 있었다."

∵

18) 원문은 Aloha (nui). "(큰) 사랑"이라는 뜻의 인사말.

데이나라는 섬세한 탐험가가 그려 보이는 귀향의 항로는 경이롭기 그지없다. 바다가 그의 탈출로를 차단하기 위해 들고 일어나는 것 같다고 할까. 데이나가 들어서는 곳은 지구와는 다른 세계, 지구상의 생명과는 다른 생명인 것 같다. 처음의 불길한 예감이 틀리지 않은 듯, 곧이어 암흑의 심부로 성큼 들어선다. 바다는 그를 거의 집어삼키지만, 그는 의식으로 승리한다.

"낮은 하루하루 짧아졌고, 하늘 위의 태양 길은 하루하루 낮아졌고, 태양의 열기는 하루하루 약해졌고, 밤은 갑판에서 잠을 청하기가 불가능할 만큼 추워졌다. 구름 없이 맑은 날 밤에는 마젤란 은하가 보였고, 하늘은 냉정한 것 같기도 하고 분노한 것 같기도 한 표정이었다. 남쪽에서 흘러오는 길고 무겁고 험악한 바닷물이 앞으로의 일을 예고해주었다."

남반구의 겨울에 케이프혼으로 향하는 배는 기묘하고 으스스한 격랑 해역으로 접어든다.

"수 마일 앞 바다 위에는 거대한 무정형 덩어리가 둥둥 떠 있었다. 꼭대기 부분과 그 밖에 뾰족뾰족한 부분들은 하얀 눈으로 덮여 있었고, 중간 부분은 짙은 남색을 띠고 있었다. 그것의 정체는 초대형 빙산이었다. 어느 쪽을 돌아보든 진청색 바다에서 높고 시원하게 솟구치면서 햇빛에 반짝이는 파도뿐이었는데 그 한복판에 그 어마어마한 빙산이 떠 있었던 것이다. 빙산 속의 동굴들과 계곡들은 깊은 그림자로 어두웠고, 빙산의 뾰족뾰족한 봉우리들은 햇빛을 받아 반짝거렸다. 말로는 도저히 표현할 수 없는, 기이하고 장대하고 그야말로 숭고한 광경이었다. 둘레는 2, 3마일, 높이는 수백 피트에 이를 듯 싶은 엄청난 크기의 빙산이, 아랫부분은 물속에 잠겼다가 물 위로 떠올랐다가 하면서, 그리고 윗부분은 구름 사이에서 고개를 까딱까딱하면서 느릿느릿 다가오는데, 파도가 빙산의 윗부분에서 포말로 부서져 내리다가 빙산의 아랫부분에서 하얀 장막처럼 쏟아져 내리면 거대한 얼음 덩어리들도 천둥 같은 굉음과 함께 부서져 내렸다. 이미 가까이에 있는데 점점 더 가까워진다는 사실이 불러일으키는 약간의 공포를 포함한 모든 것이 결합됨으로써 진정한 숭고함이 빚어졌다."

배는 점점 곤경에 빠졌고, 데이나는 병이 났다. 처음에는 대수롭지 않은 치통이었는데, 얼음 같은 바람 앞에 노출되어 있는 동안 통증이 머리통 전체로 퍼졌다. 얼굴이 심하게 부어 오르면서 입을 벌려 먹을 것을 집어넣는 것도 힘들어졌다. 입 벌림 장애의 위험도 있었다. 그런 지경이었으니 사나흘을 누워 있는 수밖에 없었다:

"셋째 날 저녁이었다. 얼음이 두껍게 얼었고, 무봉(霧峰)이 배를 완전히 뒤덮었고, 동쪽에서 진눈깨비와 눈을 동반한 엄청난 돌풍이 불어왔다. 위험하고 고된 밤이 되리라는 것은 의심의 여지가 없었다. 날이 어두워졌을 때 '선장'이 모든 선원을 뒤쪽 갑판으로 불러 올려 전원 갑판 불침번 명령을 내렸다. 배가 큰 위험에 빠졌다, 빙산과 충돌해 구멍이 날 수도 있고 암초와 충돌해 산산조각날 수도 있는 상황이다, 라는 것이었다. 불침번 위치가 정해지고, 다들 자기 위치를 지켰다. 상황을 전해 들은 나는 다른 선원들과 함께 갑판을 지킬 생각으로 옷을 갈아입고 있었는데, 항해사가 내려와서 내 얼굴을 들여다보더니 취침 명령을 내렸다. 배가 침몰하면 다들 같이 침몰한다, 그렇지만 내가 지금 갑판으로 올라가면 나만 평생 드러눕게 될 수 있다, 라는 것이었다. 나는 명령에 따라서 침대에 누웠다. 두 번

다시 겪고 싶지 않은 내 인생 최악의 밤이었다."

인간이 바다라는 거대하고 불가항력적인 자연력을 상대로 싸우는 이야기다. 바다라는 어마어마한 적과 싸우는 인간은 자신의 이성, 자신의 이상을 옹호할 근거를 점점 더 열심히 찾는다. 인간의 마지막 승리에 앞서 바다가 인간의 살아 있는 육체에 극도의 고통을 가한다. 인간은 의식으로 승리하면서 육체로 대가를 치른다.

귀향길에 케이프혼을 돌아 나오는 끔찍한 싸움은 이 이야기의 위기에 해당한다. 데이나가 들어서는 곳은 혼돈, 곧 진눈깨비와 검은 얼음비로 가득한 하늘과 얼음과 무쇠같이 단단한 물로 가득한 바다다. 인간이 싸우는 상대는 의식을 가진 생명체에게 신비한 적의를 마구 쏟아내는 자연력이다. 이 싸움은 데이나의 영혼이 겪는 위기이자 승리다. 그는 이 싸움 전체를 의식으로 겪어내고 **인식**한다. 단순히 장애물의 극복이 아니다. 싸우겠다는 의도를 품은 의식이 싸우는 상대는 생명체를 향한 적의로 들끓는 남극의 바다.

데이나가 이 싸움으로부터 얻은 것은 **인식**이었다. 바다란 무엇인가, 케이프혼이란 무엇인가를 인식했고, 노동이란 무엇인가, 평선원의 노동이란 무엇인가를 인식했다. 그리고 그 밖에 수많은 것들을 인식했다. 그가 그 모든 것을 겪어내는 내내 그의 인식은 눈을 뜨고 있었다. 승리였다. 이상적 존재였으니까.

그의 책 덕분에 우리도 인식할 수 있다. 우리 대신 이 엄청난 일을 겪어낸 그에게 우리는 마땅히 경의를 표한다.

배는 해협을 지나고 남극해의 죽음 같은 신비를 지나 북반구의 고향으로 향한다. 귀향길의 배는 새로운 날개를 얻은 듯 힘차게 바다를 가른다:

"돛의 밧줄 하나하나까지, 아니 돛 천의 실올 하나하나까지 최대한 팽팽히 당겨진 듯했다. 이렇게 돛 하나를 더 올린 배는 뭔가에 홀린 듯 바다 위를 내달렸다. 돛이 거의 최대치까지 당겨지면서 배는 마치 바다 위를 껑충껑충 달려가는 것 같았다."

범선은 바다 에너지와 바람 에너지를 하나로 모으는 아름다운 교점이다. 기선이 동력을 얻는 과정에서 모종의 훼손이 수반되는 것과 달리, 범선이 바다 에너지와 바람 에너지를 동력 에너지로 변환하는 데는 돛이라는 중심이 필요할 뿐이다. 이렇듯 자기를 자연력에 완벽하게 조율함으로써 자연력과 자기 사이의 완벽한 균형 상태를 찾아내는 일은 우리가 느끼는 살아 있음의 기쁨에서 큰 비중을 차지한다. 우리와 자연 그대로의 힘 사이에 기계가 개입할 때 우리의 감각은 마비되고 위축된다. 물을 얻기 위해 수도꼭지를 돌릴 때, 불이나 빛을 얻기 위해 스위치를 누를 때, 우리는 자기를 부정하게 되고 자기 존재를 없애게 된다. 막강한 자연력(흙, 공기, 불, 물)이 앞에 있을 때 우리는 마치 막강한 애인이 앞에 있을 때처럼 구애하고 투쟁한다. 애인을 부둥켜안고 싸우듯, 자연력을 부둥켜안고 싸운다. 하지만 기계를 사용할 때 우리는 자연력을 부둥켜안을 수 없게 되고 살아 있음의 기적을 빼앗기게 된다. 기계는 거세의 동력이자 거세의 산물이다. 결국은 기계가 우리 모두를 무력화시킨다.[19] 막대기를 비벼 불을 지필 때 우리는 우주의 신비에 동참한다. 하지만 전기 스위치를 누를 때, 우리와 역동적 우주 사이에는 모종의 완충장치가 끼어든다. 노동절약형 기계를 사용할 때 우리가 무엇을 잃어버리게 되는지 우리는 모른다. 기계를 하나도 사용할 수 없게 될 때의 폐해와 지금처

⁛

19) emasculate에 '무력화시키다'라는 뜻과 함께 '거세시키다'라는 뜻이 있음을 이용한 말장난.

럼 속수무책으로 많은 기계 속에 파묻혀 있을 때의 폐해를 비교해본다면, 차라리 천자의 폐해가 훨씬 적을 것이다.

이교의 신들을 연구하다 보면, 한 신의 의미가 때에 따라 달라지는 것을 알 수 있다. 한 신이 창조의 원천에 속할 때도 있고 물질-동력의 세계에 속할 때도 있다. 한 신에게 두 측면이 공존한다. 최고 신에게도 두 측면이 공존한다. 최고 신은 생의 원천이기도 하지만, 자연-물리의 힘들을 움직이는 신비로운 지배자이기도 하다. 제우스가 '아버지 신'이자 '천둥 신'인 것은 그 때문이다.

쇠망기로 접어든 모든 나라는 물질-동력의 세계를 숭배하는데, 그런 나라가 '천둥 신'을 숭배하게 되는 것은 불가피한 수순인 듯하다. '천둥 신'은 '암몬'이고 '제우스'이고 '보탄'이고 '토르'이며, 서아프리카인에게는 '샹고'다. '아버지 신(인간의 창조자)'이 생명체의 세계에서 최고의 존재인 것처럼, '천둥 신'은 물질세계에서 최고의 존재다. 에너지를 지배하고 땅에 축복을 내리는 신, 번개와 단비의 신이다.

그렇게 보자면 전기는 모든 '자연력'을 지배하는 제1원리인 것 같다. 전기에는 자연력을 재조정하는 신비한 능력이 있다. 전기가 물과 불이라는 두 자연력을 지배하는 것처럼 보이는 것은 전기에 분리되어 있던 물과 불을 결합하거나 결합되어 있던 물과 불을 분리하는 신비한 능력이 있기 때문이다. 물과 불이 꼼짝없이 뒤엉켜 있을 때, 번개의 검은 두 원소를 갈라낼 수 있다. 천둥의 굉음은 실은 두 공기파가 충돌하는 소리가 아니라, 상공에 정체되어 있는 수증기가 갑자기 전기 에너지에 의해 분해되면서 물이 불로부터 분리될 때 발생하는 폭발음이다. 물에서 분리된 불은 흐르듯 날아오르고, 불에서 분리된 물은 아래로 쏟아져 내린다. 꼼짝없이 뒤엉켜 있던 두 원소가 서로를 벗어나 해방된다. 생성의 세계를 지배하는 신비로운 힘이 생명력이라면, 물질-동력의 세계를 지배하는 힘은 천둥이라는 전기력이다.

데이나는 열대의 뇌우를 경이롭게 그려 보여준다.

"열두 시에 갑판 불침번 명령이 내려졌을 때, 사방은 에레보스[20]처럼 캄캄했다. 사방은 바람 한 점 없이 답답했고, 돛들은 무겁게 힘없이 늘어져 있었다. 완벽한 정적, 손으로 만져질 것 같은 어둠은 그야말로 섬뜩했다. 입을 여는 사람은 아무도 없었다. 다들 무슨 일이 터지기를 기다리는 사람들처럼 우두커니 서 있을 뿐이었다. 몇 분이나 지났을까, 항해사가 나타나서 삼각돛을 내리라고 했다. 속삭이듯 나직한 목소리였다. (…) 돛을 내리고 내려와 보니, 다들 위를 올려다보고 있었다. 우리가 조금 전까지 올라가 있던 망루의 돛대 꼭대기에 선원들이 **세인트엘모의 불**[21]이라고 부르는 동그란 불꽃이 빛나고 있었다. 불꽃이 위로 올라가면 날이 맑고 아래로 내려오면 폭풍이 온다는 선원들 사이의 통설 때문인지 다들 유심히 보고 있었다. 안타깝게도 이번 불꽃은 아래쪽 활대에 내려 앉으면서 폭풍이 올 것을 예고했다.

불꽃은 몇 분 만에 사라졌다가 앞 갑판 활대에서 다시 나타났고, 거기서 한동안 둥둥 떠 있다가 다시 사라졌는데, 그 순간 앞 갑판 선원이 선체 바깥 활대에 내려앉은 불꽃을 가리켜보였다. 하지만 빗방울이 후드득 떨어지기 시작하면서, 불꽃은 우리의 관심에서 멀어졌다. 몇 분이나 지났을까, 천둥이 낮게 우르릉거렸고, 남서쪽 여기저기서 번개가 번쩍거렸다. 펼쳐져 있는 돛은 중간 돛뿐이었는데, 중간 돛이 바람에 몇 번 펄럭거리다가

∙∙

20) 그리스 신화에서 암흑의 신.
21) 원문은 corpus sancti.

다시 잠잠해지면서 사방에 다시없는 정적이 감돌았다. 그렇게 1분이나 지났을까, 무시무시한 섬광과 굉음이 한꺼번에 우리를 향해서 터져 나오는 듯했고, 바로 우리 머리 위로 갈라지는 구름에서 바다가 통째로 쏟아져 내리는 듯했다. 배가 벼락을 맞은 것은 아니었지만 우리는 넋이 나간 듯 우두커니 서 있었다. 우르릉 쾅쾅 소리가 머리 위에서 계속 들려 오면서 숨이 멎을 듯한 두려움을 불러일으켰다. 하지만 그렇게 격하게 쏟아지던 비는 불과 몇 분 만에 그쳤고, 그때부터는 가랑비와 소나기가 오락가락하기 시작했다. 다만 번개가 몇 시간 동안 계속되면서, 눈부신 섬광이 간간이 번쩍거리면서 한밤의 어둠을 쪼갰다.

상황이 종료될 때까지 입을 여는 사람은 거의 없었고, 종을 치는 사람도 없었다. 조종간에서 교대가 이루어질 때도 조용하기만 했다. 이따금씩 소나기가 쏟아졌고, 우리는 온몸이 흠뻑 젖은 채로 서 있었다. 악의를 품은 듯한 밝음으로 이집트의 어둠[22]을 깨뜨리는 번갯불에 눈이 멀 듯했고, 우르릉 쾅쾅 울리는 천둥소리에 온 바다가 뒤흔들리는 듯했다. 하지만 배에서는 전류가 여러 돌출부와 사방에 흩어진 쇠붙이를 통해 분산되기 때문에 배가 번개로 망가지는 경우는 별로 없다. 번개가 내리치는 동안 우리 배의 닻과 돛과 밧줄 등에서도 전류가 흐르고 있었지만, 파손된 곳은 전혀 없었다. 우리가 네 시에 갑판에서 내려갈 때의 배 상태는 네 시간 전이나 마찬가지였다."

∴

22) 성서의 인유. cf. 야훼께서 모세에게 이르셨다. "너는 하늘을 향하여 팔을 뻗어라. 그러면 이집트 땅이 온통 손으로 만져질 만큼 짙은 어둠에 휩싸이게 되리라." 모세가 하늘을 향하여 팔을 뻗치니 이집트 땅이 온통 짙은 어둠에 싸여 사흘 동안 암흑세계가 되었다.(출애굽기 10: 21-22)

데이나가 들려주는 경이로운 이야기는 이런 기계적 사건들, 이런 물질-동력의 세계에서 일어나는 사건들에 대한 이야기다. 그가 들려줄 수 있는 이야기는 인간이 어떤 방식으로 존재하는가에 대한 이야기가 아닌 **에너지**에 대한 이야기뿐이다.

계속해서 데이나는 혈구 내부에서 일어나는 신기한 생명 분해 사건에 관한 이야기를 들려준다. 육체라는 따뜻한 덩어리의 불로부터 물을 분리시켜 '물질'의 흐름을 차단함으로써 생명활동을 중단시키는 **소금**에 관한 이야기다:

"괴혈병에 걸린 선원들이 나타나기 시작했다. 그중에 벤이라는 영국 아이는 일을 쉬어야 할 정도로 증세가 심했다. 증세는 점점 더 악화되어갔다. 다리는 걷는 것도 불가능할 정도로 부종과 통증이 심해졌고, 피부는 눌렀을 때 원상태로 돌아오지 않을 정도로 탄력을 잃었고, 잇몸은 입을 벌릴 수 없는 정도로 부어올랐다. 입 냄새도 아주 심해졌고, 기력이 없어지면서 정신력도 약해졌고, 아무것도 삼키지 못했고, 그 상태가 하루하루 악화되어갔다. 그 상태로 아무 치료도 받지 못하고 계속 악화된다면 일주일이면 죽은 목숨이었다. 약은 다 떨어진 상태거나 거의 다 떨어진 상태였다. 약이 약장 가득 있었다고 해도 달라지는 것은 없었을 것이다. 괴혈병에 듣는 약은 신선한 음식과 육지의 흙 말고는 없었다."

그런데 지나가는 배가 보트 한 척 분량의 감자와 양파를 나누어주었다. 선원들은 감자와 양파를 생으로 먹기 시작했다.

"흙이 묻은 생양파의 신선함과 아삭함은 오랫동안 염장음식으로 연명해온 사람들에게는 감칠맛이 아닐 수 없었다. 우리는 정말 게걸스러웠다. 끼니마다 수십 개씩 먹어댔고, 나중에 갑판에 올라가서 먹으려고 호주머니에 쑤셔 넣기도 했다. 하지만 신선한 음식의 가장 큰 쓸모는 괴혈병 환자의 치료였다. 음식을 먹을 수 있었던 환자는 생감자를 조금씩 씹으면서 금방 회복되었다. 거의 입을 벌리지도 못할 만큼 악화된 환자는 취사 담당 선원이 생감자를 갈아 만들어준 즙을 마셔야 했다. 처음에는 생감자 액상의 강한 흙 맛과 냄새가 환자의 전신을 떨게 만들었고, 목으로 넘어간 액상은 환자의 온몸 구석구석에서 강렬한 통증을 불러일으켰지만, 그런 증상을 통해 액상의 위력을 알게 된 환자는 통증에도 불구하고 한 시간에 한 숟갈씩 꾸준히 복용해나갔고, 결국 액상과 환자 자신의 희망이 효과를 발휘하면서 환자의 상태는 점점 호전되어갔다. 그렇게 환자가 조금씩 걸을 수 있게 되고, 입을 벌려 생감자와 생양파를 으깨 만든 곤죽을 먹을 수도 있게 되면서, 환자의 식욕과 기력도 금방 돌아왔다. 아무 치료 방법 없이, 아무 희망 없이 누워 있던 환자가 돛대 꼭대기의 돛을 걷을 수 있을 만큼 회복된 것은 솔론 호에 도움을 청하고 불과 열흘 만의 일이었다."

바다, 곧 소금에 절인 음식의 파괴 작용에서 오는 이상한 결과다. 그런데 과학의 말대로 우리가 모두 바다의 자식이라면, 달—바다—소금—인(燐)—인간이라는 긴 관계사슬이 만들어진다. 하지만 다른 한편에는 흙, 곧 어머니 대지가 있다. 데이나의 말을 들어보면, 향긋한 양파는 흙의 맛, 생명체를 짜낸 즙의 맛, 가이아[23])가 짜낸 젖의 맛이고, 라임은 태양의 맛이다.

생명체와 자연력 사이의 상호작용은 4대 자연력 사이의 화학적 상호작용

••

23) 그리스 신화에서 대지의 여신.

보다 훨씬 이상하다. 한편에는 생명체—소금—인(燐)—바다—달의 관계사슬, 다른 한편에는 생명체—황(黃)—탄소—화산—태양의 관계사슬. 오르락내리락하는 길.[24] 생명체의 길은 이상한 길이다.

그렇지만 데이나는 고향으로 돌아가서 변호사가 되었고, 좀 재미없으면서 명망 있는 시민이 되었다. 외교관이 될 뻔하기도 했다. 덕망이 참 대단했다.

그는 한때 살아 있었다. 그리고 **인식**을 얻었다. 그 이야기를 우리에게 들려주기까지 했다. 위대한 업적이다.

그런데 그 후에는? 아뿔싸, 그걸로 끝이다. 그냥저냥 바쁘게 지낸다. 그것이 최악의 인식이다. 인식을 얻은 후 더 무기력해지는 인식. 데이나는 2년을 살아 있으면서 인식을 얻었고, 그 후에는 그냥저냥 바쁘게 지냈다. 따분한 변호사의 여생이었다.

우리는 충분히 많은 것을 알고 있다. 우리는 지나치게 많은 것을 알고 있다. 우리는 아무것도 모른다.

때려 부수자. 우리 자신까지도 때려 부수자. 하지만 우선 기계를 때려 부수자.

데이나의 이 작은 책은 정말로 대단한 책이다. 극단의 인식, 자연력에 대한 인식을 담은 책이다.

안다는 게 별게 아니라는 것을 알게 되기까지 어쨌든 우리는 모든 걸 알아 나가야 한다.

머릿속으로 모든 것을, 물이라는 자연력까지도 포함하는 모든 것을 알아 나가야 한다. 우리가 이미 알고 있는 것들이 갑자기 쭈그러들어 없어지면서

∴

24) 헤라클레이토스의 "올라가는 길과 내려가는 길은 하나이고 동일하다."라는 명언을 빗댄 표현.

우리가 영원히 아무것도 모르리라는 걸 알게 되기까지 우리는 계속 알아 나가야 한다.

그제야 비로소 모종의 평화가 찾아올 것이고, 아무것도 모른다는 것을 알게 된 우리의 새로운 시작이 가능할 것이다.

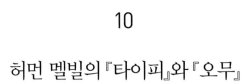

10

허먼 멜빌의 『타이피』와 『오무』

바다를 이야기하는 가장 위대한 작가는 멜빌인 것 같다. 멜빌이 바다를 스윈번보다 현실적으로 바라볼 수 있는 것은 바다를 의인화하지 않기 때문이고,[1] 멜빌이 바다를 콘래드에 비해 훨씬 건전하게 바라볼 수 있는 것은 바다의 불행아들 앞에서 감상에 빠지지 않기 때문이다. 로드 짐[2]의 눈물 젖은 손수건 같은 것은 멜빌에게서는 찾아볼 수 없다.

멜빌에게는 바다생물 같은 기이하고 으스스한 마력과 약간의 징그러움이 있다. 육지동물과는 달리 미끄덩한 데가 있고 항상 젖어 있는/취해 있는 면이 있다.[3] 제정신이 아니었다, 미친놈이었다, 라는 것이 멜빌을 만난 사람들의 말이었다. 멜빌이 정말 미친 사람인 것은 아니었지만, 경계 너머에 있는 사람이었다. 해적선을 타고 파도를 가르던 노란 수염의 무시무시한 바이킹들처럼, 멜빌의 절반은 바다짐승이었다.

멜빌은 현대판 바이킹이었다. 진짜 푸른 눈의 종족은 묘한 데가 있다. 인간적이라는 말을 긍정적인 고전적 의미로 사용할 경우, 갈색 눈 종족은 인간

· ·

1) cf. p. 203, 각주 5.
2) 콘래드의 소설 『로드 짐』의 주인공.
3) 원문은 half-seas-over. '반쯤 바닷물에 잠겼다.'는 뜻과 함께 '취했다'는 뜻이 있음을 이용한 말장난.

적인 인간, 살아 있는 흙의 인간[4]인 반면, 푸른 눈 종족은 인간적인 것과는 거리가 멀다. 대부분의 푸른 눈 종족은 추상적인 면, 자연력을 닮은 면이 있다. 흙이 죽은 생명체의 세포들로 이루어진 유기적이고 복합적인 물질이라고 할 때, 갈색 눈 인종은 그런 흙을 닮은 면이 있다. 갈색 눈 속에는 해가 있고 땅이 있고 그림자가 있고 물에 젖은 흙이 있다. 하지만 푸른 눈 속에는 인간성 대신 물, 얼음, 공기, 공간 같은 추상적 자연력, 형체 없는 자연력이 주로 깃들어 있다. 갈색 눈 종족은 오래된 세계 사람들이다. 그래서 그런가, **너무나 인간적이다.**[5] 푸른 눈 종족은 너무나 치열하고 너무나 추상적이다.[6]

떠나왔던 바다로 돌아가는 바이킹, 노년과 기억이라는 짐, 그리고 광기와 흡사한 모종의 최종적 절망이라는 짐을 짊어진 채 바다라는 고향으로 돌아가는 바이킹, 멜빌은 그런 바이킹과 비슷하다. 멜빌은 인간성을 받아들이지 못하고, 인간성을 공유하지 못한다. 멜빌에게는 불가능하다.

멜빌은 북유럽 두 번째 주기의 마지막 단계에 속한다. 광명의 신 발드르[7]는 죽어서 냄새를 풍기고,[8] 푸른물망초[9]와 노란뿔양귀비[10]는 물속에 잠긴다. 사람들 틈에서 살려고 바다를 떠나왔던 그는 더 이상 사람들을 참을 수가 없다. 째지게 울리는 교회 종소리에 지친 그는 다시 바닷가로, 바다로, 고

..

4) 흙(humus)과 인간(human)의 비슷한 철자를 이용한 말장난.
5) 원문은 allzu menschlich. 니체의 『인간적인, 너무나 인간적인』을 인유하는 표현.
6) cf. 137, 각주 19.
7) 북유럽 신화에 나오는 빛의 신.
8) cf. 197, 각주 34.
9) 원문은 forget-me-not. 인간의 기억이 바다에 빠지는 장면을 연상시킬 수도 있고, 꽃 색깔로 푸른 눈 종족을 연상시킬 수도 있다.
10) 원문은 see-poppy. CUP에 실린 1918-1919년 버전에 "yellow, horned see-poppy"라는 표현이 나오는 것으로 미루어 짐작해보자면, 노란색과 뿔 모양으로 바이킹을 연상시키는 듯하다.

향으로, 소금물로 돌아간다. 인간적 삶을 더 이상 살아갈 수 없는 그는 다시 자연력으로 돌아간다. 그러면서 태양과 밀밭의 화창한 의식을 전부 바닷물에 내던지고, 생명의 불꽃을 차고 깊은 자기의식 속에 꺼뜨린다. 푸른 아마꽃과 노란뿔양귀비처럼 물속에 잠기면서 햇빛을 머금은 생명을 물에 녹여 없앤다.

바다에서 태어난 사람들. 함께 사는 삶을 더 이상 견딜 수 없게 된 그들은 생명을 등지고 추상적 자연력을 향해 돌아서고, 바다는 그들을 동류로 맞는다.

생명일랑 녹아 없어져라, 물과 불은 짝짓기를 그만두고 갈라서라,[11] 인어남(人魚男)은 인간 처자식을 버려라, 인어녀(人魚女)는 남자들의 세상일랑 잊고 오직 바다를 기억하라, 라고 그들은 말한다.

바다에서 태어난 바이킹은 바다로 돌아간다. 가정을 깨고 다시 떠돈다. 바다로 가자, 바다로 가자, 사랑을 떠나자, 가정을 떠나자, 사랑과 가정은 지독한 착각이다, 라고 심장은 말한다. 여자여, 내가 당신이랑 무슨 상관인가?[12] 이제 다 끝났다. **이제 다 이루었다.**[13] 인간성이라는 십자가에 못 박히는 일은 이제 다 끝났다. 치열하고 으스스한 자연력에게로 돌아가자. 생명을 녹여 없애는 물, 혹은 태워 없애는 불에게로 돌아가자.

이제 그만![14] 이제 그만 좀 끝내자. 생명은 이제 그만 좀 끝내고, 자연력을 받아들이자. 인간들과 함께 인간으로 살아간다는 지긋지긋한 복잡다단함에

∴

11) 헤라클레이토스에 따르면, 생명을 유지하려면 물과 불의 균형이 맞아야 한다.

12) 성서의 인유. cf. 어머니, 그것이 저에게 무슨 상관이 있다고 그러십니까?(요한의 복음서 2: 4)

13) 원문은 Consummatum est. 성서의 인유. cf. 예수께서는 신 포도주를 맛보신 다음 "이제 나 이루었다." 하시고 고개를 떨어뜨리시며 숨을 거두셨다.(요한의 복음서 19: 30)

14) 원문은 Basta! 북유럽의 바이킹이 남유럽어를 외친다.

서 이제 좀 벗어나자. 인간성이라는 문둥병을 바닷물로 씻어내자. 인간이기를 끝내자.

멜빌은 바다에서 태어난 북구인이었고, 그래서 바다가 멜빌의 것이었다. 우리같이 영어를 쓰는 사람들은 대개 물에서 태어난 사람들, 바다에서 태어난 사람들이다.

멜빌은 바다 중에서도 가장 오래된 바다로 돌아갔다. **태평양. 거대하거나 평화스러운 바다.**[15]

태평양은 대서양이나 인도양보다 몇 영겁은 더 늙은 것 같다. 늙었다는 것은 새로운 의식에 눈뜬 적이 없다는 뜻이다. 낯선 격변들이 대서양의 종족들과 지중해의 종족들을 흔들어 깨우고 그들의 의식을 한 단계 한 단계 쇄신하는 동안, 태평양이라는 바다와 태평양의 종족들은 줄곧 잠들어 있었다. 잠을 자면 꿈을 꿀 수밖에 없다.[16] 무의식상태는 아니지만, 맙소사, 꿈을 대체 몇천 년째 꾸고 있는 건가. 뒤척이다가 어느새 다시 꿈에 빠지는 진짜 태평양의 종족들의 꿈은 낙원이기도 하고 악몽이기도 하다.

마오리족, 통가족, 마르키즈족, 피지족, 폴리네시아족, 맙소사, 그들은 대체 몇천 년째 온갖 꿈속에서 뒤척이고 있는 건가. 감각적인 상상력의 소유자에게는 태평양 한가운데에 떠 있는 섬들이 지구상에서 가장 살기 힘든 곳일지도 모르겠다. 옛날의 생명, 까마득한 옛날의 맥박, 까마득한 옛날의 리듬이 있는 곳, 그곳으로 옮겨졌다가는 그냥 심장이 멎어버린다. 남태평양 제도 종족들이 사는 시대는 '석기시대'라는 것이 과학자들의 이야기다. 한 종족을 그 종족이 쓰는 도구에 따라 분류하는 일이 어처구니없는 것 같기도 하지

..

15) 원문은 Der Grosse oder Stille Ozean. 독일어로 태평양을 가리킨다.
16) 셰익스피어의 비극 『햄릿』의 한 대목 —"잠을 자는 것, 그것은 꿈을 꾸는 것"— 을 인유하는 표현.

만, 꼭 그렇지만도 않다. 태평양 한복판에는 오가는 증기선들에도 불구하고 아직 '석기시대'가 있다. 거대한 공백을 닮은 태평양의 심장에서는 몇 영겁을 거슬러 올라가야 하는 까마득한 옛날의 생명이 신기루처럼 계속되고 있다. 우리의 연대학으로 계산하면 이미 멸종했어야 하는 종족들이 허깨비 같은 생명을 이어 나가는 곳. 환각을 현실로 만드는 속임수. 아름다운 남태평양.

일본과 중국도 몇백 년째 잠든 채로 뒤척이고 있다. 그들의 피는 까마득한 옛날의 피이고 그들의 세포는 까마득한 옛날의 물렁한 세포다. 그들의 전성기는 까마득한 옛날 그때, 세상은 더 물렁하고 공기는 더 축축하고 땅의 흙은 더 따뜻한 진흙이고 언제나 연꽃이 피어 있던 그때였다.[17] 이집트 이전의 태고라고 할까. 우리가 "진보"하는 동안 일본과 중국은 꿈속에 잠들어 있었다. 일본과 중국의 꿈은 이제 악몽으로 바뀌었다.

이 세상은 겉보기와는 다르다.

태평양은 태고의 꿈을 간직하고 있다. 태평양은 모든 저녁 중에 가장 아득한 저녁의 푸른 석양이거나 아니면 가장 경이로운 새벽의 푸른 여명이다. 어느 쪽일지 누가 알랴만.

한때 태평양은 따뜻한 진흙으로 연꽃을 피우는 문명의 온상이었을 것이다. 문명의 완만한 쇠망이 이 문명처럼 거대한 규모로 이루어진 곳도 없다. 지금 남태평양의 바다는 태고 종족들의 푸른 유령이고, 남태평양의 섬들은 태고라는 허깨비, 아름다운 '석기시대'라는 환각이다.

멜빌은 바로 이 허깨비에게로 돌아갔다. 삶을 떠나 까마득히 먼 옛날로 돌아갔다. 지금 우리에게 주어진 인간적 삶을 본능적으로 혐오하기로는 멜

••

17) CUP에 따르면, 로렌스가 동남아 여행에서 믿었던 감흥과 연결된 문학적인 은유일 뿐, 엄밀한 논의는 아니다.

빌을 따라갈 사람이 없었다. 인간적 삶과는 다른 삶의 거대하고 신비로운 느낌 앞에 열광하기로도 멜빌을 따라갈 사람이 없었다. 멜빌은 우리에게 주어진 수평선 너머를 미치도록 보고 싶어 했다. **우리**에게 주어진 세계 너머라면 어디라도 가고 싶어 했다. 어디로든, 어디로든 벗어나고 싶어 했다!

우리에게 주어진 삶에서 벗어나 다른 데로 가고 싶어 했다. 다른 삶이 있는 수평선 너머로 가고 싶어 했다. 다른 삶이라면, 어떤 삶이든 상관없었다.

인간성에서 벗어나고 싶어 했다. 바다라는 소금물의 세계, 자연력의 세계로 가고 싶어 했다. 바다로 가서 인간이기를 그만두고 싶어 했다.

인간이기를 그만두고 싶다는 욕망 속에서 인간의 심장은 결국 광기에 빠진다.

그렇게 멜빌은 태평양 한복판에 와 있다. 정말 수평선을 넘어, 다른 세계, 다른 시대에 와 있다. 까마득한 옛날의 시대, 야자수와 도마뱀과 돌도끼의 시대, 화창한 석기시대에 와 있다.

사모아섬, 타히티섬, 라로통가섬, 누쿠히바섬. 이름들 자체가 모종의 잠이요 망각이다. 잠과 망각 속에 과거가 된 인류사의 빛이 "영광의 구름 사이로" 빛난다고 할까.[18]

멜빌은 세상을 혐오하는 천성이었다. 그러면서도 낙원을 찾아다녔다. 그의 선택이었다. 낙원을 찾아다닌 것은 그의 선택이었다. 미친 사람처럼 세상을 증오한 것은 그의 선택이 아니었다.

사실, 세상은 혐오스럽다. 멜빌이 본 그대로다. 세상을 혐오한 것은 잘못

..

18) 영국 시인 윌리엄 워즈워스의 「어린 시절을 회상하고 영생불멸을 깨닫는 노래(Ode. Intimations of Immortality from Recollections of Early Childhood)」에 나오는 "태어나는 일은 그저 모종의 잠이요 망각"이라는 대목과 "우리는 영광의 구름 사이로 걸어 나온다."라는 대목을 빗댄 표현.

이 아니었다. **시카고는 멸망해야 한다.**[19] 미친 사람 같은 혐오였지만, 공연한 혐오는 아니었다.

하지만 "되찾은" 낙원[20]은 **끈질기게** 찾아다닌다고 해서 찾을 수 있는 게 아니다.

멜빌의 가장 좋은 글은 전부 그의 꿈속-자아가 쓴 글이다. 그런 글에서는 그가 실화처럼 들려주는 사건 속에 그의 영혼, 그의 내적 생이 깔려 있다.

『타이피』에서 멜빌은 자기가 누쿠히바족이라는 무시무시한 식인종들이 사는 계곡으로 들어가는 이야기를 들려준다. 멜빌은 좁고 가파르고 무시무시하게 어두운 비탈을 굴러떨어지듯 힘겹게 내려와 '황금시대'의 '에덴동산'같은 식인종 계곡에 닿는다. 멜빌이 비탈에서 안간힘을 쓰는 대목을 보면, 꿈속의 안간힘 같기도 하고 태어날 때의 안간힘 같기도 하다. 멜빌의 작품에서는 탄생 신화 혹은 재탄생 신화에 해당하는 대목이지만, 멜빌에게 신화적이라는 의식은 없다. 멜빌의 심층의식은 항상 신화적, 상징적으로 작용하고 있었지만, 멜빌에게 자기가 신화적이라는 의식은 없었다.

자, 이제 타이피에서 멜빌은 무시무시한 식인종들에게 둘러싸여 있다. 그들은 그에게 친절을 베푼다. 그곳은 **정말** 에덴동산이다.

루소의 '자연의 아이', 샤토브리앙의 '고결한 야만인'을 발견할 수 있는 최적의 장소를 드디어 찾아낸 것이다.[21] 자기를 맞아준 야만인들을 멜빌은 사랑한다. 자기가 미국 땅과 미국 포경선에 남기고 떠나온 탐욕스러운 늑대 같은 백인 형제들에 비하면 이 야만인들은 친절하고 웃음 많은 새끼 양들이라

∵

19) 원문은 Delenda est Chicago. 로마의 정치가 겸 역사가 대(大) 카토의 명언("카르타고는 멸망해야 한다.")을 빗댄 표현. cf. p. 039.
20) 밀턴의 걸작 『잃어버린 낙원』의 속편.
21) cf. p. 056.

고 멜빌은 생각한다.

이 세상에서 가장 추한 짐승은 백인이다, 라는 것이 멜빌의 말이다.

요컨대, 허먼에게 타이피는 자기가 그렇게 찾아다니던 낙원이었다. 마르키즈 제도의 야만인들은 물론 "비도덕적"이었지만, 그 점이 싫지도 않았다. 도덕은 허먼을 속여 넘기기에는 너무 하얀 속임수였다. 두번째로, 마르키즈 제도의 야만인들은 물론 식인종이었고, 허먼에게 그 점은 생각만으로도 경악스러웠지만, 식인은 매우 은밀하게 이루어졌고 식인이 화제에 오르는 일은 결코 없었으니 그렇게 경악할 필요는 없지 않았을까 싶다. 기독교의 성찬식에 참석해본 것도 한두 번이 아니었을 텐데: "받아먹어라. 이것은 내 몸이다.[22] 이것은 나의 피다.[23] 마시면서 나를 기념하라."[24] 자기네들의 성찬식에 참석한 야만인들이 성변화를 논의하기보다 "이것은 네 살이니 내가 먹겠다. 이것은 네 피인데 너는 죽었으니 내가 먹겠다."라는 간단명료한 정리를 선호했다 하더라도, 야만인들의 성찬식이나 예수의 살과 피를 먹는 기독교의 성찬식이나 경외를 불러일으키는 것은 마찬가지였다.[25] 하지만 허먼은 경악하는 편을 선택했다. 그게 뭐 그렇게 경악할 일이냐는 것이 내 솔직한 마음이다. 물론 내가 그 자리에 있었다면 어땠을지 모르지만, 야만인들의 성찬식이 기독교도들의 성찬식에 비해 더 논리적으로 타당하고 더 단도직입적이라는 것이 지금 내 솔직한 마음이다. 야만인들이 허먼에게 안겨준 세 번째 충격은 마구잡이식 전쟁이었다. 유럽대전[26]이 발발하기 전에 죽을 허먼은 편한 마

··

22) 마르코의 복음서 14: 22에 나오는 표현.
23) 마르코의 복음서 14: 24에 나오는 표현.
24) 루가의 복음서 22: 19에 나오는 표현.
25) 기독교의 성체성사와 그 해석을 둘러싼 논쟁을 빗댄 표현.
26) '제1차 세계대전'으로 통칭되는 전쟁.

음으로 충격을 받을 수 있었다.

세 가지 트집. 비도덕, 식인, 돌도끼. 낙원의 향유(香油)라고 해도 파리는 빠져 죽는다.[27] 처음 빠져 죽은 파리는 암컷이었다.[28]

어쨌든 낙원이었다. 그래야 했다. 낙원이어야 했다. 그러니 멜빌은 그 사과 사건이 아직 일어나지 않았다는 듯이 알몸으로 돌아다닐 수 있었고, 잘 웃는 파야와야도 멜빌과 함께 알몸일 수 있었다.[29] 멜빌의 이브는 인식의 사과 같은 것은 원하지 않았다.[30] 그녀가 원하는 것은 그가 사랑을 주고 싶어 할 때 그의 사랑을 받는 것뿐이었다. 먹을 것은 충분하고, 옷은 입을 필요 없고, 웃음 많고 행복한 사람들뿐이고, 감로수가 지천인 곳, 사람이 바랄 수 있는 모든 것이 다 있는 곳. 그런데 왜 그는 야만인들과 함께 행복해하지 않았을까?

행복해지지 않았으니까.

말 못할 불만이 생겼고, 이제 그만 떠나고 싶었다.

심지어 '고향'과 '엄마'가 그리웠다. **고향**과 **엄마**. 그의 삶을 지옥으로 만든 두 저주. 그가 배에 탔던 것도 고향의 엄마로부터 최대한 서둘러 도망치기 위해서였는데.

황금빛과 초록빛의 종려나무들이 드리워주는 시원한 그늘에 햇살이 가늘게 새어 들어오고, 근사한 갈대 집에 바닷바람이 솔솔 불어 들어오고, 사람

••

27) 성서의 인유. cf. 파리 한 마리가 빠져 죽으면 향유 한 병을 버리게 된다.(전도서 10: 1)
28) 이브를 가리키는 표현.
29) 성서의 인유. cf. 아담 내외는 알몸이면서도 서로 부끄러운 줄을 몰랐다.(창세기 2: 25)
30) 성서의 인유. cf. 여자가 그 나무를 쳐다보니 과연 먹음직하고 보기에 탐스러울뿐더러 사람을 영리하게 해줄 것 같아서, 그 열매를 따먹고 같이 사는 남편에게도 따주었다. 남편도 받아먹었다. 그러자 두 사람은 눈이 밝아져 자기들이 알몸인 것을 알고 무화과나무 잎을 엮어 앞을 가렸다.(창세기 3: 6-7)

들은 알몸에 웃음이 넘치고, 파야와야는 그를 위해 큼직한 빨강 꽃(히비스커스 꽃, 프랑지파니 꽃)[31]으로 머리를 장식하는 곳. 그곳에서 그는 도대체 왜 행복해지지 않았을까?

행복해지지 않았으니까.

사실, 사람이 행복해지기란 쉽지 않다.

나였다고 해도 행복해지지 않았을 것 같다. 남태평양에서는 영혼이 공백에 짓눌리는 느낌이다.

까놓고 말하자. 옛날로 돌아가기란 불가능하다. 물론 모두에게 불가능하지는 않다. 예컨대, 이탈자에게는 가능하다. 하지만 멜빌에게는 불가능했다. 실은 고갱에게도 불가능했다. 실은 나에게도 불가능했다는 것을 나는 이제 안다. 옛날에 지나간 야만의 생으로는 이제 돌아갈 수 없다. 돌아갈 수 없는 운명이다.

태평양의 종족들은 "야만인들"이다. 멸시하자는 말이 아니다. 내가 우월하다는 말이 아니다. 그저 우리 사이에 심연, 시간과 존재의 심연이 가로놓여 있다는 말이다. 내 존재와 그들의 존재가 한데 섞이기는 불가능하다는 말이다.

남태평양 제도의 야만인들은 아름답고 큰 몸을 가졌다. 팔다리는 황금색으로 빛나고 웃음이 넘치고 우아하게 게으르다. 나를 형제라고 불러줄 사람들, 나를 형제로 삼아줄 사람들이다. 그런데 왜 나는 그들의 형제가 될 수 없을까?

내 심장이 야만인들에게 너무 많이 열리는 것을 막기 위해 어떤 보이지 않는 손이 내 심장을 틀어쥐고 있어서다. 그들은 아름답고 아이처럼 천진난만

∙∙
31) 열대의 꽃. cf. p. 191.

하고 친절하지만, 그럼에도 야만인들이다. 그들의 삶은 먼 곳에 있고, 그들의 눈동자에는 물렁하고 형체 없는 과거의 느긋한 어둠이 깃들어 있다. 어떻게 보면 형체 없는 사람들이다. "백인"이 우월하다는 말이 아니다. 하지만 그들은 어쨌든 야만인들이다. 다정하고, 웃음이 넘치고, 참 근사한 몸을 가졌지만, 우리와는 다른 것 같다는 말이다. 우리는 지금껏 수천 년간 혹독한 문명의 시대를 살면서 한 세기 한 세기 전진해왔고, 지금도 전진하고 있다. 그러다가 결국 **막다른 골목**[32]을 만났구나 싶은 것은 사실이다. 하지만 우리는 어쨌든 진보하는 종족이고, 예컨대 흑인종과는 다른 종족이다. 당신의 영혼에 귀를 기울이면, 당신의 영혼이 말해줄 것이다. 지금 우리의 모습과 우리의 체계가 아무리 잘못되고 나빠졌다 해도, 우리가 이집트 이래로 지금껏 수천 년간 살면서 싸우면서 전진해온 것은 사실이라고. 우리가 전진해온 길은 전진하는 생이 만들어낸 길, 전진하는 생의 투쟁이 만들어낸 길이라고. 우리는 계속 나아가야 한다고. 장애물이 나타나면 부수고 나아가자고. 크게 우회해야 할 수도 있다고. 후퇴하는 것처럼 보일 수도 있다고.

하지만 우리가 옛날로 돌아가기란 불가능하다. 남태평양 제도의 야만인 남자가 아무리 근사하다 해도 생의 투쟁, 의식의 투쟁, 영혼의 완성을 향한 투쟁에서만큼은 우리에게 수천 년을 뒤져 있다. 그의 여자가 아무리 근사하다 해도, 그녀의 땋은 머리와 그녀의 어둡고 형체 없고 약간 냉소적인 눈동자가 아무리 좋다 해도, 나는 결코 그녀를 붙잡지 않을 것이다. 그렇게까지 나 자신을 부정하면서 그들의 형체 없는 삶으로 돌아가기란 불가능하다.

그녀의 물렁하고 따뜻한 살은 따뜻한 진흙을 닮았다. 공룡 시대의 도마뱀

32) cf. p. 102.

을 더 닮은 것 같기도 하다. **나를 붙잡지 말라.**[33]

불가능하다. 야만인들에게 돌아가기란 불가능하다. 단 한 걸음도 불가능하다. 그들에게 공감하는 것은 가능하다. 그들을 향해서 크게 우회하는 것도 가능하다. 하지만 우리의 생을 역행하면서 그들의 물렁하고 따뜻한 어스름과 형체 없는 진흙으로 돌아가기란 불가능하다. 단 한순간도 불가능하다. 돌아간 그 순간 병이 난다.

우리 중에 돌아가는 것이 가능한 사람은 이탈자뿐이다. 이탈자는 생 그 자체를 증오한다. 이탈자는 생 자체가 죽기를 원한다. 미국에서 그 많은 "개혁주의자들"과 "이상주의자들"이 야만인들을 미화시키는 것은 그 때문이다.[34] 그들은 죽음을 노래하는 새들, 생을 증오하는 이탈자들이다.

우리가 야만인들에게 돌아가기란 불가능하다. 멜빌도 야만인들에게 돌아가기란 불가능했다. 불가능하다는 것을 잘 알고 있었다. 문명화된 인간성을 증오했지만, 야만인들에게 돌아가기를 소망했지만, 야만인들에게 돌아가기를 시도했지만, 야만인들에게 돌아가기란 불가능했다는 이야기다.

왜 불가능했느냐 하면, 일단 병이 났다. 몸에 이상이 생겼다. 탈이 난 다리가 낫지 않았다. 섬에 있는 넉 달 내내 점점 심해졌다. 탈출할 때는 가관이었다. 몸과 마음이 다 만신창이었다. 심한 병이었다.

'천국'이었는데!

그런데도 야만인들에게 돌아가기를 시도한다면, 내 안의 영혼이 녹아 없

••

33) 원어는 Noli me tangere. 성서의 인유. cf. 예수께서는 마리아에게 "내가 아직 아버지께 올라가지 않았으니 나를 붙잡지 말고 어서 내 형제들을 찾아가거라. 그리고 '나는 내 아버지이며 너희의 아버지 곧 내 하느님이며 너희의 하느님이신 분께 올라간다.'고 전하여라." 하고 일러주셨다.(요한의 복음서 20: 17)
34) cf. p. 100ff.

어지는 느낌을 받게 된다. 일단 남태평양에 가면 그 느낌을 받게 된다. 어느 곳에 가든, 야만인들의 방식, 야만인들의 감정을 따라가려고 하면, 그 느낌을 받게 된다.

지금의 우리가 전진일로였던 생의 길을 크게 우회해서 야만인들의 신비를 다시 하나하나 주워 모아야 할 때인 것은 맞다. 하지만 우리가 걸어온 생의 길을 우회한다는 것이 우리 자신을 부정한다는 의미는 아니다.

야만인들에게 돌아가려고 한 탓에 병이 났고, 자기 안의 영혼이 녹아 없어지는 느낌을 받았다. '고향'과 '엄마'로 인한 괴로움보다 더 심한 괴로움이었다.

그런 일이 정말 있다. 내 정신을 팔아 야만인들에게 돌아가려고 하면, 내 존재가 서서히 녹아 없어진다. 돌아가려면 **우선** 녹아 없어져야 한다. 백인이 녹아 없어지는 것은 섬뜩한 광경이다. 타이피의 멜빌도 섬뜩한 광경이기는 마찬가지였다.

우리는 앞으로, 앞으로, 앞으로 나아갈 수밖에 없다. 장애물이 나타나면 부수고 나아갈 수밖에 없다.

멜빌이 도망 나온 것은 그 때문이었다. 가장 친한 야만인 친구의 목에 작살을 던져 물에 빠뜨린 것은 보트를 타고 도망 나올 때였다. 쫓기고 싶지 않았다. 잡히고 싶지 않았다. 도망 나오지 못하고 붙잡히는 것보다는 차라리 모두 죽여버리는 편이 나았다. 야만인들에게서 도망 나올 수만 있다면 무슨 대가라도 치를 작정이었다.

하지만 도망 나온 즉시 '천국'을 그리워하기 시작한다. 포경선에 오른 그의 길 끝에는 '고향'과 '엄마'가 있을 뿐이었다.

멜빌에게 '엄마'가 있는 '고향'은 '연옥'이었다. 타이피에서 도망 나가야 한다는 살인적 광기가 그를 사로잡았던 것을 보면, 그에게 타이피는 연옥보다 더 괴로운 곳이었던 것 같다.

하지만 포경선에 올라 누쿠히바를 떠날 수 있게 되자마자, 자기가 미친 듯 도망 나온 '천국'을 돌아보면서 한숨지었다.

딱한 멜빌! 그에게 '천국'은 존재하지 않으면 안 되는 곳이었다. 그가 평생 '연옥'을 벗어나지 못한 것은 그 때문이었다.

그는 '연옥'에 살려고 태어난 사람이었다. 연옥에서 살아가야 할 운명을 타고난 영혼이 가끔 있다.

그에게는 타이피의 자유로움마저 괴로움이었다. 그가 타이피의 느긋함에 경악하는 것은 시간문제였다. 이번에 열대의 향유에 빠진 파리는 **수컷**이었다.[35]

그는 싸우며 살아야 하는 사람이었지 도덕 없는 열대 휴양지에서 즐기며 살 수 있는 사람이 아니었다. 그는 에덴에 살기를 원한 것이 아니라 싸우며 살기를 원했다. 모든 미국인처럼 그도 싸우며 살기를 원했다. 몸의 무기가 아닌 정신의 무기로 싸우며 살기를 원했다.

그것이 이야기의 전말이었다. 그의 영혼은 저항하는 영혼, 영원히 고통 속에서 저항하는 영혼이었다. 저항할 상대가 명확하게 존재할 때 —예컨대, 포경선의 열악한 상황 속에서— 그는 고통받는 만큼 행복했다. 그의 내면에서는 신의 맷돌이 돌고 있었고, 맷돌에게는 갈아 없앨 것이 필요했다.

그가 선교사들이나 배를 지배하는 잔인한 선장들이나 정부들의 부당함과 어리석음에 저항할 수 있었을 때, 신의 맷돌에게 갈아 없앨 것이 주어져 있었을 때, 그는 더 살기가 편했다. 그의 내면에서는 신의 맷돌이 돌고 있었다.

모든 미국인의 내면에서는 신의 맷돌이 돌고 있다. 신의 맷돌은 부당함과

..

35) cf. p. 241.

어리석음을 갈아 없앤다.[36)]

왜냐? 누가 알랴. 어쨌든 우리의 할 일은 우리의 옛 모습, 우리의 옛 자아를 갈고 갈아 없애는 것이다. 무(無)로부터 새로운 유(有)가 시작될지 누가 알랴. 미국인 멜빌의 내면에서는 계속 신의 맷돌이 돌고 있었다. 처음에 갈려 없어진 것은 그 자신이었다. 결혼했을 때 갈려 없어진 것은 그 자신과 그의 아내였다. 이제 갈려 없어진 것은 남태평양이었다.

멜빌이 도망 나와서 올라탄 배는 설마 이런 배가 있나 싶게 미쳐 돌아가는 포경선이었다. 멜빌이 이 배를 판타지로 그려주었다는 것이 독자로서는 다행스럽다. 실제로는 이만저만 더럽지 않았을 것이다.

하지만 타이피라는 천국에서는 나을 줄 모르던 그의 다리가 미쳐 돌아가는 **줄리아 호**에서는 급속도로 낫기 시작했다. 그의 생이 정상적 박동을 되찾고 있었다. 수천 년 전으로 빨려 들어가는 일은 더 이상 없었다.

그런데 어쩌나, 누쿠히바에서 점점 멀어져서 결국 미국으로 향할 배 위에서 멜빌은 자기가 막 도망 나온 섬을 사무치게 그리워하면서 심한 향수병에 시달린다.

과거. 과거의 황금시대. 우리 모두가 앓는 향수병. 그렇지만 막상 그 과거가 손에 들어오면, 우리는 그것을 원치 않게 된다. 남태평양에 가서 확인해 보라.

멜빌은 싸워야 하는 사람, 기성사회와 싸우고 자기 자신과 싸워야 하는 사람이었다. 하지만 자기 머릿속에 있는 천국의 이상에 칼을 꽂는 짓은 차마 못하는 사람이었다. 어떻게인지는 몰라도, 어디서인지는 몰라도, 언제가 될

∵

36) 헨리 워즈워스 롱펠로의 시 「인과응보(Retribution)」의 인유. cf. "신의 맷돌은 서서히 놀면서 아주 작게 갈아 없앤다."

지는 몰라도, 사랑은 완성되어야 했고, 삶은 축복받아야 했다. 그것이 그의 고정된 이상이었다. 신기루.

그것이 그를 괴롭히는 고정 핀이었다. 그는 고정 핀에 찔려 파닥거리는 나비였다.[37]

사랑은 완성되는 게 아닌데. 삶은 축복받은 상태로 있는 게 아닌데. 천국은 없는데. 싸우다가 웃다가 쓰러려 하다가 행복해하다가 하는 것. 다시 싸우는 것. 싸우고 또 싸우는 것. 그런 게 삶인데.

왜 천국의 이상이라는 고정 핀에 찔리기를 자청하나? 괴로워지는 건 우리 자신뿐인데.

어쨌든 멜빌은 인간성에서 벗어나면서 큰 경험을 하나 얻었다. 그것은 바다의 경험이었다.

그가 얻은 큰 경험은 남태평양 제도가 아니었다. 남태평양 제도는 그저 뉴잉글랜드 밖의 아름다운 세계였다. 남태평양 제도는 밖이었던 반면, 바다는 밖이면서 동시에 안이었다. 그가 얻은 보편적 경험은 바다였다.

『타이피』의 후속작은 『오무』다.

『오무』는 피카레스크 계열의 악당 모험담이다. 이 매혹적인 이야기에서 멜빌은 해변에서 물건을 주워서 먹고사는 사람으로 등장한다. 미쳐 돌아가는 포경선 **줄리아 호**가 타히티에 도착하고, 반란 선원들은 뭍에 내려서 타히티 감옥에 갇힌다. 재미있는 읽을거리다.

멜빌은 『오무』에서 가장 좋은 모습, 가장 행복한 모습을 보여준다. 그가 정말 아무 생각 없이 사는 것은 그때 한 번이다. 그가 삶을 있는 그대로 받아들이는 것은 그때 한 번이다. 그가 세상이라는 도요새 구이를 내장 속 똥까

∵

37) cf. p. 087ff.

지 **호로록 한입에**[38] 집어삼키는 호남(好男) 악당 쾌락주의자로 사는 것은 그때 한 번이다.

롱 고스트 박사라는 껄렁이와 함께 될 대로 돼라 하면서 모험을 즐기는 그때 한 번 그는 자기 행동, 자기 도덕, 자기 이상 따위는 될 대로 돼라 하면서 아이러니스트가 된다. 쾌락주의자는 아이러니스트일 수밖에 없다. 진짜 껄렁이는 근본적으로 아이러니스트일 수밖에 없다. 순간 속에서 살아가는 진짜 쾌락주의자는 아이러니스트일 수밖에 없다.

하지만 그것은 롱 박사라는 키 크고 비쩍 마른 스코틀랜드인의 영향이었다. 롱 박사는 그냥 식충이는 아니었다. 유머러스한 절망 속에서 자기 생을 아이러닉하게 내동댕이치는 롱 박사는 남태평양 같은 데로 꼬여드는 그저그런 부랑자는 아니었다.

결코 후회하지 않는다는 것, 그것이 멜빌의 훌륭한 점이다. 타이피에서 했던 일들, 악당 롱 고스트 박사와 함께 저질렀던 일들 그 어느 것도 그는 결코 후회하지 않았다. 한때 도요새를 통째 집어삼켰다면, 나중에 꺽꺽 구역질을 하지는 않았다. 그것은 훌륭한 점이다.

그렇지만 그것만으로는 모자랐다. 롱 박사는 일종의 절망 상태에서 정말 아무 짓이나 저지르고 돌아다닐 수 있는 사람이었다. 자기 배가 무작정 표류하는 것을 그냥 내버려 둘 수 있는 사람이었다.

멜빌은 그럴 수 없는 사람이었다. 한동안이라면 가능할 수도 있었다. 실제로 한동안 롱 박사와 함께 무작정 표류하기도 했다. 경험이었다고 생각하면 좋은 경험이었다. 그렇지만 절망이나 무관심 속에서 될 대로 돼라 하는 사람이 아니면, 계속 그렇게 살아가기란 불가능하다.

•••

38) 원문은 bonne bouche.

멜빌은 절망이나 무관심 속에서 될 대로 돼라 하는 사람이 아니었다. 그는 항상 어딘가에 마음을 쓰는 사람이었다. 항상 마음을 쓰니까 선교사들을 혐오하는 마음도 생기고 진심 어린 친절에 감동하는 마음도 생기는 것이었다. 그는 마음을 쓰면서 살아야 하는 사람이었다.

"야만인이 된" 백인, 이마에 푸른 상어 문신을 새긴 백인,[39] 야만인 편으로 넘어간 백인을 보았을 때, 허먼은 온 존재로 반기를 들었다. 이탈이라면 질색이었다. 이탈자라면 질색이었다.

그는 결국 미국 해군에 입대했다. 그 시기는 『흰색 윗도리』에 기록되어 있다. 문명세계로 돌아와 항해를 이어나가는 시기, 미국에 와 있는 상태로 바다를 떠도는 시기였다. 롱 고스트 박사와 **줄리아 호**를 경험했던 그에게는 평범한 나날들이었다.

알고 보면 멜빌은 줄곧 길고 가느다란 사슬에 발목을 잡힌 채 미국에, 문명에, 민주주의에, 이상세계에 얽매여 있었다. 길지만 절대 끊어지지 않는 사슬, 그를 돌아오게 만든 사슬이었다.

방탕한 생활을 즐기던 멜빌이 아무 생각 없이 사는 삶을 끝낸 것이 스물다섯 살이었다. '고향'과 '엄마'에게로 돌아와 백병전의 삶을 시작한 것이 스물다섯 살이었다. 달아나다 보면 싸울 수가 없다. '고향'과 '엄마'로부터 멀리 달아나다 보면 불현듯 지구가 둥글다는 것을 깨닫는다. 계속 달아나다 보면 어느새 자기 집 문간에 서 있다. 운명 같다.

멜빌은 한참 남은 생과 마주하기 위해 고향으로 돌아왔다. 아내도 얻었다. 구애의 시간은 황홀경이었고, 결혼생활 50년은 환멸이었다.

∴

39) 『오무』에서 영국인 렘 하디의 이마에는 "머리부터 꼬리까지 비늘로 뒤덮인 푸른 상어"의 문신이 새겨져 있었다.

그는 자기 집을 환멸이라는 가구로 채워 나갔다. 타이피는 이제 없었고, 천국은 이제 없었고, 파야와야는 이제 없었다. 엄마는 고르곤이었고, 집은 고문실이었고, 아내는 성격 이상자였고, 삶은 치욕이었고, 명성도 치욕이기는 마찬가지였다. 간신히 문맹을 벗어난 천한 속물들이 안겨주는 명성이었다.

이 치욕 비즈니스에 파묻힌 사람은 고통에 몸부림친다.

멜빌은 여든 해를 고통에 몸부림쳤다.

멜빌의 영혼은 오만한 야만인이었다.

하지만 멜빌의 머리와 의지는 완벽한 사랑의 완성, 완벽한 상호이해의 알콩달콩함을 원했다.

오만한 야만인의 영혼은 완벽한 사랑의 알콩달콩한 완성 같은 것을 원하지 않는다. 그런 것은 엉터리다. 퓨마의 짝짓기 상대는 페르시아 고양이가 아니다. 수컷 회색곰이 찾는 짝짓기 상대는 암컷 회색곰이다. 보드라운 털을 가진 암양이 아니다.

하지만 멜빌은 자기의 이상에 매달렸다. 그가 『피에르』를 통해 보여주고자 했듯, 착해지려고 할수록 일을 더 망치게 된다. 정의로워지려고 하는 것은 망하는 지름길이다. 착할수록 일은 꼬인다. 더 착해지려고 할수록 일은 더 꼬인다. 정의로워지려는 노력 그 자체가 사람을 서서히 타락하게 한다.

틀린 말은 아니겠다. 요새 제일 나쁜 남자들은 이상주의자들이다. 요새 여자들 중에서 자기에게 세상을 좋게 만들 힘이 있다고 생각하는 진지한 여자들만큼 나쁜 여자도 없다. 아니, 그 절반만큼 나쁜 여자도 없다.

어쩔 수 없다. 이상이 일정한 한도를 넘으면 시체가 되어 썩을 수밖에 없다. 한때 순수했던 이상들이 그 자체로 불순해지고 사악해진다. 자애라는 이상도 해로워지고, 정신 자체도 더러워진다. 도스토예프스키의 '백치'가 그렇듯, 온유한 사람은 사악하고,[40] 마음이 깨끗한 사람은 속으로 천하고 은근

한 반감을 품고 있다.[41] 산상수훈 전체가 하얀 악덕의 기도가 된다.

이제 어떡하지?

우리 잘못이다. 이상을 세운 것은 **우리** 자신이다. 우리가 이상을 제때 걷어차 버리지 못하는 바보들이라면, 우리만 손해다.

여든 해를 고통에 몸부림치는 멜빌을 보라. 그는 끝까지 이상이라는 고정핀에 꽂힌 채 몸부림쳤다.

"완벽한 연인이 될 여자"를 찾다가 "완벽한 친구"로 옮겨갔다. 완벽한 친구가 될 남자를 찾고 또 찾았다.

하지만 결국 찾지 못했다.

그에게 결혼은 섬뜩한 환멸이었다. 완벽한 결혼을 찾으려고 했기 때문이다.

그에게 우정은 아예 시작된 적도 없다. 『흰색 윗도리』에서 잭 체이스를 향한 반쯤 감상적이었던 사랑이 유일한 예외였던 것 같다.

어쨌든 그는 완벽한 관계, 완벽한 교미, 완벽한 상호이해를 갈망했고, 완벽한 친구를 갈망했다.

완벽한 우정은 불가능하다는 사실을 그는 끝내 받아들이지 못했다. 영혼은 저마다 혼자다. 영혼은 저마다 혼자이기에 두 존재의 완벽한 관계에는 두 겹의 장애물이 있다.

영혼이 저마다 혼자인 것은 **당연한** 일이다. "완벽한 관계"를 바라는 건 알고 보면 그저 부도덕한 욕심, 강건하지 못한 욕심이다. "**우리 인간의 모든 불**

․․

40) 성서의 인유. cf. 온유한 사람은 행복하다. 그들은 땅을 차지할 것이다.(마태오의 복음서 5:5)
41) 성서의 인유. cf. 마음이 깨끗한 사람은 행복하다. 그들은 하느님을 뵙게 될 것이다.(마태오의 복음서 5: 8)

행은 혼자 있지 못한다는 데서 온다."[42]

그런데 멜빌은 그렇게 결론 내리기를 거부했다. 잘못은 **삶**에 있다고 하면서 '삶'을 거부했다. 그러면서 완벽한 관계, 완벽한 사랑이라는 이상에 매달렸다. 세상은 화해와 사랑이 넘치는 곳이라야 **옳다**, 그런데 **그럴 수 없다**, 그렇다면 잘못은 '삶' 자체에 있다, 라는 논리였다.

멍청한 논리잖은가. 그저 한시적인 인간들이 이게 "옳다" 하고 정해놓은 것뿐이잖은가.

세상은 화해와 사랑이 넘치는 곳이 **아니라야** 옳다. 세상은 격하게 불화하고 가끔 화해하는 곳이라야 옳다. 그리고 실제로 그렇다.

사랑은 불완전한 것이라야 **옳다**. 사랑은 가끔 완전한 순간이 있는 가시덤불 숲이라야 옳다. 그리고 실제로 그렇다.

"완벽한" 관계란 **있을 수 없어야** 옳다. 저마다 혼자인 영혼이 그렇게 혼자 있으려면 모든 관계에서 절대적 경계, 절대적 유보를 유지해야 한다. 정말로 완벽한 관계는 상대방의 많은 것을 모르는 관계다.

두 사람이 의식적으로 함께할 수 있는 것은 두세 가지를 넘지 않는다. 함께하는 시간이 웬만큼 많다면, 그래서 각자의 존재가 상대방의 균형추일 수 있다면, 완벽한 관계의 근간이 마련된 것이다. 하지만 진정으로 따로 있는 시간도 있어야 한다.

멜빌은 뼛속까지 신비주의자였고 이상주의자였다.

나도 그런 것 같다.

멜빌은 이상이라는 사냥총에 매달렸다.

나는 사냥총을 버리련다.

∵

42) cf. p. 147, 각주 33.

"고결한 정신"이라는 사냥총. "이상적 사랑"이라는 사냥총. 멜빌은 그런 낡아빠진 사냥총이 아수라장으로 만든 세상에 대고 알아듣기 힘든 욕설을 퍼붓는 신비주의자였다.

그런 낡아빠진 사냥총은 버리라는 것이 내 말이다.

새 사냥총을 구해서 정확히 쏘라는 말이다.

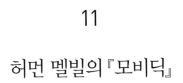

11

허먼 멜빌의『모비딕』

『모비딕, 또는 흰 고래』.

추격. 최후의 위대한 추격.

무엇을 추격하느냐고?

모비딕이라는 크고 하얀 향유고래를 추격한다. 늙은 몸, 허연 몸, 괴물 같
은 몸으로 홀로 헤엄치는 고래. 홀로 헤엄치는 고래. 화가 나면 말도 못하게
무시무시한 고래. 이미 몇 번이나 공격당한 적이 있는 고래. 눈처럼 흰 고래.

물론 상징이다.

무엇의 상징이냐고?

멜빌도 정확하게는 몰랐던 것 같다. 몰랐다는 것이 가장 훌륭한 점이다.

모비딕은 온혈동물이라서 그런가, 사랑스러운 구석이 있다. 고독한 리바
이어던이지만, 홉스의 리바이어던과는 종류가 다르다. 그래도 연결은 되겠
지?[1]

어쨌거나 온혈동물이고, 사랑스러운 구석이 있다. 상어와 악어를 숭배하
고 군함새 전설을 끝없이 지어내는 남태평양 제도의 야만인들, 그리고 폴리

..

[1] 『모비딕』 중 「발췌」에는 홉스의 「리바이어던」의 첫 문장 —"국가라는 이름의 그 거대한 리바이
어던"(…)—이 인용되어 있다.

네시아족과 말레이족은 왜 지금껏 한 번도 고래를 숭배하지 않았을까? 그렇게 큰 존재인데!

사악한 존재가 아니라서다. 고래는 물어뜯지 않는다. 그들에게 신은 물어뜯는 존재여야 했다.

모비딕은 용이 아니라 리바이어던이다. 똬리를 트는 중국의 비룡과는 완전히 다르고 물뱀과도 다르다. 모비딕은 온혈동물, 포유동물이다. 그래서 추격당한다.

위대한 책이다.

처음에는 문체가 좀 거슬린다. 신문기사를 흉내내는 것 같다. 가짜 같다. 멜빌이 나한테 약을 파는 느낌이다. 나는 안 산다니까요.

멜빌이 좀 설교조인 것도 사실이다. 자기 자신을 의식하는 자의식 속에서 자기 자신한테까지 약을 판다. 하지만 지극히 신비주의적인 책을 펼쳤을 때, 처음부터 이야기의 리듬 속에 빠지기란 쉽지 않은 것도 사실이다.

어설픈 설교를 멋대가리 없이 늘어놓는 데는 허먼 멜빌을 따라올 작가가 없다. 심지어 『모비 딕』 같은 훌륭한 책에서도 마찬가지다. 그가 설교를 늘어놓는 이유는 자신감이 없기 때문이다. 보통 그가 설교를 늘어놓는 방식은 참 아마추어적이다.

인간 멜빌보다는 예술가 멜빌이 **훨씬** 위대하다. 인간 멜빌은 그 지긋지긋한 뉴잉글랜드 도덕주의자-신비주의자-초월주의자 부류에 속한다. 에머슨, 롱펠로, 호손 등등이 그 부류다. 얼마나 진지하기만 한지, 웃긴 말을 찾을 때도 멍청할 정도로 진지하다. 이렇게 대책 없이 너무 진지한[2] 인간이 앞에 있으면 이렇게 말해주고 싶다. 아이고, 좀 어지간히 하지 그래? 삶이 비극이든

∵

2) 원문은 au grand sérieux.

촌극이든 파국이든 그게 나랑 무슨 상관인데? 사는 게 뭐든 나는 상관없으니까 술이나 좀 사줘. 지금은 그걸로 충분해.

살다 보면 이럴 때도 있고 저럴 때도 있는 건데 사는 게 뭔지 내가 어떻게 알아. 삶은 이런 거야, 라고 한마디로 요약하는 일이 내 업무도 아니잖아. 지금 삶은 차 한잔이야. 오늘 아침 삶은 소태와 독약이었어.[3] 거기 있는 설탕이나 좀 줘.

그런 진지남[4]은 지긋지긋하다. 너무 진지하면 왠지 가짜 같다. 멜빌이 그렇다. 아이고, 진지한 나귀[5]가 시끄럽게 히힝! 히힝! 히힝![6]

멜빌은 한편으로는 설교하기 좋아하는 인간이었지만, 다른 한편으로는 심오한 예술가, 위대한 예술가였다. 언제나 청중을 의식하고 있었다는 점에서는 영락없는 미국인이었지만. 미국인이기를 그친 순간, 청중의 존재를 잊은 채 자기가 포착한 세계를 있는 그대로 그려 보이는 순간, 그는 경이로운 예술가가 되고, 그의 책은 영혼에 정적과 경외를 불러일으키는 마술봉이 된다.

멜빌의 "인간적" 자아는 죽은 것이나 마찬가지다. 인간적 접촉에 거의 반응하지 않는다고 할까, 반응하더라도 관념적 반응, 아니면 한순간의 반응에 그친다고 할까. 그의 인간적-감정적 자아는 끝난 것이나 마찬가지다. 추상적 존재, 자기분석적 존재, 추상화된 존재인 그는 사람들이 하는 일보다는 '물질'의 이상한 이동과 충돌에 더 관심이 있다. 그리고 이 점에서 데이나와 마찬가지다. 그가 실제로 상대하는 것은 물질적 자연력이고 그가 그려내는 것은 물질적 자연력의 드라마다. 멜빌은 미래파 회화가 나오기 훨씬 전에 이

••

3) cf. 쫓기는 이 처참한 신세 생각만 해도 소태를 먹은 듯 독약을 마신 듯합니다.(애가 3: 19)
4) 원문은 grand sérieux.
5) ass: '멀산이'라는 뜻과 함께 '나귀'라는 뜻이 있음을 이용한 말장난.
6) bray: '듣기 싫게 떠든다.'는 뜻과 함께 '나귀 울음을 운다.'는 뜻이 있음을 이용한 말장난.

미 미래파였다.[7] 순전한 자연력들의 이동과 충돌이 있고, 그것을 모두 경험하는 인간의 영혼이 있다는 이야기. 아슬아슬한 경계를 넘어 정신의학으로 전락할 위험, 가짜가 될 위험이 있지만, 그래도 참 위대하다.

미국인은 다들 그런 면이 있다. 이상이라는 구식 프록코트를 입고 도덕이라는 구식 실크햇을 쓴 채 별별 못할 짓을 한다. 멜빌이 그렇다. 침대에서 몸집이 거대하고 온몸에 문신을 한 남태평양 제도의 야만인에게 안기기도 하고, 야만인이 가지고 다니는 소형 신상 앞에 엄숙한 번제를 바치기도 한다. 그가 살람[8]의 예를 차리는 동안 이상이라는 프록코트는 그의 셔츠 자락과 맨엉덩이를 어떻게든 가려주고 있고, 도덕이라는 실크햇은 그의 머리 위에 내내 똑바르게 얹혀 있다. 정신의 매무새를 흩트리지 않은 채 별별 못할 짓을 한다는 점에서 참 전형적인 미국인이다. 미국인들의 이상은 몸에 붙어 벗겨지지 않는 녹슨 갑옷 같다. 그 와중에 벌거벗은 채로 움직이는 것은 멜빌의 육체적 인식이다. 있는 그대로의 자연력을 감각하는 맨살이라고나 할까. 이렇듯 고성능 무선 수신기처럼 오롯이 육체적 차원의 진동을 느낄 뿐인 멜빌의 인식은 한편으로는 외부세계의 자극을 기록하고, 다른 한편으로는 고립된 영혼의 격동을 기록한다. 오지로 내몰린 영혼, 진정한 인간적 접촉을 모두 상실하고 혼자가 된 영혼의 격동을 멜빌의 인식은 고통이나 쾌감의 차원과 거의 무관하게 기록한다.

뉴베드퍼드에서의 첫 며칠간의 이야기는 우선 이슈마엘이라는 이 책의 '화자'(이 책에 실제로 나오는 인물 중에 유일하게 인간의 범주에 들어가는 인물)를 소개한다. 그리고 이어서 이슈마엘이 한동안 마음의 형제로 삼는 인물(문신

••

7) cf. p. 007
8) 허리를 깊이 숙이는 인사.

이 있고 힘이 장사인 남태평양 제도의 야만인 작살꾼)을 소개한다. 데이나가 "호프"를 사랑하듯,[9] 멜빌은 퀴퀘그를 사랑한다. 퀴퀘그가 이슈마엘과 한 침대를 쓰게 되는 장면은 우스워서 기억에 남는다. 하지만 나중에 두 남자는 야만인들의 언어로 "결혼"을 뜻하는 관계를 맹세하게 된다. 이슈마엘의 닫힌 마음에서 사랑의 수문, 인간적 접촉의 수문을 연 것이 퀴퀘그였다:

"나는 그렇게 방에 앉아 있었다. 방은 이제 적적했고, 불은 활활 타오르면서 열기를 내뿜는 첫 단계를 지나 그저 자기가 불이라는 것을 보여주는 약한 단계에 이른 듯 힘없이 불타고 있었고, 저녁에 생기는 그림자들과 허깨비들이 창밖에 모여들더니 말없고 외로운 우리 두 사람을 들여다보고 있었다. 내 마음속에서 이상한 느낌이 들기 시작했다. 얼어붙은 것이 녹아내리는 느낌이었다. 상처로 갈라진 손, 분노로 미쳐버린 심장으로 늑대 같은 세상에 맞서던 내가 어느새 달라져 있었다.[10] 나를 구원해준 것은 같은 방에 앉아 있는 야만인의 위로였다. 그의 무심함 자체가 문명화된 위선이나 천연덕스러운 사기 같은 것들과는 거리가 먼 천성을 말해주었다. 물론 야만인이었고, 생긴 것은 참 가관이었지만, 나는 왠지 그에게 불가사의하게 끌리는 느낌이 들기 시작했다."

그렇게 둘은 담배를 나눠 피우기도 하고, 서로의 품에 안기기도 했다. 이슈

..

9) cf. p. 218-219.
10) cf. "너는 아들을 배었으니 낳거든 이름을 이스마엘이라 하여라. 네 울부짖음을 야훼께서 들여주셨다. 네 아들은 늘나귀 같은 사람이라, 닥치는 대로 치고 받아 모든 골육의 형제와 등지고 살리라."(창세기 16: 11-12)

마엘이 퀴퀘그의 소형 신상 고고[11] 앞에 제물을 바침으로써 둘의 우정은 결정적으로 확고해진다:

> "나는 정통 장로교회의 품에서 나고 자란 선한 기독교도였다. 그런 내가 우상숭배자와 함께 그의 나무토막을 경배하다니 어떻게 그럴 수 있었느냐고? 경배한다는 게 뭐겠는가?라고 그때 나는 생각했다. 경배한다는 게 뭐겠는가? 하느님의 뜻을 실천하는 것, **그것**이 경배다.[12] 그렇다면 하느님의 뜻은 뭐겠는가? 내 이웃이 나에게 해주기를 바라는 일을 내가 내 이웃에게 해주는 것, **그것**이 하느님의 뜻이다."[13]

벤저민 프랭클린의 책에 나올 법한 논리라고 할까, 대책 없는 저질 신학이다. 하지만 참 미국인다운 논리다.

> "지금은 퀴퀘그가 내 이웃이다. 지금 나는 그가 나에게 무엇을 해주기를 바라는가? 내가 경배할 때 그도 나와 함께 장로교 특유의 형태로 경배해주기를 바란다. 고로, 그가 경배할 때 나도 함께 경배해주어야 한다. 고로, 나도 우상숭배자가 돼야 했다, 라고 그때 나는 생각했다. 그러면서 톱밥에 불을 붙였고, 순진한 표정의 작은 신상을 함께 설치했고, 비스킷을 번제로 바쳤고, 두세 번 살람을 올렸고, 신상의 콧등에 입을 맞추었다. 그렇게 경배를 끝낸 다음, 우리 자신의 양심과 화평을 이룬 상태이자 온 세

..

11) 로렌스가 요조(Yojo)를 고고(Gogo)로 바꾸었다.
12) cf. 하느님의 뜻을 실천하려는 사람이면 이것이 하느님으로부터 나온 가르침인지 또는 내 생각에서 나온 가르침인지를 알 것이다.(요한의 복음서 7: 17)
13) cf. 네 이웃을 네 몸같이 사랑하여라.(마르코의 복음서 12: 31)

262

상과 화평을 이룬 상태로 옷을 벗고 침대에 누웠다. 하지만 잠들기에 앞서 소소하게 이야기를 나누었다. 왜 그런지는 모르겠지만, 친구끼리 흉금을 털어놓기에는 침대만한 곳이 없다. 부부는 서로에게 영혼의 밑바닥까지 보여준다는 말도 있고, 침대에서 옛날이야기를 나누면서 날을 새는 노부부들도 있다고 하는데, 그때 퀴퀘그와 내가 바로 그런 노부부처럼 다정한 한 쌍이었다."

이런 관계라면 이슈마엘에게 의미 있는 관계였을 것 같은데, 사실은 그렇지 않았다. 퀴퀘그는 어제의 신문기사처럼 잊힌다. 인간적 차원의 일들은 미국인 이슈마엘에게 순간적인 자극 아니면 순간적인 재미일 뿐이다. 이슈마엘은 세상에 쫓기는 사냥감이다. 하지만 사냥감이기에 앞서 사냥꾼이다.[14] 퀴퀘그라고 대수겠는가? 아내라고 대수겠는가? 그는 흰 고래를 추격해야 하는 사냥꾼이다. 그에게 퀴퀘그는 그저 "인식"되어야 할 존재, 인식되고 나면 망각 속에 묻혀야 할 존재였다.

이슈마엘이 흰 고래 사냥꾼이라면, 흰 고래는 무엇인가?

이슈마엘이 자기가 퀴퀘그의 눈 —"크고 깊은 눈, 검게 타오르는 담대한 눈"— 을 사랑했다고 말하는 대목이 있다. 이런 대목을 보면, 포와 마찬가지로 이슈마엘도 눈빛의 '열쇠'를 손에 넣고 싶어 한 것 같다. 그저 그뿐이었던 것 같다.[15]

∴

14) 아브라함과 사라의 이집트인 몸종의 하갈 사이에서 태어난 아들 이스마엘을 연상시키는 표현. 이스마엘은 후계자 이삭이 태어난 후 아브라함의 집에서 쫓겨나 짐승을 쫓으며 살았다. cf. 하느님께서 그와 함께 해주셨다. 그는 자라서 사막에서 살며 활을 쏘는 사냥꾼이 되었다.(창세기 21: 20)
15) cf. p. 129.

뉴베드퍼드를 떠난 두 남자는 낸터킷으로 가서 퀘이커교도의 포경선 **피쿼드 호**[16] 선원 계약서에 서명한다. 모든 것이 이상하게 환상적이라고 할까, 환등상 같다고 할까. 영혼의 여행이지만, 신기하게도 한 포경선의 실제 항해다. 우리는 이 이상한 배로 이 믿어지지 않는 선원들과 함께 망망대해로 여행을 떠난다. 아르고 원정대[17]는 여기에 비하면 순한 어린양이었다. 율리시스는 키르케[18]를 **제압**하고 여러 섬의 악녀들을 정복할 수 있었다. 반면에 **피쿼드 호** 선원들은 홀로 헤엄치는 무해한 흰 고래를 추격하는 미치광이 신자들이다.

영혼의 여행담으로 읽으면 좀 짜증스럽지만, 뱃사람의 모험담으로 읽으면 탄복할 만하다. 뱃사람의 모험담은 항상 과한 데가 있잖은가. 당연하잖은가. 뱃사람의 잡다한 실제 경험이 청한 신비주의로 포장될 때는 좀 귀에 거슬리지만. 운명의 계시록 같은 것으로 읽으면, 너무 심오해서 슬픔조차 안 느껴지지만. 감정이 따라갈 수 없는 심오함이랄까.

선장의 등장을 앞둔 시점이다. 선장의 이름은 에이헙.[19] 신비에 싸인 퀘이커교도. 아하, 이 배의 선장은 하느님을 경외하는 퀘이커교도다.

에이헙 선장. 영혼의 선장.

"나는 내 운명의 주인이다,
나는 내 영혼의 선장이다!"

∵

16) 인디언 부족 이름에서 따왔다.
17) 아르고라는 배를 타고 황금양털을 구하러 떠난 고대 그리스의 전설적 영웅들.
18) 오디세우스의 부하들을 돼지로 만든 마녀.
19) cf. 유다 왕 아사 제삼십팔년에 오므리의 아들 아합이 이스라엘의 왕위에 올라 사마리아에서 이십 년간 다스렸다. 그런데 오므리의 아들 아합은 이스라엘의 어느 선왕들보다도 더 야훼의 눈에 거슬리는 일을 하였다.(열왕기상 16: 29-30)

에이헙!

"오오 선장이여, 나의 선장이여, 우리의 무섭던 여행은 끝났소!"[20]

말라깽이 에이헙. 퀘이커교도. 신비에 싸인 인물. 항해 시작 며칠 만에 겨우 등장한다. 비밀을 감추고 있겠지? 어떤 비밀일까?

아하, 불길한 기운을 내뿜는 인물이다. 한쪽 다리는 바다동물의 엄니로 만든 상아의족이다. 거대한 흰 고래 모비딕이 에이헙의 다리 하나를 무릎까지 물어뜯은 것은 에이헙이 모비딕을 공격하던 때의 일이었다.

잘된 일이었다. 아예 두 다리를 몽땅 물어뜯었어야 했다. 다른 데도 물어뜯었어야 했다.

그렇지만 에이헙의 생각은 다르다. 그는 이제 편집증 환자다. 모비딕이 그의 편집증이다. 모비딕이 **죽지** 않으면 에이헙은 더 이상 살아갈 수 없다. 에이헙은 그래서 무신론자다.

여기까지가 선장에 대한 소개다.

미국의 영혼을 실은 **피쿼드 호**에는 항해사가 셋 있다.

1. 스타벅: 퀘이커교도. 낸터킷 출신. 이성적이고 앞일을 생각할 줄 알고 용감하게 행동하는 좋은 관리자. 이른바 믿고 맡길 수 있는 사람. 마음속에 **두려움**을 품고 있다.
2. 스터브: "용감하기가 불길 같고, 기계 같다." 깊이 고민하지 말고 즐겁게 살자는 게 그의 모토다. 실은 그도 마음속에 두려움을 품고 있

20) Walt Whitman의 시 "O Captain! My Captain!"의 한 대목.

는 것 같다.

    3. 플라스크: 고집 세고 지기 싫어하고 상상력이 없다. "경이로운 고래
       라고 해도 그에게는 그저 물에 사는 쥐가 크게 부풀려진 것에 불과
       했다."

여기까지가 미치광이 선장과 그의 세 항해사에 대한 소개다. 셋 다 멋진 뱃사람이고, 훌륭한 고래 사냥꾼이고, 일류 항해사다.

미국이다!

선장과 그의 항해사들은 '파리강화회의'에 참석한 미스터 윌슨[21]과 그의 훌륭한, '유능한' 수행원들을 닮았다. **피쿼드 호**의 다른 점은 부부동반이 아니었다는 것.

정신병자가 영혼의 선장이고, 대단히 뛰어난 실무자들이 세 항해사다.

미국이다!

나머지 선원들을 보면, 한쪽에는 이탈자들과 조난자들과 식인종들이 있고, 다른 한쪽에는 이슈마엘과 퀘이커교도들이 있다.

미국이다!

거대한 흰 고래에게 작살을 던지는 거구의 작살꾼 셋이 있다.

    1. 퀴퀘그: 남태평양 제도의 야만인. 온몸에는 문신. 거구의 장사.

    2. 타쉬테고: 홍인종 인디언. 인디언과 바다가 만나는 해안지역 출신.

    3. 다구: 엄청난 거구의 흑인종.

∴

21) cf. p. 046.

여기까지가 미국의 깃발을 내건 미치광이 선장의 배에서 **흰** 고래에 작살을 겨누는 훌륭한 작살꾼들이 속한 세 야만인 종족에 대한 소개다.

에이헙이 타게 될 보트의 선원들이 갑판 위에 나타나는 것은 며칠이 지나고 나서다. 검은 옷을 입은 기묘하고 과묵한 말레이족이면서 불을 숭배하는 파시교도들이다. 에이헙의 보트가 **흰** 고래를 추적할 때, 에이헙과 함께 그 보트에 타는 것이 그들이다.

미국인의 영혼을 실은 **피쿼드 호**를 어떻게 볼 것인가.

여러 인종, 여러 종족, 여러 민족이 '별들'과 '작대기들'[22] 아래 모여 있다.

작대기로 얻어맞기도 하면서.[23]

별을 보기도 하면서.

미친 선장이 이끄는 미친 배가 미치광이처럼 추격한다.

추격의 대상은?

거대한 '흰 고래' 모비딕이다.

항해는 멋지다. 세 항해사도 멋지다. 대단히 뛰어난 실무자들의 항해다. 미국 산업이다!

그 모든 실무가 미치광이 같은 추격에 동원된다.

멜빌이 그리는 항해는 온갖 환상적인 장식에도 불구하고 실제 고래잡이 배의 실제 항해다. 항해는 더없이 경이롭고 작품은 더없이 아름답다. 작가가 신비의 바다에 빠져 끔찍하게 허우적거리는 데서 비롯되는 아름다움이다. 작가는 형이상학 속에 깊이 내려가기를 원했고, 결국 형이상학보다 깊게 내려갔다. 더없이 아름다운 책인데, 끔찍한 의미가 담겨 있고, 군데군데 거슬리

••

22) 성조기를 가리킨다.
23) cf. 사기 주인의 뜻을 알고도 아무런 준비를 하지 않았거나 주인의 뜻대로 하지 않은 종은 [King James Version에 따르면 작대기로] 매를 많이 맞을 것이다.(루가의 복음서 12: 47)

는 대목들도 있다.

멜빌과 데이나가 앨버트로스를 그리는 대목을 비교해보는 것도 재미있겠다.[24] 멜빌은 꽤 무게를 잡는다.

"내가 앨버트로스를 처음 본 그때가 생각난다. 오래 계속되는 강풍 속에서 남극해 바로 옆을 지날 때였다. 오전 당직을 마치고 해운(海雲)이 자욱한 갑판에 올라선 순간, 메인 해치 위에 내려앉아 바람에 펼쳐진 날개로 왕처럼 위풍당당하게 푸드덕거리는 새 한 마리가 눈에 띄었다. 깃털은 순백색이었고, 굽은 부리는 로마인의 콧날처럼 절묘했다. 새는 이따금씩 천사장의 날개 같은 넓은 날개를 아치 모양으로 활짝 펼쳤다. (…) 박동과 날개의 경이로운 움직임에 새의 몸이 흔들렸다. 새는 몸을 다친 것도 아니면서 초자연적인 고통을 겪는 어떤 왕의 유령처럼 비명을 질렀다. 새의 형언할 수 없는 기묘한 눈동자를 들여다본 나는 마치 천상의 비밀을 엿본 것 같았다. (…) 흰 새의 더없는 흰색, 넓은 날개의 더없는 넓음, 남극해라는 영원한 유형지, 그 속에서 나는 전통들과 도시들에 대한 뒤틀린 기억을 어느새 모두 다 잊을 수 있었다. (…) 그렇게 사람을 홀리는 마력의 비밀은 주로 새의 몸으로 현현한 경이로운 흰색 속에 숨어 있다는 것이 내 논의의 핵심이다."[25]

멜빌의 앨버트로스는 미끼에 걸린 포로다.[26]

⁘

24) cf. 205.
25) 『모비딕』 중 「고래의 흰색」.
26) 『모비딕』 중 「고래의 흰색」에, "[앨버트로스를] 잡는 방법 (…) 낚싯바늘과 낚싯대"라는 표현이 나온다.

268

실은 나도 본 적이 있다. 우리 배도 오스트레일리아 남쪽 남극해 바로 옆을 지나가고 있었는데, 앨버트로스가 우리 배를 따라왔다. 남반구의 겨울. 승객이 거의 없는 P&O[27]의 작은 배. 인도 출신 승무원들은 추위에 떨고 있었다.

긴 날개를 길게 펴고 따라오던 새가 어디론가 날아가 버린다. 남반구의 바다, 아스라한 오스트리아의 해안, 그곳이 얼마나 적막한 유형지인지는 그곳에 가보기 전에는 모른다.

우리의 때는 그저 하루뿐이라는 것, 우리의 존재가 없어진 이후에 태어날 하루 또 하루가 밤의 어둠 속에서 자라고 있다는 것을 그곳에 가보면 느끼게 된다.

우리의 존재가 얼마나 철저히 없어져야 하는지를 그곳에 가보면 깨닫게 된다.

하지만 멜빌은 "흰색"의 이론을 이어갈 뿐이다. 그는 추상에 사로잡혀 있다. 우리의 끝, 우리의 종말이 추상화된다. 흰색이 있고, 검은색이 있다. 우리의 종말이 흰색으로 추상화된다!

그렇다고 해도, **피쿼드 호**를 타고 흙의 흔적조차 없는 망망한 바다를 항해하는 것은 신나는 일이다.

"흐리고 무더운 오후였다. 선원들은 갑판을 어슬렁거리거나 납빛 바다를 멍하니 바라보고 있었다. 퀴케그와 나는 우리 보트에 더 필요한 '검 뜨게 거적'[28]'을 엮으면서 느긋한 시간을 보내고 있었다. 눈앞의 모든 것이

··

27) 항해 서비스 회사. 공식 명칭은 Peninsular & Oriental Steam Navigation Company.
28) sword-mat. 『모비딕』 중 「거적 짜는 사람」에, "검 뜨게 거적"의 어원을 짐작할 수 있는 표현이 나온다: "나는 마치 베틀이 된 듯 세로 밧줄 사이로 가로 밧줄을 넣었다 뺐다를 반복했고, 퀴

조용하고 나직하면서도 큰일을 앞두고 있는 것 같았다. 사람을 꿈결로 이끄는 주문이 공기 중에 떠돌고 있는 것 같았고, 선원들 각자가 말없이 자기의 보이지 않는 자아 속에 단단히 녹아든 듯했다."[29]

첫 침묵을 가르는 첫 외침.

"나타났다! 저기! 저기! 저기! 물기둥! 물기둥!"

자, 첫 번째 추격이 시작된다. 바다에서 진짜 바다생물이 된 사람들이 바다생물들을 추격하는 경이로운 진짜 해양모험담. 흙의 흔적 같은 것은 거의 찾아볼 수 없는 순수한 바다의 격동.

"스타벅이 돛을 더 고물 쪽으로 잡아당기면서 낮게 속삭였다. '속도 줄여. 스콜 오기 전에 고기 잡을 시간 충분하다.' 그러다 크게 외쳤다. "또 물기둥이다!—가자!—속도 높여!" 그리고 곧바로 우리 보트 좌우에서 연달아 고함소리가 들렸다는 말은 다른 보트들이 바짝 따라붙었다는 뜻이었다. 하지만 고함소리가 들린 것과 거의 동시에 스타벅이 벼락을 내리치듯이 속삭였다. '겨눠!' 작살을 든 퀴퀘그가 벌떡 일어섰다. 노잡이 중 하나였던 나는 보트가 직면한 생사의 고비를 직접 목격할 수는 없었지만, 고물에 서 있는 항해사의 격한 표정에서 급박한 순간이 왔음을 읽을 수 있었다. 코끼리 형제 오십 마리가 한데 모여 뒹굴 때나 날 것 같은 어마어마

퀘그는 (…) 무거운 참나무 검을 밧줄 사이로 찔러넣어 (…) 밧줄의 짜임을 바로잡았다."
29) 『모비딕』 중 「거적 짜는 사람」.

270

한 굉음도 들을 수 있었다. 그동안 보트는 계속 안개 속을 질주했고, 보트에 갈라진 파도는 성난 독사들의 치켜 들린 대가리처럼 꼬불꼬불한 모양이 되어 쉭쉭 소리를 냈다.

스타벅이 낮게 속삭였다. '저기 나타났다! **저기다! 저기**, 던져!' 휙 하는 소리가 보트 밖으로 튀어나갔다. 퀴퀘그가 던진 작살이었다. 그때부터 모든 것이 한데 녹아들어 격동했다. 고물에서 이물로 잡아당겨지는 보트, 떠밀린 보트가 암초에 부딪히는 느낌, 쓰러지는 돛대와 찢어지는 돛천, 눈앞에서 솟구쳐 오르는 펄펄 끓는 증기, 지진이 일어난 것처럼 요동치는 바닥, 사방으로 튀어 올랐다가 떨어져서 처박히는 모든 선원을 질식시킬 듯 점점 허옇게 엉기는 스콜. 스콜과 고래와 작살이 한 덩어리로 녹아들었던 순간이 어느새 지나고, 작살에 스쳤던 고래는 어디론가 달아났다."[30]

멜빌은 폭력과 혼돈이 수반된 물리적 격동을 능수능란하게 그려내는 작가, 격렬한 추격을 처음부터 끝까지 완벽하게 따라갈 수 있는 작가이기도 하지만, 고요를 그려내는 데도 그에 못지않게 완벽한 작가다. 배가 세인트헬레나섬 남쪽의 캐럴 어장을 지날 때:

"날씨는 맑고 달빛은 환한 밤이었다. 은빛 두루마리 같은 잔물결이 부드럽게 번지면서 고독 대신 은빛 고요 같은 것을 자아내는 고요한 그 밤에, 뱃전에서 부서지는 하얀 물보라 너머로 멀리서 은빛 물기둥이 나타났다."[31]

∴

30) 『모비딕』 중 「첫 번째 추격」.
31) 『모비딕』 중 「유령이 뿜어 올리는 물기둥」.

다음에는 '치새우'를 묘사하는 아름다운 대목:

"크로제 제도를 벗어나 북동쪽을 향해 달리던 우리는 '참고래'가 주식으로 삼는 작고 노란 치새우가 서식하는 거대한 어장을 지나게 되었다. 황금빛으로 익은 밀밭이 끝없이 이어진 듯, 아무리 달려도 사방은 온통 치새우의 물결이었다. 이튿날, **피쿼드 호** 같은 '향유고래' 포경선은 잡지 않는 '참고래' 떼가 나타나더니, 입을 벌린 채로 치새우 어장을 느릿느릿 헤엄쳐 나갔다. 치새우는 수염판이라는 고래 입속에 쳐진 베네치아 블라인드 같은 신기한 판에 걸렸고, 물은 판 사이로 빠져나갔다. 아침 추수꾼들이 축축한 밀밭에 한 줄로 나란히 늘어서서 축축한 밀줄기를 쓱싹쓱싹 베어 나가듯이, 참고래들도 낫질 소리 같은 이상한 소리를 내면서 바다를 헤엄쳐 나갔다. 참고래들이 지나간 노란 바다에는 푸른 자국이 끝없이 이어졌다. 하지만 참고래에서 추수꾼을 연상시키는 것은 치새우 사이로 지나갈 때 내는 소리뿐이었다. 돛대 꼭대기에서 내려다보면, 특히 참고래들이 한참씩 제자리에서 움직이지 않고 있을 때는, 거대하고 검은 바윗덩어리들로밖에는 보이지 않았다."[32]

이어, 오징어 비슷한 것이 나타나는 대목:

"치새우 어장을 천천히 헤쳐 나온 **피쿼드 호**는 키를 계속 북동쪽에 놓고 자바섬 방향으로 나아갔다. 약한 바람에 용골이 살짝 밀리는 화창한 날씨가 계속되었고, 위로 갈수록 점점 가늘어지는 높은 돛대 세 개가 바

⁖

32) 『모비딕』 중 「치새우」.

람의 나른한 숨결에 답례하듯 부드럽게 살랑거리는 모습은 평원 위의 여린 야자수 세 그루 같았다. 그렇게 한 방향으로 나아가고 있었으니, 은빛으로 물든 밤이면 그 외로운 손짓 같은 물기둥이 어쩌다 한 번씩 나타나곤 했다.

그런데 어느 투명하게 파란 아침이었다. 바람결에 일렁이는 수면 위로 거의 초자연적인 고요가 펼쳐지는 시간, 위에서 길게 빛나는 햇살이 비밀을 말하지 말라는 뜻으로 입술 위에 가로놓인 황금 검지손가락처럼 보이는 시간, 모든 잔물결이 덧신을 신은 듯 가볍게 내달리면서 한 목소리로 속삭이는 시간이었다. 가시(可視)의 세계가 한껏 숨을 죽인 채로 빛을 받기 시작하는 바로 그 시간, 중앙 돛대 꼭대기에서 망을 보던 다구의 시야에 이상한 허깨비 같은 것이 나타났다.

먼 곳에서 거대하고 허연 덩어리 하나가 느릿느릿 수면 위로 떠올랐다. 그렇게 점점 높이 떠올라 푸른 수면에서 떨어져 나온 그 덩어리는 새로 쏟아져 내리는 눈사태처럼 우리 배 앞에서 하얗게 반짝거렸다. 그리고 그렇게 한순간 반짝거리더니 떠오를 때와 똑같이 느린 속도로 주저앉아 물 밑에 잠겼다. 그러고는 다시 한 번 수면 위로 떠올라 고요히 반짝거렸다. 고래처럼 보이지는 않았지만, 다구는, 혹시 저게 모비딕인가, 하는 생각을 했다.”

보트 네 척을 띄워 가까이 가보았다.

“물속에 잠겼던 덩어리는 같은 곳에서 또 서서히 떠올랐다. 우리는 한동안 모비딕을 까맣게 잊은 채 비밀의 바다가 그때껏 인간에게 보여준 현상 중에 가장 경이로운 현상을 그저 하염없이 바라보았다. 가로와 세로가 몇 펄롱[33]씩 되는 은은히 빛나는 유백색의 거대하고 흐물흐물한 덩어리가 수면 위에 둥둥 떠 있었고, 몸통에서 빛처럼 뻗어 나오는 수많은 팔들은 둥지 안의 아나콘다들처럼 동그랗게 말리거나 비비 꼬이고 있었다. 아무거나 잡히라고 무턱대고 휘젓는 것처럼 보이기도 했다. 머리가 어딘지, 앞뒤가 있는지 알 수도 없고, 감각이 있는지, 본능이 있는지 알 길도 없는 섬뜩하고 형체 없는 덩어리, 있어야 할 이유는 없는 것 같지만 어쨌든 생명체로 보이는 덩어리가 파도와 함께 출렁거리다가 그렇게 또 서서히, 뭔가를 빨아들이는 것 같은 낮은 소리와 함께 물 밑으로 사라졌다."[34]

이어지는 챕터들은 고래를 포획하고 도살하고 껍질을 벗기고 부위별로 해체하는 작업을 묘사한 훌륭한 기록물이다. 그 뒤에는 한 평선원 광신도가 모든 선원을 지배하는 포경선 **여로보암 호**[35]와 마주쳤을 때의 기묘한 이야기도 있고, 향유고래 머리에서 기름을 짜내는 작업을 상세히 묘사하는 곳도 있다. 멜빌은 향유고래의 뇌가 작다는 이야기를 길게 늘어놓으면서 의미심장한 듯 덧붙인다.

"등뼈를 보면 그 사람의 성격을 웬만큼 알 수 있다는 사실이 곧 밝혀지리라고 생각한다. 나라면 상대가 누구든 머리뼈를 만져보느니 등뼈를 만져보겠다."

∵

33) 1펄롱 = 약 200m.
34) 『모비딕』 중 「오징어」.
35) 여로보암은 북왕국 이스라엘 초대 왕의 이름이다.

그러고는 고래 이야기를 덧붙인다.

"이런 관점에서 보면, 고래의 뇌가 다른 부위에 비해 엄청나게 작다는 사실은 고래의 등뼈가 다른 부위에 비해 엄청나게 크다는 사실을 통해 상쇄되고도 남는다."[36]

끔찍한 추격전이 계속되는 사이사이에 순전한 아름다움이 깃든 대목들이 끼어들기도 한다.

"그렇게 세 보트는 잔잔하게 물결치는 바다에서 한낮의 영원한 푸름을 내려다볼 뿐이었고, 바다 밑에서는 신음이나 비명은커녕 잔물결 하나, 물거품 하나 떠오르지 않았다. 이런 고요하고 평화로운 물 밑에서 무시무시한 바다괴물이 괴로움에 몸부림치고 있으리라고 대체 어느 뭍사람이 생각이나 하겠는가!"[37]

어마어마하기로는 제3권을 시작하는 「무적함대」 챕터가 제일인 것 같다. 자바 방향으로 키를 잡고 순다 해협을 지나던 **피쿼드 호**는 어마어마한 향유고래 떼를 발견한다.

"전방 2~3마일 부근 양옆으로 거대한 반원을 그리는 반쪽 수평선상에 서였다. 고래들이 뿜어 올리는 물기둥의 사슬이 한낮의 허공에 걸린 목걸

••

36) 『모비딕』 중 「머리뇽」.
37) 『모비딕』 중 「피쿼드 호, 처녀 호를 만나다」.

이처럼 반짝반짝 빛나고 있었다."

향유고래 떼를 추격하는 동시에 자바 해적선에게 추격당하면서 순다 해협을 건넌 포경선 **피쿼드 호**는 보트를 내리고 추격에 박차를 가한다. 결국 선원들이 '식겁했다'[38]라고 표현하는 희한한 상태, 어쩔 줄 몰라 무기력해지는 상태가 고래들을 엄습했다. 거대한 전열을 갖추고 헤엄쳐 나가던 고래들이 난폭하게 우왕좌왕하기 시작했고, 고래 떼는 앞으로 나아가는 대신 급속도로 한 덩어리가 되었다. 한 고래에 작살을 박은 스타벅의 보트는 이 아우성치는 리바이어던 떼의 혼돈 속으로 거세게 끌려 들어간다. 뜨거운 열기와 함께 점점 늘어나는 괴물들을 아슬아슬하게 피하는 미친 질주 끝에 겨우 닿은 곳은 겁에 질려 미친 듯이 우왕좌왕하는 거대한 고래 떼의 한복판에 만들어진 잔잔한 호수였다. 슬리크[39]의 순전한 고요가 지배하는 곳이었다. 어미 고래들은 평화로웠고, 새끼 고래들은 말 잘 듣는 강아지들처럼 보트에 코를 갖다 대고 킁킁거렸다. 선원들은 그 거대한 괴물들의 사랑(발정난 포유동물의 교미)을 놀란 눈으로 지켜보았다.

"우리는 보트 난간으로 상체를 내밀고 물속을 들여다보았다. 신기하기로는 물 밑 깊이 들여다보이는 세상이 물 위에 펼쳐진 경이로운 세상보다 훨씬 더했다. 물 밑에 또 다른 하늘이 펼쳐져 있는 듯, 새끼에게 젖을 물린 어미 고래들과 조만간 어미가 되리라고 짐작되는 어마어마한 허리둘레의

••

38) 원문은 gallied. 멜빌의 설명에 따르면, 오늘날에는 이 단어가 선원들의 은어로 간주되지만, 사실 이 단어는 셰익스피어의 『리어왕』에도 나오는 유서 깊은 어휘 중 하나다.
39) 멜빌의 설명에 따르면, "고래가 비교적 편안한 기분을 느낄 때 토해내는 분비물 때문에 생기는 비단처럼 매끄러운 수면."

고래들이 날아다니고 있었다. 위에서도 이야기했듯이 꽤 깊은 곳까지 극히 투명한 호수였다. 인간의 아기들이 마치 두 개의 삶을 동시에 살고 있기라도 한 듯 태평하게 젖을 빨면서 동시에 시선을 다른 한곳에 고정함으로써 육신의 양분을 섭취하면서 동시에 정신적으로는 어떤 다른 세상의 추억을 마음껏 즐기는 것과 마찬가지로, 고래의 새끼들은 우리 쪽을 보고 있는 것 같아도 실은 우리를 보고 있는 것이 아니었다. 갓 태어난 고래의 눈에는 우리가 그저 모자반으로 보이는 모양이었다. 어미 고래의 눈에도 우리가 크게 신경 쓰지 않아도 되는 존재로 보이는 듯했다. (…) 바다의 비밀 중에 가장 오묘한 것 몇 가지가 그 마법의 호수에서 우리에게 살짝 유출되는 것 같았다. 우리가 본 것은 젊은 리바이어던들이 물속 깊은 데서 사랑을 나누는 모습이었다. 그 불가사의한 생명체들은 그렇게 사방을 겹겹이 에워싸고 있는 경악과 공포의 한가운데에서 아무 걱정근심 없이 온갖 평화로운 대소사에 골몰했다고 할까. 아니, 태평하게 유희와 향락에 빠졌다고 해야 할 것이다."

이런 고래 사냥에는 실로 압도적인 데가 있다. 초인간적이라고 할까, 비인간적이라고 할까, 인간의 삶보다 거대하다고 할까, 인간의 일보다 웅장하다고 할까. 현실의 이야기인데 다른 세상의 이야기처럼 기묘하다는 점은 「용연향」 챕터도 마찬가지다. 「사제복」이라는 챕터는 남근숭배를 다룬 글 중에서 세계 문학을 통틀어 가장 기묘한 글임에 틀림없다.

다음에 오는 「정유 작업」이라는 어마어마한 챕터에서는 배가 바다 한복판에서 정유공장으로 변해 고래기름을 추출하면서 검댕이 연기를 내뿜는다. 항해 중인 배의 갑판에서 화덕 불이 붉게 타오르는 밤중, 멜빌은 거꾸로 가는 섬뜩한 경험을 하게 된다. 불을 지켜보기 위해 키를 잡은 채로 선미를 향해 돌아서 있던 그는 갑자기 배가 거꾸로 간다는 느낌, 불가사의하게 뒷걸음 친다는 느낌을 받는다.

"제일 먼저 든 생각은, 내 발 밑 바닥이 빠르게 달리고 있는데 내가 가야 하는 방향으로 달리고 있는 게 아니라 반대 방향으로 거꾸로 달리고 있구나, 하는 것이었다. 죽음과 마주친 것만 같은 극도의 당혹감이 엄습해왔다. 두 손으로는 급히 키를 움켜쥐면서도, 키가 무슨 마법에 걸려서 거꾸로 뒤집혔구나, 하는 정신 나간 생각이 들었다. '맙소사! 내가 왜 이러나!'"

이 꿈속-경험은 실은 영혼-경험이다. 붉게 타오르는 불의 붉음이 모든 것에 섬뜩함을 드리우는 시간에는 불을 바라보지 말라, 라는 경고가 이 대목의 마지막 말이다. 그렇게 거꾸로 달리고 있다는 섬뜩한 느낌이 든 것은 불을 바라보았기 때문이 아닐까, 라는 것이 그의 생각이다.

틀린 생각은 아니었던 것 같다. 그는 물에서 태어난 존재였으니까.

배에서 건강에 해로운 작업에 동원되었던 퀴퀘그가 열병에 걸려서 죽음의 문턱까지 간다.

"그가 시름시름 앓으면서 얼마나 심하게 야위었던지, 불과 며칠 만에 뼈와 문신 무늬밖에 남은 데가 없는 지경까지 갔다. 하지만 그의 몸에서 다른 데는 다 가늘어지고 광대뼈는 뾰족해지는데, 두 눈은 점점 둥글어졌다. 이상한 광채로 빛나면서 나를 바라보는 순하지만 깊은 그의 두 눈은 그에게 죽지도 약해지지도 않는 영원한 건강이 깃들어 있음을 증명하는 경이로운 증거였다. 물 위에 퍼지는 동심원이 점점 흐려지면서 점점 넓어지듯이, 그의 두 눈은 '영원'의 동그라미처럼 점점 커지는 듯했다. 점점 쇠약해져 가는 그 야만인의 머리맡에 앉아 있노라면, 뭐라 정의할 수 없는 어떤 경외심이 나를 엄습하곤 했다."[40]

하지만 퀴퀘그는 죽음의 문턱에서 살아 돌아오고, **피쿼드 호**는 여러 동방 해협들을 지나 망망한 태평양을 마주한다.

"불을 숭배하는 페르시아 방랑자가 이 잔잔한 태평양을 보았다면, 당장 자기의 바다로 삼았을 것이다. 세상의 중심에서 일렁이는 바다."[41]

그 태평양에서 결투가 계속된다.

"작살이 빗발치던 혈투가 끝나고, 바다에 떠 있는 고래와 하늘에 떠 있는 태양이 고운 석양빛 속에서 함께 고요한 죽음을 맞는 오후의 끝자락이었다. 장밋빛 석양에 화환처럼 동그랗게 걸리기 시작한 고래의 애원이 얼마나 감미롭고 처연하던지, 스페인 땅에서 시작된 바람이 마닐라 열도의 울창한 골짜기들을 지나오면서 골짜기 수녀원들의 저녁기도를 바다로 실어온 듯했다. 보트를 후진해 고래로부터 물러나 앉은 에이헙은 이제 고요해진 보트에서 고래의 마지막 순간을 골똘히 지켜보았다. 갈증은 진정되었지만 심사는 더 울적해질 뿐이었다. 모든 죽어가는 향유고래들이 보여주는 광경, 숨을 거두기 전에 머리가 태양을 향하게 빙그르르 도는 그 이

••

40) 『모비딕』 중 「긴 숙에 누운 퀴퀘그」.
41) 『모비딕』 중 「태평양」.

상한 광경을 그렇게 고요한 저녁에 또 지켜보게 된 에이헙은 그때껏 몰랐던 어떤 경이로움을 느꼈다. '저쪽 방향으로 돌아가는구나. 참 느리게, 그런데 참 끈질기게, 머리를 조아려 경배하고 애원하겠다고, 죽어가면서 마지막으로 머리 방향을 돌리는구나. 불을 숭배하는 것은 마찬가지구나.'"[42]

에이헙은 이렇게 독백하고, 온혈의 고래는 자기를 바다에 잉태시킨 태양을 향해 이렇게 마지막으로 빙그르르 돈다.

그렇지만 다음 챕터[43]에 나오듯, 에이헙이 숭배하는 불은 태양이 아니라 '번갯불'이다. 모든 것을 쪼개는 검푸른 번갯불의 낙인이 에이헙의 머리에서 발끝까지 찍혀 있다.

폭풍이 몰아치고 **피쿼드 호**는 전기 폭풍에 감전된다. 위로 갈수록 점점 가늘어지는 세인트엘모의 불은 돛대 꼭대기에서 초자연적인 희미한 빛으로 타오르고, 나침반 바늘은 반대쪽을 가리킨다. 그때부터 모든 것이 숙명성을 띤다. 삶 그 자체가 불가사의하게 거꾸로 달리는 듯하다. 모비딕을 추격하는 사냥꾼들에게는 광기와 홀림이 있을 뿐이다. 선장 에이헙은 망망대해에 홀로 내던져지는 잔인한 경험을 겪은 뒤로 바보가 된 불쌍한 검둥이 소년 핍을 거둔다. 바보가 된 태양의 소년은 북방의 광신도 선장을 모신다.

항해는 점점 열기를 띤다. 이런저런 배를 만나면서 평범한 일상을 이어갈 뿐인데, 모든 것이 순전한 광기와 경악의 긴장으로 팽팽하다. 최후의 결전을 앞둔 경악.

∵

42) 『모비딕』 중 「죽어가는 고래」.
43) 『모비딕』 중 「촛불」.(정확히 말하면 바로 다음 챕터는 아니다.)

"하늘 위에서는 작고 하얀 새들이 흰 눈처럼 새하얀 날개로 유유히 날아다녔다. 여성적 하늘의 고상한 생각들이었다. 끝도 없이 깊어지는 푸른 바다 밑에서는 힘 센 리바이어던들, 황새치들, 상어들이 급하게 헤엄쳐 다녔다. 남성적 바다의 억세고 뒤숭숭하고 살기등등한 생각들이었다."

에이헙이 무거운 짐에 짓눌린 피로감을 고백하는 것은 바로 그날이다.

"그런데, 스타벅, 내가 심하게 늙어 보이나? 그렇게 늙은 노인 같은가? 사실 지금 나는 쓰러지기 일보 직전이야. '닉원'에서 쫓겨난 아담이 그동안 쌓여온 세월의 무게에 짓눌려 비틀거리고 있는 것처럼, 등이 굽고 허리가 꺾여서 곧 쓰러질 것 같아."[44]

이 대목은 최후의 결전을 눈앞에 둔 에이헙이 도달한 겟세마네이자, 자기 자신을 최종적으로 극복하고자 하는 인간의 영혼이 도달한 겟세마네, 확장된 의식, 곧 무한한 의식을 최종적으로 손에 넣고자 하는 인간의 영혼이 도달한 겟세마네다.[45]

마침내 모비딕이 모습을 드러낸다. 에이헙이 모비딕을 본 것은 그를 태운 전용 망루가 끌어올려질 때였다.

..

44) 『모비딕』 중 「교향곡」.
45) 예수가 십자가에 못 박히기 전날 밤에 기도한 곳. cf. 예수께서 제자들과 함께 겟세마니라는 곳에 가셨다. 거기에서 제자들에게 "내가 저기 가서 기도하는 동안 너희는 여기 앉아 있어라." 하시고 / 조금 더 나아가 땅에 엎드려 기도하셨다. "아버지, 아버지께서는 하시고자만 하시면 무엇이든 다 하실 수 있으시니 이 잔을 저에게서 거두어주소서. 그러나 제 뜻대로 마시고 아버지의 뜻대로 하소서."(마태오의 복음서 26: 36, 39)

"그렇게 끌어올려지는 망루에서 수 마일 앞으로 고래가 보였다. 파도가 일렁일 때마다 눈앞에 나타나는 것은 높게 반짝이는 고래의 혹등, 그리고 고래가 소리 없이 규칙적으로 뿜어 올리는 물기둥이었다."

보트를 내리고 흰 고래에 접근한다.

"사냥꾼은 아직 추격을 눈치 채지 못한 듯한 고래까지의 거리를 숨 가쁜 속도로 좁힌 끝에 눈부신 혹등이 뚜렷이 보이는 데까지 접근했다. 혹등은 별개의 생물인 양 바다 위를 활주했고, 백색과 녹색의 섬세한 거품이 눈부신 혹등을 매순간 둥글게 감쌌다. 혹등 너머 더 앞에서 추격자의 눈을 사로잡는 것은 수면 위로 살짝 튀어나온 거대한 머리의 산만한 주름들이었고, 머리 너머 더 앞에서 추격자의 눈에 들어오는 것은 터키 융단 같은 연녹색 수면에 백색으로 반짝이는 넓적한 유백색 이마, 그리고 이마 그림자의 선율을 따라가는 잔물결의 경쾌한 반주였다. 혹등 뒤로 가까이 보이는 것은 움직이는 골짜기를 내는 고래의 꾸준한 항적, 그리고 때마다 골짜기를 다시 평지로 만드는 푸른 물이었고, 혹등 좌우로 보이는 것은 고래 주위에서 춤추듯 튀어 오르는 영롱한 거품들이었다. 하지만 바다를 부드러운 깃털로 감싸는 수백 마리의 기운찬 물새가 갑자기 날아올랐다가 다시 내려올 때마다, 그 영롱한 거품들은 물새의 보드라운 발가락에 다시 부서졌다. 그중에서 가장 눈에 띄는 것은 얼마 전에 박힌 작살의 길게 부러진 막대 부분이었다. 여객선이나 화물선의 뾰족한 뱃전에 깃대가 꽂혀 있듯 흰 고래의 등에 그 막대가 박혀 있는 덕에, 보드라운 발가락을 가진 날짐승의 구름 덩어리들이 물짐승을 위한 차양인 듯 수면 위를 맴돌면서 앞뒤로 살랑거리다가 그중 한 덩어리가 그 막대에 소리 없이 내려앉아 가볍게 앞뒤로 흔들릴 때면, 막대 위의 긴 꼬리 깃들은 달리는 배의 삼각기처럼 시원하게 나부꼈다.

　수면 위를 미끄러지는 고래에게서 느껴지는 것은 모종의 부드러운 쾌재, 곧 빠르게 움직이면서 편하게 쉬는 강한 부드러움이었다."[46]

고래와 싸우는 대목은 책에서 떼어내 따로 인용하기에는 너무 경이롭고, 너무 지독하다. 싸움은 사흘간 계속된다. 사흘째 되는 날, 마치 꿈속-공포 같은 불가사의한 공포를 불러일으키는 끔찍한 광경이 펼쳐진다. 전날 실종되었던 파시교도 작살꾼의 찢긴 몸이 작살 줄에 잉켜 흰 고래의 옆구리를 후려치고 있다. 분노에 휩싸인 흰 고래는 문명세계, 곧 우리 세계를 상징하는 배를 공격하기 시작한다. 배에 무시무시한 충격이 가해진다. 몇 분이나 지났을까, 마지막에 남은 고래잡이 보트에서 누군가 외친다.

　"배가 없어! 맙소사, 어디 갔지?' 곧이어 정체를 알 수 없는 뿌연 장막 뒤로 신기루처럼 나타난 것은 옆모습으로 사라져가는 허깨비 같은 배였다. 물에 잠기지 않은 부분은 키 큰 돛대 몇 개뿐이었다. 한때 높았지만 이제 물속으로 가라앉고 있는 망루 위에서는 이교도 작살꾼들이 애정 때문인지 의리 때문인지 숙명 때문인지 그대로 각자의 자리를 지키고 있었다. 나중에는 하나 남은 보트까지 소용돌이치는 파도에 휩쓸리면서, 보트 위의 모든 선원과 물 위에 떠 있는 노 하나, 작살 하나까지, 생명 있는 것과 생명 없는 것이 한 덩어리가 되어 소용돌이쳤다. 그렇게 피쿼드 호는 가장 작은 부스러기 하나까지 소용돌이 속으로 사라져갔다."

∶∶

46) 『모비딕』 중 「추격―첫째 날」.

천국의 새라고도 하고 독수리라고도 하고 사도 요한의 새[47]라고도 하고 레드인디언의 새[48]라고도 하는 미국인이 배와 함께 가라앉는다. 독수리를 배에 못 박은 것은 타쉬테고의 망치, 미국 인디언의 망치다. '정신'이라는 독수리. 가라앉아 사라졌다!

"어느새 작은 물새들이 아직 입을 벌리고 있는 심연 위를 맴돌면서 비명을 질렀고, 흰 파도 하나가 언짢은 듯 깊은 소용돌이의 가장자리를 때렸다. 그러면서 모든 것이 허물어졌다. 그러면서 바다라는 거대한 수의가 펼쳐진 것은 5천 년 전과 마찬가지였다."[49]

세상에서 가장 이상하고 가장 경이로운 책 가운데 하나가 이렇게 끝난다. 이 책의 미스터리와 복잡다단한 상징도 이 책과 함께 끝난다. 이 책을 한 편의 해양 서사시라고 하면, 이 책에 필적하는 책은 지금껏 없었다. 이 책을 한 편의 밀교적 상징이라고 하면, 대단히 심오하면서 상당히 지루한 책이다.

어쨌든 위대한 책, 대단히 위대한 책이다. 지금까지 나온 바다 책 가운데 가장 위대한 책, 영혼에 경외를 불러일으키는 책이다.

지독한 숙명.

숙명.

파멸.

파멸! 파멸! 파멸! 미국이라는 캄캄한 숲속에서 뭔가가 속삭이고 있는 것만 같다. 파멸한다!

••

47) 기독교 미술에서 독수리는 사도 요한을 상징한다.
48) 일부 인디언의 종교에서 독수리는 중요한 자리를 차지한다.
49) 『모비딕』 중 「추격—셋째 날」.

뭐가 파멸하는가?

우리 백인종 시대가 파멸한다. 우리는 파멸할 운명이고, 우리가 파멸할 곳은 미국이다. 우리 백인종 시대는 파멸할 운명이다.

내 시대가 파멸할 운명이라면, 좋다. 내가 내 시대와 함께 파멸할 운명이라면, 좋다. 나에게 파멸의 운명을 안겨주는 것은 나보다 위대한 존재일 테니, 나는 내 파멸을 나보다 위대한 존재가 있다는 신호로 받아들이련다.

멜빌은 알고 있었다. 자기 종족이 파멸할 운명이라는 것, 자기의 백인종 영혼이 파멸할 운명이라는 것, 자기가 살아가는 위대한 백인종 시대가 파멸할 운명이라는 것, 자기 자신이 파멸할 운명이라는 것, 이상주의자가 파멸할 운명이라는 것, '정신'이 파멸할 운명이라는 것을 멜빌은 알고 있었다.

거꾸로 달리고 있다. "내가 가야 하는 방향으로 달리고 있는 게 아니라 반대 방향으로 거꾸로 달리고 있다."

우리가 느끼는 공포의 정체! 그것은 우리 문명이 거꾸로 달리고 있다는 것이다.

최후의 무시무시한 추격. '흰 고래.'

그렇다면 모비딕은 대체 뭐냐? 하면 백인종의 가장 근원적인 핏속-존재다. 모비딕은 우리의 가장 근원적인 핏속-본성이다.

그래서 우리 백인종의 머릿속 의식의 미친 신앙은 모비딕을 계속 추격한다. 우리가 원하는 것은 모비딕을 끝까지 추격하는 것, 모비딕을 우리 의지에 예속시키는 것이다. 우리 스스로를 추격하는 이 광신도 의식은 홍인종이든 황인종이든 흑인종이든, 동방 종족이든 서방 종족이든, 퀘이커교도든 불을 숭배하는 조로아스터교도든 온갖 종족들을 동원한다. 그 모든 종족이 동원된 이 무시무시하게 미친 추격은 곧 우리의 파멸이요 우리의 자살이다.

모비딕이 백인종 남자의 마지막 남근이라면, 그것을 끝까지 추격하는 것은 죽음 같은 위쪽-의식과 이상적 의지다. 모비딕이 우리의 핏속자아라면, 그것을 종으로 삼는 것은 우리의 의지다. 모비딕이 우리의 핏속-의식이라면, 그것의 피를 말리는 것은 피에 기생하는 머릿속-의식, 이상적 의식이다.

바다에서 태어난 온혈동물 모비딕. 그것을 추격하는 이상적 의식의 광신도들.

맙소사, 맙소사, **피쿼드 호**가 침몰했다. 그 다음에 뭐가 오느냐고?

미안하지만 우리 배는 전쟁[50]에서 침몰했다. 우리는 다 그 잔해들이다.

그 다음에 뭐가 오느냐고?

누가 알겠는가? **누가 알겠는가?**[51] 누가 알겠습니까?[52]

스페인계 아메리카에게도 답이 없고, 색슨계 아메리카에게도 답이 없다.

침몰한 **피쿼드 호**는 백인종 미국인의 영혼이었다. 우리 배가 침몰하면서, 우리 배에 타고 있던 검둥이와 인디언과 폴리네시아인도 침몰했다. 아시아인과 퀘이커교도와 유능하고 실무적인 양키들과 이슈마엘도 침몰했다. 우리 배가 모두를 침몰시켰다.

두둥![53]

예수의 표현을 빌리면, **다 이루었다.**

다 이루었다![54]

하지만 『모비딕』초판이 나온 것은 1851년이었다. '위대한 백인종 고래'가 1851년에 '위대한 백인종 영혼'이라는 배를 침몰시켰다면, 그 다음에 온 것

··

50) 제1차 세계대전.
51) 원문은 Quien sabe, 남미 시인 José Santos Chocano의 시 제목.
52) 원문은 Quien sabe, señor?
53) Vachel Lindsay의 소리시 "The Congo"에서, "두둥"은 "검둥이"가 빗자루로 빈 술통을 치는 소리.
54) cf. p. 235.

들은 무엇인가?

사후잔재가 아니었을까.

기원후 첫 한두 세기 동안, 예수(Jesus)는 케투스,[55] 곧 '고래'였고, 기독교도들은 작은 물고기들이었다.[56] 구세주 예수는 케투스, 곧 리바이어던이었고, 기독교도들은 그의 작은 물고기들이었다.

• •

55) 그리스 신화에 나오는 바다괴물.

56) 물고기를 뜻하는 그리스어 익투스(Ichthys)는 '예수 그리스도, 성자 하느님, 구세주(Jesous CHristos THeou Yois Soter)'의 암호였다.

12

월트 휘트먼

사후잔재라고?

그러면 월트 휘트먼은?

"선량한 반백 시인"[1]이었는데.

휘트먼도 몸뚱이가 있을 뿐인 유령이었다고?

선량한 반백 시인이었는데.

역시 사후잔재였구나. 역시 유령이었구나.

엽기적으로 그러모은다고 할까. 인체 부위들의 섬뜩한 잡탕이라고 할까. 귀에 거슬리는 면도 있고 거창하게 구는 면도 있다. 그의 산상보훈에는 음산함이 있다.

"민주주의!"[2] "우리 미합중국!"[3] "에이돌론!"[4] "연인들, 끝없는 연인들!"[5]

••

1) 원문은 the good gray poet. Walt Whitman의 별칭 중 하나.
2) Whitman의 시 "For You O Democracy."
3) Whitman의 시 "France, the 18th year of These States."
4) Whitman의 시 "Eidolons."
5) Whitman의 시 "Song of Myself" 등에 "lovers"라는 표현이 자주 등장한다.

"내가 바로 그것!"

"내가 바로 그것!"

"내가 바로 관능적 사랑에 아파하는 그 사람이라오."[6]

사후잔재라는 나의 말이 이제 믿어지시려나?

피쿼드 호가 침몰한 후에도, 바다에는 더러운 증기선이 많이 떠 있었다. **피쿼드 호**가 침몰하면서 그 배에 탄 모든 영혼이 함께 침몰하지만, 그들의 육체는 무수한 떠돌이 증기선들과 원양선들의 선원이 된다. 시체들이나 마찬가지다.

말인즉슨, 계속 떠돌아다니는 것은 영혼이 없어도 가능하다. 에고가 있고 의지가 있으면 그것으로 충분하다.

피쿼드 호의 침몰은 그저 형이상학적 비극이었다는 이야기다. 세상은 전과 다름없이 굴러간다. **영혼**의 배는 침몰했지만, 기계적으로 작동하는 육체는 전과 다름없이 먹은 것을 소화시키기도 하고 껌을 씹기도 하고 보티첼리에 경탄하기도 하고 관능적 사랑에 아파하기도 한다.

"내가 바로 관능적 사랑으로 아파하는 그 사람이라오."

무슨 뜻이겠는가? **"내가 바로 아파하는 그 사람"**이라는 것이 첫 번째 일반론, 첫 번째로 불편한 일반론이다. **"관능적 사랑으로"** 아파한다니! 맙소사! 차라리 복통으로 아파하는 것이 낫겠다. 복통은 적어도 구체적이기는 하니까. **"관능적 사랑"**으로 **"아프다"**라니!

∵

6) Whitman의 시 "I am He that Aches with Love".

292

혹시 내가 그런 식으로 아프다면. 꽤나 아프겠다!

　　"내가 바로 관능적 사랑으로 아파하는 그 사람이라오."

　이봐, 월터, 그만 좀 해. 당신은 **"그 사람"**이 아니잖아. 당신은 일개 월터잖아. 당신의 아픔이 '**관능적 사랑**'의 전부를 포함하는 것도 아니잖아. 당신의 아픔은 그저 관능적 사랑의 작은 한 부분에서 비롯되는 아픔이고, 그 아픔이 포함하지 못하는 게 훨씬 더 많잖아. 그렇게 거창하게 굴지 않아도 되잖아.

　　"내가 바로 관능적 사랑으로 아파하는 그 사람이라오."
　　"칙! 칙! 칙!"
　　"치-치-치-치-칙!"

　이 소리에 떠오르는 것은 증기기관이다. 기차 같은 것들. 관능적 사랑으로 아파하는 것이 있다면, 그런 것들뿐인 것 같다. 증기로 움직이는 것들. 증기압 사천만 제곱피트 파운드. **"관능적 사랑"**의 아픔. 증기압. **"칙!"**
　평범한 사람은 벨린다에 대한 사랑, 아니면 '조국'에 대한 사랑, 아니면 '바다'에 대한 사랑, 아니면 '별들'에 대한 사랑, 아니면 '초월적 영혼'[7]에 대한 사랑으로 아파한다. 아파하는 것이 유행인 것 같다.
　"관능적 사랑"으로 아파하려면, 그 사랑의 작은 한 부분으로가 아니라 그 사랑의 전부로 아파하려면, 증기기관쯤은 돼야 한다.
　실제로 월터는 지나치게 초인적인 존재였다. 초인의 위험은 기계적 존재

⁝⁝

7) cf. p. 189, 각주 21.

라는 데 있다.

여러 사람들이 그의 "훌륭한 동물적 속성"을 언급한다.[8] 그에게 동물적인 데가 있었다면 그곳은 뇌였다. 뇌가 정말 동물적일 수 있는지는 모르겠지만.

"내가 바로 관능적 사랑으로 아파하는 그 사람이라오.

지구에만 중력이 있소? 모든 물질이 아파하면서 모든 물질을 끌어당기잖소?

그래서 육체는 내가 만났거나 내가 알고 있는 모든 것에 끌리잖소."[9]

이보다 더 기계적인 것이 뭐가 있겠는가? 생물과 무생물 사이의 차이가 뭐냐 하면, 살아 있는 것들은 **특정한** 대상을 멀리하는 본능, 거의 모든 대상에 개의하지 않는 본능, 얼마 되지 않는 특별한 대상에 끌리는 본능을 갖고 있다. 살아 있는 모든 것이 하나의 거대한 눈덩이로 뭉쳐지는 일이 생기겠냐 하면, 글쎄, 대부분의 생물은 다른 생물의 모양이나 냄새나 소리를 멀리하는 일로 시간을 보낸다. 심지어 벌들도 여왕벌이 있어야 한 덩어리가 된다. 그것만도 충분히 역겹다. 하물며 모든 백인종이 벌 떼처럼 한 덩어리로 들러붙는다고 상상해보라.

그러지 마, 월터, 당신의 자아를 버리지 마. 무생물이면 **어쩔 수 없이** 중력에 끌리겠지만. 사람은 피할 수 있잖아. 온갖 수를 내볼 수 있잖아.

∴

8) 예를 들어 소로는 휘트먼의 글에 대해 "짐승들이 말하는 것 같다."고 논평했다.
9) Whitman의 시 "I am He that Aches with Love"의 전문.

무생물이 중력에 끌리는 것은 **어쩔 수 없기** 때문, 기계적이기 때문이잖아.

하지만 당신이 중력에 끌린다면, 당신의 육체가 당신이 만났거나 당신이 알고 있는 모든 것에게 끌린다면, 그건 당신의 어디가 크게 고장났기 때문일 거야. 당신의 태엽이 망가졌기 때문일 거야.

당신이 기계적 존재로 전락했기 때문일 거야.

당신의 모비딕이 아예 죽었기 때문일 거야. 고독한 괴물, 당신이라는 개체가 지성화되어 죽었기 때문일 거야.

나의 육체는 내가 만났거나 내가 알고 있는 모든 것에게 끌리지는 않아. 내가 다른 건 몰라도 그건 알아. 내가 거리낌 없이 악수할 수 있는 사람은 몇명 없어. 대부분의 사람들은 작대기로 건드리는 것도 꺼림칙해.

어이, 월트 휘트먼, 당신의 태엽, 당신 자신의 개체성이라는 태엽은 망가졌어. 그래서 당신이 기계처럼 윙윙거리면서 만유와 합체하고 있는 거야.

당신이 당신 자신의 고독한 모비딕을 죽인 거야. 당신이 당신의 심층적, 감각적 육체를 지식화한 거야. 당신이 지식화해서 죽인 거야.

내가 만유, 만유가 나, 그래서 우리 모두 '내가 바로 그것' 속에 '하나', 라니. '우주의 알[10]'이라면 곪은 지 오래된 알이로군.

"당신이 누구든, 당신에게 끝없는 소식을 보내겠소!"[11]

"나는 하나이자 전부인 이것들로부터 내 자아의 노래를 엮는다."[12]

정말이야? 그렇다면 당신한테 제대로 된 자아가 **없다**는 뜻이야. 그런 건

••

10) 원문은 Mundane Egg. 여러 신화에서, 우주의 시작을 뜻하는 이미지.
11) Whitman의 시 "Starting from Paumanok"의 한 대목.
12) Whitman의 시 "Song of Myself"의 한 대목.

자아가 아니라 그냥 곤죽이야. 제대로 엮이지 못하고 줄줄 흘러 나가는 곤죽, 그게 '당신의 자아'야.

오오 월트여, 나의 월트여,[13] 당신의 자아한테 무슨 짓을 한 거야? 당신 자신한테, 당신 자신의 개체적 자아한테 무슨 짓을 한 거야? 당신 안에 있어야 할 그 자아가 세상으로 줄줄 흘러 나간다는 소리잖아.

사후잔재. 개체성이 줄줄 흘러 나가고 남은 것.

아니, 아니, 시라는 장르의 탓이라고 하지 말자. 사후잔재인 것은 시라는 장르가 아니라 월트의 시들이다. 월트의 위대한 시들은 크고 살찐 무덤 풀들, 어마어마하게 울창한 묘지 식물들이다.

하지만 그 울창함은 모두 거짓이다. 그 기나긴 목록은 한 푸딩 통 속에서 끓고 있다! 안 돼, 안 돼!

그런 것을 내 속에다 넣어주겠다고 하면, 나는 사양이다.

"나는 어느 하나 마다치 않는다."[14]

어느 하나 마다치 않기 위해서는 양쪽에 구멍이 뚫린 대롱 같은 것이 돼야 한다. 모든 것이 줄줄 흘러 나가도록.

사후잔재.

"나는 **만유**를 끌어안는다."

"나는 모든 것을 가지고 내 자아를 엮는다."

∴

13) Whitman의 시 "O Captain! My Captain!"의 제목을 빗댄 표현.
14) Whitman의 시 "City of Ships"의 한 대목.

설마! 당신이 그렇게 '내가 바로 그것'이라는 엄청난 푸딩을 완성하고 나면, **당신**이 얼마나 줄줄 흘러 나갔을지.

"공감하는 마음 없이 1펄롱을 가는 것은 수의를 걸치고 자기 장례식에 가는 것과 마찬가지."[15]

그렇다면 지금 여기 있는 것은 나의 시체겠네.

휘트먼이 이렇게 엄청난 시인이다. 사후잔재의 시인. 사적인 영혼을 줄줄 흘러 나가게 하는 시인. 자기의 사적인 면을 전부 세상으로 방울방울 새어 나가게 하는 시인.

월트라는 한 사람이 온 세계가 되고 온 우주가 되고 온 시간, 온 영원이 된다. 되기는 되는데, 자기의 빈약한 역사 인식이 허락하는 선까지만 된다. 어떤 것이 **되기** 위해서는 일단 그것에 대해 알고 있어야 했다. 어떤 것과 동일시하기 위해서는 일단 그것에 대해 알고 있어야 했다. 예를 들어, 월트가 찰리 채플린과 동일시하지 못한 것은 찰리를 몰랐기 때문이다. 이렇게 안타까울 데가! 알고 있었다면, 시를 짓든 노래를 부르든 했을 텐데. '영원한 시네마의 노래'를 여러 편 써 제꼈을 텐데.

"오오 찰리여, 나의 찰리여, 또 한 편의 영화가 끝났소."라고 썼을 텐데.[16]

월트는 뭐 하나를 **알게** 되면, '내가 바로 그것'이라고 했다. 예컨대, 에스키모의 배가 카약이라는 것을 알게 된 월트는 곧바로 작고 지저분한 황인종이 되어 카약에 올라탔다.

∴

15) Whitman의 시 "Song of Myself"의 한 대목
16) Whitman의 시 "O Captain! My Captain!"에서 "오오 선장이여, 나의 선장이여, 우리의 두렵던 여행은 끝났소!"라는 대목을 빗댄 표현.

자, 월트, 카약의 정확한 정의는 알고 있나?

하찮은 정의를 요구하는 자 그 누구인가?[17] **카약 안에 앉아 있는 나를 볼 지어다.**

그런데 아무리 찾아도 안 보인다. 보이는 건 좀 노망기가 있고 자의식이 강한 관능이 가득한 좀 뚱뚱한 노인뿐이다.

"민주주의." 다 함께.[18] **"내가 바로 그것."**

우주를 다 더하면 **"하나".**

"하나."

1.

일개 월트.

그의 시들, '민주주의'니 '다 함께'니 '내가 바로 그것'이니 하는 것들의 기나 긴 덧셈과 곱셈을 풀면, 답은 항상 **"나의 자아"**다.

그는 **"만유"**의 상태에 도달한다.

그런 다음에는? 다 공허해진다. **"만유"**가 공허해진다. 곯은 알이 된다.

월터는 에스키모가 아니었다. 작고 교활하고 지저분한 황인종 에스키모 가 아니었다. 월트가 에스키모까지 포함하는 만유와 스스럼 없이 동일시했 을 때, 그는 그저 곯은 알의 빈 껍질을 빨아먹고 있을 뿐이었다. 에스키모가

∴

17) Whitman의 시 "Whoever You Are Holding Me Now in Hand"에서 "나를 따르려는 자 그 누구인가?"라는 대목을 빗댄 표현.
18) 원문은 EN MASSE.

한 칫수 아래의 월터냐 하면 그렇지 않다. 에스키모는 나와는 다른 존재다. 내가 다른 건 몰라도 그건 안다. 작고 지저분한 에스키모가 킬킬거리는 곳은 나의 '만유' 바깥이고, 휘트먼의 '만유' 바깥이다.

하지만 월트는 그것을 인정하려고 하지 않았다. 자기가 곧 만유고, 자기 안에 만유가 있다는 것이었다. 그는 자동차를 몰고 고정관념의 도로를 질주하면서 번쩍이는 헤드라이트로 세상의 어둠을 밝혔다. 그가 '삼라만상'을 보는 방식이 그런 방식, 밤길 운전자 같은 방식이었다.

때마침 수풀 밑 어두운 곳에서 잠들어 있던 나.(뱀이 내 목으로 기어 올라오지 않기를 바랄 뿐.) 거기서 월트가 시라는 자동차의 번쩍이는 헤드라이트를 켜고 질주하는 것을 보게 된 나.(혼잣말: 저 친구에게는 세상이 얼마나 희한해 보일까!)

월트가 "오직 한 길!"이라는 경적을 울리면서 휙 지나간다.

아닌데. 어둠 속에 무수한 길들이 있는데. 찻길 없는 황야도 있는데. 길을 벗어날 생각을 해본 사람이라면 알겠지만. '열린 길'이라고 해도, 벗어나고 싶을 때가 있으니까.

미국 역시 자동차를 타고 "오직 한 길!"이라는 고함을 지르면서 지나간다. 미국도 자동차를 타고 있다.

월터가 "만유!"라는 비명을 지르면서 갈림길을 지나가다가 부주의한 레드 인디언을 들이받는다.

'다 함께'라는 민주주의가 "내가 바로 그것!"이라고 노래부르면서 바퀴에 걸리는 시체들에는 아랑곳하지 않고 질주한다.

맙소사, "내가 바로 그것"이라는 찻길로 "만유"라는 골인 지점까지 질주하는 이 모든 자동차를 피할 수만 있다면 토끼굴로라도 기어들어 가겠다는 것이 내 심정이다.

"한 여자가 나를 기다리고 있다."[19]

이 말은 "저 여자의 여성성이 나의 남성성을 기다리고 있다."라는 뜻이나 마찬가지다. 오오, 아름다운 일반론과 추상화여! 오오, 생물학적 기능이여.

"우리 미합중국의 근육질 어머니들."[20]

이 말은 근육과 자궁이면 된다, 얼굴은 없어도 상관없다, 라는 뜻이다.

"'자연'의 거울에 비친 내 영혼을 볼 때,
말로 표현할 수 없이 완벽하고 건전하고 아름다운 '하나'를 안개 너머에서 볼 때,
아래로 숙인 머리와 가슴 위로 교차시킨 두 팔을 볼 때, 내가 보는 것은 '여성성'이다."[21]

그에게는 삼라만상이 여성성이었다. 자기 자신까지도 여성성이었다. '자연'은 하나의 거대한 기능일 뿐이었다.

"아이가 여자에게서 태어난 후에 남자가 여자에게서 태어난다는 것, 이 것이 핵심이다.
이것이 출산의 욕조요, 작은 것과 큰 것의 합체요, 또 한 번의 흘러 나

••

19) Whitman의 시 "A Woman Waits for Me"의 한 대목.
20) Whitman의 시 "Our Old Feuillage"에 나오는 "근육질의 미국 아낙네" 대목을 빗댄 표현.
21) Whitman의 시 "I Sing the Body Electric"의 한 대목.

감이다."[22]

"내가 보는 것은 '여성스러움'"이라니.

내가 그의 여자들 중에 하나였다면, 그에게 '여성성'을 퍼부으면서 짜증도 퍼부었을 텐데.

항상 이것의 자궁 또는 저것의 자궁과 합체하고 싶어 하다니.

"내가 보는 것은 '여성스러움'"이라니.

합체할 수만 있다면, 대상은 상관없다니.

그저 경악스러울 뿐이다. 줄줄 흘러 나가는 흰색.

사후잔재.

모든 남자와 마찬가지로 그도 깨달았듯, 자기가 아무리 끝까지 간다 해도 여자와 정말로 합체하는 것은 불가능하다. 여자와 정말로 끝까지 가는 것은 불가능하다. 그러니까 포기하고 다른 데를 알아봐야 한다. **꼭** 합체해야겠다면, 다른 데를 알아봐야 한다.

'창포'[23]에서는 그의 어조가 바뀐다. 소리치고 열변을 토하고 흥분하는 대신 망설이고 머뭇거리고 아쉬워하기 시작한다.

이상한 창포가 연못가에 분홍빛 뿌리를 내리고 동지애의 줄기를 뻗어 올린다. 창포 줄기들은 한 뿌리에서 나온 동지들이다. 여자, 여성성은 끼어들 여지가 없다.

그렇듯 그는 남성적 사랑의 신비를 노래하고 동지들의 사랑을 노래한다. 새로운 세계가 동지들의 사랑 위에 세워질 것이고, 새로운 생명의 원동력은

••

22) Whitman의 시 "I Sing the Body Electric"의 한 대목.
23) Calamus. Whitman의 시집 *Leaves of Grass*의 한 섹션으로, "Scented Herbage of My Breast"를 비롯해서 남자들 사이의 사랑을 노래하는 작품들이 포함되어 있다.

남성적 사랑일 것이고, 남성적 사랑이 미래에 영감을 제공할 것이라는 말을 그는 계속 반복한다.

그래? 정말?

동지애! 동지들! '동지들'의 민주주의가 새로운 '민주주의'일 것이고, 동지애는 지상을 결속시키는 새로운 원리일 것이라는 말을 그는 계속 반복한다.

정말? 믿어도 돼?

동지애가 진정한 연대와 결속의 원리라는 것이 '북소리'[24]의 이야기다. 동지애는 창조적 활동을 위한 새로운 화합과 결속의 원리이면서 동시에 죽음의 문턱에 닿아 있는 극단적이고 고독한 그 무엇이다. 동지애를 감당하는 것, 동지애를 책임지는 것은 지독한 일이다. 월트 휘트먼조차 그 지독함을 느끼고 있다. 동지애의 책임, 남성적 사랑의 책임은 영혼에 주어진 최후의 책임이자 더없이 막중한 책임이다.

"연한 빛 뿌리여, 너는 내 눈에 참 아름답고, 너로 인해 떠오른 죽음도 아름답다.(마지막에 아름다운 것이 죽음과 사랑 말고 뭐가 있겠는가?)

나 여기서 불러보는 연인들의 노래는, 삶을 위한 노래가 아닌 것 같다, 죽음을 위한 노래인 것 같다.

너의 줄기에서 불러보는 내 노래는 연인들의 하늘에 닿을 듯 참 고요하고 참 숭고하게 위로 뻗어 오른다.

죽든 살든 이제 나에게는 상관없고, 죽는 것과 사는 것이 내 영혼에게는 마찬가지다.(잘은 모르지만 연인들의 고결한 영혼은 죽음을 열렬히 환영할 것 같다.)

∵

24) *Drum-Taps*: Whitman의 시집 *Leaves of Grass*의 한 섹션.

그렇구나, 오오, 죽음이여. 이제 보니 이 줄기의 의미는 죽음, 너의 의미와 똑같은 죽음인 것 같다."[25]

기쁨에 넘치던 월트의 입에서 이런 말이 나오다니, 이상하다.

죽음!

죽음이 이제 그의 노래가 된다! 죽음!

합체! 그리고 죽음! 최후의 합체인 죽음.

자궁과의 합체. 여자와의 합체.

그 후에는, 동지들의 합체. 곧, 남자들끼리의 사랑.

그 후에는 바로 죽음. 죽음이라는 최후의 합체.

자, 합체는 이렇게 점점 심화된다. 모든 대상과 합체하는 사람들에게 여자는 최후에 합체할 대상으로는 부적절하다. 극단적으로 사랑하는 사람들에게 여자는 최후의 합체에 적절한 대상이 아니다. 다음 단계는 남자들끼리의 사랑이다. 죽음의 문턱에 닿아 있는 사랑. 죽음 속으로 휩쓸려가는 사랑.

다윗과 요나단. 그리고 요나단의 죽음.[26]

항상 죽음 속으로 휩쓸려가는 사랑.

동지애.

합체.

새로운 '민주주의'가 '동지애'를 토대로 삼고자 한다면, 죽음을 토대로 삼게 되는 결과를 초래할 것이다. 죽음 속으로 휩쓸려가는 것은 순식간이다.

최후의 합체. 최후의 '민주주의'. 최후의 사랑. 동지들의 사랑.

∴

25) Whitman의 시 "Scented Herbage of My Breast"의 한 대목.

26) 성서의 인유. cf. 요나단은 다윗이 사울에게 하는 말을 모두 듣고 다윗에게 마음이 끌려 그를 자기 목숨처럼 사랑하게 되었다.(사무엘상 18: 1)

죽음 속으로 휩쓸려갈 사랑.

휘트먼이 왜 위대한 시인이냐 하면, 최후의 단계들을 밟고 올라가 죽음을 내다보았기 때문이다. 죽음이라는 최후의 합체는 그의 남성성의 목표였다.

합체하는 사람들에게 남아 있는 것은, 짧은 동지애의 시간, 그리고 '죽음'이다.

> "그러자 바다는 대답해주었다.
>
> 주저함도 없이, 서두름도 없이,
>
> 밤새도록 동트기 전까지 아무 꾸밈없이
>
> 죽음이라는 은은하고 감미로운 한마디를 나직하게 속삭여주었다,
>
> 그리고 또다시 죽음, 죽음, 죽음, 죽음이라고
>
> 새의 노랫소리와는 다른 선율로 잠에서 깬 내 아이의 심장 소리와는 다른 박자로
>
> 하지만 그렇게 나만을 위해서 찰랑거리면서 내 발이 있는 데까지 다가오고
>
> 그렇게 서서히 내 귀까지 차오르고 그렇게 내 온몸을 부드럽게 덮으면서
>
> 죽음, 죽음, 죽음, 죽음, 죽음이라고 속삭여주었다."[27]

휘트먼은 삶의 끝을 노래하는 대단히 훌륭한 시인이다. 성실성을 잃어버린 영혼이 죽어 없어지는 과정을 노래하는 대단히 훌륭한 사후잔재의 시인이다. 죽음의 문턱에 이르러 최후의 비명을 지르는 영혼의 시인이다. **홍수는 내가 죽은 뒤의 일.**[27]

∵

27) 원문은 Après moi le déluge. 루이15세의 이기적 명언.

어쨌든 우리는 다 죽어 없어질 수밖에 없다.

사는 동안에도 죽을 수밖에 없으며 살아 있으면서도 죽어 없어질 수밖에 없다.

그렇지만 죽어 없어지는 것이 목표는 아니다.

다른 것이 나타날 것이다.

"영원히 흔들릴 요람으로부터."[28]

그렇지만 일단은 죽을 수밖에 없다. 살아 있으면서도 죽어 없어질 수밖에 없다.

우리가 아는 것은 여기까지다. 죽음이 **목표**는 아니다. '사랑'과 합체는 죽어 없어지는 과정의 한 단계일 뿐이다. '동지애'도, 민주주의도 죽어 없어지는 과정의 한 단계. 새로운 '민주주의'는 죽음의 문턱이다. '내가 바로 그것'이라는 동일시는 죽음 그 자체다.

우리는 이미 죽었고, 계속 죽어 없어지고 있다.

하지만 **"그것"**[29]은 이루어졌다.

다 이루었다.[30]

위대한 시인 휘트먼은 내가 볼 때 큰 의미가 있는 시인이다. 휘트먼은 혼자 길을 내는 개척자다. 개척자는 휘트먼뿐이다. 영국이나 프랑스에는 개척

⁙

28) Whitman의 시 "Out of the Cradle Endlessly Rocking"의 한 대목.
29) cf. p. 22-24.
30) cf. p. 235, 각주 13.

자가 없다. 유럽에는 개척자가 없다. 유럽에서 개척자 비슷한 사람들은 그저 이미 있는 길을 개량하는 사람들에 불과하다. 미국도 마찬가지다. 휘트먼 앞에는 아무도 없었다. 모든 시인에 앞서, 아무 길도 없는 생의 황무지를 개척한 시인이 휘트먼이다. 선두가 휘트먼이었다. 휘트먼은 모두가 다니는 길의 끝에 크고 이상한 천막을 쳤다. 지금 휘트먼의 야영장에서는 수많은 시인이 야영 중이지만, 새로 들어온 군소 시인들 중에 휘트먼보다 더 멀리까지 간 사람은 한 사람도 없다. 휘트먼이 천막을 친 곳은 길의 끝이자 까마득한 절벽 앞이다. 절벽 너머는 푸른 하늘, 미래라는 푸른 허공이다. 내려가는 길은 없다. 막다른 길이다.

피스가산.[31] 피스가산에서 내려다보이는 땅. 그리고 '죽음'. 휘트먼은 이상한 모세다. 현대판, 미국판 모세라고 할까. 크게 잘못된 길로 인도하지만 그럼에도 탁월한 지도자다.

예술의 본질적 기능은 모럴을 제공하는 데 있다. 예술이 본질적으로 제공하는 것은 아름다움도, 장식도, 오락거리도 아닌, 모럴이다.

하지만 예술이 제공하는 모럴은 설교의 모럴이 아니라 감정의 모럴, 겉으로 드러나지 않는 모럴이다. 머릿속을 바꾸기보다는 핏속을 바꾸는 모럴. 먼저 핏속을 바꿈으로써 머릿속을 바꾸는 모럴.

자, 휘트먼은 탁월한 모럴리스트였다. 탁월한 지도자였다. 사람들의 핏속을 바꾸는 탁월한 시인이었다.

예술이 본질적으로 모럴이라는 말은 특히 미국 예술에 해당된다. 호손,

••

31) 성서의 인유. cf. 모세가 모압 광야에서 예리고 맞은편에 있는 느보산 비스가 봉우리에 오르자, 야훼께서 그에게 온 땅을 보여주셨다. / 야훼께서 그에게 말씀하셨다. "이것이 내가 아브라함과 이사악과 야곱에게 맹세하여 그들의 후손에게 주겠다고 한 땅이다. 이렇게 너의 눈으로 보게는 해준다마는, 너는 저리로 건너가지 못한다."(신명기 34: 1, 4)

포, 롱펠로, 에머슨, 멜빌―이런 미국 작가들은 모럴의 문제에 사로잡혀 있다. 옛 모럴에서 불편을 느끼는 그들은 감각적, 감정적 차원에서는 옛 모럴을 공격하지만, 인식적 차원에서는 더 나은 것을 알지 못한다. 결과적으로, 그들의 머리가 철저하게 신봉하는 모럴을 그들의 감정은 철저하게 파괴하고자 한다. 그래서 생기는 그들의 치명적 약점이 표리부동함이다. 표리부동함이 가장 치명적인 방식으로 작용하는 곳은 미국에서 가장 완벽한 예술작품, 곧 『진홍색 글자』다. 머리가 철저하게 신봉하는 모럴을 감정의 자아가 거부하고 있다.

머리로 신봉하는 일을 그만둔 것, 인간의 영혼과 육체 중에 영혼이 "우월한" 쪽("위쪽")이라는 옛 모럴을 깨뜨린 것은 휘트먼이 처음이었다. 에머슨도 폐기하지 못하고 멜빌도 극복하지 못한 영혼의 "우월성"이라는 지겨운 모럴을 깨뜨린 것은 휘트먼이 처음이었다. 휘트먼은 영혼의 멱살을 움켜잡아 흙그릇에 쑤셔 박은 최초의 영웅적 견자였다.[32]

그는 영혼에게 "거기 있으라!"라고 한다. "떠나지 말라!"라고 한다.

떠나지 말라. 살을 떠나지 말라. 팔다리를, 입술을, 배를 떠나지 말라. 젖가슴을, 자궁을, 남근을 떠나지 말라. 오오, 영혼이여, 네가 속한 곳을 떠나지 말라.

흑인의 검은 팔다리를 떠나지 말라. 창녀의 질을 떠나지 말라. 매독환자의 썩어 문드러진 살을 떠나지 말라. '창포'가 자라는 늪을 떠나지 말라. '영혼'이여, 네가 속한 곳을 떠나지 말라.

'열린 길.'[33] 영혼의 집은 열린 길이다. 천국도 아니고, 낙원도 아니다. '저

∵

32) 성서의 인유. cf. 야훼 하느님께서 진흙으로 사람을 빚어 만드시고 코에 입김을 불어넣으시니, 사람이 되어 숨을 쉬었다.(창세기 2: 7)
33) Whitman의 시 "Song of the Open Road"에 나오는 표현.

위'도 아니고, '저 안'도 아니다. 영혼은 '저 위'나 '저 안'에 거하지 않는다. 영혼은 열린 길로 나아가는 여행자다.

영혼이 본연의 모습을 찾는 길은 명상도 아니고 금식도 아니다. 위대한 신비주의자들처럼 마음속 천국을 하나하나 탐험하는 방법도 아니다. 고양도 아니고 희열도 아니다.

열린 길뿐이다.

영혼이 스스로를 완성하는 길은 '자애'도, 희생도, '사랑'도, 그리고 '선행'도 아니다.

길을 따라 여행하는 방법뿐이다.

열린 길로 나아가는 여행 그 자체뿐이다. 전면적 접촉에 노출된 상태로 두 발로 뚜벅뚜벅 걸으면서, 열린 길을 가는 모든 것과 만나기도 하고 어쩌다 같은 길을 같은 속도로 지나게 되는 모든 것과 동행하기도 하는 여행. 열린 길을 목적지도 없이 계속 나아가는 여행.

방향도 모른다. 길을 가는 영혼이 항상 스스로에게 진실하다면 그것으로 충분하다.

길에서 다른 여행자들을 만날 때는 어떻게 만나야 할까? 어떻게 만나고 어떻게 헤어져야 할까? 공감함으로써, 라고 휘트먼은 대답한다. 공감. 그는 '사랑'이 아닌 공감을 말한다. 같이 느껴라. 상대와 똑같이 느껴라. 지나가면서 만난 상대의 영혼과 육체의 진동에 감응하라.

새롭고 탁월한 교리, 생명의 교리다. 새롭고 탁월한 모럴이기도 하다. '구원'의 모럴이 아닌, 실제 삶의 모럴이다. 유럽은 아직도 구원의 모럴을 극복해본 적이 없고, 미국은 지금도 구원주의라는 죽을병에 걸려 있다. 그렇지만 미국의 가장 탁월한 스승이자 최초의 스승이자 유일한 스승인 휘트먼은 구원자가 아니었다. 그의 모럴은 구원의 모럴이 아니었다. 스스로를 구원하는 영혼의 모럴이 아니라 자기 삶을 살아가는 영혼의 모럴이었다. 자기들의 삶을 살면서 열린 길을 가는 다른 영혼들을 구원하겠다고 나서는 모럴이 아니라 그들과의 접촉을 받아들이는 모럴, 그들을 체포해서 감옥에 집어넣겠다고 나서는 모럴이 아니라 무수한 미스터리가 펼쳐지는 열린 길 위에서 자기 자신의 삶을 살아가는 영혼의 모럴이었다.

그것이 휘트먼이었고, 휘트먼의 마음에서 샘솟는 미국 대륙의 진정한 리듬이었다. 휘트먼은 최초의 백인 원주민이다.

"내 '아버지'의 집에는 있을 곳이 많다."[34]

예수가 이렇게 말할 때, 휘트먼이 막아선다.

"편한 집에 살면 안 돼. 지상낙원 같은 집에 들어앉아 있는 것은 죽어 있는 거나 마찬가지야. 절대 편한 집에 들어앉아 있지 마. 영혼은 열린 길을 걸어가고 있을 때만 자기 자신이야."

이것이 미국의 영웅적 메시지다. 영혼은 벽을 쌓고 자기 안에 들어앉아서는 안 된다. 신비주의적 희열 속에서 마음속 천국을 추구해서는 안 된다. 저 너머의 어떤 신을 향해 구원해달라고 울부짖어서는 안 된다. 영혼이 미지의 세계로 열려 있는 길을 간다면, 그런 영혼이 동행으로 삼는 것은 끌리는 영혼을 가진 사람들이고, 그런 영혼이 이루어내는 것은 여행 그 자체, 그리고 여행에 따르는 과업들뿐이다. 미지의 세계로 열려 있는 인생길 위에서 그때

:.
34) 요한의 복음서 14: 2.

그때 다른 방식으로 공감하는 영혼이 이루어내는 것은 영혼 그 자체뿐이다.

이것이 휘트먼의 기본 메시지다. 미국의 미래를 예언하는 영웅적 메시지, 이 메시지가 남녀를 불문하고 오늘날을 살아가는 수천 명의 미국인들, 오늘날을 살아가는 최고의 영혼들에게 영감이 되어주고 있다. 이 메시지를 온전히 이해할 수 있는 곳, 최종적으로 받아들일 수 있는 곳은 미국밖에 없다.

이제부터는 휘트먼의 잘못을 지적하겠다. 그는 '공감'이라는 자신의 좌우명을 잘못 해석했다. **"공감"**의 미스터리를 예수의 **"사랑"**, 그리고 바울의 **"자애"**와 혼동한 것이다. '사랑'이라는 큰길로 질주하던 끝에 길이 없어지는 곳에 이른 것은 휘트먼도 나머지 우리와 마찬가지였다. 내가 가고 있는 '열린 길'로 '사랑'이라는 큰길을 연장해 '해골산'을 넘겠다고 생각했던 것도 마찬가지였다.[35] '사랑'이라는 큰길은 '십자가' 앞에서 끝난다. 그 너머로는 길이 없다. 사랑의 큰길을 따라서 그 너머로 가는 것은 불가능한 일이었다.

그는 자기의 '공감'을 따르지 않았다. 따르려고 하지 않은 것은 아니지만, '사랑'이니 '자애'니 하는 다른 것들과 기계적으로 혼동하면서 잘못 해석했다. 합체와 혼동했다!

합체니, '다 함께'니, '내가 바로 그것'이니, '나의 자아'니 하는 편집증은 '사랑'이라는 낡은 관념의 연장이었다. 사랑이라는 관념의 논리적, 물리적 결론이었다. 플로베르의 문둥병자 이야기만 봐도 알 수 있다.[36] 영혼을 구원하려면 무조건 '자애'를 베풀어라, 라는 명령이 여전히 위력을 발휘하고 있다.

자, 휘트먼이 원한 것은, **자기**가 자기의 영혼을 구원하는 것이 아니라, 자

..

35) 성서의 인유. cf. 해골산이라는 곳에 이르러 사람들은 거기에서 예수를 십자가에 못 박았고 죄수 두 사람도 십자가형에 처하여 좌우편에 한 사람씩 세워놓았다.(루가의 복음서 23: 33)
36) 귀스타브 플로베르의 단편소설 "La légende de saint Julien l'Hospitalier"에는 성 율리아노가 알몸으로 문둥병자를 끌어안는 장면이 나온다.

기의 영혼이 스스로를 구원하는 것이었다. 따라서 그가 해야 했던 것은, 기독교의 레시피에 따라 영혼을 구원하는 것이 아니라, 자기 안에 있는 '기독교적 자애', '기독교적 사랑'을 강요하지 않는 것, 자기의 영혼에게 최후의 자유를 주는 것이었다. '사랑'이라는 큰길은 '열린 길'이 아니라 온갖 강박들이 영혼의 발길을 가로막는 좁고 답답한 길이다.

휘트먼이 원한 것은 자기의 영혼을 열린 길로 데려가는 것이었다. 하지만 구원이라는 낡은 선로를 벗어나지 못한 그는 자기의 영혼을 열린 길로 데려가는 대신 절벽으로 내몰았다. 그러고는 죽음을 내려다보았다. 그러고는 그곳에 천막을 쳤다. 달리 할 수 있는 일이 없었다. 공감을 가지고 사랑과 자애를 연장한 결과는 광기의 문턱, 영혼-죽음의 문턱이었던 것이다. 그에게 억지스러운 측면, 불건전한 측면, 사후잔재의 측면이 있는 것은 그 때문이다.

물론 휘트먼의 메시지는 헨리의 악다구니와는 완전히 반대였다.

> "나는 내 운명의 주인,
> 나는 내 영혼의 선장."[37]

휘트먼의 기본 메시지는 '열린 길'이었다. 자기의 영혼에게 자유를 줄 것. 자기의 영혼이 만들어가는 열린 길에 자기의 운명을 맡길 것. 지금껏 사람이 스스로에게 가르친 교리 중에 이렇게 용감한 교리는 없었다.

그런데, 아뿔싸, 그는 끝까지 밀고 나가지 못했다. 사랑 강박이라는 낡은 굴레를 제대로 끊어버리지 못했고, 자애 습관이라는 낡은 선로를 제대로 뛰

..

37) cf. p. 124, 각주 2.

처나가지 못했다. '사랑'과 '자애'가 나쁜 습관, 곧 악습으로 전락한 지금이다.

휘트먼은 '공감'을 말했다. 그랬으면 끝까지 밀고 나갔어야 했다! '공감'이란 연민을 느끼는 것이 아니라 함께 느끼는 것인데, 그는 끝내 노예, 창녀, 매독환자에 대한 **연민**을 버리지 못했다. 합체였다. 월트 휘트먼의 영혼이었는데, 흑인 노예, 창녀, 매독환자의 영혼 속으로 침몰했다.

그는 열린 길을 가는 대신 자기의 영혼을 억지로 낡은 선로로 내몰았다. 자기의 영혼에게 자유를 주는 대신 자기의 영혼을 억지로 다른 사람들의 처지 속으로 밀어 넣었다.

그가 흑인 노예에게 느낀 것이 진정한 공감이었다면? 흑인 노예와 같은 감정을 느꼈을 것이다. 공감한다는 것, 동감한다는 것은 흑인 노예의 영혼이 느끼는 감정에 동참한다는 것이다.

흑인 노예의 영혼이 느끼는 감정은 어떤 것이었을까?

"아아, 나는 노예다! 아아, 노예로 사는 것은 나쁘다! 나는 자유를 얻어야 한다. 내가 자유를 얻지 못하면 나의 영혼은 죽음을 맞을 것이다. 나에게 자유가 필요하다고 나의 영혼이 말하고 있다."

지나가던 휘트먼은 흑인 노예를 보고 이렇게 말했다.

"저 흑인 노예도 나와 같은 인간이다. 내가 바로 저 흑인이다. 저 흑인이 상처를 입고 피를 흘리고 있다. 함께 피를 흘리고 있는 것은 나 자신이 아니겠는가!"

그것은 **공감**이 아니었다. 그것은 합체였고, 자기희생이었다.

"서로 남의 짐을 져주십시오."[38]

"네 이웃을 네 몸같이 사랑하여라."[39]

"너희가 그에게 해주는 것이 나에게 해주는 것이다."[40]

휘트먼이 정말로 **공감**했다면, 이렇게 말했어야 했다.

"저 흑인 노예는 예속을 괴로워한다. 저 사람은 자유를 원한다. 저 사람의 영혼은 저 사람이 자유이기를 원한다. 저 사람에게는 상처가 있지만, 그것은 자유의 대가다. 영혼이 자유를 얻기 위해서는 긴 여행을 해야 한다. 내가 저 사람을 도울 수 있다면 기꺼이 돕겠지만, 저 사람의 상처와 예속을 나 자신에게 전가하지는 않을 것이다. 저 사람이 내 도움을 원한다면, 저 사람이 자기를 예속시키는 권력에 맞서 자유를 얻고자 할 때 기꺼이 돕겠다. 저 사람의 얼굴을 보면, 저 사람에게 자유가 필요하다는 것을 알 수 있다. 하지만 저 사람이 자유로워진다 해도, 저 사람의 영혼은 자유로운 영혼이 되기까지 오랫동안 열린 길을 여행해야 할 것이다."

창녀를 보았다면, 이렇게 말했어야 했다.

"저 창녀를 보라! 저 여자의 본성이 사악해진 것은 저 여자의 머리가 매춘을 탐하는 탓이다. 저 여자는 자기의 영혼을 잃어버릴 짓을 했다. 저 여

∵

38) cf. 서로 남의 짐을 져주십시오.(갈라디아인들에게 보낸 편지 6: 2)

39) cf. 네 이웃을 네 몸같이 사랑하여라.(마태오의 복음서 22: 39)

40) cf. 너희가 여기 있는 형제 중에 가장 보잘것없는 사람 하나에게 해준 것이 바로 나에게 해준 것이다.(마태오의 복음서 25: 40)

자는 남자들한테 그런 짓을 시키기를 좋아한다. 만약 저 여자가 나한테 그런 짓을 시키려고 하면, 내 손으로 저 여자를 죽이겠다. 나는 저 여자가 죽었으면 좋겠다."

아니면 이렇게 말했어야 했다.

"보라! 저 여자는 프리아포스[41]의 신비에 매료되어 있다. 보라, 저 여자는 프리아포스에게 죽도록 이용당할 것이다. 저 여자의 영혼은 그렇게 생겨먹었다. 모두 저 여자가 자초한 일이다."

매독환자를 보았다면, 이렇게 말했어야 한다.

"보라! 저 여자는 모든 남자에게 매독을 전염시키기를 원한다. 우리 손으로 저 여자를 죽여야 한다."

아니면 이렇게 말했어야 한다.

"보라! 저 여자는 자기가 매독에 걸린 것에 경악하고 있다. 만약 저 여자가 내 도움을 원한다면, 나는 저 여자가 병이 낫게 도와줄 것이다."

이것이 공감이다. 공감하는 영혼은 스스로 판단할 줄 알고, 자기의 온전함을 유지할 줄 안다.

⁝

41) 그리스 신화에서 남근의 신.

하지만 성 율리아노[42])가 알몸으로 문둥병자를 끌어안는 것, 뷔뷔 드 몽파르나스[43])가 매독에 걸린 여자를 매독에 걸렸다는 이유로 끌어안는 것, 휘트먼이 사악한 창녀를 끌어안는 것, 그런 것은 공감이 아니다. 사악한 창녀는 누가 자기를 사랑으로 끌어안아 주기를 바라지 않으니, 만약에 당신이 그 여자에게 공감한다면, 당신은 그 여자를 사랑으로 끌어안으려고 하지 않을 것이다. 문둥병자는 자기의 문둥병을 혐오하니, 만약에 당신이 그 사람에게 공감한다면 당신도 그 사람의 문둥병을 혐오할 것이다. 모든 남자에게 자기의 매독을 전염시키기를 원하는 사악한 여자는 당신이 매독에 걸리지 않았다는 이유에서 당신을 증오할 것이다. 만약에 당신이 그 여자에게 공감한다면, 당신도 증오를 느낄 것이고, 그 증오는 그 여자를 향할 것이다. 그 여자가 느끼는 감정은 증오일 것이고, 당신도 그 느낌에 동참할 것이다. 하지만 당신의 영혼이 그 증오의 방향을 결정할 것이다.

머리가 영혼에게 명령하지 않으면 영혼은 더없이 완벽한 판결을 내릴 수 있다, 머리가 아무리 사랑하라! 사랑하라!고 명령한들 문둥병자에게 입 맞추고 매독환자를 끌어안는 것이 영혼의 의무가 되지는 않는다, 당신의 입술의 주인은 당신의 영혼이고 당신의 몸의 주인은 당신의 영혼이다, 당신의 남근과 당신의 질의 주인도 당신의 영혼이다, 당신에게 하나밖에 없는 당신만의 영혼이다, 라는 것이 휘트먼의 메시지다. 당신의 영혼은 매독과 문둥병을 증오한다. 당신의 영혼이 영혼에 해로운 것들을 증오하는 것은 **당연**하다. 당신의 입술과 당신의 남근은 당신의 영혼의 것이니, 당신의 입술과 당신의 남근을 억지로 더러운 것들에 닿게 하는 짓은 당신의 영혼을 크게 상하게 하는

••

42) cf. p. 310, 각주 36.
43) Charles-Louis Philippe의 소설 *Bubu de Montparnasse*의 주인공.

짓이다. 영혼은 깨끗하고 온전한 상태로 있기를 원한다. 영혼의 가장 근본적인 의지는 온전함을 파괴하는 모든 힘, 특히 머리의 힘에 맞서 영혼 자신의 온전함을 유지하고자 하는 의지다.

영혼은 영혼에 공감한다. 내 영혼을 죽여 없애려고 하는 것이 있으면, 내 영혼은 그것을 증오한다. 내 영혼과 내 육체는 하나다. 영혼과 육체는 깨끗한 상태, 온전한 상태로 있기를 원한다. 크게 비뚤어질 가능성이 있는 것은 머리밖에 없다. 내 영혼과 육체를 깨끗하지 못한 상태, 온전하지 못한 상태에 빠뜨리고자 하는 것은 머리밖에 없다.

내 영혼이 사랑하는 것을 나도 사랑한다.

내 영혼이 증오하는 것을 나도 증오한다.

내 영혼이 공감하는 것을 나도 공감한다.

내 영혼이 외면하는 것을 나도 외면한다.

이것이 휘트먼의 신조에 대한 **제대로 된** 해석, 곧 휘트먼의 '공감'의 참뜻이다.

열린 길을 가는 내 영혼은 지나가는 영혼들과 마주치기도 하고, 같은 방향으로 가는 영혼들과 동행하기도 한다. 그러면서 모두에게 공감한다. 사랑의 공감이기도 하고, 증오의 공감이기도 하고, 그저 가깝다는 데서 오는 공감이기도 하다. 머리로 가늠할 수 없는 영혼은 가장 격렬한 증오에서부터 가장 격렬한 사랑에 이르기까지 그때그때 다른 방식으로 공감한다.

내 영혼을 천국으로 인도하는 것은 내 자아가 아니다. 모든 사람이 걸어가는 열린 길에서 내 영혼을 따라오는 것이 내 자아다. 그러니 내 자아는 내 영혼이 느끼는 깊은 사랑, 깊은 증오, 깊은 연민, 깊은 혐오, 깊은 무관심을 받아들여야 하고, 내 영혼이 인도하는 대로 따라와야 한다. 내 발, 내 입술, 내 남근이 내 영혼이고, 내 영혼에게 복종해야 하는 것이 내 자아다.

이것이 미국 민주주의라는 휘트먼의 메시지다.

영혼과 영혼이 만나는 열린 길, 그것이 진짜 민주주의다. 모두 함께 여행하는 열린 길, 저기 가는 저 영혼이 어떤 영혼인지 곧바로 알아볼 수 있는 길, 그것이 미국 민주주의다. 저기 가는 저 영혼이 어떤 영혼인지는 옷차림이나 겉모습으로는 알 수 없다.(휘트먼은 그런 것에 개의치 않았다.) 가문으로도 알 수 없고, 평판으로도 알 수 없다.(휘트먼과 멜빌 둘 다 평판에 개의치 않았다.) 얼마나 경건한 생활을 하는가, 자선을 베풀고 있는가, 그런 것으로도 알 수 없다. 뭐를 베푸는가, 그런 것으로는 전혀 알 수 없다. 저 영혼이 어떤 영혼인지는 영혼 그 자체를 봐야 알 수 있다. 길을 갈 때 좌석에 오르지 않는 것, 길을 갈 때 두 발로 걸어서 가는 것, 오로지 자기 자신인 것, 그런 것이 영혼이다. 탁월함 여부로 가늠되는 것, 영혼의 명령에 따라서 무시당하거나 인사를 받거나 하는 것, 그런 것이 영혼이다. 탁월한 영혼이라면, 길 위에서 경배를 받을 것이다.

남자 대 여자의 사랑이란 영혼 간의 인정이요, 경배의 성찬식이다. 동지 간의 사랑이란 영혼 간의 인정이요, 경배의 성찬식이다. 민주주의란 열린 길을 가는 모든 영혼에 대한 인정이요, 탁월한 영혼이 다른 모든 영혼과 함께 삶이라는 낮은 길을 두 발로 걸어서 여행할 때 가능되는 탁월함이다. 영혼들을 가늠하는 일은 즐겁다. 탁월한 영혼을 경배하는 일은 즐겁고 한층 더 탁월한 영혼을 경배하는 일은 한층 더 즐겁다. 유일하게 가치 있는 것은 탁월한 영혼들이므로.

휘트먼이 '사랑'하고 '합체'한 끝에 이른 곳은 '죽음의 문턱', 죽음! 죽음! 죽음!의 문턱이었다.

그렇지만 환희에 찬 그의 메시지는 아직 그대로다. **합체**를 걷어내고 **나의 자아**를 걷어낸 미국 민주주의라는 메시지, '열린 길' 위에서 자기보다 더 탁월한 영혼과 마주칠 때마다 즐거이 인정하고 격하게 반기고 기쁘게 경배하는 영혼들이라는 메시지는 아직 환희에 차 있다.

유일하게 가치 있는 것은 탁월한 영혼들이므로.

1938년 차팔라에서

1. 수난의 작가 D. H. 로렌스

　D. H. 로렌스(1885-1930)의 가장 유명한 작품은 외설 의혹으로 악명 높은 그의 마지막 소설 『채털리 부인의 연인(*Lady Chatterley's Lover*)』(1928)이다. 하지만 저자의 고향 영국에서 이 작품의 무삭제판이 나온 것은 저자 사후 30년 만인 1960년이었고, 영국에서 이 작품의 무삭제판을 낸 펭귄출판사가 외설출판물금지법 소송에서 무죄판결을 받기까지는 E. M. 포스터 등 당대 명사들의 증언을 포함한 지난한 과정이 있었다.

　영미권에서 로렌스는 20세기의 가장 영향력 있는 소설가 중 한 명으로 거론되어왔다. 예컨대, F. R. 리비스가 로렌스를 영국소설의 "위대한 전통" 속에 중요하게 포함시킨 것은 일찍이 1948년의 일이었다. 하지만 영문학사에서 로렌스의 작가적 위상이 항상 굳건했던 것은 아니었다. 마르크스주의 비평가 테리 이글턴이 로렌스의 우파적 성향을 비판한 것이나 페미니즘 비평가 케이트 밀렛이 로렌스의 남성우월주의를 비판한 것 등으로도 짐작할 수 있듯, 특히 진보적 비평계에서는 로렌스의 문학세계에 의혹의 시선을 던지는 경우가 많았다. 물론 그런 비평가들의 비판은 로렌스의 내적 가치에 대한 비판이었던 것에 못지않게 로렌스 정전화 작업(canonization)을 주도한 20세기 중후반의 보수적 영문학계에 대한 반발이기도 했다. 아직까지도 로렌스 하면 왠지 좀 문제적인 작가라는 인상이 없지 않은 것은 이렇듯 20세기 후반 영문학계의 권력투쟁 과정과도 관련되어 있다.

로렌스가 생전에 안정된 명성을 얻지 못했다는 것은 두말할 필요도 없다. 물론 유명 작가였고, 다작의 작가였지만(수많은 장편소설, 단편소설, 희곡, 시, 여행기, 연구서, 번역서와 함께 오천 통이 넘는 편지를 남겼고, 그림을 그리기도 했다.), "인기작가"라고 말하기는 어려웠다. 오히려 로렌스는 논란을 통해서 악명을 떨치는 유형의 작가였다. 로렌스의 주요 작품 중에 시비에 휘말리지 않은 것이 없다고 해야 할 정도다. 세상을 떠나기 바로 한 해 전에 열린 로렌스의 유화 전시회에서는 경찰이 난입해 전시 작품들을 압수해가기도 했다. 지금 로렌스의 소설 중에 대표작으로 평가받는 『아들과 연인(Sons and Lovers)』 (1913), 『무지개(The Rainbow)』(1915), 『사랑에 빠진 여자들(Women in Love)』 (1920)은 시비에 휘말리기로도 대표적이었다. 『아들과 연인』은 출간 당시 발행인의 가위질에 작품의 10분의 1에 해당하는 80쪽 이상이 잘려 나갔고, 『무지개』와 『사랑에 빠진 여자들』은 선정성 논란에 휩싸이면서 아예 판금당하기도 했다. 특히 성적으로 파격적인 인물들과 함께 동성애가 등장하는 『사랑에 빠진 여자들』은 시몬 드 보부아르의 『제2의 성』(1945)을 위시한 여러 권위 있는 비평에서 남근중심주의를 지적당해왔다. 비교적 최근의 이론가 커밀 팔리아가 『성적 페르소나』(1990)에서 『사랑에 빠진 여자들』에 대한 초기의 부정적 평가를 재고하면서 이 책을 스펜서의 『요정 여왕』에 비교하기도 했지만, 로렌스의 도발적 파토스에 여성주의적 감수성을 거스르는 면이 있는 것은 분명해 보인다. 로렌스 문학에 대한 경외와 혐오를 조이스 캐럴 오츠는 한 문장 안에 절묘하게 요약해 넣기도 했다. "로렌스가 그런 소설들을 쓰지만 않았어도, 로렌스를 우리 언어권의 가장 위대한 시인 중 하나로 추앙하는 일이 훨씬 더 쉬웠을 것이다."[1]

로렌스가 생전에 안정된 명성을 얻지 못한 데는 당시의 독자대중이 성적인 금기에 대해서 지금보다 훨씬 불관용적이었다는 이유도 물론 있었을 테지만, 당시의 사회가 작가의 출신 계층과 교육 정도에 모종의 속물적 관점을 갖고 있었다는 이유도 컸던 것 같다. 영국 독자들이 로렌스에게 명성을 안겨주는 데 인색했던 것은, 로렌스가 광부의 아들에 독학자였다는 사실과 무관하지 않았다는 의미다. 자기 아버지는 "책이라고 하면 질색을 하는 사람"[2]이었다는 것, 자기는 "학벌 낮은 독학자"[3]라는 것을 로렌스는 영국에 살면서 계속 부정적인 방식으로 의식해야 했다. 로렌스의 사생활도 사회적 물의를 불러일으켰다. 그가 사랑한 여자는 그를 가르치기도 했던 노팅엄 유니버시티 칼리지 교수 어니스트 위클레이(Ernest Weekley)의 아내 프리다(Frieda)였다. 세 아이의 엄마였던 프리다도 로렌스를 사랑했다. 두 사람은 1912년에 사랑의 도피를 감행했고, 1914년에 정식으로 결혼했다.

로렌스에게 결혼은 새로운 박해의 시작이었다. 제1차 세계대전이 발발한 것이 바로 1914년이었다. 로렌스 자신은 두 번 징집당했다가 두 번 다 건강 문제로 병역부적합 판정을 받았고, 아내 프리다는 독일 출신이었다. 반전주의자 로렌스에게 전시의 일상은 군국주의와의 전쟁이었다. 사랑의 도피 중에 머물렀던 프랑스의 메시에서는 영국 첩자로 오인받고 독일 당국에 체포당하기도 했고, 결혼해서 콘월에 정착했을 때는 동네 주민들로부터 독일군 첩자로 고발당하기도 했다. 수색과 조사에 시달리던 끝에 내쫓기다시피 새

∙∙

1) https://www.theparisreview.org/interviews/3441/joyce-carol-oates-the-art-of-fiction-no-72-joyce-carol-oates.

2) cf. p. 155.

3) cf. p. 088.

보금자리를 떠난 이후에는 극빈한 시절을 보내기도 했다.

전쟁이 끝나고 나서도 영국에 정착하는 일이 여의치 않았던 로렌스 부부는 차라리 떠돌기로 했다. 그렇게 1919년부터 두 사람은 전 세계를 떠돌면서 문명의 역사를 추체험(追體驗)했다. 이탈리아에서 서양의 고대제국과 르네상스를 보았고 남쪽의 오스트레일리아와 동쪽의 아시아에서 태고와도 같은 낯섦을 보았다. 그리고 드디어 1922년, 그토록 그리던 미국 땅에 도착했다. 제1차 세계대전 이후 문명에 환멸한 많은 유럽인들과 마찬가지로, 로렌스도 미국에서 모종의 희망을 보고 싶어 했다. 미국이 영국에 비해서 로렌스라는 작가에게 좀 호의적인 것도 사실이었다. 로렌스가 뉴멕시코의 타오스에서 공동체 실험에 참여했던 것도 그 희망의 한 표현이었다. 『미국 고전문학 연구』가 완성된 것도 그때였다.

하지만 미국은 결국 로렌스의 새로운 고향이 되지 못했다. 공동체 실험은 결국 실패했고, 건강도 상했다. 1925년 멕시코를 여행하던 중에 말라리아와 결핵으로 사경을 헤매기도 했던 로렌스는 결국 신대륙을 뒤로하고 피렌체 근교에 정착했다. 이탈리아를 여행하면서 『에트루리아의 장소들(Etruscan Places)』(1932)이라는 여행기를 남기기도 했다. 생을 긍정하는 에트루리아인들의 문화와 이탈리아를 망가뜨린 베니토 무솔리니 체제를 대비시키는 이 여행기는 로렌스의 정치적 입장을 극우 파시즘과 연결하고 싶어 하는 일부 평자들에게는 의외의 작품일 것이다.

미국을 떠날 때 상한 몸은 그의 남은 생을 계속 괴롭혔다. 로렌스가 남프랑스의 방스에서 마흔넷에 결핵 합병증으로 세상을 떠난 것이 1930년이었다. 지금 로렌스의 유해가 묻혀 있는 곳은 타오스 근처의 한 작은 예배당이다. 그의 무덤을 두꺼운 콘크리트로 바른 것은 로렌스를 사랑하는 시체 성애자들 때문이었다고 한다.

2. 『미국 고전문학 연구』의 출간과 판본

로렌스가 『미국 고전문학 연구(Studies in Classic American Literature)』를 쓰기 시작한 것은 제1차 세계대전이 끝난 1917년부터였다. 1917년부터 1919년까지 《영국 리뷰(English Review)》에 실린 여덟 편의 글이 『미국 고전문학 연구』의 전신이라고도 할 수 있다. 하지만 『미국 고전문학 연구』가 단순한 작가론 컬렉션이냐 하면 그렇지는 않다. 《영국 리뷰》에 관련 글을 실을 당시부터 로렌스는 이미 한 권의 책을 염두에 두고 있었던 것은 물론이고, 그 후 수년 동안 그때 실린 글과 함께 미발표 글들을 계속 수정해 나갔다. 한 권의 책으로 미국문학의 새로운 의의를 밝힌다는 이 야심찬 기획이 그 후 몇 년 동안 빛을 보지 못했던 정황이 로렌스의 불안정했던 위상을 또 한 번 엿보게 해주기도 한다. 이 책은 드디어 1923년에 미국에서 출간되었고 한 해 뒤인 1924년에 영국에서도 출판되었다. 지금 더 널리 읽히는 판본은 「서문」이 포함된 1923년 미국 판본이다. 영국 판본 발행인이 「서문」을 뺀 것은 미국 독자들을 대상으로 하는 글이라고 판단했기 때문인 듯하다. 실제로 「서문」의 전신은 1920년에 《신공화국(New Republic)》에 실린 「미국이여, 자기 목소리에 귀를 기울여라(America, Listen to Your Own)」라는 글이었다.

『미국 고전문학 연구』의 이른바 '결정본'은 케임브리지 대학 출판부 (Cambridge University Press)에서 나온 1985년 판본(※이하 CUP)이다. CUP 편집자들은 1923년 판본에 발행인의 자의적 수정이 가해졌다는 판단하에서 저자의 의도를 최대한 복원해내고자 하는데, 그들이 복원의 근거를 마련하기 위해 십여 개의 필사본과 타자본을 검토하고 텍스트의 변천사를 추적해나가는 과정을 따라가노라면, 독자가 접하는 텍스트가 얼마나 지난한 작업의 결과물인지를 새삼 깨닫게 되기도 한다. 그 과정을 통해 편찬된 "결정본"이 1923년 판본을 그대로 따르는 펭귄 보급판과 크게 다른 것은 아니라고 하더라도, CUP의 상세한 주석은 로렌스 연구자들을 위한 중요한 정보로 가득하다. 번역자에게도 CUP의 주석이 상당한 참고가 되었다.(CUP의 주석에 힘입어 정확한 맥락을 잡을 수 있었거나 CUP보다 설득력 있는 해석을 찾지 못한 대목에서는 각주에서 CUP의 주석임을 명시했다.) 영미권의 로렌스 애독자라면 가볍고 독자 친화적인 펭귄 보급판을 선택하겠지만, 로렌스 연구자라면 CUP를 빠뜨릴 수 없을 것이다.

3. 『미국 고전문학 연구』의 성격

연구라고?

　D. H. 로렌스의 『미국 고전문학 연구』라는 책은 여로 모로 의아스러운 텍스트다. 일단 로렌스를 생명력 넘치는 반골 예술가로 알고 있는 독자에게는 그가 뭔가를 '연구'했다는 것이 의아스럽다. 하지만 로렌스에게 독학자 특유의 연구 취향이 있다는 것을 알고 있는 독자에게도 이 '연구'가 의아스럽기는 마찬가지다. 『미국 고전문학 연구』라는 제목에서 독자가 기대하게 되는 그 어떤 학문적인 틀도 이 책에서는 찾아볼 수 없다. 선행연구는 그 개념조차 없다. 인용되는 텍스트는 '연구 대상' 작품들뿐이다.

　아무리 로렌스라지만 '연구'를 할 때는 즉흥적인 파토스를 걸러내고 모종의 논리를 만들지 않았을까 하는 기대 또한 보기 좋게 빗나간다. 파토스가 걸러져 있기는커녕 교양인의 상상할 수 있는 감수성을 모두 공격하겠다고 작정했나 싶을 만큼 난폭한 파토스에 텍스트 전체가 잠길 지경이다. 일단 성별과 관련된 발언들이 독자 절반의 심기를 매우 불편하게 할 것이다. 인디언과 남태평양 원주민을 포함하는 비서구 문화에 대한 발언들에 백인우월주의의 혐의를 걸고 싶은 독자들도 적잖을 것이다. '코쟁이 헤브루' 같은 표현이 인종차별주의적이라는 것은 반박불가다. 문학 애호가라면 왜 가장 앞선 문학이 러시아문학이 아니라 미국문학이냐고 따져 물을 것이고, 레닌주의자라면 프랭클린이 러시아 혁명가보다 역사에 더 큰 구멍을 냈다는 말에 자기 귀를 의심할 것이다. 테크놀로지의 휴머니즘을 고민하는 개혁주의자는 로렌스의 기계 혐오증 앞에서 야만적 반달리즘을 떠올릴 수도 있을 것이다. 성속(成俗)의 구분을 중시하는 계몽주의자에게는 로렌스의 성령론이 몹시 거슬리겠지만, 독실한 기독교도에게는 삼위일체론을 조롱하는 그 다신교적 성령론이 똑같이 거슬릴 것이다. 연구라면 모름지기 연구 틀이 있어야 한다고 생각하는 강단 학자라면, 미국문학을 논한다면서 각주 하나 없이 고대 그리스부터 모더니즘까지를 종횡무진 넘나들면서 자기 옛날 애인 흉보는 이야기에서부터 서구 기독교 문명의 필연적 파멸이라는 헉 소리 나게 거창한 주제까지 갖가지 수위의 논의를 그 어떤 형식적 고려도 없이 줄줄 늘어놓으면서 '연구' 텍스트로 고작 문고본(대부분 에브리맨스라이브러리)을 인용하는 것으로도 모자라서 수시로 인용의 오류를 저지르는 이 '연구'가 거슬림 그 자체일 것이다. 진지한 과학자라면 엉성한 정신분석 용어를 비롯해 온갖 사이비 과학용어가 마구잡이로 흩뿌려지는 대목들에서 아예 책을 덮어버릴 수도 있다. 더구나 로렌스의 말에 끝까지 귀를 기울였던 아량 있는 독자에게 주어지는 보상은 모종의 선명한 결론이 아니라 그저 자기 분열적 파토스뿐이다. 『미국 고전문학 연구』를 통해 더 큰 공감대가 형성되고 더 넓은 논의의 장이 열리기를 바라는 로렌스의 팬에게는 고립을 부르는 로렌스의 도발적 체질이 원망스럽기도 하다.

고전이라고?

의아스러운 것으로 치면, '고전'이라는 말도 '연구'라는 말에 못지않다. 일단 『미국 고전문학 연구』에 등장하는 여덟 명의 작가 중에 '고전'이라는 라벨이 영 안 어울리는 작가가 반이다. 포, 호손, 멜빌, 휘트먼 정도라면 일단 '고전'에 넣을 수 있다고 치더라도, 프랭클린, 크레브쾨르, 쿠퍼, 데이나는 '고전문학'은커녕 본격적 의미의 문학에 넣기도 어려울 것 같다.

『벤저민 프랭클린 자서전』은 분명 자기계발서의 '고전'이지만, 어렸을 때 이 책에서 교훈 같은 것을 얻은 적이 있는 독자라고 하더라도 이 책이 '고전문학'이라는 주장이 그렇게 반갑지만은 않을 것 같고, 한 세대를 풍미했던 크레브쾨르의 수필과 편지가 '페이크'로 판명되었다고 해서 그런 논픽션의 '문학적' 가치가 올라가는 것은 아닐 것 같다. 쿠퍼가 소년 판타지의 절대 강자였다고는 해도, 그의 모험담이 '고전문학'이면 해리 포터도 '고전문학'이다. 데이나는 단 한 편의 해양 모험담을 썼을 뿐인 데다, 그 책은 무려 회고록이다.

미국문학이라고?

제1차 세계대전으로 통칭되는 유럽전쟁 이후, 유럽의 지성계 전반에 환멸을 느끼고 새로운 세계로 눈을 돌린 것은 로렌스만이 아니었다. 지성계 전반이 유럽에 환멸을 느꼈다고 하는 편이 오히려 더 정확할 것이다. 유럽 모더니즘 자체가 그 환멸의 증거이자 징후였다. 미국과 러시아는 그 환멸에서 벗어나고자 하는 사람들이 모색하는 새로움의 상징 같은 장소들이었다.

그렇다면 미국문학 속에 유럽과는 질적으로 다른 긍정적인 새로움이 내재하는 것은 아니었다. 실제로 『미국 고전문학 연구』에 나타난 미국문학의 의의는 오히려 유럽문학의 징후라는 데 있었다. 로렌스가 미국문학의 가장 큰 특징으로 드는 "의식과 현실의 표리부동성"은 실은 유럽이라는 낡은 문명의 병폐 바로 그것이었다.

　유럽문학에 없는 새로움이 미국문학에 있다는 말과 미국문학이 유럽문학의 징후라는 말은 일견 모순되는 것 같지만, 실은 그렇지 않다. 낡은 문명에서 정신적 가치는 적절성을 잃고 고정관념으로 전락한다. 낡은 문명일수록 낡음을 숨기는 포장술은 더 정교해진다. 그런데 그 가치가 다른 장소에 이식된다면 어떨까. 원래 맥락에서 뽑혀 나온 가치들의 부자연스러움이 그 가치들의 낡음을 증명해주지 않을까. 로렌스는 미국문학에서 바로 그 자기폭로의 가능성을 보았다. 미국문학은 "내러티브는 단순하고 앙상하지만, 감정은 깊고 깨달음은 적나라하다."[4] 좀 더 정확하게 말하자면, 단순하고 앙상하기에 더 깊고 더 적나라하다.

4. 『미국 고전문학 연구』의 의의

　CUP 서문은 『미국 고전문학 연구』가 초기에 어떻게 수용되었나를 자세하게 일러준다. 출간 당시 『미국 고전문학 연구』는 특히 미국에서 상당한 인기를 누렸다. 당시 미국에서 로렌스의 작가적 위상이 영국에서보다 좀 높았던 것은 사실이지만, 『미국 고전문학 연구』의 인기는 저자의 힘이었다기보다는 주제의 힘이었다. 『미국 고전문학 연구』가 미국에서 출간 즉시 큰 반향을 불러일으켰던 데는 그때까지 미국문학 연구가 본격적으로 이루어지지 않았던 정황이 있었다: "로렌스가 이 책을 써서 출판할 당시만 해도 미국문학에 대한

⋮⋮

4) cf. p. 205-206.

정식 연구는 거의 맹아 상태였다. 비평가들과 학자들이 미국문학 —아니면, 미국 그 자체— 에 독자적 모럴, 독자적 미학이 있음을 거부하는 것은 영국에서나 미국에서나 마찬가지였다. 로렌스 자신도 그 사실을 잘 알고 있었다. 본서의 미국 판본 「서문」에서 스스로를 '태어나려고 하지도 않는 호문쿨루스의 산파[5]'라고 지칭했던 것은 그 때문이었다."[6] 물론 새로운 영역을 개척하는 데는 저항도 만만치 않았다: "로렌스는 19세기 미국문학 작품들을 '고전'이라고 부르기를 주저치 않았다. 그런 작품들이 처음 나왔을 때부터 로렌스의 시대까지 많은 전문가들은 그런 작품들을 진지한 예술작품으로 대하지 않았다. 전문가, 비전문가 할 것 없이 많은 독자들은 그런 작품들을 그저 아동문학으로 읽거나 진정한 고전의 패러디로 폄하하거나 심지어 그저 외설이라고 보았다.(트웨인, 휘트먼 등 주요 미국 작가들은 때마다 검열에 시달리곤 했다.) 이 책이 제목에서부터 독자의 눈살을 찌푸리게 하리라는 것은 분명해 보였다."[7] 하지만 당시의 반응을 전체적으로 살펴본다면 반기는 분위기가 우세했다. 출판사 홍보문구인지 연구자의 주장인지 구분하기 힘든 열광적인 반응도 적지 않았다. 이 책이 "새로운 문명을 품은 이 젊은 나라에 대한 생생한 연구와 비판"이라는 것이 출판사의 홍보문구였다면, 이 책이 "새로운 미국 비평문학의 근간"이라는 것은 그로부터 얼마 후에 나온 한 로렌스 연구서의 주장이었고,[8] 이 책이 "미국문학을 다룬 극소수의 일류 저서 중 한 권"이라는 것은 에드먼드 윌슨의 20세기 상반기 평가였다.[9] CUP에서 중요하게 인

..

5) cf. p. 007.
6) CUP, p. lix.
7) Ibid.
8) Herbert J. Seligmann, *D. H. Lawrence: An American Interpretation*(NY: Thomas Seltzer, 1924), p. 73.
9) *The Shock of Recognition: The Development of Literature in the U. S. Recorded by*

용하는 부정적인 반응들을 보면, 미국을 알지도 못하는 영국인이 미국을 욕하고 있다는 미국인의 불쾌감에서부터 미국에서 나온 책 몇 권을 가지고 미국이라는 허구를 꾸며내는 것이 아니냐는 의문까지 다양한데, 그중에서 특히 큰 부분을 차지하는 것은 스타일에 대한 거부감이다. 메시지의 에너지와 새로움에 공감하는 평자들도 로렌스의 난폭한 어조에 난색을 표하는 경우가 많았다. "술에 취해 눈이 풀린 부랑자"를 연상시킨다고 표현한 평자도 있었다.[10] 하지만 당대의 평가와 반응이 어땠든, 지금 『미국 고전문학 연구』는 미국문학 연구에서 빠지지 않는 '고전'이 되었다: "미국에서 미국문학은 『미국 고전문학 연구』가 등장한 것과 때를 같이해서 급속도로 학문의 한 분야로 자리 잡아갔다. 제2차 세계대전 이후 유럽에서 『미국 고전문학 연구』는 미국문학이라는 학문분야에서 빠지지 않는 텍스트가 되었다. 1951년에 『미국 고전문학 연구』가 더블데이 출판사의 앵커 북스 전집에 포함되었을 때 뒤표지에는 '로렌스의 가장 중요한 작품 중 하나'라는 말과 '지금껏 미국의 정신을 다룬 책 중에서 가장 지혜로운 책 가운데 하나'라는 말이 써 있었다."[11]

물론 지금의 독자가 지난 세기 중반기 미국 독자들의 평가를 그대로 공유하기는 어렵다. 이 책이 정말로 미국의 정신을 다룬 가장 지혜로운 책 중 하나인지 아닌지는 때마다 독자가 직접 확인해야 한다. 다만 이 책이 로렌스의 현재적 의의를 가늠할 가장 중요한 텍스트 중 하나이자 유럽 모더니즘의 필요불가결한 자료 중 하나일 가능성을 염두에 둘 때야 비로소 이 책의 진가가

---

the Men Who Made It, Volume II. The Twentieth Century, ed. Edmund Wilson(NY: Modern Library, 1943), p. 906.

10) Kurt L. Daniels, 'D. H. Lawrence Strings Some American Literary Pearls', New York Times Book Review, p. 9, 재인용은 CUP, p. lxii.

11) CUP, p. lxvi.

가능되리라는 것이 이 책의 한 번역자 겸 독자의 생각이다. 여기서 이 책의 전체적 흐름을 거칠게나마 짚어보려는 것도 그 생각을 공유하고 싶기 때문이다.

5. 『미국 고전문학 연구』의 내용

전간기의 유럽인에게는 환멸이 상식이었다. 유럽의 고매한 가치들이 이른바 제1차 세계대전을 막지 못했다는 것이 충격적이었던 만큼, 고통의 경험과 회한과 반성이 두 번째 전쟁을 막지 못한다는 것도 경악스러웠다. 절망하지 않은 유럽인은 자국의 승리에 만족하는 연합국의 군국주의자들 정도였다. 유럽 모더니즘은 그 절망의 표현이었지만, 일부 유럽 예술가들은 미학적 계열의 모더니즘에서 어떤 이물감을 느끼고 있었다. 로렌스도 그런 예술가 중 하나였다. 이탈리아의 미래파든 프랑스 초현실주의든 제임스 조이스든, 로렌스에게는 어딘가 비현실적인, "벼랑 너머 어딘가"일 뿐이었다.

당시에 모더니즘을 포함한 유럽의 모든 것에 환멸을 느낀 많은 유럽인은 미국과 러시아라는 새로운 대륙에 유토피아의 판타지를 투영했다. 로렌스도 그중 하나였다. 하지만 로렌스가 희망을 걸어본 곳은 새로운 공간의 현재가 아니라 새로운 공간의 지난 세기, 곧 지난 세기의 미국문학과 러시아문학이었다. 로렌스가 볼 때 미국과 러시아에서 나온 19세기 문학의 의의는 한마디로, 의식의 벼랑에 매달릴 가능성이었다.

『미국 고전문학 연구』 전체에서 로렌스가 하는 일은 지난 세기의 미국문학이 왜 현대유럽의 궁지를 넘어설 가능성인가에 대한 답을 내놓는 것이다. 좀 더 정확하게 말하자면, 『미국 고전문학 연구』는 지난 세기의 미국문학이 과연 현대유럽의 궁지를 넘어설 수 있는가를 타진하는 작업이다.

쉽지 않은 작업임은 물론이다. 그 어려움은 미국문학이라는 연구 영역의 미심쩍음에서 온다기보다는 현대유럽의 궁지를 넘어선다는 연구 과제의 아득함에서 온다. 하지만 수많은 당대 모더니스트들과 마찬가지로 로렌스도 그 과제를 생의 과제로 삼았고, 미국문학 연구에 생의 무게를 실었다. 『미국 고전문학 연구』의 가치는, 미국문학 작품들의 동시대적 적절성이 그 무게로 인해 새롭게 밝혀진다는 데 있는 것에 못지않게, 막다른 골목에 봉착한 낡은 삶을 끝장내고 어떤 새로움을 찾아야 한다는 모더니즘의 절박함이 그 무게로 인해 독자에게 고스란히 전염된다는 데 있다.

「서문」: 미국문학 선언

로렌스는 왜 미국문학에 가능성이 있는가를 논증하려고 하지 않는다. 그저 미국문학에서 시작하겠다고 선언할 뿐이다. 하지만 당대의 수많은 모더니즘 선언문들과는 달리, 로렌스의 선언에는 짙은 회의가 깃들어 있다. 로렌스의 선언에서 어떤 긍정적인 점을 찾는다면, 그것은 선언의 내용에 비교적 실체가 있다는 점이다. 미래나 초현실이나 미적 우주보다는 미국과 미국문학은 그래도 비교적 존재하니까.

이런 맥락에서 드퀸시의 글이 『미국 고전문학 연구』의 포문을 여는 건 꽤 의미심장하다. 드퀸시는 영국의 문학사에서는 변두리를 겨우 장식하는 작가지만, 유럽문학에 모종의 영향을 미친 미국문학과 러시아문학에 모종의 영향을 미친 작가다. 드퀸시의 영향을 받은 러시아작가 니콜라이 고골은 러시아문학 전체를 감싸는 외투가 되었고, 드퀸시의 영향을 받은 에드거 앨런 포는 미국인들보다 유럽인들에게 사랑받은 미국문학 작가로서 유럽문학의 정점 중 하나인 보들레르의 지표가 되었다. 고골과 포가 없었다면 유럽문학 전체가 지금과는 분명 달랐을 것이다.

1장: 미국에 도박을 걸다

유럽문학에는 없는 가능성이 어떻게 미국문학에 있다는 건가? 일단 미국문학이 유럽문학과 어떤 차이가 있다는 건가? 미국문학이라니, 쿠퍼의 모험소설, 포의 괴기소설, 호손의 멜로소설, 멜빌의 해양소설 같은 거 아닌가? "애들이 읽는 유치한 책" 아닌가?

『미국 고전문학 연구』에서 다루는 미국문학에 리얼리즘이라는 척도를 들이댄다면, 분명 저질적이다. 물론 모든 문학은 허구인 측면이 있고 리얼리즘을 단순한 개연성으로 설명하기는 어렵겠지만, 어쨌든 미국문학이 모종의 개연성을 갖는 본격문학보다 판타지니 로맨스니 괴담이니 하는 장르물에 접근하는 것도 사실이다. 하지만 거꾸로 생각해볼 수도 있다. 문학이 어차피 거짓말이라면 오히려 빤한 거짓말이 문학의 본질에 더 가깝지 않은가, "유치한" 미국문학이 어른스러운 유럽문학보다 오히려 더 문학적이지 않은가 반문해볼 수도 있다. 바로 이 질문이『미국 고전문학 연구』전체에서 계속 변주된다.

1장에서 가장 큰 문제는 미국문학이 유럽문학과 다를 가능성, 나아가 미국이 유럽과 다를 가능성, 미국인이 유럽인과 다를 가능성이 정말 있느냐. 5월의 꽃잎을 타고 바다를 건너왔다는 사실 자체가 유럽인을 미국인으로 둔갑시켜주는 것은 아니기 때문이다. 대서양을 건너온 유럽인이 고향에 남아 있는 유럽인과 다른 점이 있다면, 유럽을 떠나야 했을 정도로 유럽을 싫어했다는 것 정도다. 미국인의 특징이 있다면, 고향이 싫어서 떠나온 존재라는 것 정도다. 유럽에 대한 반감 그 자체에는 그 어떤 긍정적인 면도 없다는 것을 로렌스도 잘 알고 있었다. 바꾸어 말하면, 로렌스가 직접 겪은 미국에는 그 어떤 현실적 우위도 없었다. 하지만 이민자 로렌스에게는 미국에 희망이 있다는 믿음이 필요했고, 미국문학 연구자 로렌스에게는 미국문학에 희망이 있다는 믿음이 필요했다. 서로 분리될 수 없는 필요였다. 로렌스가 미국의 미래에 도박을 건 것은 너무나 당연한 일이었다.

2장: 건국의 폭력

벤저민 프랭클린은 가장 미국적인 위인임에 틀림없다. 건국의 "아버지"로 미국의 족보에 올라 있는 인물이고, 보통사람의 자수성가라는 미국 민주주의의 이상을 극적으로 구현하는 인물이다. "최초의 미국인"이라는 말이 무색하지 않다. 그런데 프랭클린은 조롱을 부르는 인물이기도 하다. 『부자가 되는 길(The Way to Wealth)』 같은 책을 썼으니 어쩔 수 없다.

프랭클린 같은 사람을 아버지로 두고 있는 미국의 미래에 도박을 걸어도 좋을까. 패색이 짙다는 것은 로렌스 자신도 알고 있다. 로렌스가 쥐고 있는 최고의 카드는 미국의 독립이 러시아의 혁명보다 "옛 유럽을 파괴하는 데 큰 역할을 했다."라는 것 정도다. 1장의 결론은 무려, 지금 같아서는 차라리 유럽이라는 지옥이 낫다, 라는 것이다.

3장: 프런티어의 거짓말

만약 로렌스가 미국에서 유럽에 없는 새로움을 찾아냈다고 주장했다면, 『미국 고전문학 연구』는 누구 말마따나 그저 취객의 술주정이었을 것이다. 하지만 로렌스가 미국에서 찾아낸 것은 새로움이라는 모더니스트의 판타지가 아니었다. 로렌스가 볼 때 미국의 문학작품들은 유럽이 포스트-르네상스를 서지면서 어떻게 경직되어왔는지를 드러내주는 실험표본 같은 것이었다. 혹자는 미국에 도박을 건다니 너무 낡은 시도가 아니냐고 물을지 몰라도, 『미국 고전문학 연구』는 낡은 시도라기보다는 오히려 계속 다른 이름으로 반복되는 낡은 시도들의 계보를 추적하는 작업에 가깝다.

크레브쾨르라는 사기꾼이 미국 "최초"의 예술가였던 것은 어쩌면 당연한 일이다. 미국이라는 문명의 프런티어에서 크레브쾨르는 유럽인들에게 그들이 듣고 싶어 하는 이야기를 들려주었다. 물론 프런티어의 낭만이니 야만인의 고결함이니 하는 이야기는 모두 새빨간 거짓말이었다. 물론 로렌스가 낭만주의의 문학사적 의의를 학술적 언어로 논증하는 것은 아니지만, 크레브쾨르와 당대 유럽 낭만주의자들을 병치시키는 로렌스의 단문들은 문학사조로서의 낭만주의가 얼마나 기만적인 동향이었는지, 낭만주의를 엄숙하게 정전화하는 관습적인 문학사가 얼마나 문제적인지를 그 어떤 비판적 문학사보다도 강력하게 역설하고 있다.

낭만주의가 출구 없는 유럽의 절박한 상상력이라면, 크레브쾨르는 유럽 낭만주의의 선구자라고도 할 수 있다. 물론 크레브쾨르의 편지와 이른바 일류 낭만주의를 비교하면 전자가 훨씬 빤한 거짓말이지만, 어쩌면 이 빤하다는 것에 가능성이 있을지 모른다. 낭만주의가 거짓말이고 문학이 다 거짓말이라면, 빤한 거짓말일수록 문학의 메커니즘을 선명하게 보여주지 않겠는가.

4장: 문명인의 야만인 판타지

미국문학은 어떻게 유럽문학과 다른가, 라는 질문에 대한 대답으로 쿠퍼만한 작가도 없다. 크레브쾨르가 최초의 미국 작가라면, 쿠퍼는 최초의 미국 인기 작가다. 쿠퍼의 미국 사냥꾼 판타지는 유럽 독자들에게 크레브쾨르의 미국 농부 코스프레와는 비교도 안 되는 엄청난 영향을 미쳤다[12]

∵

12) 예컨대, 카프카에게는 "레드인디언이 되고 싶은 소망"을 안겨주었다.

쿠퍼의 판타지에서 백인은 문명을 등지고 인디언과 함께 살아가고, 인디언은 고결함을 간직한 채 장렬히 전사하거나 기독교로 개종하고 변경의 생을 이어 나간다. 백인과 인디언이 프런티어에서 인간 대 인간으로 만난다고 할까. 하지만 여기까지는 예술가 쿠퍼의 판타지다. 쿠퍼가 야만적 타자의 멸종을 요하는 문명사회 그 자체를 반성하느냐 하면 전혀 그렇지가 않다. 현실 속의 미스터 쿠퍼는 문명사회의 보호장치 일체를 뻣뻣하게 수호하는 신사 중의 신사다.

하지만 이것은 쿠퍼 개인의 모순이 아니다. 쿠퍼의 모순 앞에서 독자는 질문하게 된다. 문명은 승리한 야만의 다른 이름일 뿐 아닐까? 문명이 내세우는 가치는 승리한 야만의 보호장치일 뿐 아닐까? 두 덩어리의 생명이 정복이냐 멸종이냐를 놓고 투쟁하는 프런티어에서는 드높은 이상이 기만적 자연스러움을 잃고 뻣뻣해질 수밖에 없는 것 아닐까? 프런티어 문학이야말로 문명의 본질, 이상의 본질을 가장 적나라하게 드러내주는 것 아닐까? 옛 미국문학의 의의는 바로 거기에 있지 않을까? 이런 질문들에 대답하는 과정에서 독자는 한때 변방이었던 곳, 지엽적이고 심지어 부정적이었던 곳이, 그저 의미있게 발굴되는 것을 넘어, 전체를 새롭게 멀리서 바라볼 수 있는 최상의 거점으로 밝혀지는 순간을 경험할지도 모른다.

5장: 판타지에 담긴 비전

하지만 쿠퍼의 판타지가 건국의 폭력, 문명의 폭력을 폭로하는 징후에 불과하냐 하면 그렇지는 않다. 크레브쾨르의 편지가 "새빨간 거짓말"이라면, 쿠퍼의 소설은 "절반의 진실"이다. 현실도피지만, 그럼에도 모종의 긍정적 의미를 긴직히고 있디. 미래의 비전은 제시해줄 수는 없지만, 현재가 얼마나 부정적인가를 느끼게 해줄 수는 있다. 현실이 어두울수록 예술가의 거짓은 더 눈부셔지니까.

　그런 맥락에서 미국의 운명은 예술가의 운명과 기묘하게 겹쳐진다. 유럽
에 절망한 사람들에게 미국은 도피처이자 판타지였다. 그렇다면 미국의 과
제는 도피의 상태를 벗어나는 것, 판타지라는 살가죽을 뜯어내는 것이겠다.
판타지라는 살가죽을 뜯어내지 못한 쿠퍼의 비전에는 그 어떤 미래도 없었
다. 미국의 운명은 다를 수 있을까. 다르려면 고통스러우리라는 것이 로렌스
의 대답이다.

　　"낡은 살가죽이 떨어져 나가는 과정과 새살이 만들어지는 과정은 물론
　동시적으로 이루어진다. 서서히 새살이 돋아나는 동안 서서히 낡은 살가
　죽이 떨어져 나간다. 불사의 뱀이 겪어야 하는, 때로 행복하고 때로 고통
　스러운 과정이다. 신선한 금빛을 발하는 기이한 무늬의 살이 만들어질 때
　는 행복하지만, 밖으로 나가기 위해서 낡은 살가죽을 한 번 더 쥐어뜯어
　야 할 때는 온몸의 창자가 뜯겨 나가는 듯 고통스럽다."(p. 102)

6장: 사랑은 나쁘다
　쿠퍼가 미국문학의 신화 단계라면, 포는 미국문학에 인식의 빛이 밝아오
는 단계. 쿠퍼가 신화의 미니어처이자 신화의 어두운 이면이었듯, 포는 인
식의 미니어처이자 인식의 어두운 이면이다. 사랑과 증오는 그 이면이 발현
되는 방식이다.

　　"왜 사람은 저마다 자기가 사랑하는 것을 죽이는 것일까. 답은 쉽다. 살
　아 있는 것을 인식하는 것은 그것을 죽이는 것이다. 마음껏 인식하기 위해
　서는 죽이는 수밖에 없다. 그런 까닭에, 인식을 탐하는 의식은 곧 허깨비,

흡혈귀다. […] 어떤 살아 있는 존재 그 자체를 인식하고자 한다는 것은 그 존재로부터 살아 있음을 뽑아내고자 하는 것과 같다. […] 인간에게는 한 개체로 살아 있는 것의 비밀을 머리로 터득하고 싶다는 무서운 열망이 있다. 그것은 원형질을 분석하는 것과 마찬가지다. 분석할 수 있는 원형질은 죽은 원형질뿐이다. 성분을 분석해서 인식하는 것은 죽은 것을 처리하는 방법이다."(p. 129-130)

인식은 좋은 거 아닌가? 인식이 탐욕이고 살해라니, 그럼 무지의 암흑 속에 갇혀 있으라는 건가? 근대인들, 이른바 포스트-르네상스인들이 이렇게 질문하리라고 짐작한 듯, 로렌스의 대답에는 생명(인식되는 대상으로서의 존재단위가 아닌 창조하는 힘으로서의 존재단위)이니 모든 개별자에 깃든 성스러운 영혼(유일신이 아닌 복수의 신들)이니 하는 르네상스의 어휘들이 등장한다.

"살아 있는 영혼은 다른 것에 의해 빚어지는 물질이 아니라 다른 것을 빚어내는 힘이다. 돌벽, 저택, 산맥, 대륙 속에 오묘하게 스며드는 힘, 돌벽, 저택, 산맥, 대륙을 지극히 오묘한 형태로 빚어내는 힘—그것이 바로 살아 있는 사람들의 영혼이다. 돌벽의 영향에 예속된 사람이라면, 그는 이미 온전한 영혼을 상실한 것이다."(p. 142-143)

7장과 8장: 죄는 승리하고 영혼은 썩는다

물론 로렌스가 모더니즘 시대의 르네상스인이었냐 하면 그런 것은 아니었다. 근대적 인식의 십자가를 짊어지고 그 누구보다도 괴로워한 사람이 로렌스였다. 그게 아니었더라면 근대적 정신의 문제적 속성에 그토록 쓰라린 비판을 가할 수는 없었을 것이다. 로렌스가 볼 때『진홍색 글자』가 미국문학의 최고봉인 것은 정신적 가치에 어떤 가치가 있는가라는 거대한 문제의 풍자적 알레고리이기 때문이다.

정신적 가치가 굳어져서 의미 없는 껍데기가 되었다면, 그 가치를 내버리고 새로운 가치를 찾아 나서는 게 마땅하다. 만약 그 가치를 계속 붙들고 있다면, 냉소가 스며드는 것은 불가피한 수순이다. 가치는 가치대로 있고, 가치대로 살아갈 수 없는 이유는 이유대로 있다.

> "하지만 정신의 습관을 죽여 없앤 것은 아니었다. 습관은 냉소를 등에 업고 오히려 더 강해졌다. 미국은 정신이니 인간의 의식이니 하는 것을 속으로는 철저하게 경멸하면서도 정신의 습관, 보편적 사랑의 습관, **인식**의 습관을 마치 마약 습관처럼 좀처럼 버리지 못한다. 속으로는 아무 신경 안 쓰면서 왜 그러는 거냐 하면, 그저 **느낌** 때문이다. 사랑한다는, 온 세상을 사랑한다는 **느낌**은 너무 너무 좋고, 이런 것도 알고 저런 것도 알고 다 안다는 **느낌**은 비행기를 타고 하늘을 날 듯이 신나고, 이제 이 세상을 **이해**했다는 느낌은 다른 어떤 느낌보다 좋다.(p. 157-158)

왜 사람은 믿을 수 없게 된 가치에 매달리는 걸까. 자기 자신에게 정직하기 위해서는 낡은 가치를 버려야 한다는 걸 왜 모르는 걸까. 낡은 가치에 따라 굴러가는 사회에서 내가 원하는 걸 손에 넣었는데 왜 굳이 사회를 바꾸겠느냐는 것이 로렌스의 냉소적인 대답이다.

> "한 남자를 차지한 여자는 사회가 정신에 대해서 떠벌리는 온갖 거짓말을 기꺼이 받아들인다. '성(聖) 아서'를 차지한 헤스터는 사회를 위해서 기꺼이 거짓말쟁이가 된다."(p. 166)

하지만 이것이 최종적 대답은 아니다. 그런 사회는 끝내 파멸하리라는 것, 그런 사회가 파멸하지 않는다면, 그런 사회에서 살아가는 사람의 영혼이 파멸하리라는 것이 오히려 로렌스의 최종적 대답에 가깝다. 어쨌든 로렌스 자신은 낡은 사회에서 자기가 원하는 걸 손에 넣은 사람은 아니었다.

"자꾸 기억나는 일이 하나 있다. 영국에 있을 때 군중 속에서 한순간 어느 집시 여자와 눈이 마주쳤다. 그녀는 알고 있었고, 나도 알고 있었다. 우리가 알고 있었던 그것은 무엇이었을까? 말로 표현할 수는 없었지만 어쨌든 알고 있었다. 우리가 알고 있었던 그것은 이 정신적-의식적 사회에 대한 바닥 없는 증오였던 것 같다. 그 증오 속에서 집시 여자와 나는 순해 보이는 늑대들처럼 어슬렁거리고 있었다. 온순한 늑대들, 온순함을 떨쳐 버릴 날이 오기만을 기다리는, 내내 온순함에 갇혀 있는 늑대들이었다." (p. 172-173)

로렌스가 유럽을 떠나지 않았다면 유럽의 네메시스로 전락할 수밖에 없었으리라는 이야기, 한 사회의 이성과 신앙이 물질에 생명을 불어넣는 힘이기를 포기하고 변태적 감정과 말초적 감각의 시녀로 전락할 때 성실한 영혼은 떠나는 수밖에 없다는 이야기다.

9장: 위대하고 쓸모없는 인식

허위와 위선에 가득한 사회를 등진 성실한 영혼은 어디로 가야 하는가? 바다로 가면 되는가? 미국 해양모험담의 인기와 무게는 바로 이 질문과 직결되어 있다.

미국의 변호사 데이나의 해양모험담 『선원살이 2년』은 성실한 영혼이 바다로 나가서 자연력을 인식하는 이야기다. 데이나의 위대함은 생명력을 걸고 자연력을 인식한다는 데 있다. 결국 아무 쓸모없는 인식이었지만.

10장과 11장: 푸른 눈의 이상 또는 광기

사회를 등지고 떠난 것은 데이나나 멜빌이나 마찬가지였다. 고향으로 돌아온 것도 마찬가지였다. 차이는 돌아온 이후에 있었다. 바다에서 인식의 무용함을 인식한 데이나는 고향에 돌아와 아이러닉한 문명인으로 살아갈 수 있었던 반면에, 바다에서 이상향 찾기에 실패한 멜빌은 고향에 돌아온 후에도 광란의 추격을 멈출 수 없었다. 왜였을까? 그 이유를 밝히는 과정이 곧 멜빌의 진가를 밝히는 과정이다.

『미국 고전문학 연구』가 멜빌의 작품들, 그중에서도 특히 『모비딕』이 왜 미국문학의 최고봉인지를 이야기하는 대목은 『미국 고전문학 연구』의 높은 봉우리들 중에 가장 높은 봉우리라고 할까, 미국문학사의 경이로운 한순간을 만난 유럽비평사의 경이로운 한순간이다.

12장: 열린 길인가, 벼랑 끝인가

『모비딕』의 위대함은 파멸해 마땅한 문명의 파멸을 그려낸 데 있다. 『모비딕』 이후의 독자는 파멸한 문명의 폐허를 허깨비처럼 돌아다니는 사후잔재일 뿐이다.

그럼 이제 드디어 새로운 문명이 시작되려는가? 로렌스가 휘트먼의 시를 읽는 것은 이 어마어마한 질문에 대답하기 위해서다.

***

그래서 미국문학에 희망이 있다는 건가 없다는 건가? 있음을 증명할 수는 없지만 없음을 인정할 수도 없다는 게 로렌스의 딜레마였다. 이 책의 힘은 바로 이 딜레마의 절박함에 있다. 좀 더 정확하게 말하자면, 이 책에서 힘의 원천은 로렌스가 자가당착의 위험을 감수하면서도 끝내 놓지 않는 한 줄의 끈, 곧 변해야 한다는 감(感)에 있다. 여기가 막다른 골목이라는 감(感)이 오늘날의 모더니즘 독자들에게 장착돼 있다고 한다면, 그런 독자들이 전간기 모더니스트들과 다른 점은 그런 감이 없는 듯이 사는 법을 터득했다는 데 있는지도 모르겠다. 내가 사후잔재라는 것이 더 이상 충격적 사태가 아니게 되었다고 할까. 그런 독자에게 로렌스의 난폭한 어조는 무슨 일이 있더라도 사후잔재만은 되지 않겠다는 비명(悲鳴)처럼 들리기도 한다. 로렌스는 독자에게 안티 부르주아 백인종 수컷인 자기의 존재를 '이해'해달라고 말하지 않는다. 불쾌하더라도 자기의 긍정적 의의를 헤아려달라고 말하지 않는다. 그가 불쾌하면 그에게 욕을 하는 것이 맞다. 그의 말은 그의 삶과 잘 구분되지 않기 때문에, 그의 말에 대한 욕은 그의 삶에 대한 욕이 된다. 그 사람처럼 살지 않겠다는 결단이 된다. 스스로 비판의 과녁이 됨으로써 비판을 가하는 이들이 스스로의 삶을 바꾸게 하는 것, 그것이야말로 자기 분열적 모더니스트가 가닿을 수 있는 첨단이 아닐까. 논리적 언어가 현상태를 섬기는 시녀가 된 사회에서 변하자고 말하는 게 얼마나 어려운 일인지를 비명(悲鳴)과도 같은 로렌스의 중의(重意)와 역설(逆說)과 난센스가 가르쳐주고 있는 건 아닐까.

어쨌든 자기의 존재에 가장 큰 고통을 느끼는 것은 로렌스 자신이었다. 그에게 새로움은 모더니스트의 당위 같은 것이 아니라 살아 있기 위한 그야말로 몸부림이었다. 그에게 자기의 현존재는 지성적 반성의 대상이 아니라 자기 자신을 죽일 듯 옥죄어오는 낡은 살가죽이었다. 살려면 다른 존재가 되어야 했다. 로렌스가 세상을 떠났을 때 프리다는 말했다. "산다는 건 참 좋다는 거, 더, 더, 살고 싶다는 거, 그인 그걸 느껴서 알았고, 그걸 글로 써서 같이 살아가는 이들에게 선물했습니다. (…) 영웅적인 선물, 더없이 소중한 선물이었습니다."[13]

  P.S. 같은 책이 올봄에 『D. H. 로렌스의 미국 고전문학 강의』라는 제목으로 번역돼 나왔다. 같은 책의 번역자로서 동세대의 수요를 확인하는 반가움이 있고, 로렌스의 독자로서 일독을 앞둔 설렘이 있다. 번역자가 미리 확인할 수 있었던 기존 번역본은 각각 1959년, 1976년, 1987년에 나온 『美國 古典文學硏究』(신양사), 『美國 古典文學硏究』(을유문화사), 『미국 고전문학 연구』(한신문화사)였는데, 로렌스의 수용사와 함께 번역의 역사를 일별할 수 있는 흥미로운 자료들이었다.

6. 서지 정보

(1) 번역 텍스트

D. H. Lawrence. *Studies in Classic American Literature*. Ed. Ezra Greenspan, Lindeth Vasey and John Worthen. Cambridge: Cambridge University Press, 1985.

D. H. Lawrence. *Studies in Classic American Literature*. Penguin 20th-Century Classic, 1961.

∴

13) D. H. Lawrence, *Studies in Classic American Literature*(Penguin 20th-Century Classic, 1961), p. 1.

(2) 로렌스가 연구한 텍스트들

Benjamin Franklin's Autobiography (1791). J. M. Dent & Sons
(Everyman's Library), 1908.

Nathaniel Hawthone. *The Blithedale Romance* (1852). J. M. Dent &
Sons (Everyman's Library), 1912.

James Fenimore Cooper. *The Deerslayer, or the First Warpath* (1841).
J. M. Dent & Sons (Everyman's Library), 1906.

James Fenimore Cooper. *Homeward Bound* (1838). George
Routledge & Sons, 1888.

Hector St Jean Crèvecoeur. *Letters from an American Farmer* (1783). J.
M. Dent & Sons (Everyman's Library), 1908.

Walt Whitman. *Leaves of Grass (I) & Democratic Vistas*. J. M. Dent &
Sons (Everyman's Library), 1912.

Herman Melville. *Moby-Dick, or the White Whale* (1851). J. M. Dent
& Sons (Everyman's Library), 1907.

Herman Melville. *Omoo* (1847). J. M. Dent & Sons (Everyman's Library),
1908.

James Fenimore Cooper. *The Pathfinder, or the Inland Sea* (1840). J.
M. Dent & Sons (Everyman's Library), 1906.

James Fenimore Cooper. *The Pioneers* (1823). J. M. Dent & Sons
(Everyman's Library), 1907.

James Fenimore Cooper. *The Prairie* (1827). J. M. Dent & Sons
(Everyman's Library), 1907.

Edgar Allen Poe. *Tales of Mystery and Imagination*. J. M. Dent &

Sons (Everyman's Library), 1908.

Nathaniel Hawthone. *The Scarlet Letter* (1850). J. M. Dent & Sons (Everyman's Library), 1906.

Richard Henry Dana. *Two Years Before the Mast* (1840). Nelson (Nelson's Classics), [1912].

Herman Melville. *Typee* (1846). J. M. Dent & Sons (Everyman's Library), 1906.

(3) 옮긴이 해설 참고문헌(각주로 인용된 텍스트는 생략)

Warren Roberts and Paul Poplawski. *A Bibliography of D. H. Lawrence*. Third edn. Cambridge: Cambridge University Press, 1988.

D. H. Lawrence. *Study of Thomas Hardy and Other Essays*. Ed. Bruce Steele. Cambridge: Cambridge University Press, 1985.

D. H. Lawrence. *Movements in European History*. Ed. Philip Crumpton. Cambridge: Cambridge University Press, 1988.

D. H. Lawrence. *D. H. Lawrence and Italy: Sketches from Etruscan Places, Sea and Sardinia, Twilight in Italy*. Penguin Classics, 2008.

D. H. Lawrence. *The Rainbow*. Ed. Mark Kinkead-Weekes. Cambridge: Cambridge University Press, 1989.

D. H. Lawrence. *Women in Love*. Ed. David Farmet, Lindeth Vasey and John Worthen. Cambridge: Cambridge University Press, 1987.

D. H. Lawrence. *Sons and Lovers*. Ed. Helen Baron and Carl Baron. Cambridge: Cambridge University Press, 1992.

Kate Millett. *Sexual Politics*. Garden City, NY: Doubleday, 1970.

Camille Paglia. *Sexual Personae*. Yale University Press, 1990.

Simone de Beauvoir. *Le Deuxième Sexe*. Gallimard NRF, 1949.

Terry Eagleton, *Walter Benjamin: Or, Towards a Revolutionary Criticism*. Verso Radical Thinkers, 2009.

F. R. Leavis. *The Great Tradition*. Chatto & Windus, 1948.

John Worthen. *D. H. Lawrence: The Life of an Outsider*. Counterpoint, 2005.

John Worthen. "D. H. Lawrence and the 'Expensive Market Business'" in *Modernist Writers and the Marketplace*. Palgrave Macmillan, 1996.

Malcolm Bradbury. *To the Hermitage*. The Overlook Press, 2000.

Harold Bloom. *Western Canon*. Harcourt Brace & Company, 1994.

지은이

:: **D. H. 로렌스** David Herbert Lawrence, 1885-1930

유럽 모더니즘의 대표 작가 중 하나. 다량의 소설, 단편소설, 시와 함께 비평, 번역, 여행기를
비롯한 논픽션, 그리고 방대한 편지를 남겼다. 버지니아 울프와 E. M. 포스터 등 당대 최고 비
평가들에게 당대 최고 작가 중 하나로 인정받았지만, 버트런드 러셀에게 "파시스트"라고 명명
당한 것을 비롯해서 지금까지도 다양한 이유로 비난과 폄하에 시달리고 있다. 제1차 세계대
전 중에는 영국에서 작품과 생활의 반인습성과 함께 전쟁 혐오 발언으로 사회적 박해에 시달
렸고, 전쟁이 끝난 후에는 자발적 망명자가 되어 전 세계를 떠돌아다녔다. 미국 이민을 꿈꾸
었지만 결국 실패하고 이탈리아로 거처를 옮겼고, 44세에 프랑스 방스에서 결핵 합병증으로
세상을 떠났다. 마지막 소설 『채털리 부인의 연인』으로 가장 큰 명성과 동시에 가장 큰 오명을
얻었다. 노동계급 남자와 귀족 여자의 사랑이라는 파격적인 설정, 성에 대한 노골적인 묘사,
부적절한 단어 사용 등으로 포르노 혐의에 시달린 이 작품은 미국에서는 1959년, 영국에서는
1960년까지 판금 상태였다. 유작이 된 에트루리아 여행기는 파시즘에 대한 비판을 담은 작품
이다.

옮긴이

:: **김정아**

비교문학 박사. 『발터 벤야민, 사진에 대하여』, 『발터 벤야민 평전』, 『발터 벤야민과 아케이드
프로젝트』, 『발터 벤야민, 또는 혁명적 비평을 향하여』, 『역사: 끝에서 두 번째 세계』, 『아나키
즘, 대안의 상상력』, 『자살폭탄테러』, 『죽은 신을 위하여』, 『붉은 죽음의 가면』, 『동화의 정체』,
『오만과 편견』, 『폭풍의 언덕』, 『걷기의 인문학』, 『프리다 칼로』, 『동물들의 신』, 『코끼리에게 물
을』, 『날고양이들』, 『3기니』(근간), 『센티멘탈 저니』(근간), 『프닌』(근간) 등을 옮겼다.

:: 한국연구재단총서 학술명저번역 서양편 **613**

미국 고전문학 연구

1판 1쇄 찍음 │ 2018년 9월 10일
1판 1쇄 펴냄 │ 2018년 9월 28일

지은이 │ D. H. 로렌스
옮긴이 │ 김정아
펴낸이 │ 김정호
펴낸곳 │ 아카넷

출판등록 2000년 1월 24일(제406-2000-000012호)
10881 경기도 파주시 회동길 445-3
전화 │ 031-955-9510(편집) · 031-955-9514(주문)
팩시밀리 │ 031-955-9519
책임편집 │ 이하심
www.acanet.co.kr

ⓒ 한국연구재단, 2018

Printed in Seoul, Korea.

ISBN 978-89-5733-602-1 94840
ISBN 978-89-5733-214-6(세트)

이 도서의 국립중앙도서관 출판시도서목록(CIP)은 서지정보유통지원시스템 홈페이지(http://seoji.nl.go.kr)와
국가자료공동목록시스템(http://www.nl.go.kr/kolisnet)에서 이용하실 수 있습니다. (CIP제어번호 : CIP2018026336)